Paul Townend

EIGERJAGD

Aus dem Englischen übersetzt
von Emanuel Balsiger

AS Verlag

Für Alistair
als Dank für alles

«Eigerjagd» ist erstmals 1960 in englischer Sprache
bei Collins unter dem Titel «The Man on
the End of the Rope» erschienen.

Umschlag: www.vonarxgrafik.ch, Urs Bolz
ISBN 3-905111-66-7

Anmerkung des Autors

Die Eigernordwand gibt es wirklich, und die Örtlichkeiten habe ich so genau beschrieben, wie es mir möglich war. Der Rest jedoch ist reine Fiktion. Ich habe zwar einige Elemente der Tragödie um Stefano Longhi von 1957 übernommen, aber es ist mir wichtig festzuhalten, dass die in dem Buch geschilderten Ereignisse frei erfunden und Ähnlichkeiten mit lebenden oder toten Personen rein zufällig sind.

Paul Townend

1. Kapitel

Chipperfield war hässig, als er nach Interlaken hineinfuhr. Die Schweiz langweilte ihn zu Tode, und die Vorstellung, noch einmal vier Stunden im Auto zu sitzen und nach Genf zu fahren, nur um die ewig gleichen Floskeln einiger Politiker nachzubeten, hellte seine Stimmung nicht auf. Politik war eindeutig etwas für Intellektuelle, und die gehörten nur in seltenen Ausnahmefällen zur grossen Leserschaft, für die Chipperfield schrieb.

Er fuhr ziemlich schnell auf der breiten Strasse Richtung Zentrum, ohne die grossartige Aussicht auf die Jungfrau mit der grünen Wiese im Vordergrund eines Blickes zu würdigen. An den Kreuzungen kam der Verkehr jeweils ins Stocken. Es war Mitte August, Hochsaison in Interlaken. Er steuerte seinen Wagen ungeduldig durch die schmale Strasse und bog am West-Bahnhof rechts ab. Die rot-weisse Schranke am Bahnübergang senkte sich gerade, aber er wollte trotzdem vorher noch schnell die Geleise überqueren, sah dann aber im letzten Augenblick, dass es nicht mehr reichte, und stand fluchend auf die Bremse.

Während ein von einer elektrischen Lokomotive gezogener Güterzug vorbeiratterte, merkte er auf einmal, dass er Hunger hatte. Die Schranke hatte sich kaum gehoben, da war er bereits auf der anderen Seite und bog frech links ab, vor allen Autos durch, die langsam auf der Strasse von Thun und Bern her auf den Bahnübergang zufuhren. Das wütende Hupkonzert ignorierte er souverän.

Mit Mühe fand er einen Parkplatz nahe beim Bahnhof, schloss den Wagen ab und bahnte sich einen Weg durch die

Touristenscharen zu einem Restaurant. Kaum war er drin, bedauerte er einen Moment, nicht besser gewählt zu haben, denn das Lokal kam nicht annähernd an den Standard heran, den er sich gewöhnt war. Aber die miese Laune, die ihn schon den ganzen Morgen über begleitet hatte, nahm ihm die Initiative, ein anderes zu suchen. Und, so überlegte er, das kleine Geschäft, das er machen konnte, wenn er die Differenz zwischen dem Preis für das Essen in dem drittklassigen Restaurant und der fetten Spesenrechnung für seinen Arbeitgeber Global Features in den Sack steckte, gehörte zu den mageren Genugtuungen, die aus einer langweiligen und sinnlosen Reise herauszuholen waren.

Das Restaurant war zweigeteilt; eine Scheibe aus Milchglas trennte den Raum in zwei etwa gleich grosse Hälften. Personen konnte man hinter dem Glas knapp erkennen, nur als Silhouette allerdings. Durch eine Schwingtür erhaschte der Journalist einen Blick in den anderen Teil des Restaurants: Tische ohne Tischtuch, Besteck mit Horngriffen, Bierdeckel und Körbchen mit schlapp aussehenden Brezeln. Es war offenbar so etwas wie eine Bierstube, die von Arbeitern besucht wurde, vermutlich vor allem von solchen, die bei der nahen Bahn angestellt waren. Er war dankbar, dass er wenigstens den Teil des Restaurants erwischt hatte, der mit Tischtüchern aufwarten konnte. Das Essen war nahrhaft und reichlich und die Serviertochter eine freundliche, ältere Dame in einem netten schwarzen Kleid. Sie machte Anstalten, für einen Schwatz am Tisch stehen zu bleiben, aber er zeigte ihr deutlich, dass er dafür nicht in Stimmung war.

Während er seine Suppe löffelte, schaute er aus dem Fenster und stellte fest, dass sich ziemlich viele Menschen rund um den Bahnhof versammelt hatten. Er beachtete diese aber nicht weiter, sondern hing mürrisch seinen Gedanken an die politische Konferenz in Genf nach, zu der ihn Global Features geschickt hatte.

Plötzlich ging die ältere Serviertochter, die ihn bediente, ans Fenster, schaute auf den Zehenspitzen stehend hinaus und sagte ganz aufgeregt:

«Schau, da kommen sie!»

Chipperfield, nur schwach interessiert, schaute auf. Zwei junge Serviertöchter waren dazu gekommen und blickten ebenfalls neugierig hinaus.

«Lueg emal da», sagte die Serviertochter, «wie jung sie noch sind!»

«Die sehen ja noch ganz gut aus, wenn man bedenkt –»

«Isch nid wahr, die sind völlig kaputt, wenn du mich fragst. Schau doch nur die Wunden, die der Grosse im Gesicht hat.»

«Das ist vom Steinschlag. Es heisst, die Steine kamen wie Hagel herunter.»

«Nicht nur Steine, auch Eis, heisst es in der Zeitung. Die Burschen haben allerhand mitgemacht.»

«Hol die Zeitung. Es hat ein Bild drin, dann können wir sehen, wer wer ist.»

Chipperfield schaute zu, mittlerweile halbwegs interessiert, wie eine der jungen Serviertöchter zum Zeitungsständer ging und eine Zeitung, die an einer hölzernen Stange befestigt war und eingerollt in einem Loch lag, holte. Er konnte knapp den Titel erkennen: Der «Bund», eine in Bern gedruckte Tageszeitung. Ein Exemplar, das ein früherer Gast zurückgelassen hatte, lag vor ihm auf dem Tisch. Die Serviererin blätterte in der Zeitung und zeigte aufgeregt mit einem Finger auf ein Bild.

«Da sind sie. Der Grosse mit den Wunden muss der Bergsteiger aus Österreich sein – halt, warte, sie sind schwer auseinander zu halten, wenn sie nicht in ihrer Ausrüstung stecken.»

Die Zeitung wurde ihr aus der Hand gerissen, und das Gespräch ging in konfuses Geschwätz über. Schweizer Zeitungen druckten nicht viele Fotos. Für den mittlerweile interessierten Chipperfield war es ein Leichtes herauszufinden, welches Bild das Objekt ihrer Begeisterung war. Seite 2 enthielt einen dreispaltigen Artikel mit zwei Bildern unter einer bescheidenen 16-Punkt-Schlagzeile: «Die 14. Eigernordwand-Besteigung gelungen». Er las den Artikel diagonal durch, legte die Zeitung wieder auf den Tisch und ass weiter. Ein paar Übermütigen war es gelungen, die Nordwand irgendeines Berges zu besteigen. Da sie offenbar die 14. Seilschaft waren, denen diese Besteigung gelungen war, sah er nicht ein, was die ganze Aufregung sollte. Die Sache war ohnehin nicht sein Ressort. Er interessierte sich nicht für Zweitagesensationen mit Happyend, Geschichten um Lokalhelden und solche Kleinigkeiten. Er ass weiter und schaute nur einmal auf, überrascht, Blitzlichter aufleuchten zu sehen. Die erfolgreichen Bergsteiger wurden offenbar irgendwie offiziell verabschiedet.

Als sich die ältere Serviererin so weit beruhigt hatte, dass sie seinen Teller abräumen konnte, fragte er beiläufig in gutem Hochdeutsch:

«Was war denn da draussen los?»

Die Augen der Frau glänzten, als sie ihm antwortete:

«Sie haben gerade den Eiger bestiegen. Ich habs heute Morgen in der Zeitung gelesen – da, sie liegt ja vor Ihnen.»

«Einheimische?», fragte er.

«Nein, sie kommen aus Deutschland oder Österreich, glaube ich. Wie jung sie sind, fast noch Knaben. Sie sind natürlich verrückt, aber man muss sie halt doch bewundern.»

«Warum?»

Sie starrte ihn an, ihre Augen weit geöffnet vor Überraschung. Er fügte an:

«Was ist so Besonderes an diesem Eiger? Er wurde doch schon öfter bestiegen, oder nicht?»

Sie öffnete und schloss den Mund zweimal, bevor ihr eine passende Antwort einfiel:

«Ja, schon, aber wissen Sie, sie kletterten nicht einfach auf den Eiger, sondern bezwangen die Nordwand, die schrecklichste Kletterei in der ganzen Schweiz, fast 2000 Meter hoch und von unten bis oben praktisch senkrecht.»

«Wie hoch ist denn der Eiger überhaupt?»

«4000 Meter.»

Er rechnete schnell um und sagte: «13 000 Fuss ungefähr. Ziemlich hoch. Aber ich begreife immer noch nicht. Wozu das ganze Theater da draussen?» Er zeigte mit der Hand auf die Menschenmenge am Bahnhof, die sich langsam zerstreute. «Sie habens geschafft, nicht wahr? Und getötet wurde auch keiner, oder?»

«Nein, nein, sie haben den Gipfel erreicht», antwortete sie, die Stimme voller Bewunderung. «42 Stunden Klettern, hiess es in der Zeitung, und sie –»

«Dann ist doch die Geschichte fertig, würde ich sagen», unterbrach er sie. «Also, wie wärs mit einem kleinen Stück feinem Schweizer Käse zum Abrunden meines Mittagessens. Keinen Emmentaler, bitte. Haben Sie vielleicht einen schön reifen Tilsiter, nicht zu rezent?»

Die Kellnerin nickte, warf ihm einen verwirrten Blick zu und ging in die Küche, nicht ohne mit der Art, wie sie ging, zu zeigen, dass sie seine fehlende Begeisterung völlig daneben fand.

Chipperfield schaute noch einmal in die Zeitung und kontrollierte mehr oder weniger instinktiv, ob er wohl etwas Wichtiges nicht mitbekommen hatte. Die schnelle Prüfung überzeugte ihn, dass dies nicht der Fall war. Es handelte sich um eine typische Lokalgeschichte, die nur die Region interessierte und allenfalls Kletterkreise in ein paar Nachbarländern, nicht mehr. Die Sache sähe anders aus, dachte er, wenn die Bergsteiger in eine Lawine geraten oder wegen eines Seilrisses abgestürzt wären. Das hätte Schlagzeilen gemacht.

Diverse Wissensbrocken aus den hinteren Regionen seines leistungsfähigen Gehirns drängten sich nach vorn. Die Eigernordwand – das sagte ihm eindeutig etwas. War das die Whymper-Geschichte? Nein, das betraf das Matterhorn, 19. Jahrhundert. Berge waren ein alter Hut, seit der Everest endlich erobert war. Zum Eiger jedoch, meinte er sich zu erinnern, gab es in den Dreissigerjahren ein Theater: Zahlreiche Leute waren bei einer Reihe von Besteigungsversuchen zu Tode gekommen, bis schliesslich einer Seilschaft aus Deutschen und Österreichern kurz vor dem Krieg die Erstbesteigung gelang.

Bergsteigen war out, was den Newswert betraf. Heute machte das Privatleben von Royals und gut gebauten Filmstars Schlagzeilen. Klar, wenn es einem besonders smarten Werber gelungen wäre, Brigitte Bardot oder Marilyn Monroe zum Bergsteigen zu bewegen – das wären News gewesen. Er grinste innerlich und warf das Thema aus seinem Gedankenstrom.

In vier Stunden wäre er in Genf. Die grossen Tenöre würden erst am nächsten Tag ankommen. Das gab ihm einen

Abend, um seine Kontakte zu knüpfen oder vielmehr zu erneuern und ein oder zwei willige Laufburschen in Dienst zu nehmen (die Ehre, für einen so bekannten Crack wie ihn arbeiten zu dürfen, reichte in der Regel, um ein paar Milchgesichter zu überzeugen, für ihn als Zudiener zu arbeiten). Es lohnte sich nicht, aus einem gewöhnlichen Politikertreff harte Arbeit zu machen. Die Laufburschen konnten am Ende des Tages jeweils die wortreichen, aber inhaltslosen Communiqués in Empfang nehmen, und er hätte genügend Zeit, um Recherchen anzustellen und alles auszugraben, was im Entferntesten nach einer richtigen Story roch. Nicht dass er erwartete, auf etwas wirklich Brisantes zu stossen. Die Politiker liessen immer weniger Privates an die Öffentlichkeit dringen, und die Hoffnung auf einen Mordanschlag, einen Selbstmord oder irgendeinen anderen saftigen Skandal war minim. Es würde langweilige Routine werden, als einzige kleine Freude allenfalls das Casino in Evian auf französischem Boden oder vielleicht die Aufmerksamkeiten einer gut entwickelten jungen Unschuld aus den reichlich bestückten Büros der UNESCO.

Man konnte natürlich nicht immer in den Schlagzeilen präsent sein. Drei oder vier grosse Geschichten pro Jahr waren das Beste, was ein tüchtiger Zeitungsmann ausgraben konnte. Er hatte auf jeden Fall alles aus der Soraya-Scheidung herausgepresst, und wie er die berühmte Romanze von Peter Townsend bearbeitete, war ein kühnes Meisterstück. Insgesamt war es ein gutes Jahr gewesen, und Global Features hatte ihm einen rechten Preis für die beiden Geschichten und diejenige über Rita Hayworth bezahlt. Zugegeben, Letztere verklagte ihn wegen übler Nachrede, aber das war zu erwarten, und wenn nicht unglückliche Umstände eintrafen, würde diese Klage seine Reputation sogar noch fördern.

Es war ein gutes Jahr gewesen, aber das berechtigte ihn nicht, selbstzufrieden zu werden. Wenn man den Gipfel erreicht hatte, konnte man sich nicht leisten, dort stehen zu bleiben. Er fühlte, wie er Lust bekam, sich wieder in etwas Grosses zu verbeissen, nicht die alljährliche Parade der Doppelmörder mit der Axt, der skandalösen Parties in Saint-Tropez oder der gestammelten Geständnisse eines Meisterboxers, der die Boxhandschuhe an den Nagel hängt, sondern etwas wirklich Grosses, etwas, das nur er abwickeln und nur Global Features über die ganze Welt verbreiten konnte. Er hatte die höchsten Sphären seines Berufs erreicht, seine Artikel erschienen mit fett gedrucktem Namen in den grössten Zeitungen der Welt. Er war Paddy Chipperfield, einer der besten Zeitungsreporter der Welt, der «Fackelträger der Wahrheit» – aber hier gab es offenbar keine Geschichte auszugraben, keine Wahrheit aufzudecken.

Vier Sekunden später hatte er seine Meinung geändert.

Zufällig schaute er auf, weil er die Zeit seiner Armbanduhr mit der Uhr an der Wand vergleichen wollte, und da fiel sein Blick auf den Schattenriss eines Profils hinter der Milchglasscheibe. Während vielleicht zwei Sekunden starrte Chipperfield ungläubig hin. Der Besitzer des Profils drehte sich ab, nahm eine Kopfbedeckung vom Hutständer und verschwand aus Chipperfields Blickfeld.

Der Journalist sprang von seinem Stuhl hoch und stürzte sich kopfvoran auf die Schwingtür. Ein Kellner mit einem voll beladenen Tablett versperrte ihm den Weg zwischen zwei Tischen durch. Chipperfield fluchte, machte rechtsumkehrt und nahm einen anderen Weg durchs Restaurant, wobei er fast über einen Hund gestolpert wäre, der am Tischbein angebunden war. Man schrie und fluchte hinter ihm her. Als er endlich die Schwingtür in die Bierstube erreicht hatte, war es zu spät. Von den paar Leuten, die an den nackten Tischen sassen, glich keiner dem Mann, den er gesehen hatte – halb gesehen hatte.

Er musterte schnell den düsteren Raum. Die Ecke, in der der Mann vermutlich gesessen hatte, war leer. Die Tür zur Strasse wackelte noch ein bisschen, dann stand sie still. Chipperfield hastete ohne Rücksicht auf das Chaos, das er hinterliess, durch die Tische und zur Tür raus. Er sah gerade noch, wie ein kleiner grüner Sportwagen mit offenem Verdeck losfuhr und vom Verkehr verschluckt wurde. Er fuhr zu schnell, als dass sich Chipperfield die Nummer hätte merken können; er konnte gerade noch ein D erkennen. Einen irren Augenblick lang wollte er ihm hinterher rennen, sah aber gleich ein, dass dies ein sinnloses Unternehmen war.

Er kehrte ins Restaurant zurück und starrte einen Moment lang blind in die finstere Bierstube, in der soeben eine der legendärsten Figuren der High Society zu Mittag gegessen hatte – wenn er sich nicht täuschte. Die Idee schien höchst unwahrscheinlich. Wenn eine solche Person von der üblichen, in diesen Kreisen gleichsam vorgeschriebenen Tour (Fifth Avenue–Claridges–Paris–Cannes–Capri–Ischia–Taormina) abwich und irgendwie in einem kleinbürgerlichen Ferien-Mekka wie Interlaken auftauchte, dann wäre er doch niemals in einem schmuddeligen Drittklass-Restaurant ohne Tischtücher beim Mittagessen anzutreffen. Es sei denn …

Es sei denn, er wollte nicht, dass irgendjemand wusste, wo er sich aufhielt.

Sein Herz schlug schneller. Chipperfield ging rasch zu dem Tisch, an dem, wie er vermutete, die Person gesessen hatte. Die Überreste einer Coupe und eine leere Zigarettenpackung waren die einzigen Anzeichen dafür, dass jemand dort gegessen hatte. Er nahm die Schachtel in die Hand und untersuchte sie sorgfältig. Es war eine Zehnerschachtel Astor Filter made in Germany. Er steckte sie in die Tasche und rief eine Kellnerin zu sich. Das junge Mädchen kam.

«Haben Sie an diesem Tisch serviert, Fräulein?», fragte er.

«Jawohl.»

«Sass hier ein Mann allein?»

«Ja.»

«Welche Sprache sprach er?»

Die Kellnerin, jung und hübsch, musterte ihn kritisch, und Chipperfield realisierte, dass er seinen Charme spielen lassen musste. Schnell sagte er:

«Es ist sehr wichtig, gnädiges Fräulein. Sehen Sie, ich suche einen Freund, und ich meine gesehen zu haben, wie er soeben das Lokal verlassen hat. Ich bin Ihnen für alles sehr dankbar, das Sie mir über den Mann sagen können, den Sie hier an diesem Tisch bedient haben. Sehr dankbar sogar», fügte er hinzu. Gleichzeitig nahm er zwei Fünfliber hervor und legte sie auffällig auf den Tisch. Er begleitete seine Aktion mit dem charmantesten Lächeln, das zusammen mit barer Münze so oft schon Resultate gezeitigt hatte.

Das Mädchen errötete und antwortete vorsichtig:

«Nun, wenn es wirklich ein Freund von Ihnen ist, gibt es ja keinen Grund … Der Herr sprach Hochdeutsch, obschon er kaum ein –»

«Ohne Akzent?»

Die Kellnerin dachte einen Moment nach und sagte dann:

«Nicht dass ich etwas bemerkt hätte, aber ich bin nicht besonders gut in solchen Sachen. Er sagte halt nicht viel, drum ist es schwierig zu sagen. Aber sehr charmant war er.»

Chipperfield nickte aufmunternd: Charme, das passte, die Sprache war allerdings nicht, was er erwartet hatte. Er sagte:

«War irgendetwas aussergewöhnlich an ihm, etwas, das Ihnen als eigenartig aufgefallen wäre, Fräulein? Hatten Sie nicht vielleicht das Gefühl, den Mann schon irgendwo gesehen zu haben?»

Das Mädchen schüttelte langsam den Kopf. «Nein, ich glaube nicht», antwortete sie. «Aber es war schon etwas seltsam, dass er die ganze Zeit eine Sonnenbrille trug. Das wäre hier drinnen nun wirklich nicht nötig –», und zeigte auf den düsteren Raum. «Viele Touristen tragen sie, vor allem die Italiener, und zwar drinnen wie draussen.»

«Gibt es etwas anderes, was Ihnen auffiel, an seiner Kleidung vielleicht, oder irgendwelche merkwürdigen Verhaltensweisen?»

«Nein, aber das Essen, das er bestellte, war schon sehr eigenartig. Er muss sehr hungrig gewesen sein.»

«Was hat er denn bestellt?»

«Suppe, zwei Bratwürste und fünf weiche Eier.»

«Fünf! Sind Sie sicher?»

«Natürlich. Ich traute zuerst meinen Ohren nicht. Aber gegessen hat er alles. Und dann ass er noch eine doppelte Portion Eis mit Schlagrahm.»

«Etwas zu trinken?»

«Milch, kalte Milch.»

Den Journalisten schauderte beim Gedanken an eine solche Mahlzeit. Sie passte eigentlich nicht, aber vielleicht gab es eine Erklärung, hinter die er sich später machen konnte. Er fragte:

«Könnten Sie den Mann beschreiben, gnädiges Fräulein?»

Das Mädchen legte die Stirn in Falten und antwortete dann: «Ziemlich gross, etwa 35 Jahre alt, eher mager, blond, gut aussehend – soweit man das beurteilen konnte mit der Sonnenbrille.»

Chipperfields Herz schlug schneller. In ihrer Beschreibung gab es nichts, was nicht gepasst hätte. Er löcherte sie mit noch mehr Fragen, war aber bald einmal überzeugt, dass sie ihm alles gesagt hatte, was sie konnte. Er zog die Hand von den halb verdeckten Münzen zurück, dankte dem Mädchen und ging rasch durch die Schwingtür zurück an seinen Platz. Dort bestellte er Kaffee, zündete sich eine Zigarette an und versuchte, die in seinem Kopf herumjagenden Gedanken zu ordnen.

Konnte es der «falsche Baron» sein?

Eine heisse Spekulation, ohne Zweifel. Fast ganz und gar unglaubhaft. Was in aller Welt – vorausgesetzt, er hatte bei seinem ultrakurzen Blick auf die Milchglasscheibe richtig gesehen – machte eine Berühmtheit dieses Kalibers mitten in der Schweiz, ass an einem Tisch ohne Tischtuch und erst noch eine Mahlzeit zum Grausen? Angenommen, seine intuitive Reaktion auf das Profil auf dem Milchglas stimmte, und es war in der Tat der Playboy-Baron – warum dann diese Heimlichtuerei? Warum die dunkle Sonnenbrille? Was zum Kuckuck hatte der Mann im Sinn, hier, in der tiefsten Provinz? Was hatte eine derart exotische Figur wie der Baron Wendelin Mandoza in der biederen Schweiz, mitten in Horden von Touristen zu suchen? Es passte einfach alles nicht zusammen. Je mehr er darüber nachdachte, desto absurder erschien ihm die Idee. Er musste sich getäuscht haben. So unfehlbar sein Gedächtnis für Gesichter normalerweise war, diesmal hatte er sich vertan. Um ein Haar hätte er sich lächerlich gemacht.

Oder vielleicht doch nicht? Machte er sich lächerlicher, wenn er die Fährte nicht weiterverfolgte? Er konnte seine Agentur in London anrufen und herausfinden, wo sich der Baron aufhielt. Das sollte die Sache ein für allemal klären. Wenn daran nichts war, hatte er sich nichts vergeben. Aber wenn sich der Playboy-Baron nicht an einem seiner Lieblingsplätze aufhielt, wenn es die kleinste Unsicherheit über seinen Aufenthaltsort gab, dann war er, Paddy Chipperfield, der Star-Reporter, über eine sehr interessante Geschichte gestolpert. Denn nicht jeden Tag reiste ein verschmähter Liebhaber einer Königin inkognito durch Mitteleuropa und verdrückte seltsame Mahlzeiten in einer Arbeiterkneipe.

* * *

Als er London endlich am Draht hatte, fragte Chipperfield augenblicklich nach Bernheim.

«Hör zu, Bernie, hör ganz gut zu. Ich brauche zwei Auskünfte, und zwar schnell. Erstens: Finde heraus, wo Mandoza ist … jawohl, der falsche Baron höchstpersönlich … und sieh zu, dass die Fakten wasserdicht sind. Zweitens: Versuche herauszufinden, welche Zigaretten er raucht. Hast du das? … Nein, ich bin nicht verrückt … Ich kann noch nichts sagen, mach einfach, was ich dir sage. Hier ist die Nummer, ruf mich so schnell wie möglich an …»

Es schien eine Ewigkeit zu dauern, bis Bernheims Antwort kam. In ihm begann das Feuer der Vorfreude zu brennen.

Wenn sich sein Verdacht erhärtete, konnte er Genf und die lächerliche Konferenz sausen lassen. Er hatte einen potenziell viel grösseren Fisch an der Angel.

In der Welt von Paddy Chipperfield waren gewisse Personen einfach News. Egal, wie läppisch diese Leute handelten oder wie dumm sie daherredeten, sie waren, im Slang dieses Berufes, einfach «heiss». Wenn eine der italienischen Diven wie die Loren oder die Lollobrigida, wenn der Aga Khan oder eine der Schwestern Gabor, oder Exkaiserin Soraya, Grace Kelly, Rubirosa, Rita Hayworth, bestimmte Royals, ein paar Hollywoodstars oder jemand aus dem Londoner Hochadel eine Tasse Tee mit der linken statt der rechten Hand hochhob, dann war das News. Man konnte sich darüber aufregen oder dafür eine Erklärung suchen, aber niemand konnte diese einfache Tatsache bestreiten. In dieser eigenartig gemischten Gesellschaft, die man des öfteren als High Society bezeichnete, nahm der gut aussehende junge Baron Wendelin Mandoza eine besondere Stellung ein. Wie wenn es nicht gereicht hätte, dass Spezialisten seinen Anspruch auf den Titel einer alten spanisch-deutschen Adelsfamilie als höchst dubios betrachteten, die Auswahl der Partnerinnen, mit denen er tanzte, seine draufgängerische Fahrweise auf den Rennstrecken, sein Auftreten in Nachtclubs (wo er in den frühen Morgenstunden zum Saxophon griff) und seine Vorliebe für schnelle Autos (mit anhaltenden Gerüchten über vertuschte Unfälle) allein hätten ihm eine Dauerpräsenz in den Klatschkolumnen gesichert. Das war aber noch nicht alles, was es zum falschen Baron zu sagen gab.

Das Schicksal hatte eingegriffen und innerhalb von wenigen Monaten aus dem Playboy-Baron eine internationale Berühmtheit gemacht. Er hatte sich nämlich in eine Königin verliebt.

Zugegeben, nur eine unbedeutende Königin mit wackeligem Thron und einem dem Untergang geweihten Königreich. Aber das änderte nichts an den schwer romantischen Fakten. Die Dame seines Herzens war die rechtmässige Königin einer kleinen europäischen Monarchie, sie war unverheiratet und obendrein umwerfend schön. Seit sie das heiratsfähige Alter erreicht hatte, spekulierte die Öffentlichkeit über passende Anwärter für eine Hochzeit. Die Boulevardpresse vieler Länder hatte sich freudig daran beteiligt und verpasste kaum einen Monat, um nicht einen potenziellen Kandidaten zu präsentieren. Und dann hatte sich der Baron selber als Kandidat geoutet, was vom königlichen Schloss aus wohlwollend zur Kenntnis genommen wurde. Für eine Weile herrschte eitel Freude, bis der Name des Barons im Zusammenhang mit einem wüsten Skandal an der Riviera erwähnt wurde. Dann jagte ein Gerücht das andere. Die Krone, die Kirche und das Parlament tagten und diskutierten, die Bevölkerung wurde befragt, ob sie für oder gegen eine Heirat sei. Schliesslich machte ein dürres Communiqué aus dem königlichen Schloss dem romantischen Märchen ein Ende. Der schöne Baron hatte gefreit und war gescheitert.

Darauf schloss ihn die Öffentlichkeit erst recht ins Herz.

Nichts löst auf der ganzen Welt mehr Rührung aus als der verschmähte Liebhaber als tragischer Held. Spöttische Bezeichnungen wie «der falsche Baron» und «der sexy Saxophonist» wurden von vorsichtigen Zeitungsredaktoren nicht mehr verwendet. Man nannte ihn jetzt respektvoll den «königlichen Freier»; Fotos mit einer Andeutung von Lächeln auf dem von Gram gezeichneten Gesicht kamen gar nicht erst auf den Tisch des Bildredaktors. «Warum sieht der Baron so traurig aus?», wurde zum Schlagwort auf den Redaktionen in New York und London. Zahlreiche zotige Antworten wurden erfunden, aber natürlich nie gedruckt.

Das Ende der grossen Romanze bedeutete aber keineswegs das Ende von Mandozas Karriere. Alle seine Aktivitäten folgten nach wie vor dem Muster des schlagzeilenträchtigen Auffallens. Sein Presseagent – ein offenbar unvermeidlicher Begleiter von Berühmtheiten – kündete an, dass der Baron daran sei, seine Memoiren zu schreiben. Die Filmrechte seien bereits zu einer beträchtlichen Summe verkauft worden. Er hatte zudem zwei Verleumdungsklagen gegen Zeitungen eingereicht, die es gewagt hatten, ihn lächerlich zu machen. Als gewisse Kreise in London und New York Anzeichen machten, ihm die kalte Schulter zu zeigen, wurde er auf einen obskuren diplomatischen Posten irgendwo in Europa gehievt, worauf er sich – nur vorübergehend natürlich – aus der Öffentlichkeit zurückzog, «um zu vergessen». Sollte das wankelmütige Publikum die Absicht gehabt haben, ihn zu vergessen, so sorgten gewiefte Redaktoren bei der Boulevardpresse dafür, dass dies nicht zu bald geschah. Genau darauf verliess sich Chipperfield jetzt. Und er sollte nicht enttäuscht werden.

«Ich habe zwar keine Ahnung, was du im Schilde führst, mein lieber Paddy», knisterte es wenig später aus der Leitung, an deren Ende Bernheim in London sass, «aber hier sind die beiden Informationen, die du verlangt hast. Der ‹falsche Baron› hat seinen Posten in Bonn verlassen –»

«Er war in Bonn stationiert?», entfuhr es Chipperfield.

«Ja, er hat Urlaub genommen und Bonn mit unbekanntem Ziel verlassen.»

«Das heisst, du weisst nicht, wo er ist!»

«So ungefähr. Es sieht so aus, als ob er südwärts durch Deutschland Richtung österreichische Grenze gefahren wäre. Das ist alles, was ich für dich tun kann, mein lieber Paddy. Warum bist du so gestresst? Vielleicht taucht ja in den nächsten Stunden noch etwas –»

«Das wollen wir doch schwer hoffen! Und sieh zu, dass die Informationen stimmen. Ich rufe dich heute Abend an. Was ist übrigens mit der Zigarettenmarke, hast du etwas erfahren?»

«Er ist Nichtraucher.»

Chipperfield packte den Hörer mit grimmiger Kraft, innerlich voller Wut und Frustration.

«Ein schöner Nichtraucher, das! Weisst du noch, als sie ihn an der Riviera erwischten mit einem Joint in der Hand?»

«War nie zu beweisen, mein lieber Paddy. Genau damit zog er den Kopf aus der Schlinge; er konnte glaubhaft machen, dass er nie in seinem Leben eine Zigarette geraucht hatte.»

«Es waren aber nicht viele, die ihm damals Glauben schenkten, und ich glaube ihm jetzt erst recht nicht. Der Kerl ist ein Schwindler.»

«Selbstverständlich, durch und durch falsch. Aber er steigert die Auflage, was willst du noch mehr? Jetzt fahr du mal schön langsam nach Genf, wie es sich für einen braven Reporter gehört, und grab was Schönes aus an der Konferenz, dann –»

«Du hörst von mir», unterbrach er Bernheim und knallte den Hörer auf die Gabel.

Verärgert verliess er die Telefonkabine und zündete sich eine Zigarette an, erst dann bemerkte er, dass die hübsche Serviererin, die seine Fragen beantwortet hatte, herumstand und offenbar seine Aufmerksamkeit suchte. Sie kam zu ihm hin, mit leicht erröteten Wangen. Sie will noch einmal ein Trinkgeld, dachte er verdrossen.

«Bitte um Entschuldigung, aber dieser Freund, den –»

«Ja?»

«Glauben Sie, Sie sehen ihn bald? Ich würde ja nicht fragen, aber –»

«Wahrscheinlich schon. Warum?»

«Nun … eh … es ist nur … er hat mit deutschem Geld bezahlt und –»

«Mit deutschem Geld? Sind Sie ganz sicher?», unterbrach Chipperfield aufgeregt.

«Ja, hier ist es. Sehen Sie, es ist nicht mehr gültig. Oh, nicht dass ich glaube, dass er uns betrügen wollte, aber als ich das Geld in Schweizer Franken umtauschen wollte, sagte mir der Herr Direktor, dass diese Noten vor kurzem aus dem Verkehr gezogen wurden. Ich wollte fragen, ob Sie vielleicht –»

«Natürlich, Fräulein, sowieso.» Er riss ihr die Note heftig aus der Hand und gab ihr den Gegenwert in Schweizer Franken, dazu ein grosszügiges Trinkgeld.

Erst als er wenig später zitternd vor Anspannung am Steuer seines Wagens sass, wurde ihm bewusst, dass er keine Ahnung hatte, wo er die Jagd nach Mandoza beginnen sollte.

Es würde nicht einfach sein, ihn zu finden. Allerdings hatte er schon schwierigere Suchaktionen unternommen und erfolgreich zu Ende geführt. Eines war für ihn sicher: Es lohnte sich, den Besitzer des grünen Sportwagens ausfindig zu machen. Zwar hatte er nur dürftigste Fetzen eines Beweises, mit denen er seine Theorie stützen konnte. Es war nicht einmal eine richtige Theorie, viel eher eine verrückte Wette, aber ein erfahrener

Zeitungsreporter roch eine grosse Geschichte wie ein gut trainierter Hund die Trüffel. Und wenn die Sache völlig in einer Sackgasse stecken blieb, hatte er ja noch kaum Zeit und Geld aufgewendet. Genf und die schwafelnden Politiker würden auch morgen noch da sein. Er fuhr langsam die Strasse runter, am Bahnhof und an einigen stattlichen Hotels vorbei, bis er die Ecke erreichte, wo die Strasse rechts nach Spiez führte. Hier war der entscheidende Punkt, wortwörtlich der Scheideweg. Wenn er hier die falsche Strasse erwischte, hatte er keine Chance, je den Mann zu finden, den er für Baron Mandoza hielt.

Mit grösster Wahrscheinlichkeit war dieser nach rechts dem Thunersee entlang gefahren. Die Strasse führte über Spiez und Thun nach Bern. Es war nur logisch. Wenn Chipperfield nämlich links abbog, kam er nur zurück an den Anfang seiner Suche, zurück ins Zentrum von Interlaken. Als Alternative blieb einzig eine schmale Strasse geradeaus, die irgendwohin in die Berge zu führen schien, ganz offensichtlich an einen unbedeutenden Ort.

Dann erblickte er eine Garage. Fragen kostet ja nichts; deshalb fuhr er bei der Tankstelle vor.

Drei Minuten später hastete er zurück zu seinem Wagen und gab Gas. Der Mechaniker hatte gut aufgepasst und das grosse Trinkgeld verdient, das er erhielt. Nicht nur dass er eine Stunde zuvor einen grünen Sportwagen mit einem sonnenbebrillten Mann am Steuer aufgetankt und das Öl kontrolliert hatte, nein, der Mann hatte sich auch nach dem Weg durch das Tal der Lütschine nach Grindelwald erkundigt. Der Wagen trug eine deutsche Nummer und ein grosses D für Deutschland.

Chipperfield schaltete in den vierten Gang und fuhr in hohem Tempo auf der schmalen Strasse direkt in die Berge hinauf.

2. Kapitel

Es war reiner Zufall, dass John Bellman Chipperfields Ankunft in Grindelwald beobachtete.

Sosehr er sich auch bemühte, es gelang ihm nicht ganz, das Gefühl des Ärgers, ja der Bestürzung zu unterdrücken, das ihn überkam. Er konnte sich nicht vorstellen, was den selbst ernannten Fackelträger der Wahrheit in dieses ruhige Bergdorf führte. In Grindelwald hatte ein schnüffelnder Reporter nichts zu suchen, und es war kaum der Ort, den jemand wie Chipperfield für seine Ferien auswählen würde. Er war einfach nicht vornehm genug.

Bellman versuchte, die Sache zu vergessen und den klaren Eindruck loszuwerden, dass ihn der berühmte Journalist gesehen – und ignoriert – hatte, als er langsam durchs Dorf fuhr.

Seit den Ereignissen in New York, als die beiden hart aneinander geraten waren, hatten sich ihre Wege nie mehr gekreuzt, und von Bellman aus hätte dies auch ruhig so bleiben dürfen. Zugegeben, es war durchaus möglich, dass ihn der Mann nicht gesehen hatte. So wie er langsam, nach links und nach rechts angestrengt zum Fenster hinausspähend, an der Stelle vorbeigefahren war, an der Bellman stand, schien er etwas oder jemand zu suchen. Vielleicht hatte er so intensiv geschaut, dass er gar nichts anderes mehr wahrnehmen konnte als das Objekt seiner Suche. Wie auch immer. Das Schicksal würde ihm doch wohl so hold sein und den Mann nicht hinauf zur Kleinen Scheidegg führen, wo er, Bellman, ein Hotelzimmer hatte.

Er schlenderte hinunter zum Bahnhof Grindelwald und ging auf das grün-crème gestrichene Bähnchen – es hatte etwas von einer Modelleisenbahn – zu, das ihn hinauf zu seinem Hotel bringen würde. Zum Einsteigen war es noch zu früh, denn der Zug fuhr erst in etwa einer Viertelstunde. Deshalb ging er noch ein paar Schritte weiter bis ans Ende des Bahnsteigs, wo das Gleis der Zahnradbahn steil hinunter, zuerst über die Dorfstrasse und dann in den Talgrund der Lütschine führte.

Er blieb stehen und betrachtete zufrieden das grüne Panorama, das sich vor seinen Augen ausbreitete. Nach einem trüben Morgen brach jetzt langsam die Nachmittagssonne durch die Wolken, und das silberne Band der Lütschine zog glänzend am Bahnhof Grund vorbei und weiter talabwärts. Die Wanderungen durch die Alpweiden rechts und links des Flusses, die er in den letzten zwei Wochen unternommen hatte, konnte er teilweise verfolgen.

Rechts stiegen die grünen Felder steil in Richtung des weiss bepuderten Faulhorns und der Schynigen Platte an, auf der anderen Seite des Baches, Richtung Westen, breiteten sie sich über sanftere Hänge gegen die Kleine Scheidegg und Männlichen aus. Sein Blick schweifte nach links zum Eiger, fast etwas zögernd, da er das Gefühl hatte, in den letzten Tagen zu viel Zeit für die gewaltige, grau-schwarze Wand verwendet zu haben.

Die obere Hälfte des Berges war von einer dünnen Wolke verhüllt, aber seltsamerweise schien dies die überwältigende Dimension dieses Klotzes nicht zu verringern, sondern gar noch zu vergrössern. Wie ein Egoist, der selbstgefällig ein Gruppenfoto dominiert, breitete sich der Berg über mehr als sechs Kilometer von West nach Ost aus und verdeckte die Sicht auf Mönch und Jungfrau, die man ansonsten von Bellmans Standort aus gesehen hätte. Der Berg war so riesig, so vereinnahmend, dass er einem das Recht zu nehmen schien, in diesem wunderbaren Lütschinental etwas anderes zu betrachten als ihn. Zum hundertsten Mal wohl starrte Bellman auf den Eiger, fasziniert von der schieren Grösse, und zum hundertsten Mal wurde der Eindruck bestätigt, den er beim ersten Mal gehabt hatte: Es war kein schöner Berg.

Plötzlich, vermutlich wegen einer Windböe, die über die Scheideggschulter fegte, begannen sich die Wolken zu bewegen. Bellman schaute gebannt zu, obschon er wusste, was kommen würde. Das Phänomen faszinierte ihn jedesmal wieder von neuem: Die Wolken rissen auf, schoben sich wieder zusammen, und dann verschwanden sie endgültig, wobei sie nach und nach das hässliche schwarze Gesicht der famosen Eigernordwand freigaben. Die Grate im Osten und im Westen schnitten rasiermesserscharfe Linien ins Blau des Himmels, führten immer höher hinauf, Hunderte und Aberhunderte von Metern türmten sie sich auf, bis sie sich im mächtigen Gipfel trafen, um eine fast symmetrische Pyramide zu bilden, 3970 Meter über Meer. Ein Wolkenstreifen von reinstem Weiss strömte vom Gipfel weg wie eine Fahne, die der ganzen Welt einen symbolischen Sieg verkündete. Ein atemberaubender Anblick.

Atemberaubend, schön und dennoch irgendwie Furcht erregend, eine Schönheit, die nichts gemein hatte mit dem sanften Charme des grünen Tals mit seinen verstreut liegenden, blumengeschmückten Chalets und den weidenden, glockenbehängten Kühen. Es war eine wilde Schönheit, die der Ehrfurcht einflössenden Monumentalität eines Kriegsschiffes ähnelte oder der schrecklichen Ästhetik einer Atombombenexplosion in der Wüste – Schönheit und Schrecken in unheiliger Allianz, faszinierend und abstossend zugleich.

Leicht schaudernd wandte sich Bellman ab und ging langsam zum Zug zurück; seine Gedanken drehten sich noch einmal um das Drama der letzten paar Tage, als sich drei junge Bergsteiger aus Österreich und Deutschland mit der Nordwand einliessen und gezeichnet, aber lebend als 14. Seilschaft den Gipfel erreichten.

Allerdings war er nicht nach Grindelwald gekommen, um ihnen zuzuschauen. Er hatte nicht einmal gewusst, dass eine Seilschaft einen Versuch unternahm. Er war auf der Suche nach Ruhe und Erholung gekommen und hatte das Schweizer Dorf nicht nur aus nostalgischer Erinnerung an Ferien in der Kindheit ausgesucht, sondern weil er sich keinen besseren Ort vorstellen konnte, wo er die Hektik der Stadt und des Zeitungslebens besser aus dem System schaffen konnte.

Und jeden Moment dieser Ferien hatte er genossen, inklusive das Gratis-Schauspiel, das geboten wurde. Es war eine Geschichte, die er nicht hatte sausen lassen können, selbst wenn er kein professioneller Reporter gewesen wäre. Es hatte keinen Sinn, sich selber einzureden, dass er in den Ferien war, wenn ein spannendes Thema direkt vor seiner Nase auftauchte. Er verfolgte den Aufstieg der Bergsteiger mit einem starken Fernglas und sandte einen kurzen Bericht mit den wichtigsten Fakten an sein Büro in Hamburg, ohne sich darum zu kümmern, ob sie ihn verwendeten oder nicht. Die Klettershow war für ihn wirklich nur eine Zugabe, denn die Wanderungen, die er unternommen hatte, das gute Essen, die klare Bergluft und die grossartige Aussicht waren bereits mehr, als er sich erträumt hatte. Er spürte bereits, dass es ihm schwer fallen würde, in ein paar Tagen nach Hamburg zurück zu reisen, aber immerhin fühlte er sich gesund und erholt, bereit, die Arbeit wieder aufzunehmen.

Die Leute begannen nun, in den Zug einzusteigen, und er sicherte sich rasch einen Fensterplatz auf der linken Seite. Langsam füllte sich der Wagen mit einer bunten Mischung von Touristen aus der ganzen Welt: junge, sonnengebräunte Frauen, mehrere mittelalterliche Paare und ein paar zähe junge Bergsteiger in groben Nagelschuhen, mit schweren Rucksäcken und Seilen. Bellman betrachtete diese jungen Männer mit besonderem Interesse. Waren diese schweigsamen, muskulösen jungen Helden mit ihren wettergegerbten Gesichtern ein besonderer Schlag? War es reine Fantasie, wenn man in ihren Augen einen abwesenden, fast fanatischen Blick sah? Was brachte sie dazu, bei der Ausübung ihres Sports das Leben zu riskieren? Sicher nicht Geld, so viel war klar. Es gab keine Wettbewerbe oder Meisterschaften, keine Preisgelder, keine grossen Ziele, wie sie Profiboxer, Fussball- oder Tennisspieler anstrebten. Es gab nicht einmal die Anfeuerungen eines begeisterten Publikums, die wie Musik in den Ohren geklungen hätten. Mit sehr wenigen Ausnahmen gingen sie alle in stiller Hingabe ihrem gefährlichen Freizeitvergnügen nach; es war ihnen egal, ob jemand ihre Erfolge zur Kenntnis nahm oder nicht. Natürlich war schon jede Menge Unsinn über diesen Sport geschrieben worden, aber man musste zugeben, dass seine Exponenten viel Mut, bemerkenswerte Ausdauer und einen eigenartigen, bewundernswerten Idealismus an den Tag legten – Qualitäten, die in vielen anderen Gebieten des Sports unübersehbar fehlten.

Gedankenverloren registrierte Bellman kaum, dass das Zahnrad mit einem leichten Ruck in die Zahnstange einrastete, als sich die Bahn in Bewegung setzte. Sie überquerte die Strasse, fuhr zum Bahnhof Grund hinunter und kroch dann wie eine vorsichtige grüne Raupe die steilen Hänge hinauf gegen den massiven Fuss des Eigers. Eine Weile blieben der Untere Gletscher und die majestätischen Gipfel von Wetterhorn und Schreckhorn noch sichtbar, dann versperrte der massige östliche Buckel des Eigers, der Mittellegigrat, die Sicht, und der Riesenberg nahm Bellmans ganzes Blickfeld ein. Sie fuhren an einem hageren, alten Bauern in einem zerbeulten Filzhut und Stiefeln vorbei, der damit beschäftigt war, Mist auf der Wiese zu verteilen. Er entnahm ihn hölzernen Behältern, die er einem geduldigen Esel aufgeschnallt hatte. Mann und Tier gaben sich alle Mühe, in dem steilen Hang die Balance zu halten. Ab und zu sah man Gruppen von Wanderern, die auf schmalen, gewundenen Pfaden den Hang hinaufstiegen; sie bildeten kleine, lebende Farbtupfer im uniformen Grün der saftigen Wiesen. Dann schlich der Zug durch einen Wald mit Bergahorn und Rottannen, bevor er an der winzigen Station Alpiglen zum Stehen kam.

Während des Halts öffnete Bellman ein Fenster und verrenkte sich den Hals, um einen aufregenden Blick direkt in die grosse Nordwand zu bekommen, die sich unmittelbar vor seinen Augen auftürmte. Alpiglen war üblicherweise der Ausgangspunkt für Durchsteigungsversuche der Eigernordwand. Der Weiler bestand einzig aus dem winzigen Stationsgebäude, ein paar Alphütten und einer kleinen Pension.

Nach kurzem Halt machte sich der Zug an die letzten paar Kilometer hinauf zur Kleinen Scheidegg. Sie fuhren durch eine

Galerie, die als Schutz gegen Steinschlag und Lawinen diente. Auch als sie wieder ans Tageslicht kamen, versperrte der Eiger die Sicht nach links, so dass sich Bellman gezwungen sah, auf das Stück kahle, eher trostlose Erde zu blicken, das in ungleichmässigen Wellen auf der rechten Seite abfiel. Nicht zum ersten Mal starrte er neugierig auf das düstere Hotel, das auf einem kleinen Buckel inmitten dieser windgepeitschten, nahezu baumlosen Hänge stand.

Das Gebäude machte einen ziemlich einsamen Eindruck, trotz des hochtrabenden Namens, der dank der grossen schwarzen und weissen Lettern vom Zug aus lesbar war: GRAND HOTEL NORDWAND. Ihm kam es eigenartig vor, dass man dort ein Hotel hinstellte, Grand oder nicht. Wenn die Leute ihre Ferien in der Gegend verbringen wollten, übernachteten sie entweder unten in Grindelwald oder fuhren auf die Kleine Scheidegg, die mit ihren ausgezeichneten Hotels und dem grandiosen Blick auf Eiger, Mönch und Jungfrau und dank der einmaligen Lage am Knotenpunkt der Zahnradbahnen von Grindelwald im Osten und Lauterbrunnen im Westen sowohl im Winter wie im Sommer äusserst attraktiv war. Dagegen schien ein Hotel an dieser einsamen Stelle sinnlos, ausser für diejenigen, welche die unvergleichliche Sicht in die Eigernordwand schätzten.

Ein schmaler Pfad durch sumpfig aussehendes Gelände verband das Hotel mit der Haltestelle Alpiglen. Wie um die Verlorenheit der Gegend zu unterstreichen, hatte niemand den Zug in Alpiglen verlassen. Trotzdem befand sich ein einsamer Fussgänger auf dem Pfad. Er bewegte sich allerdings vom Hotel weg in Richtung Station; auf dem Kopf trug er eine höchst unpassende schwarze Melone und in der Hand eine schwarze Aktentasche. Ein zweiter Tunnel versperrte den Blick auf die Person, als der Zug die letzte Steigung zur Scheidegg in Angriff nahm.

* * *

Klaus Borgwand hasste die Melone und die glänzende Aktentasche, er hasste sie von ganzem Herzen.

Er nahm einen Feldstecher in die Hand und starrte zum Bürofenster hinaus, stellte aber nicht auf die Person selber scharf, sondern auf die voll gestopfte Aktentasche. Im Laufe der Jahre waren schon andere Männer gekommen, die eine Aktentasche über den Pfad zum Hotel trugen, und er hatte deren Kommen immer mit Gelassenheit beobachtet, denn sie taten ja nur ihre Pflicht, nämlich die, ihn zum Begleichen der Schulden aufzufordern. Einige hatte er mit Versprechungen befriedigt, die hartnäckigeren mit Zahlungen, aber obwohl manchmal harte Worte gefallen waren, hatte er solche Besucher nie wirklich verabscheut. Klaus Borgwand war Hotelier und Geschäftsmann, und er verstand sehr wohl, dass der Bäcker und der Metzger bezahlt sein wollten, so unangenehm es manchmal auch sein mochte. Aber dieser widerliche kleine Mann mit dem unmöglichen Hut (in Zürich äffte man gerade eine Londoner Mode nach) war nicht gekommen, um Geld zu verlangen, sondern um Geld zu bieten … aber zu einem Preis. Das war seine unverzeihliche Sünde. Der Vertrag wurde unterschrieben, die harten Bedingungen des Wechsels akzeptiert, denn er hatte keine andere Wahl, um zu verhindern, dass das Hotel unter den Hammer kam. Obschon sie sich zuletzt verkniffen angelächelt und zum Abschied die Hand gegeben hatten, war es eine ungleich ekligere Begegnung als alle anderen gewesen, die er über sich hatte ergehen lassen müssen.

Mit dem Fernglas in der Hand verliess er das Hotel und trat auf die Terrasse; er stützte sich in seiner Lieblingspose an das grosse Fernrohr, das mitten auf der Terrasse stand. Ohne es zu wollen, richtete er seinen Blick auf die Krete der Scheidegg, keine drei Kilometer entfernt, wo es vor Touristen rund um die Häusergruppe wimmelte. Der Anblick löste in ihm stets ein Gefühl von Bitterkeit und unverhohlenem Neid aus. Warum hatten die dort oben immer so voll, so viel Erfolg, und er nicht? Er hasste Selbstmitleid und widerstand der Versuchung, alles auf Pech zurückzuführen. Irgendwann im Laufe der Jahre, vielleicht bereits ganz am Anfang, hatte er sich schwer verrechnet.

Er hatte gewusst, dass er ein grosses Risiko einging, als er das Hotel dort baute, wo es jetzt stand. Im Tal hatten sie sich über ihn lustig gemacht und sein Haus «Borgwands Schnapsidee» genannt. Er hatte auf die Eigernordwand gesetzt und mit deren Anziehungskraft gerechnet, und am Anfang schienen sich seine Anstrengungen auch auszuzahlen. Er rackerte wie ein Kuli, und die Leute machten mit Mund-zu-Mund-Propaganda das neue Hotel mit dem unvergleichlichen Blick auf die Eigernordwand bekannt. Dann das Debakel: Am Ende seines dritten Geschäftsjahres brach der Krieg aus. Die tapferen jungen Männer, die sich mit der Eigerwand messen wollten, blieben aus, wie auch die Touristenscharen, die ihren Kampf sehen wollten.

Bis der Krieg zu Ende ging, waren seine Schulden massiv angewachsen, und die Leute hatten den Eiger anscheinend vergessen. Es sah so aus, als ob der Hunger nach Gefahr und Spektakel für eine Weile gestillt war. Ein paar Kletterer tauchten auf, einige erstiegen die Nordwand und gingen wieder, aber in der

Hotelkasse hinterliess ihre Anwesenheit kaum Spuren. Die Konkurrenz auf der Kleinen Scheidegg und im Tal unten hatte ihm die Luft abgedreht, er war wie in einem Schraubstock. Er fühlte, wie er unter der Last der Schulden und einer sich stets verschlechternden Gesundheit langsam unterging. Der Wechsel, den er unterschrieben hatte, enthielt ruinöse Bedingungen, die er niemals erfüllen konnte. Ausser es geschah ein Wunder. In wenigen Monaten würden sie ihm sein Haus wegnehmen und damit seinen Lebensinhalt. Dann blieb ihm nichts mehr, nicht einmal ein gesunder Körper.

Er blieb eine Weile dort stehen, verstrickt ins komplexe Netz von Vergangenheit, Gegenwart und Zukunft. Schliesslich stiess er die Luft hörbar aus und wollte gerade den Feldstecher vom Auge nehmen und ins Haus zurückkehren, als ihm etwas Ungewöhnliches auffiel. Es war weder der Nachmittagszug, der langsam die letzte Steigung zur Scheidegg hinaufkroch, noch die Bewegung der wenigen Leute, die an der Station Alpiglen ausgestiegen waren, sondern etwas anderes: An einem Felshang oberhalb und ein wenig rechts der Station stand ein – Zelt, und an einem Lagerfeuer hockten deutlich sichtbar zwei Personen. Sie waren teilweise durch ein kleines Fichtengehölz verdeckt, so dass es unmöglich war, etwas über das Aussehen der beiden zu sagen. Es hätten sogar mehr als zwei Personen sein können. Jemand anderes als Klaus Borgwand hätte in dieser Szene nicht mehr gesehen als das alltägliche Bild von Campern, die am Feuer ihr Nachtessen zubereiteten. Für Klaus Borgwand aber bedeutete die Szene mehr.

Er kehrte ins Hotel zurück, ging am Lift mit dem Schild «Vorübergehend ausser Betrieb» vorbei und stieg mühsam in den vierten Stock hinauf. Das Herz pochte gefährlich heftig wegen der Anstrengung. Er ging durch einen teppichlosen Korridor in eine dunkle, muffig riechende Mansarde, die früher einmal als Personalzimmer gedient hatte. Er öffnete das Fenster, wartete, bis er wieder bei Atem war, und schaute erneut durch sein Fernglas.

Also doch, murmelte er für sich. Er wusste, dass er sich nicht getäuscht haben konnte. Man lebte nicht 20 Jahre am Fuss der Eigernordwand, ohne ein feines Gespür zu entwickeln und ein grosses technisches Wissen über das Bergsteigen zu erwerben. An der Kleidung, den Rucksäcken und den verstreut herumliegenden Ausrüstungsgegenständen, die erst von seinem jetzigen Standort aus sichtbar wurden, konnte er eindeutig feststellen, dass die beiden nicht einfache Zelttouristen waren, die gerne in der Natur campierten. Es handelte sich zweifellos um Männer, die einen Berg besteigen wollten, und angesichts der Stelle, wo das Zelt stand, konnte dies nur heissen: die Eigernordwand.

Er reagierte jedesmal genau gleich: mit Staunen, Stolz, Bewunderung – und Angst. Vor 20 Jahren war das unmögliche Unterfangen zum ersten Mal gelungen, als Heckmair mit seiner Seilschaft die fast 1800 Meter hohe Wand aus vereistem Fels bezwang. 20 Jahre waren es schon und ebenso viele Tote, ganz zu schweigen von all den Glücklichen, die im letzten Moment aus der Wand herausgeholt werden konnten, halbtot vor Erschöpfung und Verausgabung. 20 Jahre, 20 Tote, und dennoch kamen sie immer wieder, wie vom Berg hypnotisiert.

Lange beobachtete er die beiden Männer, in der Hoffnung, dass sie sich ihm zuwandten, so dass er sie besser hätte erkennen können. Aber beide – es handelte sich offenbar tatsächlich nur um zwei – hockten weiterhin am Feuer, assen, stellten ab und zu frischen Kaffee zum Kochen aufs Feuer, doch immer kehrten sie ihm den Rücken zu. Schliesslich stand einer auf, streckte sich und drehte sich um, um den Himmel nach Wetteranzeichen abzusuchen. Er war untersetzt, von breitschultriger, kräftiger Statur, und trotz der Strickmütze und der untergehenden Sonne erkannte Borgwand den Mann. Es war ein Einheimischer, Hans Albrecht, ein ehemaliger Bergführer. Um ihn hatte es einen Skandal gegeben, in dessen Folge er von der Liste der akkreditierten Führer gestrichen worden war; Borgwand konnte sich allerdings nicht mehr genau erinnern, warum.

Der Hotelier richtete sein Fernglas auf den anderen Mann, aber er hatte Pech. Der Mann stand zwar auf, ging jedoch ohne sich umzudrehen mit Kochgeschirr in der Hand hinter die Bäume, wo er offensichtlich in einem Bach den Abwasch erledigte.

Borgwand blieb, so lange es irgendwie ging, obwohl er schon längst hätte in der Küche sein müssen, um bei der Zubereitung des Nachtessens zum Rechten zu sehen. Aber er konnte sich nicht losreissen, denn der stämmige Führer verschwand im Zelt, nachdem er seine Wetterbeobachtung beendet hatte, und der zweite Mann machte keine Anstalten, wieder hinter den Bäumen aufzutauchen. Er schaute auf die Uhr, stiess eine leise Verwünschung aus und schloss das Fenster. Früher, vor dem Krieg, da hatte jeden Morgen ein perfekt gekleideter Küchenchef respektvoll an die Tür von Borgwands Büro geklopft und Vorschläge für die Menüs gemacht. Borgwand brauchte die Speisekarte jeweils nur sorgfältig durchzulesen und hie und da eine Änderung anzubringen. Jetzt konnte er sich keinen Küchenchef mehr leisten. Die Speisekarte entsprang seinem eigenen müden Gehirn, oft unterstützt von

Claire, wenn ihm nichts mehr einfiel. Alle Mahlzeiten kochte er selber mit Unterstützung von zwei ungelernten Küchengehilfen aus Italien.

Grimmig ging er die Treppe hinunter in die Küche.

* * *

Claire war gerade mit einer deprimierenden Bestandesaufnahme der Bar beschäftigt, als Papa Borgwand vorbeiging. Er unterliess es, sie anzuschauen und ihr wie gewohnt zuzulächeln. Das bedeutete, dass er besorgter war als sonst. Sie hatte eine ziemlich genaue Idee, wer der Besucher von heute Nachmittag gewesen war: sicher nicht einer der üblichen, hartnäckigen Geschäftsmänner auf der Suche nach Geld; der aalglatte kleine Mann benahm sich dafür viel zu unterwürfig.

Sie seufzte und fuhr fort, die Flaschen zu kontrollieren, die ihr noch zur Verfügung standen. Sie stellten eine ziemlich wilde Mischung dar, aber nur sie und der Direktor wussten, wie wenig Flaschen noch im Keller lagerten, um den Bestand zu ergänzen. Wenn es nicht gelang, einen der Weinhändler umzustimmen, würden sie keine Vorräte mehr vom Tal herauf geliefert bekommen. Wenn die Vorräte in der Bar ausgingen, wurde die Lage in der Tat hoffnungslos, denn dies war der einzige Bereich des Hotels, von dem man einen Profit erwarten konnte. Nicht dass die paar anspruchslosen, mittelalterlichen Gäste, die das Hotel im Moment bevölkerten, Anstalten machten, die Bar zu stürmen, aber man wusste ja nie, welche unerwartete Nachfrage die Bar würde befriedigen müssen.

Eine schwache, aber aufdringliche Stimme im Hinterkopf sagte ihr, dass es verrückt war, weiterhin in diesem Job zu bleiben. Aber sie hatte sich geschworen, bis Ende Saison auszuharren. Es war das Mindeste, was sie als Gegenleistung für die Herzlichkeit bieten konnte, die Papa Borgwand ihr und ihrer Familie entgegengebracht hatte. Verschiedene Lieferanten und nicht wenige Gäste hatten sie gefragt, warum sie sich nicht nach einer besseren Stelle umsah. Zwei Angebote von Nachtklubbesitzern, einem aus Genf und einem aus Zürich, lagen in ihrem Schlafzimmer und setzten Staub an. Man kann jederzeit von einer unangenehmen Situation davonlaufen, so hatte sie sich gesagt, aber manchmal war es besser, zu bleiben und durchzuhalten.

Sie beendete die Flaschenzählung, nahm ihre Schlüssel und ging hinunter in den Weinkeller, in der sinnlosen Hoffnung, vielleicht eine vergessene Kiste oder auch nur eine einzelne Flasche Likör oder Schnaps zu finden, die jemand für eine besondere Gelegenheit aufgehoben hatte.

Sie musste gut aufpassen: Die Tritte in den Keller hinunter waren an verschiedenen Stellen gefährlich verschimmelt. Geld für eine Reparatur jener Bereiche des Hotels, die den Gästen verborgen blieben, gab es keines. Vor der verschlossenen Tür zum Weinkeller betätigte sie den Lichtschalter. Nichts. Die kaputte Glühbirne war nicht ersetzt worden, vermutlich weil es gar keine mehr gab, nicht einmal in den leeren Räumen jenes Flügels, der nicht mehr in Gebrauch war. Claire griff nach dem Regal, auf dem sich immer eine Ersatzkerze befand. Sie zündete die Kerze an, schloss die Tür auf und trat ein.

Ihre Suche durch das düstere Gewölbe im Licht der flackernden Kerze erbrachte erstaunliche Resultate. Einer Eingebung folgend ergriff sie eine Bockleiter und untersuchte den hintersten Winkel jedes Kellerabteils. Sie hatte etwa die Hälfte geschafft, als das schwache Kerzenlicht plötzlich auf sechs völlig verstaubte, dickbauchige Flaschen fiel. Sorgfältig kratzte sie die Dreckschicht von der Etikette und schnalzte dann vor Freude über ihren Fund: Ihr waren sechs Flaschen Kentucky Bourbon aus der Vorkriegszeit in die Hände gefallen, das Siegel noch intakt. Der Fund war Gold wert. Die Beute war nicht darum so wertvoll, weil der Whisky die wenigen anspruchslosen Hotelgäste erfreuen würde, nein, der wahre Schatz lag in ihrem Handelswert im Dorf unten. Und *das* entlockte ihr einen Laut des Entzückens. Dank dieser Flaschen und vielleicht eines Harasses alten Weines, der sich ebenso seltener Nachfrage erfreute, würde es ihr möglich, viel überlebenswichtigere Vorräte für die Bar aufzustocken.

Sie wollte gerade die Leiter hinuntersteigen, als sie zwei Hände an ihren Fesseln spürte. Sie schrie kurz auf und hielt sich an den Holzlatten des Kellerabteils fest, um nicht hinunterzufallen. Sich umdrehend sah sie in das grinsende Gesicht des Chefkellners Ludwig, das sich ihr voll unverhohlener Befriedigung entgegenreckte.

«Das hast du nicht erwartet, gell!», lachte er schallend.

«Lass mich los, du Idiot», herrschte sie ihn an.

Er versuchte sie zu umarmen, als sie den Boden erreichte, aber sie rammte ihm den Ellbogen ins Gesicht, da ihre Hände mit zwei wertvollen Flaschen beschäftigt waren.

Der Kellner stolperte rückwärts und hielt sich das Kinn.

«Was hast du da in der Hand?», fragte er hässig. «Die privaten Schnapsvorräte des Alten?»

«Geht dich gar nichts an. Statt hier blöd herumzustehen, könntest du eigentlich deine flinken Hände für etwas Sinnvolleres einsetzen. Halt, nein, ich traue dir nicht über den Weg. Ich hole sie lieber selber.»

Sie stieg erneut auf die Leiter und schnappte sich zwei weitere Flaschen, von einem leichten Prickeln ihrer Haut darauf aufmerksam gemacht, dass er ihre Beine anglotzte.

«Ich weiss gar nicht, was du überhaupt hier zu suchen hast», sagte sie über die Schulter. «Du weisst ganz genau, dass das Personal keinen Zutritt zum Keller hat –»

«Du scheinst vergessen zu haben, dass ich jetzt der Chefkellner bin. Ich müsste hier genauso Zutritt haben wie das süsse kleine Betthäschen des Alten.»

Sie wirbelte herum, geladen wie ein Vulkan vor dem Ausbruch, die Augen funkensprühend vor Wut. Der Kellner wich zurück; jetzt galts offenbar ernst.

«Jetzt hör mir mal zu, du aufgeblasener Hanswurst, noch einmal eine solche Bemerkung, und ich schwör dir, ich schlage dir jeden Zahn einzeln ein. Weisst du überhaupt, warum du Chefkellner bist? Nur weil die anderen Spitzbuben alle abgehauen sind. Darum.»

«Und warum sind sie alle abgehauen, huh?», stichelte er höhnisch.

«Weil es eine Horde schleimiger Trinkgeldschnorrer war. Darum.»

«Und ich sage dir, warum: weil Papa Borgwand keinen Lohn zahlt. Darum.»

«Die hätten ihren Lohn schon noch bekommen», sagte sie sec.

Der Kellner schnaubte spöttisch.

«Ja vielleicht, aber wann, heh?»

Wortlos packte sie die letzten beiden Flaschen.

«Du glaubst doch wohl nicht, dass ich noch länger in diesem Scheissladen weiterkrüpple?», wetterte er weiter, dank seinem Volltreffer wieder etwas mutiger geworden. «Wenn Borgwand nicht bald Kröten lockermacht, und zwar so viel, wie mir zusteht, dann könnt ihr mich filmen.»

«So hau doch ab. Dir weint hier niemand eine Träne nach, das kannst du mir glauben.»

«Ihr könnt doch ohne mich gar nicht existieren.»

«Wir könnens ja drauf ankommen lassen.»

Ludwig lachte ungläubig und stolzierte davon.

Claire suchte im Licht der Kerze nach irgendeinem Gefäss, in dem sie die sechs wertvollen Flaschen transportieren konnte. Schliesslich stöberte sie einen Getränkeharass mit leeren Flaschen auf.

Sie schloss die Kellertür hinter sich ab, blies die Kerze aus und ging durch die Küche zurück in die Bar, begierig darauf, den glücklichen Fund ihrem Chef zu zeigen.

Sie betrat das hell erleuchtete Garde-Manger, in dem der Direktor, jetzt in der weissen Kochuniform und mit einem Küchentuch über der Schulter, geschickt Poulets dressierte. Gerade als sie etwas sagen wollte, wurde sie von einem bestimmten Zug in seinem verhärmten Gesicht gestoppt.

Er blickte auf und sagte trocken:

«Ich habe soeben dem Ludwig gekündigt. Oder er mir, ich weiss es nicht so genau.»

«Oh, was ist denn passiert?»

«Er wollte mehr Geld. Und zwar jetzt, auf der Stelle.»

«Er ist keinen zusätzlichen Rappen wert. Und anderswo bekäme er auch nicht mehr.»

«Genau. Davon konnte ich ihn aber nicht überzeugen. Er muss es halt selber herausfinden. Aber jetzt sind wir ein wenig knapp mit Personal, obschon nur wenig Gäste da sind.»

«Ich helfe servieren heute Abend», sagte sie.

«Ehrlich? Ich wäre dir sehr dankbar – aber nur als Ersatz, bis wir wieder jemand haben, natürlich.»

Der alte Mann und die junge Frau sahen einander an und tauschten ein Lächeln des Einverständnisses aus. Beide wussten, dass sie kaum eine Chance hatten, mitten in der Saison einen neuen Kellner zu bekommen, aber es gab keinen Grund, darüber ein Wort zu verlieren.

Dann hielt Claire den Getränkeharass mit den sechs Flaschen hoch, so dass er sehen konnte, was drin war. Das kleine runde Gesicht des Alten hellte sich für einen Moment auf.

«Oh verreckt … die habe ich ganz vergessen. Ich habe sie wahrscheinlich für eine besondere Gelegenheit aufgehoben, das Kriegsende vielleicht. Wie schade, dass wir keine Amerikaner unter den Gästen haben, die Freude haben daran.»

«Ich habe gar nicht im Sinn, sie in die Bar zu stellen. Ich will damit ‹händele› im Dorf unten. Darf ich das Telefon im Büro benützen? Das könnte ein heikles Geschäft werden.»

Er zog eine Augenbraue hoch, dann überzog ein anerkennendes Grinsen sein Gesicht, und er gab ihr die Schlüssel für das Büro.

«Ich weiss nicht, was ich ohne dich täte», sagte er zärtlich.

Er sah ihr nach, wie sie davonging. Und vergass einen Moment, woran er gerade arbeitete. Es war ein Vergnügen, ihr schon nur beim Gehen zuzusehen. Dann sah er in seinem Augenwinkel, wie die beiden italienischen Küchenburschen grinsend beisammenstanden. Sie hatten ja keine Ahnung, wie falsch sie lagen mit ihren schmutzigen Hintergedanken. Aber es hatte keinen Wert, ihnen das beibringen zu wollen. Unmöglich, jungen Italienern zu erklären, dass es andere Gefühle gab als die animalischen Instinkte. Er warf ihnen einen wütenden Blick zu, und beide gingen blitzartig zurück an die Arbeit.

* * *

Zehn Minuten später hängte Claire den Telefonhörer auf, ein triumphierendes Lächeln in ihrem hübschen Gesicht.

Sie hatte Recht gehabt: ein halbes Dutzend Flaschen Vorkriegsbourbon aus Kentucky waren hoch im Kurs. Nachdem sie den Köder mit ein paar Flaschen altem Bordeaux noch etwas fetter gemacht hatte, konnte sie einen rechten Fisch an Land ziehen. Mit dem Abendzug würde dringend benötigter Nachschub an Spirituosen der gängigsten Marken vom Tal heraufkommen. Ludwigs Abgang war vergessen. Bereits sah die Zukunft ein wenig rosiger aus. Sie brauchten jetzt ganz dringend ein paar unerwartete Gäste; es war Sonntag, das Wochenende also noch nicht ganz vorbei. Eine kleine Chance gab es noch. Die Glückssträhne war überfällig.

Mit einem Blick, den sie auf dem Weg in ihr Zimmer in den Saal warf, sah sie, dass die Tische falsch gedeckt waren. Sie korrigierte die Irrtümer rasch, nicht ohne die beiden übrig gebliebenen Kellner leicht zu tadeln. Schamlos setzte sie dabei ihren weiblichen Charme ein; sie wollte auf keinen Fall, dass die beiden ebenso verärgert Leine zogen wie Ludwig. Dann rannte sie in ihr Zimmer hinauf und zog ihr bestes schwarzes Kleid an.

Es war im Rücken etwas tief geschnitten (für sich nannte sie es den «Vamprock»), aber irgendwie hatte sie das Gefühl, das Schicksal müsse mit einem kleinen Puff in die Seite darauf aufmerksam gemacht werden, dass sie jetzt an der Reihe waren. Sie steckte die besten Silberbroschen an das Oberteil, bürstete ihr kurzes Haar kräftig zurück, bis es zu glänzen schien, und tupfte, nach einem Augenblick des Zögerns, ein paar Tropfen Parfüm hinter die Ohren. Sie sah in den Spiegel und versuchte, beim Anblick ihres Antlitzes nicht selbstgefällig zu werden.

«Fräulein Claire», sagte sie zu ihrem Spiegelbild, «lass dir eines gesagt sein: In diesem Kleid bist du ein Flittchen.»

Im Korridor draussen stiess sie fast mit dem Chefzimmermädchen Gerda zusammen, das die Hände voll Kissenanzüge hatte. Sie sagten freundlich Hallo, und Claire staunte nicht schlecht, als sie hörte, wie ihr die alte Dame anerkennend nachpfiff.

«Danke, Gerda», rief sie fröhlich und rannte leichtfüssig die Treppe hinunter.

An der Rezeption stand ein grosser, kräftig gebauter Mann, der Claire halb den Rücken zukehrte, als sie durch die Eingangshalle in die Bar ging. Während sie Eiswürfel aus ihrem Behälter brach, hörte sie, wie die Stimme des Fremden lauter wurde. Er sprach Hochdeutsch mit einem Akzent, englisch oder amerikanisch, da war sie sich ziemlich sicher. Er erkundigte sich in einem ziemlich barschen Ton, und Heinrich, der Concierge, gab sich alle Mühe, die Fragen zu beantworten. Claire kümmerte sich nicht gross um die beiden, denn arrogante Gäste gehörten zum Hotelalltag.

Sobald die Eiswürfel im silbernen Kübel untergebracht waren, griff sie nach einem Geschirrtuch und begann Gläser zu polieren, die nicht ganz perfekt aus dem Office gekommen waren. Gleichzeitig kontrollierte sie rasch den Vorrat an Oliven, Maraschino-Kirschen und Zitronen und überlegte sich, ob sie das Licht hinter der Bar anzünden sollte. Es war ein düsterer Raum ohne natürliches Licht, und normalerweise machte sie etwa um diese Zeit die Lampen an. Da aber niemand von den Hotelgästen auf der Suche nach einem Aperitif in der Nähe herumstand, entschloss sie sich fürs Stromsparen.

Weil sie im Kopf immer noch mit ihrem erfolgreichen Tauschgeschäft beschäftigt war, das sie über das Telefon abgewickelt hatte, dauerte es eine Weile, bis Gesprächsfetzen von der Bar bis zu ihr durchdringen konnten.

«Jetzt bin ich schon stundenlang durch dieses verfluchte Tal gelatscht, und dieses ist das letzte Hotel auf meiner Liste», sagte der grosse Mann hässig.

«Waren Sie schon auf der Kleinen Scheidegg?», fragte Heinrich.

«Ja, natürlich, und ich habe auch das Hotel auf dem Jungfraujoch angerufen. Ich gebs auf. Dies ist einfach nicht mein Tag heute. Aber was in Gottes Namen mache ich jetzt, bis der nächste Zug nach Grindelwald hinunterfährt?»

Sie konnte kaum glauben, dass sie das wirklich selber war, die jetzt so unverfroren in Aktion trat und mit einem Griff sämtliche Lichter in der Bar anmachte.

«Sie könnten sich ja einen Drink genehmigen, Sir», sagte sie.

Der Fremde drehte sich um und starrte sie herablassend an.

Claire fühlte, wie sie unter seinem prüfenden Blick errötete. Selbst mit Amerikanern oder Engländern, die mit Abstand die unkompliziertesten und freundlichsten Gäste im Hotel waren, sprach man nicht in einem derart lockeren Ton, wie sie das eben getan hatte. Der «Vamprock» hatte sie doch tatsächlich zu allzu grosser Unverfrorenheit verführt – oder vielleicht war es die unerwartete Entdeckung der sechs Flaschen und die Befriedigung über einen guten Deal, die ihre Zunge gelockert hatten.

Der Fremde zögerte einen Augenblick, durchquerte dann zügigen Schrittes die Halle und betrat die Bar. Er war deutlich über 1 Meter 80 gross, mit breiten Schultern, gut aussehend und teuer angezogen. Der Hauch eines Lächelns lauerte in den Ecken seines grossen, lebhaften Mundes. Langsam breitete sich das Lächeln über das ganze Gesicht aus; grosse, weisse Zähne in einer makellosen Reihe kamen zum Vorschein.

«Das ist vielleicht gar keine schlechte Idee», sagte er in seltsam singendem Englisch.

Er starrte sie ungeniert an, was ihr in unbehaglicher Weise in Erinnerung rief, wie tief das Kleid oben herum geschnitten war. Ihr Job hatte sie allerdings immun gemacht gegen diese Art von männlichem Benehmen; sie erwiderte seinen Blick mit einem freundlichen Lächeln.

«Sie hätten mir nicht zufällig einen Whisky, Fräulein?», fragte er.

Gedankenlos griff ihre Hand nach den sechs Flaschen, die bereit standen, um als Bezahlung für ihr Tauschgeschäft nach Grindelwald gebracht zu werden. Der Mann an der Bar folgte ihrer Bewegung und erstarrte sichtlich, wie wenn er seinen Augen nicht trauen würde.

«Sieh an, was haben wir denn da?», stiess er aus. Indem er einen unendlich langen Arm ausfuhr, packte er eine der Flaschen und schaute sich die Etikette genau an.

«Ist das denn die Möglichkeit? Sind die alle echt oder eine optische Täuschung?»

«Doch, die sind echt ... glaube ich jedenfalls.»

«Glauben Sie! Das heisst, Sie wissen es nicht? Dann gibt es nur einen Ausweg, oder nicht?»

Bevor sie ihn daran hindern konnte, hatte er die Folie vom Flaschenhals gerissen, einen Flaschenöffner ergriffen und den Zapfen gezogen. Der Schaden war bereits angerichtet, deshalb stellte Claire ein Glas vor ihm hin und schaute in einer Mischung aus Überraschung und Ärger zu, wie sich der selbstherrliche Fremde einen kleinen Schluck eingoss.

Einen Moment lang prüfte er die Flüssigkeit mit der theatralischen Sorgfalt eines Kenners. Dann setzte er das Glas ab und schenkte ihr ein Grinsen höchster Zufriedenheit.

«Nektar der Götter, Fräulein; echt, echter gehts nicht.»

Er schwang ein schlankes Bein über einen Barstuhl und setzte sich an den Tresen; den mächtigen Kopf stützte er in beide Hände. Sie wich ein wenig zurück, um ihn auf Distanz zu halten.

«Ich sage Ihnen ehrlich, mein Fräulein, dass ich mich gefragt habe, warum Sie dieses heruntergekommene Mausoleum ‹Grand Hotel› nennen, aber jetzt weiss ich es. Wären Sie bitte so freundlich, meinen Namen auf diese edle Flasche zu schreiben, und reservieren Sie mir bitte den Inhalt ganz allein für mich. Ich bleibe über Nacht … das heisst, wenn Sie ein Zimmer frei haben.»

Claire überhörte den leichten Sarkasmus in seiner Stimme und sagte, dass sie selbstverständlich Platz hätten.

«Wunderbar. Hier ist Schreibzeug. Tun Sie mir die Ehre? Der Name ist Chipperfield. P. Chipperfield. Meine Freunde nennen mich Paddy. Und wie heissen Sie, Fräulein?»

«Claire», sagte sie und rang sich zu einem Lächeln durch; sie hatten Gäste dringend nötig.

Der Journalist hob sein Glas, wie um einen Toast auszubringen. Mit breitem Grinsen, das erneut seine makellosen Zähne freilegte, sagte er:

«Auf den Besitzer eines grünen Sportwagens, wo und wer immer er sein mag, der mich zu Claire und zu diesem göttlichen, goldenen Getränk geführt hat.»

Ein kleiner Schauer lief ihr den Rücken hinunter, als sie ihm ein zweites Mal einschenkte.

3. Kapitel

Zu Chipperfields Überraschung erwies sich das Nachtessen im halb leeren Esssaal als ausgezeichnet. Die Aussichten, einen gemütlichen Abend in Begleitung einer erstaunlich hübschen jungen Frau mit Namen Claire und einer ebenso erstaunlichen Flasche Kentucky Bourbon aus der Vorkriegszeit zu verbringen, versetzten den Journalisten in Hochstimmung. Es war aber auch Zeit, dass wenigstens ein kleiner Teil des Tages irgendein vernünftiges Resultat erbrachte, wenn er daran dachte, wie ergebnislos der Rest verlaufen war. Er glaubte nicht mehr an die abgehobene Geschichte, über die er in Interlaken gestolpert zu sein schien. Seine Einbildung hatte ihn zu einer absurden Jagd auf ein Phantom verführt. Die Chance, dass er wirklich Baron Mandoza in einer schäbigen Arbeiterkneipe im Herzen der Schweiz gesehen hatte, war etwa so klein, wie den Erzbischof von Canterbury in einer Opiumhöhle anzutreffen.

Er schaute auf die Uhr. Der Anruf nach London, den er bestellt hatte, musste in wenigen Minuten geschaltet werden. In der Zwischenzeit hatte Global Features Syndicate dank seinen Spionen in ganz Europa sicher Erfolg gehabt und den entlaufenen Playboy aufgespürt. Bernheims Informationen würden sein Gehirn vollends beruhigen und den Abend freimachen für sorgenfreies Schäkern und seriöses Trinken. Zu viel Arbeit und zu wenig Freizeit, so überlegte er, könnten aus Paddy tatsächlich noch einen Langweiler machen.

Durch das leise Murmeln der Gespräche im Raum schrillte das Telefon, und einen Moment später sah er Claire an seinen Tisch eilen. Er schaute ihr wohlwollend zu. Was für eine

Frau! Aber was zum Teufel machte sie in einem baufälligen Hotel am Ende der Welt? Perlen vor die Säue. Sie müsste ein ganz anderes Publikum haben für ihre Auftritte, Ciro's vielleicht, oder The Stork, irgendeinen Ort, wo sie von Leuten gesehen wurde, die etwas bedeuteten. Er hatte verschiedene Kontakte in dieser Richtung und wäre gerne bereit gewesen, ihr behilflich zu sein, natürlich nur aus dem selbstlosen Wunsch heraus, einem Mitmenschen auf dem Weg nach oben ein wenig zu helfen, nichts anderes. Selbstverständlich, wenn sie sich irgendwie erkenntlich zeigen wollte, das kam ja manchmal vor, dann …

«Ihr Anruf nach London», meldete Claire atemlos an seiner Seite.

Er schenkte ihr ein zögerliches Lächeln, schälte sich aus dem Stuhl und stand schwerfällig auf; sie war sicher beeindruckt, wenn er sich nicht gleich auf das Ferngespräch stürzte.

«Wo kann ich ihn entgegennehmen?», fragte er.

Sie zeigte auf eine Telefonkabine neben der Bar.

Chipperfields Gesicht drückte Widerwillen aus.

«Gehts nicht ein wenig bequemer, und … eh … vielleicht etwas diskreter?»

Claire zögerte eine Sekunde und antwortete dann:

«Wir haben leider keine Telefonapparate in den Zimmern.» Sie war versucht, «mehr» anzufügen, denn früher hatten sie welche, bis der Telefongesellschaft die Geduld ausging.

«Gibt es vielleicht eines im Büro des Direktors?», fragte der Journalist. «Ich bin sicher, er hat nichts dagegen, wenn ich es für ein paar Minuten benütze. Mein Anruf ist eher privater Natur.»

Er gab ihr keine Zeit für eine Antwort, sondern strebte direkt auf das Büro zu, klopfte an die Tür und ging hinein. Claire unterdrückte ihren Ärger mit der unwiderlegbaren Logik, dass sie Gäste brauchten, und zwar sehr dringend.

* * *

Chipperfield schloss die Tür zum leeren Büro hinter sich ab und nahm den Hörer in die Hand.

«Bist dus, Bernie? Hier ist Paddy. Was gibts Neues vom falschen Baron?»

Bernheims Stimme war durch das Rauschen der Leitung kaum zu hören. «Noch nichts Endgültiges, leider. O.K., O.K. … hör auf zu fluchen. Wir haben seine Spur in einem kleinen Dorf an der deutsch-österreichischen Grenze gefunden; der Ort heisst Kufstein und liegt in der Nähe von Salzburg.»

«Was zum Teufel macht er da?»

«Offiziell heisst es weiterhin, er sei in Urlaub.»

«Wahrscheinlich schläft er einen Kater aus. Ist er allein?»

«Er war allein, zumindest bis vor vier Tagen.»

«Vier Tagen? Du meinst … Und was ist seither?»

«Er ist spurlos verschwunden.»

Chipperfield fluchte ausgiebig. «Grossartige Spürhunde hast du. Das heisst, du hast keinen Schimmer, wo er gegenwärtig stecken könnte?»

«Genau, aber mach nicht gleich in die Hosen, wir bleiben dran. Willst du eine Story rauslassen? Wie wärs mit ‹Untröstlicher Baron verschwindet auf geheimnisvolle Ferienreise›? Ein gefundenes Fressen für die Zeitungen.»

Chipperfields Gehirn arbeitete auf vollen Touren, um eine Entscheidung zu treffen. Bernie hatte Recht. Die Boulevardpresse würde sofort darauf einsteigen. Aber er war noch nicht so weit. Es wäre verheerend, wenn auch nur das Geringste durchsickern würde, bevor er die Geschichte richtig aufgegleist hatte – vorausgesetzt, es gab überhaupt eine Geschichte.

«Bist du noch da?», fragte Bernheim beunruhigt. «Was hast du vor, Paddy? Hast du etwas Heisses?»

«Ich weiss es noch nicht. Hör zu, Bernie, lass noch nichts raus. Gib mir noch 24 Stunden, dann sehen wir weiter. O. K.?»

«Was immer du sagst, du Genie. Woher rufst du eigentlich an, aus Genf?»

«Nein, aus einem Nest in den Schweizer Alpen, Alpiglen, oberhalb Grindelwald. Du musst vorläufig jemand anderes nach Genf schicken. In der Zwischenzeit kannst du mich in diesem Laden hier erreichen ... ‹Grand Hotel Nordwand›, Alpiglen ... hier ist die Nummer. Ruf mich an, sobald du mehr weisst über Mandoza.»

Er gab ihm die Nummer durch und hängte auf, bevor ihn Bernheim noch mit weiteren Fragen bombardieren konnte. Er wusste die Antworten ohnehin nicht, und es war sinnlos, seine wilde Hypothese auszubreiten, bevor er nicht etwas mehr Substanz vorweisen konnte.

Er blieb recht lange am Schreibtisch des Hoteliers sitzen, den Kopf in die Hände gestützt, und versuchte, seine Gedanken durch das verzwickte Rätsel in Richtung einer Lösung zu zwingen. Sein sechster Sinn, die tief verwurzelte Intuition des Reporters, sagte ihm, dass eine Geschichte in der Luft lag. Nicht alle konnten sie spüren. Ein Idiot wie John Bellman zum Beispiel, der offenbar irgendwo in der Nähe seine Ferien verbrachte, erkannte eine grosse Story erst, wenn sie ihm an den Kopf sprang. Deshalb hatten sie ihn damals in New York ja auch gefeuert.

Er hingegen, er war Paddy Chipperfield, der Star-Reporter mit der Spürnase für das Unglaubliche und mit den Mitteln, es auf den Frontseiten der Weltpresse über die ganze Welt zu verbreiten, allen anderen Journalisten immer einen Tick voraus. Ein paar graue Gehirnzellen sagten ihm, dass er diesen kleinen Vorsprung bereits hatte. Er musste nur so lange dranbleiben, bis alles passte und das Undenkbare möglich wurde.

Er verliess das Büro und schlenderte nachdenklich in die Bar; nicht alle Gedanken beschäftigten sich mit den verstaubten Bourbon-Flaschen und ihrer reizenden Verwalterin, die auf ihn warteten.

* * *

Ungefähr zur selben Zeit verliess John Bellman den Salon in seinem Hotel auf der Kleinen Scheidegg, kaum drei Kilometer entfernt, durchquerte die Eingangshalle, wünschte dem Concierge und dem Portier gute Nacht und war gerade daran, auf den Liftknopf zu drücken, um in sein Zimmer hinaufzufahren, da hörte er jemand seinen Namen rufen.

Er drehte sich um und sah, wie ihm der Empfangschef Zeichen machte; seine bleichen Hände flatterten durch die Luft wie die einer balinesischen Tänzerin. Er war ein dicklicher Schweizer mit Glatze und einem Hang zur Geschwätzigkeit. Aus irgendwelchen Gründen hatte es ihm Bellman angetan. Er verstrickte den Journalisten bei jeder Gelegenheit in einen gemütlichen Schwatz, was Bellman nicht sonderlich störte, aber er hielt ihn für eine Klatschbase. Er wartete geduldig, bis der Angestellte über den dicken Teppich gewieselt kam; sein Gesicht war ein einziges, schon fast verschwörerisches Lächeln.

«Ah, Mr. Bellman, ich dachte, es würde Sie vielleicht interessieren, dass heute Abend, kurz vor dem Abendessen, ein Herr da war, der sich nach Ihnen erkundigte.»

Bellman legte die Stirn in Falten. Soweit er wusste, gab es niemand in der Gegend, der ihn kannte. Ausser Chipperfield.

«Hat er eine Nachricht hinterlassen?»

«Nein, Sir.»

«Wie sah er aus?»

Der Rezeptionist gab eine ziemlich genaue Beschreibung des berühmten Journalisten und fügte dann in seiner höchst diskreten Stimme bei: «Er wollte nur wissen, wie lang Sie hier gewohnt haben. Ich dachte, das interessiert Sie vielleicht.»

«Ja, vielen Dank. Ich hatte keine Ahnung, dass Mr. Chipperfield, so heisst der Mann vermutlich, hier ein Zimmer hat.»

«Oh, das hat er nicht, Sir. Er war ziemlich überrascht, Ihren Namen auf der Liste zu sehen.»

«Dann hat er mich gesucht?»

«Nein, das würde ich nicht sagen, nein, sicher nicht. Sobald er erfuhr, dass Sie schon über zwei Wochen hier sind, schien er das Interesse zu verlieren. Er war fast ein wenig erleichtert, würde ich sagen. Er war viel begieriger, jemand anderes zu finden.»

Der Rezeptionist sah enttäuscht aus, als Bellman es unterliess, ihn danach zu fragen, wer das wohl sein könnte. Aber dieser war nicht in Stimmung für Klatsch, deshalb dankte er dem Mann und nahm den Lift hinauf in sein Zimmer.

Er zog sich langsam aus. Seine Gedanken wussten nicht recht, was sie mit der Tatsache anfangen sollten, dass der berühmte Fackelträger der Wahrheit offenbar im Berner Oberland auf der Suche nach etwas oder jemandem war. Aus der Art der Fragen, die der Rezeptionist beantworten musste, liess sich fast schliessen, dass Chipperfield einen Moment lang befürchtet hatte, er könnte Konkurrenz von anderen Journalisten bekommen haben. Die Information, dass er, Bellman, bereits eine gewisse Zeit hier Ferien gemacht hatte, schien ihn in dieser Beziehung beruhigt zu haben.

Es wäre gelinde gesagt ziemlich interessant herauszufinden, was genau den mächtigen Journalisten in die Berge geführt hat. Er war nicht der Typ, der wegen der guten Luft oder der schönen Aussicht hierher kam. Welche «Wahrheit» konnte hier verborgen sein, die der «Fackelträger» mitten in den Alpweiden ausgraben wollte? Was konnte an einem verschlafenen Bergdorf interessant genug sein, das er enthüllen wollte?

Bellman ging zu Bett, aber zu seinem Ärger liess ihm der Vorfall keine Ruhe. Schliesslich zündete er die Nachttischlampe an und rief die Rezeption an, da er wusste, wie sehr sich sein Freund freuen würde, ihm weitere indiskrete Informationen zuzuhalten.

Dieser säuselte mit unverhohlenem Entzücken übers Telefon: «Was der Gentleman eigentlich suchte, Mr. Bellman? Ja, ich glaube, das kann ich Ihnen sagen. Er fragte mich, ob bei uns ein grosser, Deutsch mit leichtem Akzent sprechender Mann untergebracht sei, eventuell mit einer schwarz gerahmten Sonnenbrille auf der Nase.»

Bellman konnte sich ein Lachen nicht verkneifen.

«Auf diese Beschreibung passen wahrscheinlich Hunderte von Leuten auf der Scheidegg.»

«Das habe ich ihm auch gesagt, Sir, aber er war sehr hartnäckig. Er hatte die fixe Idee, dass die fragliche Person vielleicht in einem grünen Sportwagen mit deutschem Kennzeichen hier herauf gefahren war. Ich habe ihm natürlich erklärt, dass dies unmöglich sei; wie Sie wissen, gibt es gar keine Strasse auf die Kleine Scheidegg.»

Bellman fuhr hoch, ganz kurz blitzte vor seinem geistigen Auge ein Bild auf.

«Sagen Sie das bitte noch einmal … die Sache mit dem Sportwagen.»

Der Mann vom Empfang wiederholte die Nachricht.

«Vielen Dank», sagte Bellman, «Sie haben mir sehr geholfen. Gute Nacht.»

«Gute Nacht, Sir. Sie können sich jederzeit an mich wenden, Sir.»

Bellman dankte ihm noch einmal und hängte auf.

Jetzt war seine Neugierde endgültig geweckt. Die Sache wurde ja immer spannender. Natürlich war er noch in den Ferien, aber wenn der grösste Reporter der Welt vor seiner Nase einer Story nachjagte, musste er unbedingt herausfinden, was das für eine Story war.

In gewissem Sinne war er seinem Rivalen einen Schritt voraus. Zwar wusste er nicht, hinter wem Chipperfield her war, oder warum diese Person gefunden werden musste, aber er wusste, wo die Spur aufzunehmen war. Am Nachmittag auf seinem Weg von Grindelwald herauf hatte er ganz kurz einen grünen Sportwagen gesehen, der hinter einer Hecke neben einem rauchgeschwärzten Chalet parkiert war. Das Chalet, das ihm ärmlich und eher ungepflegt vorgekommen war, verfügte über keine Garage; deshalb hatte er es für eine normale Vorsichtsmassnahme gegen die Nachtkälte gehalten, dass eine magere Frau in schwarzer Kleidung aus dem Haus trat und die Motorhaube mit einem Teppich abdeckte. Die Aktion hatte seine Aufmerksamkeit für einen Augenblick auf das Nummernschild gelenkt: Ein grosses schwarzes D auf einem weissen Oval sagte ihm, dass der Wagen aus Deutschland stammte. Der Zug kroch weiter den Berg hinauf Richtung Alpiglen, und er hatte der Episode keine weitere Aufmerksamkeit geschenkt.

Jetzt kam sie ihm wieder in den Sinn, mit bemerkenswerter Deutlichkeit. Als er die Nachttischlampe ausmachte, beschloss er, am nächsten Tag – sofern er nichts Besseres zu tun hatte – zu dem Chalet hinunter zu wandern und die Besitzerin in ein kleines, freundschaftliches Gespräch zu verwickeln.

* * *

Chipperfield sass an der Bar; der kleinen Gruppe von Gästen, die Claire ab und zu in Beschlag nahm, schenkte er keine Beachtung. Für intime Gespräche war später noch Zeit, wenn die alten Knaben zu Bett gegangen waren. Das Mädchen war ihm sicher, sie konnte nicht entwischen. Er zündete eine Zigarette an und liess seine Gedanken einmal mehr um das Rätsel Wendelin Mandoza kreisen.

Wenn Bernheims Information stimmte – was normalerweise der Fall war –, war der traurige junge Baron vor vier Tagen inkognito aus dem Rheinland in ein kleines Dorf an der deutsch-österreichischen Grenze gefahren, Ziel und Zweck unbekannt. Er war offenbar ohne Begleitung. Das hiess nicht, dass die Möglichkeit eines geheimen Treffens mit einem frisch geschiedenen Filmstar oder einem berühmten Pariser Mannequin auszuschliessen war, aber ausser einem nicht bestätigten Gerücht, dass der Baron sich mit den Aufmerksamkeiten eines schönen Models mit Namen Jasmine getröstet hatte, verfügte Chipperfield über nichts, was ihn in dieser Richtung weiter gebracht hätte. In der Tat gab es in den vergangenen Wochen bemerkenswert wenig Publizität um Mandoza, was allein schon sehr seltsam anmutete.

Chipperfield hatte die Namen, die Schlagzeilen machten, kommen und gehen sehen, und er wusste eines ganz sicher: Wenn ein Mann oder eine Frau einmal das Bad in der Öffentlichkeit genossen, in die Blitzlichter der Fotografen geblinzelt und den eigenen Namen in den Klatschspalten der Zeitungen gesehen hatte, dann kamen sie nicht mehr davon los. Wie eine Katze, die nur Whiskas frisst, konnten sie nicht mehr ohne Publizität leben. Sie würden lieber sterben, als auf die Hofierung, Berichterstattung, Kritik und Beobachtung durch die Presse zu verzichten. Allen voran der «falsche Baron». Wenn Mandoza in den Jahren des Ruhms einmal während einer Woche oder zwei keine Publizität hatte, sein Auftauchen an einem Treffpunkt der High Society nicht vermerkt wurde, dann hatte er immer irgendeine wilde Sache vom Zaun gerissen oder eine kleine Gesetzesübertretung begangen – einen kleinen Geschwindigkeitsexzess etwa oder eine Faust im Gesicht eines Kellners. Und das brachte ihn sofort wieder in die Presse. Die Redaktoren liebten ihn ganz einfach deshalb, weil die Mehrheit der Leserschaft seiner nie überdrüssig wurde.

Aber jetzt war Mandoza von seinem obskuren Posten in Bonn einfach verschwunden und ohne eine Nachricht zu hinterlassen an die Grenze nach Österreich gefahren. Er hatte ganz offenbar einige Mühe auf sich genommen, um sich zu verstecken. Das allein war bereits einen Artikel wert, und Chipperfield hätte seine Agentur beauftragt, ihn zu verbreiten, wenn nicht dieser provozierende Augenblick mit dem Profil auf der Glasscheibe gewesen wäre, das er am Mittag erhascht hatte.

Wie hiess schon wieder das Dorf, das Bernheim erwähnte … Kufstein? Kufstein und Grindelwald. Gab es eine Verbindung? Was würde jemand, prominent oder nicht, in diesen beiden unbedeutenden Dörfern tun wollen? Er hatte eine Karte studiert, um eine Verbindung zwischen den beiden Orten zu finden. Er hatte nicht mehr herausgefunden, als dass etwa 8 bis 10 Autostunden dazwischen lagen. Vom geografischen Standpunkt aus, was Entfernung und Zeit betraf, war seine ursprüngliche Idee, auch wenn sie fantastisch tönte, durchaus realistisch.

Was hatte er sonst noch?

Eine Schachtel Zigaretten, ein Auto, Geld – alles deutsch. Das bewies gar nichts. Der Mann, der die schauderhafte Mahlzeit in Interlaken vertilgte, hätte irgendein grosser, blonder und charmanter deutscher Tourist sein können. Aber es widerlegte seine Theorie nicht. Es hätte ebenso gut der junge Baron sein können, unterwegs von Kufstein nach Grindelwald. Es hing alles davon ab, wie präzis seine Wahrnehmung der Silhouette auf der Scheibe gewesen war, und was für eine Verbindung das war, welche die zwei kleinen Dörfer in den Alpen unsichtbar zusammenbrachte.

* * *

Eine Stunde später war Claire endlich allein in der Bar. Seine erste Bemerkung, nachdem sie ihm einen doppelten Whisky aus seiner Flasche eingeschenkt hatte, verblüffte sie.

«Sag mir, Claire, warum kommen die Leute nach Grindelwald?»

Während sie nach einer Antwort suchte, fügte er ungeduldig hinzu:

«Wie man nach Nizza geht wegen der Sonne oder nach Afrika wegen der Elefanten und so weiter. Wofür kommt jemand nach Grindelwald?»

«Für Ferien», antwortete sie. «Skifahren und Wintersport, sobalds Schnee hat, und –»

«Ja klar, Ferien, das ist wohl logisch. Aber sonst? Kein Thermalbad, keine Sanatorien, keine Musikfestivals, keine Kongresse? Jagd? Ja, ja, lach nur, ich versuche einzig, alle Möglichkeiten abzuchecken … Gibt es ein Spielcasino?»

«Nein, nur in Interlaken, aber ich glaube, der Höchsteinsatz ist zwei Franken. Zum Spielen müssen Sie über die Grenze gehen.»

«Ich weiss. So beschreib mir doch, wie einem Kind, was die Leute mit sich selber anfangen können, wenn sie im Sommer in den Ferien sind.»

«Also, was alle anderen in den Ferien auch machen, scheint mir. Ausflüge, einige pflücken gerne Blumen, machen ausgedehnte Wanderungen, Picknicks und so weiter. Dann kann man einkaufen im Dorf, schwimmen, Tennis spielen und natürlich klettern. Aber die meisten Leute fahren mit den Bahnen in die Höhe und geniessen die Aussicht.»

«Klingt ja unheimlich aufregend», sagte Chipperfield mit kaum verhüllter Ironie.

Eine Weile nippte er in düsterem Schweigen an seinem Whisky. Es war ausgeschlossen, dass sich der prominente Baron mit einer dieser faden Vergnügungen die Zeit vertreiben würde.

Er fing an, der jungen Frau intimere Fragen über sie selber zu stellen, und versuchte sie davon zu überzeugen, mit ihm etwas zu trinken; aber sie sagte freundlich Nein. Nach einer Weile hörte Claire erleichtert, wie eine Tür zuging und mit klimpernden Schlüsseln verschlossen wurde. Papa Borgwand besass oft ein untrügliches Gespür dafür, wann seine Anwesenheit an einem bestimmten Ort in seinem Hotel nötig oder willkommen war. Claire war ziemlich erfahren im Umgang mit den meisten Sorten von Gästen, aber sie hatte trotzdem keine Lust auf ein einsames Tête-à-Tête mit dem anerkanntermassen gut aussehenden, aber doch ziemlich aufdringlichen Gast in der leeren Bar.

Der Direktor betrat den Raum, grüsste Chipperfield und setzte sich auf einen Barhocker am Tresen.

Ein alter Mann mit vielen Sorgen, dachte Chipperfield, und nicht ohne Grund, wenn er das heruntergekommene Hotel genau betrachtete. Da er annahm, dass man es von ihm erwartete, offerierte er dem Hotelier einen Drink.

Borgwand lehnte ab, aber Chipperfield insistierte.

«Also gut, aber die nächste Runde übernehme ich», gab Borgwand nach. Er fragte sich, wie lange der neue Gast wohl Claire daran hindern würde, die Bar zu schliessen. Sie sah müde aus. Kein Wunder, es war ein langer Tag gewesen, so lange wie seiner, und sie war doch noch so jung.

«Sagen Sie mir, Herr ...», begann Chipperfield.

«Borgwand», ergänzte Claire.

«Herr Borgwand, was findet ein Gast hier in Grindelwald? Warum kommt er überhaupt hierher?»

Jetzt war der Direktor an der Reihe, verblüfft zu sein, aber Claire erklärte ihm im Dialekt, soweit sie verstanden hatte, worauf der Journalist mit seinen Fragen hinauswollte.

Chipperfield hörte aufmerksam zu, als der Schweizer die Attraktionen aufzählte, mit denen die Gegend aufwarten konnte. Die Aufzählung unterschied sich kaum von derjenigen Claires.

Als Borgwand fertig war, sagte Chipperfield:

«O.K. Hier ist eine andere Frage. Sagt Ihnen Kufstein etwas? Es liegt in der Nähe von Salzburg in –»

«Ja, natürlich kenne ich Kufstein», unterbrach ihn der Hotelier.

«Sie kennen es? Waren Sie schon einmal dort?»

«Ja, aber ich würde es auch kennen, wenn ich noch nie dort gewesen wäre. Zufälligerweise hat es mit einem Sport zu tun, der mir sehr am Herzen liegt.»

«Nämlich?»

«Bergsteigen.»

«Ach ja? Das ist aber sehr interessant. Und wie ist Kufstein verbunden mit –»

«Das Dorf ist Ausgangspunkt für Touren in den Wilden Kaiser.»

«Den was?»

«Die Kaiser-Berge. Eine sehr schwierige und für alle Alpinisten anspruchsvolle Bergkette. Vor allem die deutschen Bergsteiger lieben diesen Ort, denn er liegt nicht weit von München, wo sie alle kletterverrückt sind.»

Das wars! Auf einmal passte alles zusammen.

Chipperfield spürte, wie sein Puls höher ging, unbewusst begann er mit seinem Glas auf den Tresen zu klopfen, bis er realisierte, dass ihn die anderen anstarrten. Ohne den Mund richtig zu öffnen, murmelte er:

«Das kann nicht sein. Es ist unwahrscheinlich … viel zu weit hergeholt.»

Borgwand machte Claire ein Zeichen, noch einmal einzuschenken. Er unterschrieb eine Quittung für den Drink, gab diese der jungen Frau und wandte sich wieder an den Gast:

«Interessieren Sie sich denn fürs Bergsteigen?»

Der Journalist schien ihn nicht gehört zu haben, denn er sagte:

«Man geht also nach Kufstein, um in den Kaiser-Bergen zu klettern. An einem bestimmten Gipfel?»

«Eigentlich nicht. Es ist mehr das ganze Gebiet. Es wird oft die ‹Kletteruniversität› genannt, weil es ein besonders geeignetes Trainingsgebiet für das Klettern im steilen Fels ist.»

«Klettern im steilen Fels? Herr Borgwand, Sie werden immer interessanter. Sagen Sie mir, Grindelwald ist doch auch ein berühmtes Kletterdorf. Für welchen Berg kommt man denn nach Grindelwald?»

Der Direktor machte eine leichte Grimasse zu Claire; beide lächelten.

«Es gibt natürlich unzählige lohnende Touren, aber von mir kriegen Sie nur eine voreingenommene Antwort. Andere würden Ihnen vom Wetterhorn, Schreckhorn und natürlich vom höchsten Gipfel in der Gegend, dem Finster –»

«Welcher Gipfel steht für Sie zuoberst, Herr Borgwand?», fuhr der Journalist schroff dazwischen.

Borgwand machte eine Pause, einen Moment sprachlos wegen des harten Tons des Journalisten. Dann sagte er einfach:

«Der Eiger.»

Chipperfields Augen wurden zu Schlitzen, und als er wieder sprach, war seine Stimme voller Spannung.

«Das ist der Berg, den ein paar Bergsteiger vor wenigen Tagen bestiegen haben, nicht wahr? Was ist der Teil, von dem die Leute die ganze Zeit reden? Die Nordwand, oder nicht?»

«Richtig. Ich habe mein Hotel nach der Nordwand benannt. Tatsächlich habe ich mein Hotel überhaupt wegen der

Eigernordwand an dieser Stelle gebaut. Ich schaue seit 20 Jahren Tag und Nacht an diesen Berg, und ich bin überzeugt, dass es nichts Vergleichbares gibt. Es ist vermutlich die schwierigste Kletterei in den Alpen.»

«Sie interessieren mich, Herr Borgwand, Sie interessieren mich mehr, als Sie sich vorstellen können», sagte Chipperfield spannungsgeladen; seine Augen glänzten eigenartig, wie unter Drogeneinfluss.

Claire sah ihn neugierig an und sagte:

«Gehen Sie selber viel klettern, Mr. Chipperfield?»

Wenn er registrierte, dass sie sich hartnäckig weigerte, ihn zu duzen, liess er sich nichts anmerken.

«Ich?», antwortete er mit einem rauen Lachen, «grosser Gott, nein, ich bin Zeitungsreporter und nicht verrückt.»

Claire lief rot an und warf einen verlegenen Blick auf ihren Chef; Borgwand war auch rot, sagte aber nichts.

«Nein, Sir, Sie werden meine wertvollen Knochen nie in einer Gletscherspalte finden. Da ist mir meine Haut zu teuer. Aber mich interessieren Leute, die vom Fieber gepackt sind – zumindest gewisse Leute.»

Borgwand sagte:

«In diesem Fall müssen Sie morgen früh mit den zwei Männern reden, die am Fuss des Eigers campieren. Ich bin ziemlich sicher, sie wollen in den nächsten Tagen in die Eigernordwand einsteigen, bevor das Wetter umschlägt.»

«Oh, ich wusste gar nicht –», setzte Claire an.

«Moment mal!», fuhr Chipperfield aufgeregt dazwischen, «Sie wollen sagen, dass jetzt zwei Männer am Eiger sind? Seit wann?»

«Zum ersten Mal gesehen habe ich sie heute Nachmittag, durch mein Fernglas.»

«Wie sahen sie aus?»

«Schwer zu sagen. Einen davon habe ich erkannt. Es ist der einheimische Bergführer Hans Albrecht.»

«Und der andere?»

«Ich konnte ihn nicht gut genug sehen, er war von Bäumen verdeckt.»

«War er gross oder klein? Dunkelhaarig oder blond?», bellte der Journalist aufgeregt.

Borgwand schüttelte den Kopf, innerlich verwirrt durch das plötzliche, fast hysterische Interesse des Mannes. Er fragte sich, ob der Journalist vielleicht zu viel getrunken hatte. Eine Sekunde später war er überzeugt davon, denn der Fremde glitt von seinem Hocker und packte ihn am Kragen; mit eindringlicher Stimme bedrängte er ihn:

«Los, Mensch, Sie müssen doch eine Ahnung haben, einen Eindruck!»

«Ob er dunkelhaarig oder blond war, kann ich nicht sagen, er hatte mir immer den Rücken zugekehrt. Einmal stand er auf …»

«Und?»

«Eher gross, würde ich sagen.»

Zu Borgwands Erleichterung liess Chipperfield den Kragen los und begann im Raum herumzutigern. Die beiden Schweizer sahen ihm besorgt zu. Es war klar, dass er zu viel getrunken hatte.

«Ich kann nicht bis morgen warten», brach es plötzlich aus Chipperfield heraus. «Ich muss jetzt gehen.»

«Gehen? Wohin?»

«Zu den beiden Männern natürlich.»

«Jetzt? Aber es ist stockdunkel draussen. Die sind am Schlafen.»

«Das ist doch egal. Geben Sie mir eine Taschenlampe. Wie weit ist es? Zehn Minuten, 20?»

«Mindestens eine halbe Stunde.»

«Aber der verdammte Berg ist doch nur einen Steinwurf entfernt?»

«Die Entfernung täuscht. Es ist weiter, als man meint. In der Finsternis ist der Weg nicht empfehlenswert, vor allem nicht für jemand, der ihn nicht kennt.»

«Wer kennt ihn denn? Besorgen Sie mir einen Führer, ich bezahle jeden Preis. Es ist lebenswichtig.»

Borgwand sah Claire an und schüttelte ungläubig den Kopf. In den über 30 Jahren, die er in dem Hotel lebte, hatte er nie einen solchen Gast gehabt.

«Sie können jetzt, zu dieser Nachtzeit, keinen Führer kriegen, egal was Sie bezahlen – ausser es wäre ein Unfall geschehen», sagte der Hotelier. «Warum warten Sie nicht einfach bis morgen?»

Chipperfield verwarf die Hände und stiess einen Laut der Verzweiflung aus.

«Ich sage Ihnen doch, es ist lebenswichtig, Mensch. Verdammt, kriegen Sie das nicht in Ihren Schädel?»

Borgwand errötete. Er hatte Gäste zwar nötig, aber nicht sooo dringend.

«Ich finde, Sie sollten zu Bett gehen», sagte er ruhig.

«Zu Bett? Jetzt? Sie sind wohl übergeschnappt. Halt, ich weiss was … *Sie* kommen mit mir. Klar, Sie! Sie kennen den Weg, niemand weiss besser, wie man sie findet, als Sie. Sie haben mir erzählt, dass Sie seit 20 Jahren diesen Scheissberg beobachten. Also los, führen Sie mich hin!»

Der Hotelier glitt von seinem Barhocker und schüttelte trotzig den Kopf:

«Mr. Chipperfield, ich mache alles für die Gäste meines Hauses, was einigermassen vernünftig ist, ich bin ihnen zu Diensten, wie ich kann; das ist schliesslich mein Job. Aber ich werde auf keinen Fall den Schlaf dieser beiden Männer stören, den sie nötig haben, um Kraft für den anstrengenden Aufstieg zu schöpfen.»

Chipperfield stöhnte verzweifelt und murmelte:

«Mein Gott, Ethik, und das mitten in der Nacht ...»

«Tut mir Leid. Das klingt für Sie natürlich völlig übertrieben. Ich führe Sie morgen gerne hin. Die Männer werden auch dann noch da sein, nur keine Angst. Claire, ich glaube, wir sollten die Bar jetzt schliessen.»

Die junge Frau löschte eine Lampe nach der anderen, erstaunt, dass ihre Hände leicht zitterten. Es war eine seltsame Szene gewesen, mit vielen Untertönen, die sie nicht verstanden hatte. Mechanisch überreichte sie ihrem Chef die Kasse, ihre Augen hatte sie auf den schlanken, kräftigen Mann gerichtet, der im Raum herumtigerte. Sie war sich keineswegs sicher, dass er berauscht war, und wenn, dann von einer anderen Droge als Alkohol.

Chipperfields Hirn glich einem Sprudelbad. Er musste herausfinden, wer der andere Bergsteiger war. Jede Minute zählte. Bis zum Morgen hatte vielleicht jemand anderes die Spur aufgenommen, und die sagenhafte Story, die ihm, ihm allein gehörte, würde innerhalb von wenigen Stunden allen gehören.

Wenn er sich jetzt Gewissheit verschaffen konnte, dann hatte er immerhin einen Vorsprung von etwa sieben Stunden. So wie die Dinge lagen, war es eine wilde Spekulation, aber die Fakten stimmten. Mandoza war vier Tage zuvor in einem klassischen Bergsteigerdorf gesehen worden, das – ausgerechnet – als Mekka für schwierige Felsklettereien galt. Er musste dorthin gefahren sein, um zu trainieren, sich in Form zu bringen für ein grosses Unternehmen. Dann reiste er inkognito in die Schweiz, heuerte einen einheimischen Führer an und war nun drauf und dran, die gefährlichste Kletterei der Alpen anzugehen.

Warum?

Warum nur wollte ein eleganter Star der High Society eine solche Torheit begehen?

Um Aufmerksamkeit auf sich zu lenken. Die Antwort schoss dem Journalisten mit absoluter Klarheit durch den Kopf. Es war genau das, was ein Typ wie Mandoza machte. Es war die Tat eines Grosskotzer, eine hochtrabende Geste für sein Publikum, ein Fehdehandschuh vor die Füsse der Königin, die er gefreit und verloren hatte. Er konnte nicht etwas Bescheidenes tun, es musste grandios sein.

Und Borgwand, der alte Depp, begriff nicht, was eine solche Story vor seiner Haustür für seinen bankrotten, baufälligen Kasten bedeutete. Sein Hotel würde über Nacht berühmt werden. Er, Chipperfield, hatte es in der Hand.

Die Tür zum Büro des Direktors war nur angelehnt, Licht fiel durch den Spalt in den Korridor. Der Journalist trat ein, ohne zu klopfen, schloss die Tür hinter sich und begann zu reden.

Fünf Minuten später kamen die Männer heraus. Ihre Gesichter waren ernst, beide trugen eine starke Taschenlampe. Sie gingen zur Tür hinaus zur Terrasse. Claire sah den beiden in sprachloser Überraschung zu. Sie konnte sich nicht vorstellen, was Papa Borgwand dazu geführt haben mochte, seine Meinung zu ändern.

An der Hoteltür blieb Borgwand stehen, und obwohl er deutlich kleiner war als sein Begleiter, schien es, als hätte er an Statur gewonnen, eine gewisse Würde zurückbekommen.

«Ich muss Sie an unsere Abmachung erinnern, Mr. Chipperfield. Ich führe Sie bis zum Zelt, aber es ist abgemacht, dass Sie die Männer in keiner Weise in ihrem Schlaf stören werden. Wenn es Lebenszeichen gibt, können Sie tun, was Sie wollen, aber wenn sie am Schlafen sind, haben Sie mir versprochen, dass Sie sie nicht stören. Ist das klar?»

«Ja, ja, gehen wir, Mann, hören Sie auf zu predigen, wir haben nicht die ganze Nacht.»

4. Kapitel

Chipperfield stocherte mit dem Fuss in den Überresten eines Feuers herum und fluchte wutschnaubend.

«Zu spät! Und alles nur, weil Sie mit Ihrer idiotischen Ethik-Säuselei Zeit verplempert haben. Eine halbe Stunde früher, und wir hätten sie noch angetroffen.»

Borgwand ignorierte den tobenden Journalisten und verrenkte den Hals auf der Suche nach einem winzigen Licht, das Aufschluss gegeben hätte, wo sich die zwei Bergsteiger befanden. Waren sie wirklich dort oben? Das war keineswegs sicher. Möglicherweise hatten sie ihre Pläne wegen der schlechten Wetteraussichten aufgegeben und sich entschieden, eine andere Route zum Gipfel zu nehmen.

Wenn sie tatsächlich in der Dunkelheit eingestiegen waren, bewiesen sie zwar grossen Mut, aber nicht unbedingt Tollkühnheit. In der Nacht stellte das Eis, mit dem der Fels in der Eigernordwand häufig bedeckt war, eine weniger grosse Gefahr dar als am Tag. Haken hielten besser, die Kälte verhinderte Lawinen und den tagsüber normalen Hagel aus Felsbrocken, Eis und losen Steinen, von dem in der Eigernordwand die grösste Gefahr ausging. Allerdings setzte die Kletterei in der Nacht zwei Bedingungen voraus: eine sehr gute Kenntnis der Route und eine zuverlässige Lampe, mit Vorteil eine Stirnlampe, wie sie die Mineure trugen, damit die Hände fürs Klettern und die Seilhandhabung frei blieben. Ein solches Licht suchte Borgwand, aber er konnte nichts erkennen. Die riesige schwarze Wand türmte sich vor ihnen auf, eine schwache, tintenfarbige Umrisslinie verschmolz irgendwo mit dem schwarzen, mondlosen Himmel. Jedes Geräusch, das die Bergsteiger vielleicht machten, ging in den Flüchen seines Begleiters und seinem lauten Herumpoltern im verlassenen Lager unter.

«Sind Sie sicher, dass sie hier waren?», fragte Chipperfield zum x-ten Mal.

«Sie sehen die Spuren ja selber.»

«Es hätten auch andere sein können.»

«Ich bin ziemlich sicher, dass es die Stelle ist, die ich gesehen habe. Der Zeltplatz wurde schon öfter von Nordwandkandidaten benützt.»

«Steigen die verrückten Kerle immer nachts ein?»

«Viele. Normalerweise etwas später als die beiden jetzt, aber immer vor Tagesanbruch.»

«Warum denn? Ist es nicht sicherer zu warten, bis man etwas sieht?»

«Nicht wenn man die Route kennt.» Er erklärte kurz die Sache mit dem Eis in den kalten Nachtstunden.

«Wie lange dauert die Kletterei überhaupt?», fragte Chipperfield.

«Kommt darauf an. Wenn alles gut geht, rund zwei Tage. Einige waren schneller, andere brauchten mehr. Es kommt aufs Wetter an, und auf das Können der Bergsteiger.»

Er hätte dem Journalisten noch viel mehr erzählen können, aber nicht hier und jetzt, denn ganz offensichtlich hörte dieser überhaupt nicht zu. Dann gab er einen Laut der Überraschung von sich, weil er etwas entdeckt hatte. Borgwand zündete mit seiner Lampe und sah, wie der Journalist niederkniete, einen schweren Stein aufhob und in den Abfällen herumstocherte, die unter dem Stein begraben waren. Plötzlich schrie Chipperfield triumphierend auf. Er stolperte auf den Hotelier zu; in der Hand trug er einen Gegenstand. Es war ein flaches Stück Karton, das im Licht der Taschenlampen hellbraun aufleuchtete.

«Da, sehen Sie! Eine leere Zigarettenschachtel. Astor Filter. Made in Germany.»

Das zerknüllte Stück Karton zitterte in der Hand des Journalisten.

«Eine in der Schweiz ziemlich oft verkaufte Marke», sagte Borgwand ruhig. «Beweist das etwas?»

«Jawohl, Mann, es ist das letzte Beweisstück, das ich brauchte. Jetzt bin ich sicher! Der Mann in der Wand da oben ist Baron Mandoza.»

«Das scheint mir ein dünner Beweis zu sein, aber das ist Ihre Sache. Lassen Sie uns nach Hause und ins Bett gehen.»

Als Antwort schlug ihm Chipperfield die Hand auf die Schulter und brüllte:

«Jetzt ins Bett? Sie machen wohl Witze, Mann! Jetzt beginnt die Arbeit erst: Ihre und meine. Wir haben sieben Stunden Vorsprung auf den Rest der Welt, mindestens, und diese Zeit brauchen wir bis zur letzten Minute.»

* * *

Claire hatte auf die beiden Männer gewartet. Sie brachte ihnen Kaffee ins Büro. Borgwand dankte ihr und bestand darauf, dass sie jetzt zu Bett ging.

«Mr. Chipperfield verspricht uns einen schweren Tag morgen. Also geh schlafen, Liebling.»

«Schlafen Sie so viel wie möglich, Fräulein», fügte Chipperfield hinzu. «In den nächsten Tagen werden Sie nicht viel zum Schlafen kommen, das kann ich Ihnen versichern.»

Die junge Frau schaute ihn verwirrt an und verliess den Raum.

«Warum sind Sie so sicher?», fragte Borgwand.

Der Journalist schlug mit der flachen Hand auf den Schreibtisch, griff zur Flasche und goss sich Whisky in den Kaffee. Seine Augen glänzten wie im Fieber, sein Gesicht war rot.

«Weil das mein Beruf ist, ein Beruf, von dem ich so viel verstehe wie Sie vom Essen und Trinken und all den anderen Tricks der Branche. Dies wird eine grosse Story, Herr Borgwand, ganz, ganz gross.»

«Ist es so wichtig, wenn ein Mann versucht, auf einen Berg zu klettern?»

Chipperfield grinste breit, so dass seine perfekten weissen Zähne leuchteten.

«Welcher Berg, Herr Borgwand? Und welcher Mann? Das ist der Unterschied. Sie haben mir selber gesagt, dass die Eigernordwand mehr Leute umgebracht hat als jeder andere Berg –»

«Ich habe nur gesagt, dass sie sehr viele Menschenleben gefordert hat», wandte der Hotelier ein. «Ich habe nichts gesagt über –»

«Details, Herr Borgwand, Details für Pedanten. Der Eiger ist ein Mörderberg … das ist eine gute Zeile, vielleicht kann ich die noch brauchen. Und der Mann, der ihn besteigen will? Die Nummer 1 in der Promi-Hitparade: der gut aussehende Baron, Abkömmling einer alten Adelsfamilie, ein Salonlöwe, der abgewiesene Liebhaber einer Königin, der jetzt seinen Seelenfrieden in der gnadenlosen Eigermordwand sucht. Sehen Sie nicht, dass da alles drin ist?»

Ohne aufzuschauen sagte Borgwand:

«Die Wahrheit auch?»

Chipperfield warf ihm einen scharfen Blick zu und runzelte verärgert die Stirn:

«Finden Sie nicht, es ist ein wenig spät für tiefgründige Philosophie?»

Der Hotelier schwieg einen Augenblick, bevor er antwortete. Dann schaute er seinem Gast ins Gesicht und sagte ruhig:

«Ich meinte es nicht so, aber dieser Aspekt wäre in der Tat bedenkenswert. Ich meinte eigentlich die Fakten. Nach allem, was Sie mir gesagt haben, haben Sie nicht gerade viel in der Hand.»

«Ich riskiers. In meinem Beruf geht man jedesmal ein Risiko ein, wenn man das Schreibzeug in die Hand nimmt. Ich schreibe, dass Prinzessin Margaret an der Hochzeit oder sonst wo einen roten Hut trug, und kriege mehrere hundert Briefe, die sagen, dass der Hut rosa war. Aber das spielt keine Rolle. Es sind nicht die kleinen Details, die zählen, sondern die grossen Wahrheiten, hinter denen wir her sind, die Geschichten, die man mit dem Herzen liest. Und frau.»

«Natürlich, es ist Ihre Sache, was Sie dem Mann für einen Namen geben, den Sie den ganzen Tag gesucht haben. Aber ich muss Sie warnen, es ist keineswegs sicher, dass die zwei Männer in die Nordwand eingestiegen sind. Auf dem verlassenen Zeltplatz gab es keinen Hinweis darauf, wohin sie gegangen sind, nachdem sie das Zelt zusammengepackt hatten.»

«Sie meinen –»

«Sie haben vielleicht ihre Pläne geändert.»

«Warum? Haben sie Angst bekommen?»

Borgwands Stirnrunzeln drückte Verachtung aus.

«Sie müssen noch viel lernen über die Mentalität von Bergsteigern, Mr. Chipperfield. Vielleicht wurde einer plötzlich krank, oder sie trauten dem Wetter nicht – ich weiss es nicht, ich hatte keine Gelegenheit, den Wetterbericht zu hören.»

«Das Wetter sieht ziemlich stabil aus.»

«Da bin ich nicht so sicher. Es ist jetzt schon zwei Wochen lang gut, aber sonst war das Jahr schlecht. Vielleicht war das schon die einzige Schönwetterperiode des ganzen Jahres. Ich bezweifle, dass es noch viel länger hält.»

«O.K., wie Sie wollen. Ich sage, es ist der Baron, aber Sie meinen, er ist nicht unbedingt in der Wand. Morgen wissen wir mehr, wenn es Tag wird, oder nicht?»

«Wenn keine Wolken aufziehen, ja. Der Eiger ist einer der wenigen Berge auf der ganzen Welt, an dem man die Bergsteiger Schritt für Schritt bis zum Gipfel beobachten kann.»

«Von blossem Auge?»

«Nein, aber mit einem Feldstecher oder mit dem grossen Fernrohr auf meiner Terrasse.»

«Gut. Sie machen jetzt Folgendes: Kaufen Sie alle Ferngläser, die Sie in der Gegend kriegen können. Verdoppeln Sie den Preis für die Benützung Ihres Fernrohres und –»

«Wovon reden Sie denn?», unterbrach ihn Borgwand. «Das Fernrohr ist gratis für alle meine Gäste.»

«War, Herr Borgwand, war. Von morgen an ist es teuer. Die Leute werden 5 Franken pro Minute zahlen, wenn sie wissen, wer da oben klettert. Nächster Schritt: Verdoppeln Sie die Preise für Ihre Zimmer. Holen Sie mehr Personal. Verdreifachen Sie die Preise in der Bar. Sie werden innerhalb von 24 Stunden jede Menge trinkfester Zeitungsleute in Ihrem Laden haben und Horden von sensationslüsternen Touristen, die sich darum reissen, Ihr Hotel als Tribüne zu benützen. Sie können sogar einen Eintrittspreis für Ihre Terrasse da draussen verlangen. Zimmer mit Balkon zur Nordwand kosten natürlich doppelt so viel wie die anderen. Borgwand, Ihr Hotel ist doch völlig am Boden. Abstreiten nützt nichts. Dass die Hütte kurz vor dem Zusammenbruch steht, sieht ein Blinder mit dem Krückstock. Aber mit meiner Hilfe kommen Sie wieder auf die Beine. Ich mache den Namen dieses Hotels auf der ganzen Welt bekannt. Er wird in der Autorenzeile von allen Artikeln stehen, die ich schreibe, und ich schreibe für ein Millionenpublikum. Ich bringe Ihnen mehr Publizität, als Sie je erträumen konnten, gratis und franko. Sie werden nichts bereuen, auch nach dem Ende der Geschichte nicht.»

Chipperfield schnappte nach Luft; sein Gesicht war rot vor Aufregung. Borgwand sagte ungerührt: «Und mein Beitrag zu diesem erstaunlichen Alptraum, den Sie da vorschlagen?»

Der Journalist lachte lauthals.

«Sehr gut. Sie sind nicht von gestern. Die Sache ist einfach für Sie: Machen Sie Ihr Hotel bereit, bringen Sie alles auf Vordermann, Personal, Essen usw., und warten Sie auf den Startschuss. Können Sie mir einen Gefallen tun? Ich brauche Ihr privates Telefon für die nächsten 24 Stunden, exklusiv, versteht sich. Wer zu spät kommt, soll sich um die Telefonkabine balgen. Ich will dieses Telefon hier, und zwar immer, Tag und Nacht. Ich bezahle alle Gespräche, nur keine Angst. Die meisten sind Ferngespräche. Aber ich will dieses Telefon.»

Der Journalist stand auf und fügte hinzu:

«Noch etwas. Ich brauche morgen ein kleines Privatflugzeug. Sie können mir sicher sagen, wo ich eines mit einem Piloten chartern kann.»

Er beobachtete erfreut, wie die Augen des Hoteliers bei seinem Wunsch immer grösser wurden. Er lachte kurz und rau.

«Kümmern Sie sich nicht darum, wofür. Besorgen Sie mir ein Flugzeug, egal was es kostet. Gegen Mittag wäre gut, wenn Sie das arrangieren könnten.»

Der alte Mann stand müde auf. Er brauchte dringend Schlaf und die Möglichkeit, all die erstaunlichen Dinge zu verdauen, die er in dieser Nacht gehört hatte. An der Tür drehte er sich um und sagte:

«Ich habe das Gefühl, dass mir die Sache nicht passt, Mr. Chipperfield. Irgendetwas daran ist … ungesund. Ich kann Sie natürlich nicht daran hindern, für Ihre Zeitungen zu schreiben –»

«Nein, das können Sie nicht, Herr Borgwand, das können Sie wirklich nicht», sagte der Journalist mit leicht drohendem Unterton.

«Ich bin am Ende, fast pleite, wie Sie richtig bemerkt haben. Ich bin also froh um jede Belebung des Geschäfts durch Ihre Artikel. Aber eines will ich hier klar festhalten. Ich werde mithelfen, so gut ich kann. Ich werde weiterhin mein Hotel führen, und ich biete allen Gastrecht, die kommen wollen. Aber ich lasse mich auf nichts ein, was ich irgendwie für … unrecht halte. Gute Nacht.»

«Moraltante», brummte Chipperfield hinter ihm her, dann ging er ans Telefon, dessen Glocke schrillte.

«Bist dus, Bernie? Ich weiss, ich weiss. Eine unmögliche Zeit, um dich aus den Federn zu holen und so weiter, aber warte, bis du das gehört hast. Nimm etwas zum Schreiben … los, Mann, reib dir den Schlaf aus den Augen … Bist du bereit? … Also, hier die Schlagzeile: ‹Prominenter Playboy in der Mörderwand.› Hast du das? Ja, es stimmt … der Eiger, genau mir gegenüber. Hier ist die Story …»

Als er fertig diktiert hatte, hörte er ungeduldig den ungläubigen Kommentaren seines Partners zu, dann unterbrach er ihn:

«Ich weiss, es ist ein Risiko, aber ich nehm das auf mich. Du hast doch selber gesagt, niemand weiss, wo der Baron ist. Ich sage dir, er ist hier, vor meiner Nase. Ich bin todsicher, dass ich ihn heute Morgen in Interlaken gesehen habe. Eines noch, Bernie. Lass die Geschichte noch nicht raus, erst etwa in –», er schaute auf seine Uhr, «– sechs Stunden oder so. Wenn du bis dahin nichts von mir gehört hast, kannst du sie laufen lassen. Jawohl, London, New York, Deutschland, alles. Ich will absolute Priorität, Bernie, dies ist vielleicht die Story des Jahres. So long.»

Nachdem er den Hörer aufgelegt hatte, schenkte er sich noch einmal einen Drink ein und goss ihn runter. Dann zog er die Schreibmaschine des Direktors zu sich und begann die bevorstehende Schlacht zu planen.

* * *

Von den drei Männern, die am direktesten in die Ereignisse des folgenden Tages involviert waren, schlief nur John Bellman gut. Chipperfield arbeitete durch bis kurz vor Tagesanbruch, nachdem er herausgefunden hatte, wo die Kaffeevorräte und eine elektrische Kaffeemaschine standen. Klaus Borgwand verbrachte eine unruhige Nacht; er wälzte sich schlaflos in seinem Bett hin und her, während in seinem Kopf die Gedanken Amok liefen. Er brauchte mehrere Stunden tiefen Schlafes pro Nacht, das hatte ihm schon mehr als ein besorgter Arzt gesagt. Das

Wissen darum schien allerdings seinen angespannten Nerven und Muskeln keine Erlösung zu bringen, ganz im Gegenteil.

Nur Bellman schlief den Schlaf des Gerechten und erwachte früh. Als er zum Fenster hinaus auf das grossartige Dreigestirn Eiger, Mönch und Jungfrau blickte, schien ihm, als hinge eine Wetterveränderung in der Luft. Die Berge hatten die Farbe von Stahl. Der Himmel war bedeckt, und vom Lauterbrunnental her zogen Wolken auf, deren Grau Regen verhiess.

Ein Blick auf die Uhr sagte ihm, dass er gerade noch einen frühen Zug nach Grindelwald hinunter erwischte, wenn er sich mit dem Frühstück etwas beeilte. Er wollte bis Grund fahren und dann bergaufwärts gehen, um das grosse schwarze Chalet zu suchen, hinter dem der grüne Sportwagen gestanden hatte.

Er erreichte den Zug mit ein paar Minuten Reserve. Als sich die Bahn der Station Alpiglen näherte, schaute er nach links aus dem Fenster. Auf der Terrasse des «Grand Hotel Nordwand» standen zwei Männer. Der eine schaute gerade durch ein grosses Fernrohr, das auf einem Podest stand und offensichtlich auf den monumentalen Berg gerichtet war, der bei Alpiglen in die Höhe ragte. Die andere Person auf der Terrasse kam Bellman irgendwie bekannt vor. Vielleicht weil der berühmte Journalist in seinen Gedanken einen prominenten Platz einnahm, schoss ihm der Gedanke durch den Kopf, dass der grössere Mann hätte Chipperfield sein können. Aus der Distanz von über 500 Metern war dies aber schwer zu erkennen, deshalb verwarf er den Gedanken auch gleich wieder als unwahrscheinlich. Die Chance, dass Chipperfield die Nacht in diesem ziemlich ramponiert aussehenden Haus verbracht hatte, erschien ihm gering.

Als der Zug die Station Grund unten im Talboden erreicht hatte, ohne dass er das Chalet gesehen hätte, stieg Bellman aus, überquerte die Lütschine und stieg auf einer schmalen Strasse Richtung Alpiglen hinauf. Kurz bevor die Strasse ganz zu Ende war, bemerkte er einen Pfad, der links abbog und sich gegen das Bahngleis hinaufzog. Es ging steil bergauf, und er machte mehrere Pausen; er hatte es ja nicht eilig. Es wäre natürlich schon sehr interessant gewesen zu wissen, warum Chipperfield so verzweifelt den Besitzer des grünen Sportwagens suchte, aber andererseits zweifelte er daran, ob ihm die Information, wenn er sie einmal hatte, überhaupt irgendetwas nützen würde. Nur weil seine Neugier leicht geweckt war und er nichts Besseres zu tun hatte, liess er sich auf diese kleine Morgenwanderung ein.

Nach ungefähr einer halben Stunde fand er das schwarze Chalet. Karrenspuren stellten die Verbindung zu der Strasse her, auf der er gekommen war. Im weichen Dreck waren noch Pneuspuren zu sehen.

Das Chalet war ein grosses, rauchgeschwärztes Gebäude aus Holz, das Reparaturen dringend nötig gehabt hätte. Es wirkte nicht alt und arm, sondern nur vernachlässigt, was bei Schweizer Bauern ganz selten vorkam. Es hingen keine Vorhänge, auf den Fensterbänken standen keine Geranienkisten, die Schindeln waren teilweise zerbrochen, und der schmale Streifen, der als Garten diente, war dicht mit Unkraut überwachsen. Unterhalb des Gartens stand eine Gruppe von Buchen, die einen grünen Wagen mit einer Decke auf der Haube zu einem grossen Teil verdeckten. Das Auto war bewegt worden, aber es war zweifellos dasselbe. Die Buchen schützten es gegen alle Seiten ausser gegen diejenige, von der es Bellman jetzt betrachtete. Vielleicht, so überlegte er, war das der Grund, warum Chipperfield den Wagen vom Zug aus nicht gesehen hatte, als er gestern ein paar Stunden nach Bellman zur Kleinen Scheidegg hinaufgefahren war. Er hätte gern die Decke von der Haube gezogen, getraute sich aber nicht, weil er fürchtete, vom Chalet aus beobachtet zu werden.

Er musste einen Vorwand finden, um an die Tür zu klopfen. Wenn ihn jemand sah, wie er herumschnüffelte und sich verdächtig machte, würde er nichts erfahren. Er wusste nicht einmal, was er eigentlich suchte. Aber er war nicht 20 Jahre lang Journalist gewesen, ohne eine gewisse Virtuosität im Ausdenken von Lösungen für solche Probleme entwickelt zu haben.

Er ging auf einem groben, steinigen Pfad zur Haustür hinauf und klopfte. Er hörte ein Schlurfen, wie wenn sich jemand hastig vom Ausguck an einem der dunkeln Fenster entfernt hätte, aber es kam niemand an die Tür. Er versuchte es noch einmal, lauter. Diesmal hörte er, wie sich Schritte näherten. Von innen wurde ein hölzerner Riegel zurückgezogen, und die Tür öffnete sich einen Spalt. Die kombinierten Gerüche von Plumpsklo, dreckigem Geschirr und tausend Mahlzeiten – die übliche Mischung in Alphütten und Bauernhäusern – trafen auf seine Nasenschleimhäute.

«Ja?», tönte es barsch von einer misstrauischen Frauenstimme.

«Grüss Gott», sagte er, darauf wartend, dass sich die Tür etwas weiter öffnete. Das tat sie auch, allerdings nur um Bruchteile von Zentimetern.

«Was wollen Sie?», schnarrte die unfreundliche Stimme.

«Ich … eh … ich suche ein Haus – der Verkehrsverein in Grindelwald hat mir einen Namen angegeben, aber ich habe den Zettel verloren, wo er drauf stand.»

«Was für ein Haus?»

«Eh … nun, eines, wo ich ein paar Nächte bleiben könnte – Ferien, verstehen Sie?»

«Wir nehmen keine Gäste», kam die abweisende Antwort in schlechtem Hochdeutsch.

«Es tut mir Leid; ich bin hier wohl falsch. Sie hatten mir den Weg zwar deutlich beschrieben. Heissen Sie nicht …», er dachte schnell nach, es musste ein für die Gegend typischer Name sein: «Heissen Sie nicht Kaufmann?»

«Nein.» Sie machte aber keine Anstalten, ihm zu sagen, wie sie wirklich hiess.

«Dann können Sie mir vielleicht weiterhelfen. Es muss hier in der Nähe ein Chalet geben, in dem Gäste willkommen sind.»

Widerwillig öffnete die Frau die Tür und kam langsam heraus. Sie war mager, bleich, mittleren Alters, und ihr strähniges Haar hatte sie zu einem festen Knoten gebunden, der nicht dazu beitrug, ihre steinernen Gesichtszüge zu mildern. Sie trug eine schmutzige Schürze über einem fadenscheinigen schwarzen Kleid.

Sie erklärte ihm knapp den Weg zu einem Chalet in der Nähe und wollte sofort wieder ins Haus zurück. Bellman realisierte, dass er den Stier bei den Hörnern packen musste. Bis jetzt hatte er noch nichts herausgefunden, es war, als ob es die Frau darauf abgesehen hatte, ihm etwas zu verheimlichen. Die Berner Oberländer waren sonst die Freundlichkeit selbst, vor allem gegenüber Touristen.

Er ging zielbewusst in Richtung des grünen Wagens, der halb versteckt in den Bäumen stand, und sagte:

«Das ist ja ein tolles Auto, das Sie dort abgestellt haben.»

«Das geht Sie gar nichts an!», rief die Frau mit schneidender Stimme.

Er beschleunigte seinen Schritt und zog die Decke zurück, worauf eine ausländische Autonummer zum Vorschein kam. Hinten am Wagen prangte ein grosses schwarzes D auf weissem Grund, D für Deutschland. Es war auf jeden Fall der richtige Wagen.

Die Frau stolperte auf ihn zu und schrie ihn wütend an.

«Lassen Sie das Auto in Ruhe, das geht Sie gar nichts an!»

Bellman legte die Decke wieder zurück; er hasste die wüste Szene, aber er liess jetzt, da sich die Sache so seltsam entwickelte, nicht mehr locker.

«Ich muss mich entschuldigen, gnädige Frau, ich wollte bloss nachschauen, ob es das Auto eines Freundes ist, der einen solchen Wagen besitzt.»

Sie starrte ihn ungläubig an; auf ihrem bleichen Gesicht hatten sich vor Zorn zwei rote Flecken gebildet.

«Sie könnten mir nicht zufälligerweise sagen, wo ich den Besitzer des Wagens finden könnte, oder?», fragte er. Er gab sich alle Mühe, seine Stimme lieb und freundlich klingen zu lassen.

«Nein», war ihre schroffe Antwort.

«Aber ich.»

Beide fuhren herum, als sie eine Stimme in englischer Sprache hörten.

Bellman starrte fassungslos auf Paddy Chipperfield, der wenige Meter entfernt mit einem drohenden Grinsen in den Mundwinkeln dastand.

«Nicht wahr, Frau Albrecht?», sagte er deutsch, «der Besitzer ist den ganzen Tag abwesend, am Klettern.»

Die Frau fuhr wie vom Blitz getroffen zurück.

«Ich weiss es nicht. Ich weiss von gar nichts», stammelte sie.

«Aber Ihr Mann, der Hans, weiss Bescheid, oder etwa nicht?»

«Mein Mann ist nicht da.»

«Natürlich nicht. Wie könnte er auch, wir sahen ihn gerade durchs Fernrohr, wie er die Eigernordwand hochklettert.»

Die Frau schien völlig die Fassung zu verlieren. Schliesslich sagte sie stotternd: «Ein Führer muss schliesslich etwas verdienen.»

«Aber natürlich, Frau Albrecht, selbst einer, der nicht mehr Führer sein darf. Aber ich komme nicht seinetwegen. Keine Sorge, ich werde kein Sterbenswörtchen sagen, dass er einen Kunden in die Eigernordwand mitgenommen hat ... vorausgesetzt, dass Sie mitmachen und mir den Namen des Mannes sagen, den er bei sich hat. Aber halt! Das ist nicht für jedermanns Ohren bestimmt. Mr. Bellman wollte sowieso gerade gehen, nicht wahr, alter Freund?»

Die Frau redete, bevor Bellman antworten konnte.

«Ich weiss nicht, wer er ist. Hans hat es mir nicht gesagt.»

«Ach was», sagte Chipperfield, «Sie wissen es ganz genau. Nein? Dann hilft Ihnen dies vielleicht auf die Sprünge.»

Er öffnete seine Brieftasche und nahm einen Fünfliber heraus.

Die Frau fuhr ihn plötzlich wutentbrannt an.

«Behalten Sie Ihr Scheissgeld! Sie vergeuden Ihre Zeit, alle beide. Ich weiss nicht, wer der Kunde meines Mannes ist, und selbst wenn ichs wüsste, würde ichs Ihnen nicht sagen. Jetzt hauen Sie ab und lassen Sie mich in Ruhe!»

«Einen Augenblick, nicht so hastig», fuhr Chipperfield dazwischen. «Ich könnte Ihnen sogar glauben, dass Sie seinen Namen nicht kennen, aber Sie können ihn doch sicher beschreiben. Wie sah er denn aus, als er ankam?»

«Ich habe ihn nie gesehen. Es wurde alles hinter meinem Rücken abgemacht. Hans wusste, dass ich dagegen sein würde, egal, wie viel er dafür bekam. Als ich sah, was er im Sinn hatte, versuchte ich ihn zu stoppen, aber er sagte, wir bräuchten das Geld. Das ist alles, was ich weiss. Jetzt lassen Sie mich in Gottes Namen in Ruhe.»

Sie ging auf dem Weglein zurück zum Haus und schlug die Haustür hinter sich zu.

Die Männer schauten einander schweigend an, im Hintergrund muhte eine Kuh.

Bellman hatte es die Sprache verschlagen. Zu viel war in der bitteren Auseinandersetzung enthüllt oder halb enthüllt worden. Er hatte nicht alles begriffen und brauchte Zeit, um Ordnung in seinem Kopf zu schaffen.

Chipperfield zündete sich eine Zigarette an und sagte mit zynischem Lächeln:

«So, so, ist das nicht Little Tommy Tittlemouse. Ich hätte nie gedacht, dass er als Erster am Schauplatz auftauchen würde.»

«Was genau soll das heissen?», fragte Bellman.

«Ach komm schon, du weisst doch:

‹Erwischt beim Fischen in fremden Gewässern …›»

Bellman antwortete scharf: «Ich sehe nirgends ein Schild, auf dem stehen würde ‹Fischen verboten. Die Schweiz ist in Privatbesitz von P. Chipperfield!›»

«Dann musst du das nächste Mal besser hinsehen, alter Freund. Adieu. Und arbeite nicht zu hart.»

Er unterzog den grünen Wagen einer kurzen, aber genauen Inspektion, schrieb sich die Nummer auf und schlenderte zufrieden pfeifend davon.

* * *

Klaus Borgwand betrat sein Büro – es war absurd, aber er hatte bereits das Gefühl, er müsse vor dem Eintreten an seiner eigenen Tür anklopfen – und schaute Chipperfield bei der Arbeit zu. Dessen Finger flogen mit erstaunlicher Geschicklichkeit über die Tasten der Schreibmaschine. Nicht zum ersten Mal, seit der draufgängerische, kräftige Journalist sein Hotel betreten hatte, überkam ihn ein ungutes Gefühl, fast Angst, wenn er ihn ansah. Der Mann erinnerte ihn an den Hindugott Juggernaut, der rücksichtslos alles zermalmt, was sich ihm in den Weg stellt.

Er unterdrückte seine Gefühle und versuchte, die Sache von ihren guten Seiten zu betrachten. Bereits hatten sich sieben Zeitungen nach Zimmern für ihre Korrespondenten erkundigt, was bewies, dass der Artikel, den Chipperfield in der Nacht zuvor durchtelefoniert hatte, in mehreren Ländern voll eingeschlagen hatte. Eine kleine Schar neugieriger Touristen sass auf seiner Terrasse und beobachtete von Zeit zu Zeit – gratis – durch das grosse Fernrohr, wie die Bergsteiger langsam in der Eigernordwand vorankamen. Einige würden zum Mittagessen bleiben, und ein paar hatten gar nach Unterkunft für die Nacht gefragt. Das Geschäft hatte angezogen, und nur er wusste, wie entscheidend das war. Die etwas abgehobene Rede, die der Journalist in der vergangenen Nacht gehalten hatte, schien ein Körnchen Wahrheit zu enthalten. Aber deswegen mochte er die ganze Sache noch lange nicht.

Chipperfield hörte auf zu tippen und riss das Papier aus der Maschine.

«Sehen Sie sich das einmal an», sagte er und grinste den Hotelier an.

Borgwand nahm das Papier. Zuoberst standen Datum, Ort und der Name seines Hotels – falsch geschrieben, wie er feststellte. Er las:

«In einem netten kleinen alten Chalet mit Blumenschmuck rundum, kaum einen Steinwurf vom stattlichen Hotel entfernt, in dem ich wohne, habe ich gerade eines der schrecklichsten Interviews meiner Karriere erlebt. Ich sprach mit einer hübschen, tränenüberströmten Frau mit nervösen weissen Händen, einer Frau, die von schweren Sorgen geplagt ist. Ihr Name ist Louise Albrecht. Während wir sprechen, schweifen ihre verweinten Augen immer wieder hinauf zum Mörderberg, wo ihr Ehemann, der ehemalige Spitzenbergführer Hans Albrecht, genau in diesem Augenblick sein Leben aufs Spiel setzt. Mit zusammengepressten Lippen, um das Schluchzen zu unterdrücken, sagte sie mir: ‹Ich bat ihn, nicht zu gehen, ich bat ihn auf meinen Knien und im Namen des Allmächtigen, aber ich konnte ihn nicht zurückhalten. Der Ruf der Nordwand ist zu stark, sagte er, während er seine Kinder zum Abschied küsste und im ersten Morgenlicht …»

Borgwand las nicht weiter. Er konnte sich nicht vorstellen, dass sich die unerschütterliche, alles andere als hübsche Frau Albrecht so benahm, und der Bericht enthielt mindestens ein halbes Dutzend falsche Behauptungen, aber er begnügte sich mit dem trockenen Kommentar:

«Sie haben einen bemerkenswert kräftigen Arm, wenn Sie einen Stein von hier zu Albrechts Haus werfen können; es ist mindestens drei Kilometer entfernt.»

Chipperfield strahlte ihn mit einem breiten, künstlichen Schmunzeln an.

«Kleinigkeiten, mein lieber Borgwand, läppische Details. Ich habe Ihnen schon gesagt, dass diese keine Rolle spielen. Mein Job ist es, die Herzen meiner Leser zu erreichen. Sie wollen spüren, dass sie die alte Schachtel – wie heisst sie schon wieder? – Albrecht kennen und an ihrem Elend und ihrer Verzweiflung teilhaben können – bequem aus zweiter Hand natürlich.

«Also denn, sollte der Anruf nach London nicht kommen, bevor ich gehe, wäre ich Ihnen sehr dankbar, wenn Sie diesen Text durchgeben könnten. Sie sprechen so gut Englisch, dass Ihnen das keinerlei Probleme bereiten wird. Sagen Sie, wie läuft das Geschäft? Immer besser, nicht wahr? Ich habs Ihnen ja gesagt. Und das ist erst der Anfang. Spätestens morgen wird es Sie aus den Socken hauen. Ich muss jetzt zum Flugplatz. Ist alles klar?»

Der alte Mann nickte stoisch und fuhr zusammen, als ihn der stämmige Mann zwischen die Schulterblätter hieb.

«Kopf hoch, mein Freund. Sie haben ihn ja bereits über Wasser, und schon bald werden Sie schwimmen – obenauf schwimmen.» Er schritt aus dem Büro und schlug die Tür zu.

Borgwand stand immer noch sinnend an seinem Schreibtisch, als Claire klopfte und eintrat. Er fragte sofort:

«Wie kommen sie voran?»

Sie wusste, worauf sich die Frage bezog. Die eine Hälfte seiner Gedanken beschäftigte sich mit dem Hotel und die andere mit den beiden Männern am Eiger. Es war schon immer so gewesen, wenn jeweils ein Versuch an der Eigernordwand unternommen wurde.

«Sehr schnell, würde ich sagen», antwortete sie. «Sie sind etwa in der Hälfte des Ersten Eisfeldes. Man sieht sie Stufen schlagen.»

Er nickte. Sie kamen in der Tat gut vorwärts. Albrecht verstand sein Metier, und offensichtlich war der mit ihm durch das Seil verbundene Kunde kein totes Gewicht, sonst wäre es ihnen nicht gelungen, den Hinterstoisser-Quergang im ersten Licht des Tages hinter sich zu bringen.

«Glaubt Chipperfield immer noch, dass es der Baron Soundso ist?», fragte Claire.

«Offenbar, doch er hat anscheinend wenig aus Frau Albrecht herausgebracht heute Morgen.»

Borgwand hatte seine Mitarbeiterin eingeweiht, nachdem er und der Journalist die Bergsteiger kurz nach Tagesanbruch mit dem grossen Fernrohr entdeckt hatten. Der Journalist hatte ihm zwar verboten, mit jemandem darüber zu sprechen, aber der Hotelier wusste, dass er sich auf Claires Verschwiegenheit verlassen konnte.

«Ich habe gemeint, Mr. Chipperfield wisse, wie der Baron aussieht? War ihm das Fernrohr nicht stark genug, dass er sich Gewissheit verschaffen konnte?»

«Man konnte unterscheiden, wer wer war, aber nicht mehr. Ich weiss, welche Statur Albrecht hat; der andere Mann ist etwas grösser. Aber beide tragen Helme und Schneebrillen, und zudem drehen sie uns natürlich die meiste Zeit den Rücken zu.

Es war unmöglich, Gesichter zu erkennen. Um dir die Wahrheit zu sagen: Ich glaube nicht, dass Chipperfield mehr hat als zuvor, aber er scheint an seiner Hypothese festzuhalten.»

Er wechselte in Gedanken zum Hotel.

«Wie viele Mittagessen, was schätzt du?»

Claire nannte die Zahl, die sie erwartete.

«So viele? Ist das neue Personal angekommen?»

«Einige.» Sie teilte ihm die Details mit.

«Gut», sagte er schliesslich. «Unser Freund Chipperfield ist übrigens zum Essen nicht da. Er ist nach Interlaken gefahren, zum Flugplatz. Er hat ein Flugzeug gechartert.»

«Wofür denn?»

«Er hat es mir nicht gesagt, aber ich habe die Idee, dass wir das in Kürze wissen werden.»

5. Kapitel

Als John Bellman sein Hotel auf der Scheidegg verliess, um den Pfad zum Hotel «Nordwand» hinunter einzuschlagen, befasste er sich in Gedanken nur zum Teil mit dem bevorstehenden Zusammenprall mit Chipperfield. Es war schon ein hinterhältiger Streich des Schicksals, dass es ihn erneut in einen Kampf mit seinem Feind schickte – als ob er eine Revanche bekäme, eine Chance, seine Niederlage gegen Chipperfield in New York gutzumachen. Die Bedingungen hätten unterschiedlicher nicht sein können, aber der Konflikt hatte erstaunliche Parallelen. John Bellman war fast sicher, dass sein Rivale, bei allen guten Beziehungen und unzweifelhaften Talenten, die er gewiss besass, eine veritable Zeitungsente produziert hatte.

Mondial P. A., die Presseagentur, für die er in Hamburg arbeitete, teilte seine Meinung. Chipperfields sensationelle Story hatte heute Morgen für Aufruhr gesorgt. Seine Behauptung, dass der international bekannte Baron den Versuch unternahm, die Eigernordwand zu durchsteigen, hatte sich wie ein Buschfeuer um die Welt verbreitet. Aber längst nicht alle liessen sich von den angeblichen Fakten blenden. Hamburg war skeptisch und liess Bellman wissen, dass die meisten seriösen Tageszeitungen einen Standpunkt mit vielen Vorbehalten einnahmen. Normalerweise gut informierte Quellen behaupteten gar, den Baron in Österreich gesehen zu haben, auf der Fahrt nach Süden Richtung Venedig. Man war der Meinung, dass Chipperfield etwas oder jemand verwechselt hatte.

So viel hatte Bellman kurz vor dem Mittagessen am Telefon erfahren, als er von der unseligen Begegnung mit Frau Albrecht zurückgekehrt war. Weit davon entfernt, in fremden Gewässern fischen zu wollen, wie Chipperfield heute Morgen ätzend gesagt hatte, war Bellman vielmehr fest entschlossen herauszufinden, was für einen Fisch Chipperfield wirklich an der Angel hatte. Der Aufgabe sah er aber nicht gerade mit grossem Vergnügen entgegen. Er war zwar stur, aber nicht von Natur aus nachtragend, und bei der letzten Gelegenheit, als die beiden die Klingen gekreuzt hatten, war er auf der Strecke geblieben. Aber er hatte keine Wahl. Seine Agentur wollte Fakten, und es gab nur einen Weg, diese zu bekommen: Chipperfield geradeheraus zu fragen.

Er zweigte links ab und nahm einen Pfad in Richtung «Grand Hotel Nordwand». Weit verstreut weidete eine Herde Kühe auf der sumpfigen, abgegrasten Wiese; das friedliche Glockengeläut setzte einen lieblichen Akzent in einer eher düster wirkenden Umgebung. Der Himmel war immer noch bedeckt, aber der für den frühen Morgen angesagte Regen war nicht gefallen.

Eine grosse Schar Touristen stand auf der Hotelterrasse, und als er die Stufen hinaufstieg, hörte er das leise Brummen eines Kleinflugzeugs. Die Leute um ihn herum begannen aufgeregt in den Himmel hinauf zu zeigen. Einen Augenblick später gewahrte auch er einen kleinen roten Eindecker, der an die Flugzeuge erinnerte, die im Krieg als Aufklärer eingesetzt worden waren. Er war in einem steilen Steigflug und schien direkt auf die Eigernordwand hin zu steuern. Bellman schaute ihm mit irritiertem Interesse zu und versuchte zu erraten, was der Zweck des Manövers war, während das Flugzeug wie eine kleine scharlachrote Fliege dem gewaltigen Berg entlangflog. Mit blossem Auge konnte man nur schwer erkennen, ob das winzige Flugzeug tatsächlich so nahe am Berg war, wie es schien.

Er schaute neidisch auf all die Leute mit einem Fernglas. Dann bemerkte er eine hübsche, schlanke junge Frau in einer frisch gebügelten weissen Bluse, die einen Feldstecher in der Hand hielt. Die sanften Linien ihres jungen Gesichts veranlassten ihn, zu ihr zu gehen und zu fragen, ob er das Fernglas für einen Augenblick ausleihen könne. Sie war einverstanden, und so schaute er mit neuen Augen auf die winzige rote Fliege, die sich jetzt in eine Kurve legte und ein zweites Mal der Eigernordwand entlangflog.

Er nahm die beiden kleinen Figuren ins Visier, die, mit einem Seil verbunden, langsam eine senkrechte Wand aus Schnee und Eis etwa auf halbem Weg zum Gipfel hinaufkletterten. Ein nahe stehender Beobachter sagte im bestimmten Ton des Experten, dass die zwei Bergsteiger mehr als die Hälfte des Zweiten Eisfeldes hinter sich gebracht und eine Höhe von rund 3200 Metern erreicht hätten.

Bellman schaute fasziniert zu, dann nahm er das Fernglas vom Auge. Die hübsche junge Dame wandte sich an einen stattlichen älteren Herrn mit einem runden Gesicht, der neben ihr stand, und sagte ihm etwas im Dialekt, den Bellman nicht verstand. Immerhin schnappte er die Formulierung «Herr Direktor» auf. Als er ihr das Fernglas mit Dank zurückgab, fragte er:

«Gibt es Probleme dort oben?»

Der ältere Herr schüttelte den Kopf und antwortete freundlich:

«Nein, keinerlei Anzeichen. Ich denke, vom Flugzeug aus wird fotografiert.»

«Fotografiert! Er scheint gefährlich nahe heranzufliegen.»

«Ja, gefährlich für den Piloten und die Bergsteiger.»

Bellman sah ihn verdutzt an. An diesen Aspekt hatte er freilich nicht gedacht.

«Sie meinen wegen des ‹slipstream›?» Er wusste das deutsche Wort nicht, deshalb sagte er «slipstream». Die junge Frau antwortete ihm englisch mit einem reizenden Akzent.

«Jede Ablenkung kann gefährlich sein, Sir. Es wundert mich, dass sie so nahe fliegen dürfen, während die Männer am Klettern sind.»

«Versuch das einmal Mister Chipperfield beizubringen», sagte der alte Mann neben ihr trocken. «Ich glaube nicht, dass es ihn interessieren würde.»

Bellman fuhr herum, überrascht, dass ihm diese Idee nicht früher gekommen war.

«Chipperfield? Sie meinen, er ist in dem Flugzeug da oben?»

Beide nickten und schienen ihn mit zunehmendem Interesse zu betrachten.

«Kennen Sie ihn?», fragte der Alte, von dem er annahm, dass er der Hoteldirektor war.

«Jawohl. Ich kenne ihn, sogar sehr gut», antwortete Bellman verdriesslich. «Ich wollte ihm eigentlich ein paar Fragen stellen, aber offenbar bin ich zu spät.»

«Haben Sie die Mittagsnachrichten am Radio gehört?», fragte der Hotelier.

«Nein, aber wenn Sie Chipperfields spezielle Theorie über den Baron Mandoza meinen, davon habe ich bereits aus anderer Quelle gehört. Ich bin nämlich auch Reporter.»

«Sie glauben also nicht, dass die Geschichte stimmt?»

«Ich bin nicht sicher. Genau darüber wollte ich mit ihm reden. Da er jetzt nicht da ist, möchte ich gern mit jemandem sprechen, der den Führer Hans Albrecht gut kennt. Seine Frau ist leider nicht gerade die gesprächigste aller Frauen.»

«Vielleicht kann ich Ihnen helfen», bot sich der Hotelier an. «Ich kann nicht behaupten, dass ich ihn sehr gut kenne, aber ich lebe seit 20 Jahren hier und –»

«Ja, aber haben Sie denn überhaupt Zeit? Es sind nämlich eine Menge Fragen; ich versuche es aber kurz zu machen.»

«Das Thema interessiert mich sehr, ich kann dafür Zeit freimachen. Kommen Sie bitte mit in mein Büro, da können wir ungestört reden.»

«Das ist sehr nett von Ihnen.»

«Gut. Claire, bringst du uns bitte eine Tasse Kaffee, wenn du einen Augenblick Zeit hast?»

* * *

20 Minuten später dankte Bellman der Vorsehung, die ihn ins Hotel geführt hatte. Herr Borgwand lieferte ihm sehr viele wertvolle Informationen nicht nur über Albrecht, sondern auch über den Eiger. Die Wände in seinem Büro waren gefüllt mit Büchern über den Eiger. Der Berg war offensichtlich sein Hobby. Fast so interessant für Bellman war der Eindruck, dass weder der Hotelier noch die reizende junge Frau dem Charme des gefeierten Chipperfield erlegen war.

«Sie verstehen meinen Standpunkt, Mr. Bellman», sagte Borgwand. «Vielleicht habe ich schon etwas zu viel von unserem gemeinsamen Bekannten und seinen eigenartigen Theorien geredet. Es ist schon so, ich bin ein eher redseliger alter Mann, der eigentlich wissen müsste, dass man die Diskretion seiner Gäste wahrt, aber dies hier ist ein Ausnahmefall. Ich kann mir nicht helfen: Mr. Chipperfields Methoden gefallen mir nicht. Mein Haus ist selbstverständlich für alle offen, die hier übernachten wollen, und das Geschäft lief schlecht in den letzten paar Jahren. Ich müsste glücklich sein über alles, was mir mehr Gäste und Publizität beschert, aber nicht zu jedem Preis. Mr. Chipperfield glaubt wohl, er könne aus diesem Hotel eine wilde Show machen.»

Bellman nickte. «Ich glaube, wir sprechen die gleiche Sprache, Herr Borgwand.» Er machte eine Pause und wechselte wieder zu dem Thema, das sie bereits kurz gestreift hatten.

«Erzählen Sie mir mehr über diesen Berg. Was genau ist es, das die Bergsteiger so magisch anzieht? Warum wollen sie immer in die Eigernordwand? Ich weiss, sie ist schwierig, aber Sie haben mir gesagt, dass andere Berge ähnlich schwierige Probleme bieten.»

«Vielleicht muss man selber Alpinist sein, um die Faszination zu verstehen», antwortete Borgwand. «Es ist nicht die Höhe des Eigers. Der Everest ist doppelt so hoch, und höhere Gipfel gibt es im Berner Oberland auch.»

«Er ist ja auch nicht besonders schön, finden Sie nicht auch? Das Matterhorn, der Kilimandscharo oder der Fudschijama, das sind schöne Berge.»

«Vielleicht ist es eine Kombination von allen Faktoren, welche die anderen Berge auch aufweisen», sinnierte der Hotelier. «3970 Meter ist nicht gerade … winzig. Und schön ist er halt auch, in einer eher erschreckenden Art und Weise. Dann ist da natürlich auch die Furcht erregende Nordwand. Nicht einmal der Everest hat eine Wand von 1800 Metern Höhe.»

«Trotzdem versuchen sie es immer wieder, trotz der Gefahren. Warum?»

«Das ist bereits Teil der Antwort, glaube ich. Die Gefahr selber. Warum wollen Männer zum Mond fliegen, die Antarktis zu Fuss durchqueren, im U-Boot auf den Meeresboden tauchen? Der Ruf des Abenteuers, der Kick des Unbekannten, mit einer scharfen Prise Gefahr. Es ist eine Herausforderung, dem Mann offenbar nicht widerstehen kann. So gefährlich wie es ist, Sie können junge Männer nicht daran hindern, die Eigernordwand zu erklettern, sowenig wie Sie ihnen ausreden können, den Geschwindigkeitsweltrekord anzugreifen. Egal, wie viele dabei umkommen, es gibt immer wieder einen Neuen, der es versucht – und jede Menge Zuschauer, die zusehen wollen, wie er Erfolg hat oder scheitert.»

«Und normalerweise kann man ihnen beim Bergsteigen nicht zusehen. Aber hier, in der Eigernordwand, sind sie immer sichtbar.»

«Genau … sofern das Wetter gut ist. Bei den meisten Bergen verliert man die Kletterer aus den Augen, kaum sind sie eingestiegen. Hier aber, wegen einer Laune der Natur, kann man zuschauen, wie die Bergsteiger vorankommen, von Anfang bis Ende. Vielleicht ist es diese Eigenart, die die Eigernordwand zu einem Mythos gemacht hat.»

«Einem Mythos, der sich aus einer Mischung aus den geografischen Gegebenheiten, einer kurzen, aber verlustreichen Geschichte und der Macht der Presse zusammensetzt. Die Zeitungen haben bei dieser Entwicklung eine nicht unbedeutende Rolle gespielt, wie mir scheint.»

«Oh ja, die Presse. Ich bin froh, dass wir uns begegnet sind, Mr. Bellman. Ehrlich, ich war schon langsam beunruhigt über den Charakter der ‹Macht der Presse›, nachdem ich Mr. Chipperfield getroffen hatte.»

«Die Macht kann zum Guten wie zum Schlechten eingesetzt werden», sagte Bellman nur. «Die Zeitungen haben eine

Menge Ungerechtigkeiten aufgedeckt, aber auch eine billige Form von Unterhaltung und Zerstreuung für Millionen eingeführt. Nach meiner Erfahrung gibt es nur wenige Reporter, die so sind wie Paddy Chipperfield.»

«Ich bin mehr als erleichtert, das zu hören. Also, wenn ich Ihnen in irgendeiner Weise behilflich sein kann, zögern Sie nicht, mich zu verlangen. Ich muss jetzt gehen, ich müsste längst in der Küche sein. Auf Wiedersehen, Mr. Bellman.»

Die beiden Männer gaben sich die Hand, und der Hotelier begleitete Bellman höflich zur Tür.

Als er an der Rezeption vorbeiging, sah er die junge Frau in der frisch gebügelten weissen Bluse und dem schwarzen Rock, die Borgwand als Claire angesprochen hatte. Zu seiner eigenen Überraschung sagte er ohne nachzudenken:

«Auf Wiedersehen, Fräulein. Danke für den Kaffee. Hoffentlich sehen wir uns wieder.»

Sie antwortete ihm mit einem offenen, freundlichen Lächeln:

«Das wäre schön.»

Er fühlte, wie ein Anflug von innerer Wärme in ihm hochstieg, und munter trat er hinaus auf die Terrasse, wo die Touristen immer noch aufgeregt schwatzten und durcheinander liefen. Das Flugzeug war weggeflogen, aber die zwei Bergsteiger übten nach wie vor eine magnetische Anziehungskraft aus. Er hörte verschiedentlich Baron Mandozas Namen; offenbar hatte sich die Meldung der Mittagsnachrichten schnell verbreitet.

Insgesamt hat der Nachmittag gut begonnen, dachte Bellman, während er sich schnellen Schrittes ein zweites Mal auf den Weg zu Frau Albrechts Chalet machte. Er fragte sich, ob seine Glückssträhne wohl anhielte oder ob ihm die bleiche Frau erneut die Tür vor der Nase zuschlagen würde. Jetzt, da er von Borgwand Albrechts Geschichte gehört hatte, war es vielleicht einfacher, mit ihr ins Gespräch zu kommen. Borgwand hatte ihm erzählt, dass Albrecht aus dem Berufsverband der Bergführer ausgeschlossen worden war, aber nicht etwa, weil er zu wenig gut gewesen wäre – ganz im Gegenteil, er galt als hervorragender Führer –, sondern als Reaktion darauf, dass er für seine Leistungen tendenziell zu viel verlangte. Die im Bergführer-Reglement festgelegten Regeln waren in diesem Punkt ziemlich streng, und Albrecht hatte die Grenzen zu oft überschritten. Der Hotelier wollte das Vergehen keineswegs schönreden, aber er machte mildernde Umstände geltend. Zwei der fünf Kinder der Albrechts waren in einem Tuberkulosesanatorium. Sie waren schon viele Jahre dort, hoffnungslose Fälle, die permanent zwischen Leben und Tod schwebten und deshalb für die Familie mit einem kleinen Einkommen eine schwere Belastung darstellten. Es war nicht verwunderlich, meinte Borgwand, dass der Bergführer aufs Geld aus war.

Dank diesem intimen Wissen und dem Verständnis, das daraus erwuchs, dachte Bellman, er hätte vielleicht mehr Glück bei seinem zweiten Versuch, mit der Frau des Bergführers ins Gespräch zu kommen. Wenn sie weiterhin keinen Hinweis zur Identität des Mannes geben konnte, der mit ihrem Mann in der Wand kletterte, und wenn Hamburg nicht in der Lage war, anhand der Nummer den Halter des grünen Sportwagens ausfindig zu machen, dann müsste er halt weiter zurückgehen und herausfinden, was Paddy Chipperfield nach Grindelwald geführt hatte. Der Job eines Reporters glich stark demjenigen eines Polizisten; man klopft an eine Tür, stellt ein paar Fragen, sagt Auf Wiedersehen und klopft an die nächste Tür. Auf eine Minute Dramatik oder wichtige Erkenntnis kamen 59 Minuten mühsame Routine. Wenn man Glück hatte, geschah es, dass man einmal der richtigen Person die richtige Frage stellte.

* * *

Chipperfield schaute mit unverhüllter Ungeduld zu, wie in der fast nachtschwarzen Dunkelkammer die Negative entwickelt wurden; seine Nerven waren aufs Äusserste angespannt. Jedes dieser Negative war ein kleines Vermögen wert. Belohnt wurde derjenige, der am meisten Risiken einging, der Mann mit der grössten Initiative und dem grössten Durchsetzungsvermögen. Innerhalb von 24 Stunden würden Fotos der beiden Bergsteiger zu einem Spottpreis zu haben sein. Jeder Balkon und jeder Hügel würde überfüllt sein mit Profis und Amateuren, die mit Teleobjektiven und der besten Ausrüstung anrückten. Aber diese unscharfen Fotos, aufgenommen aus dem offenen Fenster einer Piper Club in einer Höhe von über 3000 Metern und einer Distanz zur Wand von 60 Metern, waren ein einmaliger Trumpf in Chipperfields Händen. Er hatte einen medialen Knüller gelandet und konnte jeden Preis für die Bilder verlangen.

«Wie lange gehts noch?», bellte er die im grünlichen Licht der Dunkelkammerleuchte kaum erkennbare Gestalt ungeduldig an, die an der Entwicklerschale hantierte.

«Sie sind gleich fertig, Sir», lautete die ruhige Antwort.

«Das haben Sie schon vor drei Minuten gesagt.»

Es blieb für einige Sekunden still. Die Zeit schien so langsam zu vergehen wie in einem Wartesaal am Bahnhof. Chipperfield war überzeugt, dass der Fotograf den Prozess in die Länge zog, nur um eklig zu sein. Plötzlich schaute der Mann auf, und mit einer Spur Aufregung in der Stimme sagte er:

«Jetzt kommen sie, Sir.»

Der Journalist sprang vor und sah mit fiebrigem Interesse, wie die ersten Linien und Flächen erschienen. Grautöne, schwarze Linien, weisse Flächen wurden sichtbar, und plötzlich konnte man erkennen, dass es sich um ein negatives Bild von zwei Bergsteigern beim Klettern an einem Berg handelte.

Chipperfield hatte sich vorgenommen, nicht zu viel zu erwarten, aber er war nicht in der Lage, die Enttäuschung zu verbergen, die ihn erfasste. Zwei Männer an einem Berg, mit dem Rücken zur Kamera. Die vorsteigende Person breit und untersetzt, der Mann dahinter grösser und schmaler: Das war alles. Die Bilder konnten weder beweisen, dass es nicht der Baron war, noch dass er es war.

Chipperfield fluchte gotteslästerlich.

«Ich habe dem Piloten, diesem Depp, noch gesagt, er fliege nicht nahe genug ran», knurrte er.

Zum Fotografen sagte er:

«Haben Sie alles herausgeholt? Gibt es nicht mehr Schärfe?»

«Die Abzüge werden schon ein wenig schärfer. Wir können versuchen, sie noch ein wenig aufzublasen, aber ich glaube nicht, dass das etwas bringt. Effektiv haben wir weniger Schärfe, je grösser wir sie machen.»

«Versuchen Sies trotzdem.»

«Selbstverständlich. Erst müssen sie aber noch ein wenig trocknen, bevor ich sie in den Vergrösserungsapparat legen kann. Möchten Sie draussen warten? Ich sage Ihnen Bescheid, wenn alles bereit ist.»

«Beeilen Sie sich, um Himmels willen. In meiner Branche ist Zeit Geld.»

«In meiner auch, Sir, in meiner auch», kam es zurück.

Chipperfield überlegte sich eine wütende Antwort und zog sich ins angrenzende Büro zurück. Der Pilot, der ihn zum Eiger geflogen hatte, wartete dort. Er fragte neugierig:

«Und? Etwas geworden?»

«Nicht scharf genug. Wir müssen noch einmal ran.»

«Das heisst, sie sind misslungen?»

«Das habe ich nicht gesagt. Sie sind gut genug für die Zeitungen. Aber wir waren zu weit weg. Das nächste Mal müssen wir näher an die Wand heran.»

«Ich bin so nah herangegangen, wie ich konnte. Die Turbulenzen sind in dieser Höhe und inmitten der Berge äusserst gefährlich.»

«Ich weiss», sagte der Journalist nur. «Beim nächsten Flug gehen wir näher ran, oder ich hole mir einen anderen Piloten, einen mit mehr Mut.»

Der Pilot lief knallrot an und schritt verärgert zur Tür. Sich umdrehend, sagte er:

«Ich fliege seit elf Jahren in den Bergen. Ausser Hermann Geiger gibt es keinen Piloten, der mehr weiss oder mehr Risiken eingeht als ich. Ich habe Tausende von Flugstunden im Logbuch und keinen einzigen Unfall. Ich habe schon Nahrungsmittel für eingeschlossene Bergsteiger abgeworfen, bin mehrmals im Schneesturm auf einem Gletscher gelandet und habe verletzte und tote Männer ausgeflogen. Noch nie hat es jemand für nötig befunden, meinen Mut in Frage zu stellen. Bis jetzt.»

«Schon gut, schon gut», sagte Chipperfield so versöhnlich wie er eben konnte. «Ich war vielleicht ein wenig vorschnell.

Aber als derjenige, der zahlt, bestehe ich auf meinem Recht, die Befehle zu geben. Fliegen Sie morgen einfach ein paar Meter näher an die Wand, und ich bin zufrieden. Das ist alles, was ich verlange. Und es wird nicht zu Ihrem Schaden sein. Wenn die Bilder morgen scharf genug sind, kriegen Sie das Doppelte.»

«Es geht nicht um Geld», sagte der Schweizer eisig.

«Nein, aber es hilft, oder etwa nicht?», antwortete Chipperfield mit zynischem Lächeln. «Wir fliegen bei Tagesanbruch.»

«Das ist zu früh. Sie können keine guten Resultate erwarten, wenn es nicht richtig hell ist. Es hat keinen Sinn, vor neun Uhr zu starten.»

«Also gut, ganz wie Sie wünschen, mein Freund.»

* * *

Durch den Vergrösserungsapparat betrachtet, enthüllten die Negative zusätzliche Details der Bergsteiger, aber Chipperfield suchte vergeblich nach einem klaren Beweis, dass einer davon der Baron war.

Einzelteile der Kleidung wurden deutlich sichtbar. Beide Männer trugen graue Helme (als Schutz gegen Stein- und Eisschlag), eine Windjacke, Knickerbocker-Hosen mit langen Wollsocken und schwere Schuhe. Man konnte sogar die Zacken an den Steigeisen erkennen, die sie an die Füsse geschnallt hatten. Beide trugen einen Rucksack und um ihre Schultern aufgerollte Seile. Die untere Person sicherte, während der Führer mit seinem Pickel Stufen in die Eiswand schlug. Die Männer waren ganz normal angeseilt; selbst ein Experte konnte nichts erkennen, das den zweiten Mann als Anfänger entlarvt hätte.

Chipperfield schaute das Bild lange durch den Vergrösserungsapparat an. Es war nicht das, was er sich erhofft hatte, aber die Bilder waren nicht schlecht und würden einen guten Preis einbringen. Er gab ausführliche Instruktionen, wie die Fotos nach London und New York zu übermitteln waren, stieg in seinen Wagen und fuhr das Lütschinental hinauf. In Zweilütschinen, wo sich die Strassen nach Lauterbrunnen und Grindelwald trennen, hielt er an und fuhr geradeaus weiter nach Lauterbrunnen. Es konnte nicht schaden, in diesem Tal verlässliche Beziehungen aufzubauen. Vielleicht brauchte er noch einen Verbündeten, der die «Hintertür» im Auge hatte und ihn darüber informierte, ob jemand von Bedeutung via Wengernalp und Lauterbrunnen die Kleine Scheidegg verliess. Von Lauterbrunnen aus rief er Borgwand an und vernahm, dass sich in seiner Abwesenheit nichts Besonderes ereignet hatte. Die Bergsteiger machten kontinuierlich Fortschritte, und alles sah gut aus.

Sobald er sich eine Kontaktperson in Lauterbrunnen gesichert hatte, fuhr Chipperfield wieder hinunter nach Zweilütschinen und bog rechts ab nach Grindelwald. Auch hier liess sich für ein stolzes Honorar ein aufmerksamer Bewohner gewinnen, der für ihn beobachtete, was im Dorf vorging, während er oben in Alpiglen war. Eine solche Vorsichtsmassnahme traf jeder General, wenn er eine Strategie umsetzte, allerdings zweifelte er ein bisschen, ob dies einem Zweitklass-Reporter wie Bellman in den Sinn gekommen wäre.

Grindelwald erschien ihm deutlich voller als bei seiner Ankunft am Vortag. Die Leute standen in Gruppen herum und starrten auf den riesigen Berg, einige beobachteten die Wand mit Ferngläsern vom Balkon oder von der Dachterrasse aus.

Eine kleine Traube von Experten scharte sich um die Wetterstation mitten im Dorf. Der Himmel war den ganzen Tag bedeckt geblieben, aber Regen hatte immer noch nicht eingesetzt. Chipperfield hätte gern auf das Barometer und die anderen Messgeräte geschaut, die in einem kleinen Türmchen untergebracht waren, denn er realisierte, dass eine deutliche Wetterverschlechterung der Geschichte eine ganz neue Wendung geben würde, aber er mochte sich nicht mit tumben Touristen herumschlagen. Stattdessen kaufte er einen Stoss Zeitungen am Bahnhofskiosk, den er auf dem Weg hinauf zur Kleinen Scheidegg hastig durchblätterte.

Es war natürlich noch zu früh für Nachzüge seines Artikels in anderen Zeitungen, aber er stellte befriedigt fest, dass mehrere europäische Zeitungen mit einem späteren Redaktionsschluss seine Meldung in ihre Mittagsausgaben gerückt hatten. Die Nachfrage nach seinen Fotos dürfte steigen, dachte er; ebenso der Preis.

In seinem Kopf begann er den Anfang des nächsten Artikels zu formulieren, den er heute Abend zur vereinbarten Zeit an Bernie durchgeben würde. Wenn er diese Aufgabe hinter sich hatte, stand eigentlich einem Flirt mit der attraktiven Claire nichts im Wege; er hoffte zuversichtlich, dass sie mit einer weiteren Flasche gut gereiftem Bourbon in der Hand auf ihn wartete.

Insgesamt war das Leben als Journalist nicht so schlecht, wenn man es einmal ganz nach oben geschafft hatte. Es gab nur wenige Dinge im Leben, die es mit der süssen Kombination von beruflichem Erfolg und öffentlichem Ruhm aufnehmen konnten.

Das Geschäft in der Bar lief ziemlich gut an diesem Abend. Chipperfield gelang es nicht, Claire für eine vernünftige Zeit allein zu sprechen. Es war zum Verzweifeln, aber eigentlich war er ja selber zu sehr beschäftigt. Sein Artikel, der die Fortschritte der Bergsteiger und seinen Fotoflug der Wand entlang beschrieb, nahm fast den ganzen Abend in Anspruch. Es gab ein paar technische Fragen, die er mit Borgwand klären wollte, aber dieser hatte alle Hände voll zu tun und war unabkömmlich. Borgwand erzählte ihm dann allerdings sehr interessante News, als es ihm endlich gelang, ihn einen Moment festzuhalten. Er war der Meinung, dass die beiden Bergsteiger nicht nur deshalb so gut vorankamen, weil sie offensichtlich gute Kletterer waren, sondern weil die Seilschaft, die ein paar Tage zuvor die Besteigung gemacht hatte, brauchbare Spuren hinterlassen hatte. Es war unter Umständen nicht immer nötig, neue Stufen zu schlagen, was eine ungeheure Zeit- und Kraftersparnis darstellte. Vielleicht hatte die erfolgreiche deutsch-österreichische Gruppe an schwierigen Stellen sogar ein paar Haken stecken lassen. Haken, erklärte Borgwand, sind Metallstifte, die man in Ritzen im Fels einschlagen und dann zum Weiterklettern benutzen konnte. Falls die drei Männer in der Vorwoche ein paar dieser Haken zurückgelassen hatten – was sehr häufig der Fall war –, dann konnten die beiden auf der klassischen Route nachfolgenden Kletterer wertvolle Zeit und Kraft sparen. Der Journalist strahlte bei diesen Erklärungen, denn sie stützten seine Behauptung, dass die Eigernordwand von einem Amateur in hohem Tempo erklettert wurde.

Als sein Artikel fertig geschrieben und an die Agentur durchgegeben war, widmete er sich der sorgfältigen Planung der nächsten Schritte.

Im letzten Licht des Tages wurden die beiden Bergsteiger knapp unterhalb des Bügeleisens, einer deutlichen Ausbuchtung links des Zweiten Eisfeldes auf einer Höhe von etwa 3250 Metern, gesichtet. Oben auf dem Bügeleisen würden sie wohl biwakieren. Die Stelle war schon öfters als Biwakplatz verwendet worden. Nachher blieben ihnen noch knapp 700 Höhenmeter bis zum Gipfel. Angesichts des Klettertempos, das sie angeschlagen hatten, nahm man an, dass sie den Gipfel, wenn alles gut ging, im Verlauf des folgenden Nachmittags erreichen sollten.

Chipperfield hätte viel gegeben, wenn er hätte dabei sein können. Das wäre ein Knüller gewesen: ein Bild des jungen Barons im Augenblick seines grössten Triumphs. Aber die Zeit, die ihm zur Verfügung stand, war zu knapp. Die nächstbeste Lösung würde wohl sein, um den Gipfel zu fliegen und die Szene aus der Luft zu fotografieren. Er würde dem Piloten nach dem Morgenflug auf Abruf bereithalten, wenn das irgendwie machbar war. Wenn nicht, musste man beobachten, wie die Männer über die Westflanke abstiegen, und eine Stelle finden, wo man sie vor allen anderen treffen konnte, um wiederum der Erste zu sein, der mit ihnen sprach und sie fotografierte. Vorausgesetzt er fände die richtigen Worte, müsste es eigentlich möglich sein, den Baron davon zu überzeugen, ihm die Exklusivrechte für seine Geschichte zu verkaufen, und zwar nicht nur, wie er die gefürchtete Eigernordwand gemeistert hatte, sondern (und das war für den Verkauf der Geschichte ungleich wichtiger) warum er dieses Abenteuer überhaupt gesucht hatte. Chipperfield schrieb im Kopf ein paar Schlagzeilen: «Ich tat es für die Königin, die ich liebe» oder «Die gewagte Tat des verschmähten Liebhabers». Die Wochen- und Sonntagszeitungen würden sich darauf stürzen.

Selbstverständlich war die Geschichte noch längst nicht zu Ende, wenn der Baron zurückkam. Mit Hilfe von etwas Fantasie und der richtigen Pressekampagne konnte sie deutlich länger warmgehalten werden als die zwei oder drei Tage, die die eigentliche Klettertour dauerte. Wenn man eine solche Geschichte zur Hand hatte, wäre es schade, sie fahren zu lassen, bevor nicht alle Aspekte ausgeleuchtet waren. Chipperfield bedauerte, dass die Kletterei nicht länger währte und dass er von dem Unternehmen nicht schon erfahren hatte, als Mandoza in Deutschland trainierte. Insgesamt aber hatte er allen Grund, über den Lauf der Dinge zufrieden zu sein.

Sein Wohlgefühl erlitt nur Augenblicke später einen kleinen Schock, denn als er aus Borgwands Büro kam und die Bar ansteuern wollte, wo verschiedene Zeitungskorrespondenten fest vor Anker gegangen waren, lief er John Bellman über den Weg. Er ignorierte ihn, und als er die Bar erreicht hatte, fragte er Claire mit lauter Stimme:

«Bleibt der Herr hier über Nacht? Ich dachte, er sei gut versorgt auf der Kleinen Scheidegg?»

Claire blieb eine Antwort erspart, denn Bellman kam ihr mit ruhiger Stimme zuvor:

«Der Herr ist sehr gut versorgt auf der Kleinen Scheidegg. Ich bin nur auf einen Drink rasch vorbeigekommen. Soviel ich weiss, gehört dir das Hotel noch nicht, so wenig wie der Berg.»

«Bleib mir bloss vom Hals, Bellman. Du stehst mir auf den Füssen herum. Das könnte gefährlich sein», bellte Chipperfield, ohne sich die Mühe zu geben, sich umzudrehen.

Bellman näherte sich, bis er nur noch wenige Schritte hinter dem ihm zugekehrten Rücken stand. Er war bleich, aber absolut ruhig. Unter den Gästen der Bar machte sich Unruhe breit.

«Vielleicht sind deine Füsse zu gross. Man stolpert leicht darüber.»

«Spar dir deine grossen Töne, Tittlemouse. Und such dir deine eigene Geschichte.»

«Eine Nachricht gehört nie einer einzelnen Person, Chipperfield. Sie gehört allen, die die Wahrheit verbreiten wollen. Ich bin aber nicht sicher, ob du dazugehörst.»

«Was soll das Gelaber? Willst du etwas sagen?»

«Jawohl. Eine alte Reporterregel, die man dir vielleicht beigebracht hat, als du von den ersten Vereinsversammlungen berichtet hast: Sieh zu, dass deine Quellen zuverlässig sind.»

«Weisheiten einer alten Tante. Du machst mir gewaltig Angst. Sonst noch etwas?»

«Nein, nur das. Sieh zu, dass deine Quellen zuverlässig sind», sagte Bellman scharf und verliess den Raum.

Chipperfield fluchte gottvergessen und meinte zu den verstummten Korrespondenten: «Alter Dummkopf. Der würde noch Quellen prüfen, wenn vor seiner Nase die ‹Titanic› unterginge.»

Ein Amerikaner mit Namen Wilson meldete sich:

«Nun mal langsam, Chipperfield. Bist du sicher, dass du mit deiner wilden Theorie Recht hast? Es gibt viele, die nicht so überzeugt sind, dass der Mann da oben der Baron ist.»

«Was glaubst du denn, wer es ist – Marilyn Monroe?», schnappte er.

Die schlagfertige Antwort brachte ihm zustimmendes Gelächter ein, und Chipperfield bestellte eine Runde für alle.

Ein paar Augenblicke später eilte Borgwand in die Bar und flüsterte Chipperfield ins Ohr, dass er am Telefon verlangt werde. Der Hotelier schaute etwas beklommen auf die abgebrühte Kundschaft, die im Verlauf des Nachmittags und Abends im Hotel angekommen war. Ihm war eine Bande «trinkfester Typen» vorausgesagt worden, und die Prophezeiung erwies sich als richtig. Sie sorgten natürlich für Umsatz, aber ihm war äusserst unwohl beim Gedanken, dass er sie mit einem einzigen Telefonapparat bei guter Laune halten musste. Ihm schien, dass er ein paar geflüsterte Bemerkungen hörte, als der bekannte Journalist selbstbewusst aus dem Raum schritt, um den Anruf auf der privaten Linie im Büro entgegenzunehmen.

Chipperfield schloss die Tür zum Büro des Direktors und nahm den Hörer in die Hand.

«Bist dus, Bernie? Wie läufts? Hast du die Bilder gekriegt? … Das hab ich mir gedacht … Und der Preis? … Nicht schlecht, gar nicht schlecht; ich wusste, sie würden sich gut verkaufen. Wie kommt die Story an?»

Je mehr er hörte, desto mehr verschwand das kleine Lächeln, das immer in seinen Mundwinkeln hing.

«So liegt die Sache. Die grossen Zeitungshäuser in London und den Staaten trauen ihr nicht, Paddyboy. Die meisten wollen mehr harte Fakten, bevor sie die Story so drucken, wie du sie gern haben möchtest.»

Chipperfield fluchte. «Was zum Teufel soll ich denn tun? Alle hierherschleppen und sie an der Nase an den verfluchten Berg führen. Was wollen sie denn noch mehr?»

«Nun, erstens einmal, mein lieber Paddy, die Autonummer. Sie passt einfach nicht. Der Wagen ist irgendwo in Bayern zugelassen, und es ist nicht das Auto, das Mandoza normalerweise in Bonn fährt.»

«Also gut. Dann hat er sich halt einen neuen Wagen gekauft oder gemietet, was solls? Das beweist nicht, dass es nicht der falsche Baron ist.»

«Nein, aber es beweist leider auch nicht, dass er es ist. Immer mit der Ruhe, Paddy, so schlecht läuft die Story dann doch wieder nicht. Die meisten Abendzeitungen bringen sie, aber nicht unbedingt fünfspaltig auf der Front, wie wir das gerne hätten, das ist alles. Man liebt die Story, aber man will sich nicht auf den Baron festlegen. Hör zu, hier ist ein Beispiel:

‹Das Geheimnis um die Identität des Mannes, der zusammen mit dem vom Verband ausgeschlossenen Schweizer Bergführer Albrecht die gefährliche Kletterei durch die Eigernordwand unternimmt, ist noch immer nicht gelüftet. Ein sehr berühmter Journalist, der vor Ort berichtet (Das bist du, Paddyboy, aber natürlich erwähnt er deinen Namen nicht, der Mistkerl), ist der Meinung, dass es sich um den weltweit bekannten Playboy Baron Wendelin Mandoza handle, der, obschon keineswegs ein Athlet, plötzlich zum angefressenen Bergsteiger geworden sein soll. Gut unterrichtete Quellen sind allerdings skeptisch. Gesichert ist nur, dass der Baron vor einigen Tagen in Süddeutschland war und in Wien. Kein –›»

«Wien!» rief Chipperfield aus. «Die verwechseln ihn wohl mit Johann Strauss. Wer hat diesen Schwachsinn geschrieben, Jane Austen oder Thackeray?»

«Mein lieber Paddy, ich muss dich fragen: Bist du absolut sicher –?»

«Natürlich bin ich sicher, verdammt noch mal! Der falsche Baron ist da oben am Berg, glaub mir.»

«Aber gibt es denn kein Mittel, ihn zweifelsfrei zu identifizieren? Kannst du dir nicht ein starkes Teleskop beschaffen und –?»

«Bernie, du nervst. Der Baron klettert Gesicht zur Wand, wenn du das noch nicht geschnallt haben solltest. Alles, was wir sehen, ist sein Rücken. Und wenn wir ihn einmal im Profil erwischen, hilft das auch nicht gross – er trägt einen Helm und eine Schneebrille. Ich sage dir, es ist Mandoza. Ich bin sicher, dass ich ihn gestern in Interlaken gesehen habe.»

«Hoffentlich hast du Recht. Es ist ein verdammt hohes Risiko, das wir eingehen.»

«Was glauben die denn, wer das da oben ist?»

«Nicht viele Zeitungen lassen sich auf die Äste hinaus. Eine der Presseagenturen erwähnt einen Kerl namens Stringberg. Offenbar hat er vor einigen Jahren versucht, die Eigernordwand zu erklettern, und ist gescheitert. Die Retter holten ihn gerade noch aus der Wand, nachdem er fast erfroren wäre. Als er wieder reden konnte, sagte er: ‹Ich komme wieder.› Er schwor, dass er eines Tages den Berg bezwingen würde, der ihn abgeworfen hatte. Etwas theatralisch offenbar, der Typ. Selbstverständlich hat er sich damit bei der Rettungsmannschaft nicht gerade beliebt gemacht, die ihr Leben riskiert hat, um ihn zu retten.»

«Wo haben die diesen Schwachsinn her?»

«Dazu komme ich gerade. Die Hypothese ist, dass es sich eher um Stringberg handelt. Er wusste nämlich, dass er von den Einheimischen mehr als kühl empfangen würde, wenn er wieder auftauchte. Deshalb all die Geheimnistuerei, heimlich nach Grindelwald fahren, nicht im Hotel übernachten, einen inoffiziellen Führer anheuern, in der Nacht aufbrechen und so weiter.»

«Und wer verbreitet solch idiotische Fantasiegeschichten?»

«Es kam von Hamburg herein, von einer der Agenturen dort, Mondial, soviel ich weiss.»

«Mondial!», rief Chipperfield aus, sein Gesicht rot vor Wut. «Teufel, das ist Bellman, die Flasche! Ich hätte wissen müssen, dass er irgendeine Räubergeschichte auftischt. Welche Idioten haben die Story übernommen?»

«Sie kam zu spät herein für die Morgenausgaben, aber einige der Mittagausgaben haben sie übernommen. Ich habe gehört, dass die ‹Times› plant, die Story morgen zu bringen.»

«Dann kannst du der alten Tante mitteilen, dass sie einer Ente aufsitzt. Los jetzt, schnall dich an, hier kommt die wahre Geschichte, und ich will, dass du sie gross und hübsch verkaufst.»

Er begann zu diktieren:

«Heute Morgen früh, während Tausende von Leuten vom Tal aus zuschauten, flog ich meinen Einsitzer entlang der grausamen Mordwand und versuchte, mit dem tollkühnen Baron Kontakt aufzunehmen, der gegenwärtig Aug in Aug mit dem Tod in einer senkrechten Wand aus Eis 1800 Meter hoch klettert …»

Fünf Minuten später war das Diktat beendet. Wütend knallte er den Hörer auf die Gabel und ging in die Bar. Es würde jede Menge Whisky und viel Kooperation von der reizenden Claire brauchen, um die gute Laune wiederherzustellen, mit der er den Abend begonnen hatte.

Leichter Regen fiel, und der frühmorgendliche Himmel war zinnfarben, als sich Chipperfield und der Pilot zu der Piper begaben, die vor dem Hangar stand.

Sie wechselten kein Wort. Von Zeit zu Zeit blickte der Schweizer sorgenvoll auf die schweren Wolken, die an den Bergen vorbeizogen. Er neigte dazu, diesen Flug für unklug zu halten, aber nach der wüsten Szene im Büro des Fotografen am Vortag wollte er den beissenden Spott des Journalisten nicht noch einmal provozieren. Es war mehr als offensichtlich, dass sein Kunde ganz schlechter Laune war. Ein unauffälliger Blick auf den blauen Fleck an dessen Wange liess in ihm die Frage aufsteigen, ob die Verletzung wohl mit einem erfolglosen Annäherungsversuch ans andere Geschlecht zu tun hatte.

Er war mit seiner Vermutung in der Tat nahe an der Wahrheit, aber Chipperfield hatte das ärgerliche Debakel mit Claire bereits verdrängt. Er war immer schon stolz auf seine Fähigkeit gewesen, Misserfolge schnell wegzustecken und nicht lange daran herumzukauen, wie das schwächere Männer taten. Seine Gedanken konzentrierten sich vollständig auf die bevorstehende Aufgabe, auf die absolut zentrale Notwendigkeit, scharfe Bilder des Barons zu bekommen und damit seinen Ruf wiederherzustellen – und Bellman ein für allemal aus dem Feld zu schlagen.

Als sie in das kleine Flugzeug kletterten, tippte er dem Piloten auf die Schulter und sagte:

«Denken Sie daran, ich will ganz nahe an die beiden Bergsteiger. Es soll nicht zu Ihrem Schaden sein, wenn die Bilder diesmal scharf herauskommen.»

Der Pilot nickte nur; sein Mund war zu einer dünnen Linie verkniffen. Während er sich anschnallte, kontrollierte er die

Instrumente und gab mit dem Daumen das O.K.-Zeichen für den Mechaniker. Einen Augenblick später sprang der Motor stotternd an. Die Bremskeile wurden weggezogen, und der Pilot steuerte das Flugzeug auf die Startbahn. Am Windsack konnte er erkennen, dass sogar am Boden eine steife Brise wehte. Es würde holperig werden auf über 3500 Meter Höhe. Ihm machte das nicht grosse Sorgen, aber es würde interessant sein zu sehen, wie sein Passagier darauf reagierte.

Er gab Gas, bis sich der Schwanz der Maschine zu heben begann, löste die Handbremse, und das Flugzeug beschleunigte. Nach wenigen hundert Metern war es in der Luft. In einer Kurve überflog der Pilot den Flugplatz, um Höhe zu gewinnen. Er trimmte die Maschine und flog im Steigflug das Tal der Lütschine hinauf. Die Jungfrau war nicht zu sehen, und auch die anderen hohen Berge steckten zum grössten Teil in den Wolken. Es gab genügend Lücken, um den Flug fortzusetzen, aber der Pilot konnte sich besseres Wetter vorstellen für eine solch heikle Mission.

Sie flogen in die ersten Turbulenzen, als das Flugzeug beim Anflug auf Grindelwald eine Kurve nach rechts beschrieb. Die leichte Maschine schwankte, verlor Höhe und wurde plötzlich von irgendeiner Böe wieder in die Höhe gehoben. Es war ein Vorgeschmack auf das, was noch kommen würde. Der Pilot riskierte einen Blick zurück über die Schulter und konnte sich ein Lächeln nicht verkneifen, als er das bleiche Gesicht seines Kunden und die Schweissperlen auf seiner Stirn sah.

Die glatte grüne Flanke der Scheidegg, die sich steil gegen das Lauberhorn und den Männlichen hinüberzog, wurde durch die Wolken sichtbar. Er zog den Steuerknüppel an, um weiter Höhe zu gewinnen. Die Jungfrau blieb unsichtbar,

Mönch und Eiger hingegen waren nur teilweise von schnell vorbeiziehenden Wolken bedeckt, die aussahen wie Wattebäusche. Der Höhenmeter zitterte an der 3000-Meter-Marke und stieg gleichmässig weiter. Hinter ihm hatte der breit gebaute Journalist seinen schweren Körper in eine Ecke des engen Cockpits gezwängt, das Gesicht ans Fenster geklebt. Chipperfield war gerade daran, sein Fernglas scharf zu stellen, als das Flugzeug in ein weiteres Loch fiel. Der Feldstecher schlug gegen das Fenster und rammte ihm das Okular ins Auge. Die Fluchtirade des Journalisten ging im Motorenlärm unter.

Plötzlich zeigte Chipperfield aufgeregt auf die schwarz glänzende Eigerwand, die schnell näher kam. Der Pilot griff nach dem Fernglas und richtete es auf die Eigernordwand; die andere Hand hielt den Steuerknüppel.

Augenblicklich hatte er die beiden angeseilten Männer ausgemacht, die sich mühsam vom Bügeleisen ostwärts vorarbeiteten. Sie näherten sich einer der schwierigsten Stellen der ganzen Wand, einem «Rampe» genannten steilen Band, das zu einem sehr exponierten, fast senkrechten Eisfeld führte, das wegen seiner netzähnlichen Struktur «Spinne» hiess. Sogar in den wenigen Sekunden, die er sie beobachtete, sah er ganze Bäche Wasser durch die Rinnen der Spinne hinunterfliessen, das die beiden Männer mit voller Kraft erfasste. Innerlich schauderte ihn, während er Chipperfield das Fernglas zurückgab und sich auf die schwierige Aufgabe konzentrierte, die Höhe zu halten, um der Wand entlang zu fliegen. Sie würde alle seine Fähigkeiten fordern, und ein wenig Glück, wenn er so nah an die Wand fliegen wollte, dass Chipperfield befriedigt war, ohne das Flugzeug am Fels zerschellen zu lassen. Er hatte im Sinn, gegen den Wind zu fliegen, und reduzierte deshalb die

Geschwindigkeit beträchtlich, aber es ging trotzdem um Sekundenbruchteile, wenn sie heil aus dem Abenteuer herauskommen wollten. Viel Zeit blieb ihnen nicht mehr, denn jetzt war der Mönch bereits ganz in den Wolken, und auf den Boden sah man auch nicht mehr. Es würde nur für einen Flug reichen.

Der gleiche Gedanke war auch Chipperfield gekommen: Er würde nur eine Chance erhalten. Es war offensichtlich, dass sich das Wetter rasch verschlechterte. In wenigen Minuten würden die Fluchtwege durch das Labyrinth von Gipfeln zu sein. Der eine Flug musste genügen.

Er nahm seine Kamera in die Hand und starrte intensiv auf den schnell näher kommenden Berg. «Näher, Mann, näher!», drängte er den Piloten, während sie auf die schwarze, eisbedeckte Wand zuflogen. Dann hatten sie sie links und flogen ihr entlang. Ein paar Sekunden später wurden die Bergsteiger sichtbar. Er nahm seine Kamera ans Auge. Er schrie, schrie sinnlos gegen das Brummen des Motors an, als ob er den beiden tropfnassen Bergsteigern seinen Willen aufzwingen wollte.

«Dreh dich um, du falsches Aas, dreh dich um und schau in die Kamera! Winke, Mann, tu irgendetwas, aber schau um Gottes willen in unsere Richtung!»

Wie ein Blitz sausten sie vorbei.

Er hatte zweimal abgedrückt, aber ein endloser Strom von Flüchen kam über seine Lippen. Keiner hatte sich umgedreht. Der Berg hatte ihre ganze Aufmerksamkeit erfordert. Es war fast so, als ob sie das Flugzeug gar nicht bemerkt hätten. Tränen der Wut und des Ärgers flossen ihm aus den Augenwinkeln. Er packte den Piloten vor ihm an der Schulter.

«Noch einmal!», brüllte er dem Piloten ins Ohr. «Gehen Sie näher ran. Sie haben uns nicht einmal angeschaut. Näher, Mann!»

Der Pilot schüttelte heftig den Kopf und zeigte auf die Wolken. Er versuchte, mit seiner Stimme das Brummen des Motors zu übertönen:

«Ich darfs nicht riskieren. Die Wolken werden zu dick, wir rasen in einen Berg, wenn wir jetzt nicht umkehren.»

Der Journalist schrie wie ein Verrückter, und er hörte Wörter wie «feig» und «keinen Mut». Die nackte Wut packte ihn. Er riss das Ruder nach rechts und flog von der Wand weg. Gleichzeitig beobachtete er die Wolken. Vom Boden unter sich konnte er nichts mehr erkennen.

Dann riss eine Windböe plötzlich den Nebel auf, und eine Lücke wurde sichtbar. Genau in dieser Lücke sah man die Bergsteiger. Nur ein Verrückter konnte das Risiko eingehen, aber die Lücke war da. Die Maschine bockte und rüttelte, und der Pilot brauchte alle Kraft, um den Steuerknüppel zu halten. Dann schrie er:

«O. K. Sie habens so gewollt!»

Die Wand raste auf sie zu. Meter um Meter, Zentimeter um Zentimeter zwang er das Flugzeug näher an den Berg, bis es schien, als ob die Flügelspitze die Felswand berühren und das Flugzeug am eisig glänzenden Fels zerschellen würde. 30 Meter, 20, eine einzige Windböe konnte dafür sorgen, dass die Distanz schlagartig zusammenschmolz.

Mit trockenem Mund, seine Hände feucht vor Nervosität, drückte Chipperfield seinen Körper an das winzige Fenster, die Gefahr verdrängend, alles verdrängend ausser den Willen, den alles überdeckenden gierigen Wunsch, den zweiten Bergsteiger auf den Film in seiner 35-mm-Kamera zu bannen.

Die unscharfen Umrisse zweier Männer rasten durch den Nebel auf sie zu. Er drückte auf den Auslöser, transportierte den Film und drückte erneut, als sie genau auf gleicher Höhe mit den Männern waren.

Und genau in diesem Sekundenbruchteil drehte sich der zweite Kletterer um und winkte.

Ein Triumphschrei löste sich aus Chipperfields Kehle. Er drehte seinen Körper mühsam herum und verdrehte den Hals, um noch eine letzte Aufnahme zu machen.

Aber er drückte nicht auf den Auslöser.

Sein Finger erstarrte, als er sah, wie das Eisstück fiel.

Ein Schrei blieb ihm im Hals stecken, als der Eisklumpen den zweiten Kletterer voll erwischte und ihn einen Moment aus dem Gleichgewicht brachte. Der Mann öffnete seinen Mund in einem stummen Schrei, er versuchte sich aufzufangen, schwankte und stürzte ins Seil.

Das letzte Bild, das Chipperfield noch erhaschte, war der verletzte Mann, der frei im Seil baumelte, mit einer Hand seinen Kopf schützte und mit den Füssen strampelnd versuchte, am eisigen, schwarz glänzenden Fels Halt zu finden.

6. Kapitel

Augenzeugen gab es keine.

Nur das zählte. Durch eine eigentümliche Wendung des Schicksals wusste niemand ausser den beiden Bergsteigern von dem Unfall.

Der Pilot hatte nicht gesehen, wie der Mann abstürzte. Nur er allein, Chipperfield, war Zeuge des schrecklichen Moments geworden, weil er sich in seinem Sitz umgedreht und den Hals verrenkt hatte, um ein letztes Bild zu schiessen. Er hatte keine Möglichkeit gehabt, dem Piloten etwas zu sagen, selbst wenn er gewollt hätte. Das kleine Flugzeug hatte gebockt und sich aufgebäumt wie ein wildes Pferd beim Rodeo, und der Pilot hatte alle Hände voll zu tun gehabt, um es unter Kontrolle zu halten.

Und niemand im Tal konnte etwas gesehen haben. Die dicken Wolken hatten die Sicht verdeckt; das Flugzeug und die beiden Bergsteiger blieben in einer Welt für sich. Er war der Einzige, der es wusste: Er allein kannte das dramatische Geschehen. Und er allein hatte es in der Hand, davon zu erzählen oder es zu verschweigen.

Es war ein unglaubliches Dilemma für einen Reporter. Die Schlagzeilen der Weltpresse waren ihm sicher. Er musste der Versuchung widerstehen, zum nächsten Telefon zu rennen und zu berichten, was er gesehen hatte. Bis er das Fotolabor erreicht hatte, wusste er aber genau, wie er vorgehen musste. Es war der Pilot, der ihm unbewusst die Entscheidung abnahm.

«Das war die grösste Dummheit, die ich in all den Jahren als Pilot je gemacht habe», sagte er bitter, als sie sich auf dem Flugplatz verabschiedeten.

«Was soll das theatralische Getue? Wir habens überlebt, oder etwa nicht?»

«Ich meine nicht einmal die Gefahr für uns, obschon die schon gross genug war. Ich meine die Gefahr für die Kletterer. Wenn sie auch nur eine Sekunde abgelenkt worden wären an einer so exponierten Stelle, hätte alles Mögliche passieren können. Wir hatten grosses Glück, dass wir keine Lawine auslösten bei den Turbulenzen, die wir verursachten.»

Chipperfield hatte nicht geantwortet, und der Schweizer war davongelaufen, ohne ihm die Hand zu geben. Der Journalist schaute einen Moment zu, wie sich der Mann entfernte, und zuckte dann mit den Schultern. Zweifellos würde sich der Kerl anders verhalten, wenn er erst einmal die Summe sah, die er bekam, wenn die Bilder scharf herausgekommen waren.

Der nächste Schritt bestand darin herauszufinden, was auf den Bildern zu sehen war.

Angespannt wartete er auf die Entwicklung der Negative. Er erwartete nicht, dass sie ihn enttäuschten. Er hatte nicht auf den Auslöser gedrückt, als der Eisklumpen auf den Baron fiel. Der Schock, den die furchtbare Szene auslöste, und der instinktive Gedanke, dass seine grenzenlose Dummheit daran schuld war, hatten seinen Finger gelähmt. Vielleicht besser so, denn sonst hätte er noch dafür sorgen müssen, dass der naseweise Fotolaborant nichts ausplauderte.

Innerlich seufzte er tief vor Erleichterung. Wie erwartet, gab es auf den Negativen nichts Verräterisches zu sehen. Zwei Bilder waren unscharf, und bei einem hatte er zu früh abgedrückt. Aber das letzte Foto, das er gemacht hatte, als sie zum zweiten Mal auf gleicher Höhe vorübergeflogen waren, war sehr gut herausgekommen. Der Bergführer war zwar nicht auf dem Bild, aber die tropfnasse Gestalt am Ende des Seils, die auf einem schmalen Absatz sass, war mitten im Bild. Der Mann hatte sich halb umgedreht und winkte freudig dem Flugzeug zu.

Sehr lange betrachtete Chipperfield das Bild.

Schliesslich sagte der Fotograf: «Ist das der Mann, von dem Sie behaupten, es sei der Baron Mandoza?»

«Das *ist* der Baron Mandoza.»

«Schade, dass er die Brille nicht abgenommen hat und seinen Helm. Sonst könnten Sie ganz sicher sein.»

«Ich erwartete nicht, dass er für mich einen Striptease macht», sagte Chipperfield mürrisch.

«Nein, das wohl nicht. Viel zu kalt da oben.»

Der Journalist warf ihm einen misstrauischen Blick zu. Wollte der blasierte junge Mann einen Witz machen?

«Wie auch immer, er sieht auf jeden Fall aus wie auf den Bildern, die ich gesehen habe», fügte der Fotograf versöhnlich an.

«Es ist Mandoza, keine Frage. Also dann, übermitteln Sie das Bild genau gleich wie gestern, und beeilen Sie sich. London und New York warten.»

* * *

Er fuhr langsamer als sonst nach Grindelwald hinauf. Er musste nachdenken. Zum zweiten Mal in dieser ausserordentlichen Geschichte war die Sache für ihn gelaufen. Er hatte alle Trümpfe in der Hand, der Scoop gehörte ihm. Die Fotos waren allenfalls eine Zugabe, die normale Belohnung für seine journalistische Spürnase. Aber das sekundenschnelle Erfassen der Situation im Restaurant in Interlaken und jetzt das alleinige

Wissen darum, dass der Mann verletzt und ins Seil gestürzt war, das waren Geschenke der Götter. Das zweite, unbezahlbare Geschenk konnte er noch nicht sofort auswerten, weil er Angst hatte, man könnte ihm den Unfall zur Last legen. Aber im Voraus zu wissen, was erst später, wenn sich die Wolken auflösten, ans Licht kommen würde, gab ihm einen unschätzbaren Vorsprung gegenüber allen Konkurrenten. Er würde seine Vorbereitungen treffen, alles bereitmachen, und wenn der Moment käme, würde er Bernie benachrichtigen und ihn beauftragen, die Story lange genug vor allen anderen rauszulassen, damit er die Schlagzeilen ganz allein für sich hatte.

Jetzt, da die Entscheidung gefallen war, begann er eiskalt die Vorteile abzuwägen, die er auf seiner Seite hatte, wenn er vorläufig schwieg. Wenn der Baron nur leicht verletzt und in der Lage war, den kleinen Überhang, von dem er gefallen war, wieder hinaufzuklettern, dann hatte sich die Geschichte kaum verändert. Wenn aber der Mann schwerer getroffen war – und das war eindeutig sein Eindruck –, dann gab es unzählige Möglichkeiten. Chipperfield wusste mittlerweile genug vom Klettern und vom Eiger, um zu realisieren, dass ein verletzter Mann wenig Chancen hatte, aus eigener Kraft aus der Eigernordwand herauszukommen – weder nach oben noch nach unten. Er brauchte Hilfe, eine Rettungsaktion musste organisiert werden, sobald man vom Unfall wusste, und wenn er nicht sagte, was er wusste (und er hatte keineswegs im Sinn, das zu tun), würde keine Rettungskolonne aufbrechen, bis eine Wetterbesserung enthüllte, dass eine nötig war. Die Geschichte würde eine ganz neue Wendung nehmen und neue Nahrung erhalten. Konservativ gerechnet, müsste sie mindestens zwei, vielleicht aber auch mehr Tage weiterlaufen. Er hatte nichts zu verlieren, aber alles zu gewinnen, wenn er sich still und vorsichtig verhielt.

* * *

Grindelwald war merklich belebter, und der Zug, der durch den Nebel nach Alpiglen hinaufkroch, war überfüllt. Mit zynischer Selbstzufriedenheit stellte er fest, dass er nicht als Einziger bei der winzigen Station Alpiglen ausstieg. Er hatte Borgwand Umsatz versprochen, und bereits hatte sich das Rinnsal von neuen Gästen in einen richtigen Strom verwandelt.

Als er den Pfad durch die vom Wind bestrichenen Hänge zum Hotel «Nordwand» einschlug, grüsste ihn eine Stimme mit Namen. Es war McKechnie, ein mit allen Wassern gewaschener Schotte, der als Reporter für eine der grossen Londoner Tageszeitungen arbeitete.

«Da hast du aber in ein schönes Wespennest gestochen, Paddy», sagte der Schotte. «Hältst du immer noch an der Idee fest, dass es der Baron Mandoza ist?»

«Und ob ich das tue. Es ist übrigens keine Idee, es ist die reine Tatsache.»

«Hast du zufälligerweise den Artikel von Mondial gesehen?»

«Den über irgendeinen geheimnisvollen Mann mit Namen Stringberg? Ich vergeude meine Zeit nicht mit der Lektüre der Konkurrenz, aber ich habe davon gehört.»

«Und du hast nicht das Gefühl, da könnte etwas dran sein?»

«Bellman lässt einen Versuchsballon steigen. Aus reiner Eifersucht, wenn dus genau wissen willst. Seine Geschichte hat weder Hand noch Fuss.»

«Was ist mit der Tatsache, dass niemand weiss, wo Stringberg ist? Hast du das gewusst?»

«Nein, aber es ändert nichts. Wahrscheinlich wurde er nicht intensiv genug gesucht.»

«Das glaube ich nicht», antwortete McKechnie. «Die ‹News› und andere Zeitungen haben eine ziemlich hektische Suche nach dem Mann eingeleitet, und es sieht so aus, als ob Herr Stringberg nicht zu Hause wäre. Es gibt ein paar Hinweise, die darauf hindeuten, dass er heimlich hierher unterwegs war, mit der Absicht, den Berg ein zweites Mal anzugehen.»

«Zweifellos hat Bellman noch ein paar Kontakte, die das eine oder andere Gerücht in die Welt setzen können», sagte Chipperfield mit einem arroganten Lächeln. «Seine Story wird nicht lange leben, das kannst du mir glauben.»

Den Rest des Weges legten sie schweigend zurück. Als sie die Terrasse erreichten, baute sich ein junger Mann mit einem Mikrofon in der Hand vor dem berühmten Journalisten auf.

«Können Sie uns ein paar Worte über Ihren Flug von heute Morgen sagen, Mr. Chipperfield?», fragte der Radioreporter.

«Natürlich.» Chipperfield strahlte vor Vergnügen und nahm das Mikrofon in die Hand; dass sich eine kleine Gruppe um ihn bildete, die ihn anstarrte und flüsternd Bemerkungen austauschte, war ihm wohl bewusst. Eine oder zwei Kameras klickten, als er einen kurzen Bericht über den Flug abgab, von dem er bereits eine kleine Meldung übermittelt hatte.

«Und wann, glauben Sie, werden die Bergsteiger den Gipfel erreichen?», fragte der Reporter, der das Mikrofon wieder in die Hand genommen hatte und es jetzt schnell an Chipperfield zurückgab.

«Schwer zu sagen, bei den dicken Wolken. Gemessen am Tempo, das sie draufhatten, als ich sie das letzte Mal sah, müssten sie wohl irgendwann heute Nachmittag oben sein.»

«Wie wirkten die beiden auf Sie, immer noch in guter Verfassung?»

Das Bild mit dem am Seil baumelnden zweiten Mann blitzte vor seinen Augen auf, aber er antwortete unerschütterlich:

«Ausgezeichnet, würde ich sagen, allerdings ziemlich nass.»

«Wie weit sind sie noch vom Gipfel entfernt?»

Chipperfield zögerte eine Sekunde. Zu diesem Zeitpunkt war es entscheidend wichtig, keinen Hinweis zu geben, dass die Bergsteiger in Schwierigkeiten sein könnten.

«Nun, lassen Sie mich überlegen ... Ich bin natürlich kein Experte, aber ich würde sagen, sie sind etwa 300 Meter unter dem Gipfel.»

«Dann haben sie also die Spinne erreicht?»

«Das schien mir in der Tat so.»

Die Zahl 300 Meter hatte er nicht zufällig erwähnt. Er wusste, auf welcher Höhe sie geflogen waren. Er hatte schnell ausgerechnet, wo die Bergsteiger jetzt etwa sein müssten, wenn der Unfall nicht geschehen wäre. Seines Wissens hätten sie so weit kommen können.

«Es muss ziemlich kalt sein dort oben», sagte der Reporter. «Zumindest von hier unten aus betrachtet. Aber wir sehen ja kaum etwas wegen der Regenwolken. Stimmt der Eindruck, dass sehr viel Wasser von den oberen Partien der Wand herunterkommt? Können Sie bestätigen, dass die beiden bis auf die Haut nass sind?» – «Jawohl, ich habe sehr viel Wasser gesehen. Albrecht und Mandoza müssen sehr nass sein, aber sie schienen in guter Verfassung, als wir vorbeiflogen.»

«Und wie sieht es mit Stein- und Eisschlag aus, die in der Vergangenheit ja so viel Unheil angerichtet haben in der Eigernordwand?»

«Diese Männer sind ausdauernd, sie kämpfen sich durch alles hindurch», sagte Chipperfield ungeduldig; ihm gefiel die Richtung nicht, die das Interview nahm. «Ich bin stolz – und ich brauche das Wort bewusst –, ich bin stolz, Zeuge dieses grossartigen Kampfes gegen die Elemente gewesen zu sein, und ich will zum Abschluss deutlich sagen, dass ich für die Männer bete, so wie es Tausende tun, die das mutige Unternehmen beobachten. Ich weiss, dass alle zustimmen werden, wenn ich sage: ‹Möge Gott für eine sichere und schnelle Rückkehr sorgen.›»

Er gab dem Reporter schnell das Mikrofon zurück und ging ins Hotel. Er wusste aus Erfahrung, dass es keine bessere Möglichkeit gab, ein Interview zu beenden, als wenn man Gott erwähnte.

* * *

Die beiden Männer am Berg waren den ganzen Tag von den Wolken verdeckt. Am Nachmittag fiel immer wieder Regen in Bindfäden, und das Barometer sank unaufhaltsam. Selbst ernannte Wetterexperten sagten über kurz oder lang Schneefall in höheren Lagen voraus.

Chipperfield verbrachte viele Stunden mit der Arbeit an der Schreibmaschine. Einerseits gab er dem Artikel über seinen Flug die richtige Form, andererseits bereitete er sich auf den Moment vor, an dem die Verletzung des Barons bekannt wurde.

Er ging noch einmal durch seine Notizen und stellte befriedigt fest, dass er für jede Eventualität gewappnet war. Ob der Unfall in der Nacht oder am Tag entdeckt würde, spielte keine Rolle. Er war bereit. Sobald man vom Tal aus erkennen konnte, dass der Baron nicht mehr in der Lage war, aufwärts oder abwärts zu klettern, würde man eine Rettungskolonne auf die Beine stellen. Es war nicht anzunehmen, dass diese mit Leuten von der Kleinen Scheidegg gebildet würde, sondern von den Tälern auf beiden Seiten. Er hatte seine Informanten in Lauterbrunnen und Grindelwald orientiert und würde als einer der Ersten erfahren, was im Tun war. Er gratulierte sich zu seiner Voraussicht, diese Routinevorbereitung getroffen zu haben.

Wenn er richtig vermutete, würde in den ersten paar Stunden das Chaos ausbrechen. Unwahrscheinlich, dass eine einzige Person als Koordinator für den Rettungsversuch ernannt würde, zumindest nicht am Anfang. Während also seine Rivalen Zeit brauchten, um in beiden weit auseinander liegenden Tälern die Fakten zusammenzutragen, würde er bequem in der Mitte in Alpiglen sitzen und die Informationen über die Ereignisse vor allen anderen erhalten. Er war in einer unerhört vorteilhaften Position, um über das Drama zu berichten.

Aber er hatte sogar noch weiter vorausgedacht. Sein Instinkt hatte ihm von allem Anfang an gesagt, dass es sich um eine ganz grosse Story handelte. Durch eine schicksalhafte Wendung bestand nun die Möglichkeit, dass die Geschichte zu einer Grösse anwachsen könnte, die er sich in den wildesten Träumen nicht hätte ausdenken können. Nicht nur die Tageszeitungen, sondern auch die einflussreichen Sonntagszeitungen und die Illustrierten aus der ganzen Welt würden nach seinen Artikeln gieren. Auf die Agentur war Verlass, sie bot ihm sicher gute Bezahlung, aber er hatte ein paar Ideen, auf die wahrscheinlich nicht einmal Bernheim kommen würde – und der hatte einen messerscharfen Verstand, wenn es darum ging, eine Aktualität auszuschlachten.

Um 18 Uhr hörte der Regen auf, aber dünne Nebelschwaden verdeckten den Eiger oberhalb des Zweiten Eisfelds immer noch. Ein paar zähe Touristen gruppierten sich weiterhin um das Riesenteleskop auf der Terrasse, Gruppen von Gästen standen an der Fensterfront von Lounge, Essraum und Schlafzimmern, in der Hoffnung, dass sich der Nebel auflöse. Die Möglichkeit, dass die Bergsteiger in der Zwischenzeit den Gipfel erreicht hatten, verschärfte ihre Wachsamkeit.

Klaus Borgwand, der durch den Saal eilte, konnte seine Abneigung gegen diese plumpe Darstellung unverhüllter Neugierde kaum verhehlen. Dabei hatte er überhaupt keine Zeit, um seinen Emotionen und privaten Gedanken Raum zu geben. Er war unheimlich beschäftigt damit, die Bedürfnisse seiner neuen Kundschaft zu befriedigen, und seine Notbelegschaft, die ihm zur Verfügung stand, taumelte im besten Fall von Krise zu Krise. Wenn er jünger gewesen wäre, hätte er die Herausforderung vielleicht geliebt, hätte das neue Personal mit harter Hand geführt, die übrig gebliebenen alten Angestellten immer wieder ermuntert, in der Küche Wunder vollbracht und geduldig die Flut von Fragen beantwortet, die in allen Sprachen von allen möglichen Gästen über ihn hereinbrach: von Zeitungsreportern, Radiotechnikern, Fotografen und schlicht ahnungslosen, sensationshungrigen Gaffern. Dieser Aspekt der ganzen Affäre widerstrebte ihm am meisten. Es gab unter den Gästen wohl kaum eine Person, die aus Liebe zu den Bergen und aus Freude am grossartigen Bergsport in seinem Hotel weilte. Er hatte das Haus bestimmt nicht für dieses Gesindel am Fuss des mächtigen Bergs erbaut.

Aufgewühlt eilte er zur Rezeption und besprach mit Heinrich die Zimmerverteilung. Es sah langsam so aus, als ob sie den lange nicht benutzten Flügel öffnen mussten, was beträchtliche Probleme in Bezug auf Bettwäsche, Zimmermädchen und Reinigungspersonal mit sich brächte. Er schaute auf die Uhr und fragte sich, ob er Zeit hatte, die Sache mit Claire zu besprechen, die an der Bar beschäftigt war, aber sich vielleicht einen Augenblick von der Reporterschar lösen konnte, von der sie geradezu belagert wurde. Er selber wurde bald in der Küche gebraucht. Nachdem er versucht hatte, mit ihr Augenkontakt aufzunehmen, entschied er, sie nicht zu rufen, und nahm einen Stoss unbeantworteter Briefe und Telegramme in die Hand, die er so schnell als möglich in seinem Büro beantworten wollte.

Aber die Bürotür war von innen verschlossen. Chipperfield musste drin sein, am Telefonieren. Er unterdrückte einen Fluch und ging um die Ecke zu einem kleinen Raum, nicht viel mehr als eine Besenkammer, in der alles untergebracht war, was im Büro keinen Platz mehr hatte: alte Quittungen, Fremdenbücher, Korrespondenz und alte Rechnungsbücher. Es gab darin einen kleinen Tisch, der im Notfall als Schreibtisch dienen konnte. Durch die dünne Wand nahm er schwach die Stimme Chipperfields wahr, schenkte ihr aber kaum Aufmerksamkeit.

Er hatte etwa die Hälfte der Post erledigt und war gerade daran, eine Antwort auf eine dringende Anfrage aus Paris zu schreiben, als die Stimme des Journalisten vor Erregung lauter wurde und die dünne Wand durchdrang.

Was er hörte, war derart unerhört in seiner Tragweite, dass Borgwand in der Konzentration gestört wurde. Ohne zu wollen, hörte er zu.

«… Ich sage dir, Mann, ich sah, wie er abstürzte! Ja, natürlich bin ich sicher, dass es der Baron war … Nein, vom Tal aus konnte man nichts sehen, die Wolken waren verdammt dick … Nein, das Seil hielt seinen Sturz auf … Chancenlos, der Mann ist verletzt, und sie sind mindestens noch 600 Meter unter dem Gipfel … Mein Gott, ich sage dir doch, bis jetzt weiss niemand davon; du musst es für dich behalten, bis ich es dir sage … Da wird der Teufel los sein … Was? … Ja, jetzt gehört es auf die Front, ob das der Tante ‹Times› passt oder nicht. Und dein alter Kumpel hier hat alle hinter sich gelassen. Aber lass es noch nicht raus, egal warum, mach einfach, was ich dir sage. Also, mach Folgendes, wenn die Sache bekannt wird …»

Der Hotelier sprang auf, der Stuhl krachte zu Boden. Der Raum schwankte, und einen Augenblick lang glaubte er, ohnmächtig zu werden. Er hielt sich an einer Ecke des Tisches fest und wartete, bis das unangenehme Gefühl vorbei war und sich sein Herzschlag beruhigt hatte. Vielleicht hatte er sich verhört. Er musste herausfinden, was los war. Er rannte zur Bürotür und klopfte kräftig.

Chipperfield fuhr mit etwas leiserer Stimme fort, und der alte Mann hämmerte noch einmal an die Tür. Zu seiner Erleichterung hörte er, wie der Hörer aufgelegt wurde. Kurz darauf öffnete sich die Tür aufreizend langsam. Er zwängte sich hinein und knallte die Tür hinter sich zu.

«Ist das wahr?», brach es atemlos aus ihm heraus.

Der Journalist starrte ihn eindringlich an und sagte:

«Was soll wahr sein?»

«Dass es dort oben einen Unfall gegeben hat.»

«Unfall? Davon höre ich zum ersten Mal.»

«Ist es wahr, um Himmels willen?»

«Nun mal langsam, alter Mann, halten Sie die Luft an; sie kriegen ja einen Herzanfall. Setzen Sie sich doch.»

Borgwand riss sich wütend von ihm los.

«Ich kann nichts dafür, aber ich habe Ihr Gespräch am Telefon mitgehört. Sie haben so laut gesprochen, und ich war im Zimmer nebenan, ich wollte sicher nicht heimlich lauschen, aber –»

Chipperfield packte ihn mit einem harten Griff, der ihm keine Bewegungsfreiheit mehr liess, und drückte ihn unsanft in einen Stuhl.

«Regen Sie sich nicht auf, und ziehen Sie ja keine falschen Schlüsse, haben Sie verstanden?», sagte er mit leiser, drohender Stimme. «Also, was bilden Sie sich ein, gehört zu haben?»

«Ich bilde mir gar nichts ein! Ich habe Sie deutlich gehört. Die Wand dazwischen ist nur ganz dünn.»

«Nun beruhigen Sie sich, Mann, oder es platzen Ihnen noch die Blutgefässe, und was wird dann aus Ihrem grossartigen Hotel, eh?»

«Kümmern Sie sich nicht um mein Hotel. Ist irgendetwas passiert dort oben in der Wand? Wen haben Sie abstürzen sehen?»

Chipperfield fixierte ihn lange mit den Augen, dann schritt er zielstrebig zur Tür und schloss sie ab. Als er zurückkam, sagte er in mildem Ton:

«Vielleicht gab es tatsächlich einen kleinen Zwischenfall. Ich bin mir nicht sicher. Wir werden es früh genug wissen, wenn die Wolken verschwinden.»

«Mein Gott, in ein, zwei Stunden ist es dunkel! Dann ist es vielleicht schon zu spät. Die Wolken verschwinden heute nicht mehr, ausser es geschieht ein Wunder. Sie müssen es mir sagen, was haben Sie vom Flugzeug aus gesehen?»

Während er sprach, merkte er, dass seine Stimme unnatürlich hoch war, sein Herz begann gefährlich zu rasen, aber das selbstgefällige Grinsen im Gesicht des grossen Mannes machte ihn noch wütender.

«Ich sage Ihnen, ich bin nicht ganz sicher, was ich gesehen habe –»

«Sie Lügner! Vorhin am Telefon waren Sie ganz sicher.»

Chipperfields Gesicht nahm eine hässliche Farbe an; er ging auf den aufgeregten alten Mann zu, der sich halb von seinem Stuhl erhoben hatte und vor Erregung zitterte. Der kräftig gebaute Journalist packte ihn am Kragen, so dass er ihn würgte, und drückte ihn zurück in den Stuhl.

«Passen Sie auf! Passen Sie auf, was Sie sagen, Borgwand! Sie sind von mir abhängig, vergessen Sie das nicht, Ihr baufälliges Hotel und Ihre arrogante Nutte von einer Barmaid. Ohne mich stünden Sie auf der Strasse, pleite bis zum Kragen. Ich habe den Namen Ihrer Hütte über die ganze Welt verbreitet, aber ich kann auch anders, merken Sie sich das. Innerhalb von 24 Stunden kann ich Sie zur Lachnummer der Schweiz machen.»

«So wichtig ist mir das Hotel nun auch wieder nicht, und Ihre abschätzige Bemerkung über Claire heisst wohl, dass sie Ihnen eine geklebt und Sie ins Pfefferland gewünscht hat – gut so, ich bin sehr froh darüber.»

Chipperfields Augen vergrösserten sich vor Wut, und Borgwand spürte einen Augenblick der Befriedigung, dass er mit seiner Bemerkung ins Schwarze getroffen hatte. Er griff zum Telefon auf dem Tisch und sagte:

«Wenn es einen Unfall gegeben hat, muss man ihn den Behörden melden.»

«Nehmen Sie sich nicht etwas zu viel vor, Borgwand?»

«Ich kann nicht hier herumsitzen und nichts tun, wenn Menschenleben in Gefahr sind. Wo ist es passiert? Welche Höhe hatten sie erreicht?»

«Wie soll ich das wissen?», fragte Chipperfield nüchtern.

«Sie waren doch dabei. Sie haben sie gesehen. Ausserdem haben Sie widersprüchliche Angaben gemacht. Heute Morgen sagten Sie dem Radioreporter, sie seien nur noch etwa 300 Meter unter dem Gipfel. Ihrem Zeitungsfreund dagegen sagen Sie, sie seien noch 300 Meter weiter unten. Was stimmt denn jetzt?»

Der Journalist lächelte ihm fies zu.

«Sie können sich eine Höhe aussuchen.»

Borgwand warf ihm einen Blick voller Hass zu und begann eine Nummer zu wählen.

Chipperfield schaute ihm einen Moment mit zusammengekniffenen Augen zu, beugte sich dann langsam vor und riss mit einem Ruck das Kabel aus der Steckdose. Das Telefon lag tot in der zitternden Hand des alten Mannes. Jedes Wort betonend, sagte der Journalist:

«Wozu die Eile, mein lieber Borgwand?»

Borgwand starrte ihn mit offenem Mund an. Der Mann musste verrückt sein. Oder ein Unmensch. Im nächsten Augenblick stand die kräftige Postur des Journalisten vor ihm, sein Kragen geriet wieder in den Würgegriff und engte seinen Hals ein.

«Hör mir mal zu, du Idiot. Wenn dieses Geschäft noch eine Weile weiterläuft, hast du nichts zu verlieren, aber viel zu gewinnen, genau so wie ich. Je länger die Sache läuft, desto besser für dich und mich, siehst du das nicht ein? Jeder Tag, den wir gewinnen, ist ein Vermögen wert, für uns beide, aber du bist eine alte, blinde Moraltante, die es nicht sehen will. Es gibt nichts zu pressieren, Mann, sie finden es früher oder später selber heraus.»

Der Griff an seiner Kehle lockerte sich, aber der Alte hörte nichts mehr. In seinem Schädel dröhnte es, und dann verlor er das Bewusstsein.

Der Journalist stand da und schaute erschrocken auf die zusammengesunkene Gestalt zu seinen Füssen. Panik ergriff ihn, und er brauchte einige Sekunden, um sie zu überwinden. Der alte Mann war einfach ohnmächtig geworden, sonst nichts. Er atmete noch. Wahrscheinlich hoher Blutdruck und ein schwaches Herz. Ein Arzt würde ihn ohne weiteres wieder hinkriegen.

Er ging zur Tür, schloss sie auf und rief nach Claire. Sie hörte ihn, schaute ihn an und realisierte sofort, dass im Büro etwas Furchtbares passiert sein musste. Sie war augenblicklich zur Stelle.

«Er hat das Bewusstsein verloren», erklärte Chipperfield eilig. «Ein Schlaganfall, vielleicht. Der Stress der letzten Tage war wohl zu viel für ihn. Wir bringen ihn besser ins Bett.»

«Ich hole zuerst einen Arzt», sagte Claire bestimmt. «Vielleicht ist einer unter den Gästen.»

Wenig später war sie wieder da, in Begleitung eines stillen Belgiers mit Brille. Der Mann fühlte Borgwands Puls und untersuchte ihn kurz.

«Er kommt wieder auf die Beine», sagte er schliesslich. «Bringen Sie ihn ins Bett, halten Sie ihn warm und still. Ich gebe ihm eine Beruhigungsspritze, damit er lange schläft.»

«Was hat er denn, Monsieur?», fragte Claire ängstlich.

«Nichts Ernstes. Ein kleiner Zusammenbruch, überspannte Nerven und zu viel Arbeit, denke ich.»

Claire schaute zu, wie bereitwillige Hände die bedauernswerte Gestalt hinaustrugen. Chipperfield war bereits draussen, es blieb keine Zeit, ihm die Fragen zu stellen, die in ihrem Kopf herumschwirrten. Nervös schaute sie auf die Uhr. Noch eine Dreiviertelstunde bis zum Nachtessen, und niemand da, der seinen Platz in der Küche hätte einnehmen können. Sie brauchte nur eine Sekunde, um eine Entscheidung zu treffen. Sie ging rasch hinüber zur Rezeption und sagte:

«Heinrich, lösch die Lichter hier, und übernimm doch bitte die Bar. Ich gehe in die Küche, Herr Borgwand ist krank. Das Nachtessen wird zur üblichen Zeit serviert. Sag dem Personal, sie sollen den Kopf beieinander halten. Wer in Panik ausbricht, bekommt es mit mir zu tun, und mit mir ist im Moment nicht gut Kirschen essen.»

* * *

Das Abendessen ging problemlos über die Bühne; nur wenige Gäste ahnten, dass der Direktor nicht da war. Und selbst wenn es alle gewusst hätten, es hätte wenig Aufregung verursacht. Im Hotel beschäftigten sich alle mit den beiden Bergsteigern. Hatten sie den Gipfel noch vor Einbruch der Dunkelheit erreicht? Oder waren sie gezwungen, eine weitere Nacht in einem Biwak auf einem schmalen Band zu verbringen, von kalten Nebelschwaden umweht und mit schweren Schneewolken im Anzug? Nichts als Mutmassungen. Nur Tageslicht und schönes Wetter konnten die Antwort bringen.

Claire kam von einem kurzen Besuch im Zimmer des Direktors zurück und lief in der Halle geradewegs John Bellman in die Arme. Ihr Herz machte einen kleinen Sprung, als sie ihn sah. Sie konnte eigentlich nicht sagen, warum. Er ist doch gar kein Romantiker, dachte sie bei sich. Sein Haar war an den Schläfen grau meliert, er war sicher über 40, vermutlich verheiratet und Vater erwachsener Kinder, und dennoch fühlte sie sich in seiner Gegenwart eigenartigerweise sehr wohl. Vielleicht weil seine ruhige, überlegte Art einen starken Kontrast zu der zupackenden, abgebrühten Haltung der übrigen Mitglieder seiner Zunft bildete, die im Übrigen an der Bar gerade lautstark nach ihr verlangten.

Er fragte sofort, ob es stimme, dass der Direktor krank sei.

«Ja», antwortete sie, «er hatte einen kleinen Zusammenbruch. Ich weiss nicht, wie ernst es ist.»

«Ernst genug für Sie. Sie sind doch sicher sehr knapp an Personal.»

«Es ist schwierig, ja, aber irgendwie schaffen wir es schon.»

«Kann ich Ihnen irgendwie helfen?»

Claire schenkte ihm ein schelmisches Lächeln.

«Passen Sie auf, oder ich nehme Sie beim Wort und gebe Ihnen ein Tablett schmutziger Gläser zum Abwaschen. Spass beiseite, Sie haben doch sicher selber genug zu tun.»

«Im Moment ist alles etwas blockiert, bis sich die Wolken verziehen. Wenn nicht Stringberg oder Mandoza plötzlich irgendwo in Europa auftauchen, gibt es bis morgen früh nichts zu berichten.»

«Gibt es noch keine Bestätigung, dass es sich um Stringberg handelt?»

«Leider nichts Konkretes.»

Das Gespräch wurde durch eine weibliche Stimme unterbrochen, die von der Bar her rief, schrill wie ein Zahnarztbohrer:

«Fräulein, krieg ich jetzt meinen Whisky sour, oder muss ich über die Bar klettern und mir selber einen mixen?»

Claire verzog das Gesicht, entschuldigte sich und eilte davon.

Bellman überlegte einen Augenblick. Wenn er in die Bar ging, gab es sicher wieder einen ärgerlichen Zusammenstoss mit Chipperfield. Als er am Vortag nach dem zweiten Interview mit Frau Albrecht seinen Bericht über den deutschen Bergsteiger Stringberg übermittelte, hatte er dem mächtigen Journalisten offen den Krieg erklärt. Aus bitterer Erfahrung wusste er, was das bedeutete. Der selbst ernannte Fackelträger der Wahrheit war ein unangenehmer Feind. Er ertrug keinen öffentlichen Widerspruch, und bis jetzt war noch keine Bestätigung für die Stringberg-Hypothese hereingekommen. Der deutsche Bergsteiger war weder an seinem Wohnort München noch sonst irgendwo aufgestöbert worden. Eine spannende Jagd nach zwei Menschen war in ganz Europa im Gang. Gerüchte verbreiteten sich wie Sommergewitter und verschwanden genau so schnell wieder. Die Meinungen der Öffentlichkeit und der Newsprofis waren geteilt. Die einen optierten für Mandoza, die anderen für Stringberg.

Im Moment konnte er nicht mehr tun. Seine Interviews mit der Serviererin und dem Mechaniker in Interlaken, die offenbar Chipperfield zu seiner wilden Theorie inspiriert hatten, gaben nichts Entscheidendes her. Es war nicht schwierig gewesen, die beiden Zeugen aufzutreiben, denn das absonderliche Verhalten des kräftigen Journalisten aus dem Ausland vom Sonntag war immer noch Tagesgespräch im Ort. Aber obwohl die Kellnerin und der Mechaniker behaupteten, sie hätten Baron Mandoza erkannt, konnte sich Bellman des Eindrucks nicht erwehren, dass sie nur hinterher klüger waren – und vielleicht sogar mit einem Trinkgeld von Chipperfield bestochen, damit sie das sagten, was er hören wollte.

Nur Frau Albrecht hatte ihm etwas Aufschlussreiches gesagt. Sie hatte noch nie etwas von Baron Mandoza gehört, bevor die Geschichte losging, Stringberg hingegen kannte sie persönlich. Ihr Mann hatte den Deutschen früher schon auf Touren in den Berner Alpen begleitet; die beiden waren gute Freunde, und Stringberg hatte geschworen, dass er eines Tages zurückkommen würde, um sich für die Niederlage zu rehabilitieren, die ihm der Eiger beigebracht hatte. Sie behauptete nicht endgültig, dass es Stringberg war. Sie hatte den Mann nicht gesehen, der ihren Gatten anheuerte, aber sie meinte, es könne nur Stringberg gewesen sein, niemand sonst. Und diese Idee ergab deutlich mehr Sinn als Chipperfields wilde Behauptung aus dem Reich der Märchen.

Er hatte berichtet, was er herausgefunden hatte, nicht als feststehende Tatsachen, sondern als mögliche Fakten. Die Frage blieb offen, bis der eine oder andere gefunden wurde oder die Bergsteiger vom Eiger herunterkamen. Es gab nichts mehr, was er noch hätte tun können, ausser warten und trinken, wie die anderen. Oder, dachte er schmunzelnd, Claire helfen.

Er fand den Weg in die Küche und weiter in einen angrenzenden Raum, der mit OFFICE angeschrieben war. Darin war eine Gruppe müder Kellner damit beschäftigt, Berge von schmutzigen Gläsern zu spülen und abzutrocknen. Er zog seine Jacke aus, nahm sich ein trockenes Geschirrtuch und begann zu arbeiten, froh, etwas Nützliches tun zu können. Nach anfänglicher Überraschung beachteten ihn die müden Kellner nicht weiter.

Zwei Stunden später, als der ununterbrochene Strom schmutziger Gläser verebbte, den der quietschende Lift aus der Bar herunterspülte, legte er das Tuch beiseite, sagte dem Personal Auf Wiedersehen, stieg die Treppe hinauf und wandte sich dem Ausgang zu. Er schielte in Richtung Bar, als er daran vorbeiging, aber Claire war hinter einer Wolke von Zigarettenrauch und lärmenden Kunden verborgen.

Die nächtliche Luft war feucht und kalt; Bellman war froh, einen Mantel mitgebracht zu haben. Er schlug den Kragen hoch und schaute hinauf zur enormen Felsmasse des Eigers vor ihm. Seine Silhouette war durch silbrige Wolkenfetzen, die dünner geworden zu sein schienen, knapp sichtbar. Wenn es hier unten auf einer Höhe von 1800 Metern schon kühl war, wie kalt musste es dort oben sein, 1550 Meter weiter oben in einer von Eis überzogenen Felswand. Er schauderte allein beim Gedanken daran.

Er war gerade dabei, die Stufen von der Terrasse hinunterzugehen, als er hörte, wie von hinten sein Name gerufen wurde. Als er sich umdrehte, sah er Claire, die reizvoll errötend auf ihn zukam.

«Sie dürfen nicht gehen, ohne mir Gelegenheit zu geben, Ihnen zu danken», sagte sie, als sie ihn erreichte.

«Danken, wofür?»

«Einer der Kellner hat mir soeben von einem geheimnisvollen Engländer erzählt, der beim Spülen der Gläser mitrackerte wie ein Pferd.»

Bellman lachte, um seine Verlegenheit zu kaschieren.

«Wie ein Pferd, das ist ein bisschen übertrieben. Ich bin sicher, ich habe mindestens so viele zerbrochen, wie ich gewaschen habe.»

«Das entspricht gar nicht dem, was ich gehört habe. Vielen Dank, es war wirklich lieb von Ihnen. Darf ich Sie zu einem Drink auf Kosten des Hauses einladen, als Dank für Ihre Hilfe?»

Er war versucht zu bleiben, und hätte es auch getan, wenn es eine Gelegenheit gegeben hätte, irgendwo in Ruhe mit ihr zu sprechen. So sagte er jedoch:

«Ein andermal, wenn Sie nicht so beschäftigt sind. Ich muss nach Hause, aber an einem anderen Abend nehme ich Ihr Angebot gerne wahr.»

«Ich bitte Sie darum.»

«Nun …», sagte er zögerlich und wünschte, er hätte nicht gesagt, dass er zurück in sein Hotel müsse. «Also, ich muss jetzt. Mein kleiner Junge wartet sicher schon auf ein Lebenszeichen von mir.»

«Oh, ist er hier?», fragte sie mit leiser Stimme.

«Nein, er ist in Amerika. Ich wollte bloss sagen, dass ich ihm schreiben muss.»

«Und Ihrer Frau sicher auch.»

«Nein», antwortete er langsam, «ich glaube nicht, dass meine Frau einen Brief von mir erwartet.»

Bei der Erwähnung des kleinen Jungen fühlte es sich an, als ob eine kalte Hand ihr Herz zusammenpresste. Eigentlich war es absurd. Es ging sie ja wirklich nichts an, ob er verheiratet war oder nicht. Sie hätte sich ohrfeigen können für die Plumpheit ihrer zweiten Frage. In der Absicht, die Sache gutzumachen, machte sie sie noch schlimmer:

«Es tut mir Leid, ich wollte nicht … eigentlich wollte ich … Oh, mein Gott, ich weiss überhaupt nicht, was ich eigentlich sagen wollte. Sie müssen mich für eine rücksichtslose Person halten.»

Er schaute von der untersten Stufe zu ihr hinauf, das Licht aus dem Hotel umrahmte ihr kurzes, lockiges Haar, während ihr Gesicht im Schatten lag.

«Ich halte Sie für die netteste Person, der ich seit langem begegnet bin, mein Fräulein. Gute Nacht.»

Er drehte sich um und überquerte langsam die Terrasse.

Sie schaute ihm nach und blickte dann aus lauter Gewohnheit hinauf zur riesigen Pyramide, die sich vor ihr auftürmte. Sie fuhr zusammen und traute ihren Augen nicht. Das konnte nicht sein, es war unmöglich. Sie musste Halluzinationen haben. Sie wartete. Es kam noch einmal.

«Mr. Bellman!», rief sie. «Warten Sie einen Augenblick, bitte!»

Er hielt inne, und sie hörte ihn zurückkommen, aber sie schaute nicht auf ihn. Ihre Augen waren auf einen Punkt hoch oben in der Wand gerichtet, auf einen Punkt, wo sie hätte schwören können, dass sie ein winziges Licht hatte flackern sehen. Ihr Puls ging rasend schnell, und jeder Nerv war gespannt, als sie die Augen zusammenkniff, wie um die Dunkelheit besser zu durchdringen. Erneut ein blinkendes Licht. «Schauen Sie! Am Eiger! Sehen Sie es?»

Bellman stand neben ihr und schaute angestrengt hinauf. Dann sah er es auch, ein winziges Licht, unendlich klein, aber trotzdem ganz deutlich.

«Was bedeutet das?», fragte er.

«Zählen! Zählen Sie die Sekunden zwischen dem Aufleuchten.»

Er hob das beleuchtete Zifferblatt seiner Uhr vor die Augen. Sie zählten.

«Zehn Sekunden.»

«Noch einmal. Zählen Sie noch einmal. Wir müssen sicher sein.»

Sie zählten noch einmal. Ihre Finger, die leicht gegen sein Handgelenk drückten, zitterten. Als er bei zehn angelangt war, blinkte das Licht wieder auf.

«Was bedeutet das?», fragte er erneut, obschon er bereits ahnte, was es hiess.

«Das Signal. Das Notsignal! Ein Licht sechs Mal pro Minute, regelmässig alle zehn Sekunden. Sie sind in Schwierigkeiten!»

Sie drehte sich um und rannte Hals über Kopf ins Hotel zurück.

7. Kapitel

Bernheim legte den Hörer auf die Gabel, sein dickliches Gesicht zu einem zufriedenen Lächeln verzogen. Global Features hatte wieder einmal zugeschlagen. Weder Reuter noch United Press, noch einer der Giganten von Fleet Street, noch die cleveren Jungs aus Amerika konnten ihnen für Stunden mit einer gleichermassen aufregenden Story das Wasser reichen. Die Geschichte war sogar noch vor dem Redaktionsschluss der grossen Londoner Tageszeitungen hereingekommen. Paddy Chipperfields Name über der sensationellen Enthüllung würde auf jedem dritten Frühstückstisch in ganz Grossbritannien zu lesen sein; die Fernschreiber tickten gerade die Aufsehen erregende Meldung in die Redaktionen in Übersee. Der Fackelträger hatte endlich seine Schlagzeile. Baron oder nicht Baron – es gab immer noch ein paar pedantische Meckerer, welche diesen Aspekt der Geschichte nicht schlucken wollten –, eine gewagte Kletterei an einem Furcht erregenden Berg hatte sich mit einem dramatischen Schlag in ein sensationelles Drama, vielleicht gar eine Tragödie verwandelt – und Global Features hatte weltweit den Primeur gelandet.

Als er darauf wartete, dass er eine Leitung nach Amerika bekam, schaute Bernheim mit zustimmendem Nicken durch die Liste mit Vorschlägen für die Auswertung der Story, die Chipperfield ihm diktiert hatte, nachdem er grünes Licht für den Artikel gegeben hatte.

Das war ein durchtriebener Bursche, kein Zweifel. Er schien an alles gedacht zu haben. Einige Punkte waren heikel, wenn es darum ging, bei der Umsetzung Geld zu machen, aber wenn man die Sache als Ganzes betrachtete, würde jede seiner Ideen die Welle der Publizität noch etwas höher schwappen lassen, was dazu beitragen würde, die Story mit jedem Medium, das die moderne Gesellschaft kannte, über die Welt zu verbreiten. Schade war nur, dass das Fernsehen nicht live berichten konnte, denn die Berge rund um die Kleine Scheidegg blockierten die TV-Signale. Allerdings würden die grossen Stationen ohnehin ihre Filmcrews ausschicken oder wie die Löwen um die Ausstrahlungsrechte der Wochenschaufilme kämpfen. Und wenn es um ein Interview mit Chipperfield ging – was unweigerlich passieren würde, denn sein Name war in den Augen des Publikums direkt mit dem ganzen Drama verknüpft –, dann mussten sie tief in die Tasche greifen. Zwei dynamische Verleger mit einer guten Nase hatten sich bereits telefonisch nach den Buchrechten erkundigt, Hollywood wartete am anderen Ende der transatlantischen Telefonleitung, und die grösste französische Illustrierte hatte bereits ein Angebot für die exklusiven Rechte für eine Serie unterbreitet. Volltreffer! Sie hatten den Jackpot geknackt.

Bernheim hakte jeden Punkt ab, bis er zu einer gekritzelten Notiz kam: «eine Schallplatte aufnehmen». Er konnte sich ein Schmunzeln nicht verkneifen; hier war ihm die Fantasie doch ein bisschen durchgebrannt. Er wollte den Punkt gerade durchstreichen, als er innehielt. War die Idee denn wirklich so verrückt? Es gab viel Geld zu verdienen mit einem Song, sehr viel Geld sogar. Lass dir eine Melodie einfallen, stell einen Schnellschreiber an, der dir den Text aus dem Ärmel schüttelt, lass etwas springen, damit das Stück von den richtigen Radiostationen Tag und Nacht gespielt wird, und schon hast du einen Hit, der die Kasse so laut klingeln lässt, dass du den Song nicht mehr hörst.

Moment mal, warum einen Texter anstellen? Aus lauter Spass spannte er ein neues Blatt in die Maschine und fing an zu tippen.

Es war gar nicht so schwer, wenn man einmal richtig anfing. In wenigen Minuten hatte er einen ersten Entwurf. Selbstverständlich würden die besseren Kreise sofort schlechten Geschmack reklamieren, aber das hatte noch nie einen Hit verhindert, wenn die Massen den Song liebten und man den richtigen Schnulzensänger engagierte. Chipperfield hatte den Begriff «Mörderberg» geprägt, und die Boulevardpresse hatte ihn dankbar aufgenommen. Das wäre doch ein guter Titel. Er las seinen Text noch einmal durch:

«The Man on Murder Mountain
He makes me think of you:
Why must you be so cold dear?
You know my love is true.
Just think of me this way, dear,
I'll climb to any part,
If only you will promise
A place for me in your heart.»

An der letzten Zeile musste noch etwas gefeilt werden, aber insgesamt war er ziemlich zufrieden damit; es war schliesslich nur ein erster Entwurf. Der indirekte Verweis auf die verlorene Liebe des Barons war subtil, die Massen würden darauf abfahren. Mit einer echolastigen Begleitung, samtenen Geigen, einem bedrohlichen Trommelwirbel als Auftakt, um den Charakter des Mörderbergs zu unterstreichen, bestand eine gute Chance, dass daraus ein Hit würde. Bereits begann er zu visualisieren: Im Kino gingen langsam die Lichter aus, auf der Leinwand erschien der Titel, ein satter Chor setzte ein, dazu jede Menge Stereosounds –

Das Telefon auf seinem Schreibtisch klingelte. Hollywood war dran. Er legte den Songtext beiseite. Zeit für seriöses Business.

* * *

Chipperfield hatte sich eine Nacht mit viel Schlaf versprochen. Der Gedanke daran, dass seine Konkurrenten herumrennen und Informationen sammeln würden, während sein Artikel bereits fixfertig im Satz war, gab ihm ein warmes Gefühl, als er ins Bett stieg. Ihm schien, dass sein Kopf kaum das Kissen berührt hatte, als es an seine Zimmertür polterte. Es war nicht das höfliche Klopfen des Kellners, der ihm den Frühstückstee brachte. Er brummelte eine Antwort, tastete im Dunkeln nach der Nachttischlampe, knipste sie an und fluchte. Knapp 4 Uhr. Was zum Teufel wollte man zu dieser nachtschlafenden Zeit von ihm?

Er zog sich einen seidenen Morgenrock über und stolperte schlaftrunken zur Tür. Es war Heinrich, der alte Concierge und Chefportier.

«Bitte um Entschuldigung, Herr Chipperfield, aber es ist sehr dringend. Es gab einen Unfall am –»

«Das weiss ich doch schon. Hoffentlich wecken Sie mich nicht mitten in der Nacht, um mir das zu sagen?!»

«Nein, Sir, der Obmann ist unten und will Sie sprechen.»

«Wer zum Teufel ist der Obmann?»

«Der Chef der Bergführer, der Mann, der die Rettungskolonne in die Eigernordwand führt.»

«Was zum Kuckuck will der zu dieser Zeit von mir? Kann er nicht warten bis zum Morgen?»

Der Concierge verwarf verlegen die Hände, murmelte eine Entschuldigung und trottete davon.

Chipperfield fluchte laut und begann, sich langsam anzuziehen. Die Dinge entwickelten sich schneller, als er erwartet hatte, und er war nicht sicher, ob ihm die Idee der bevorstehenden Unterredung behagte.

Eine Viertelstunde später nahm er den Lift in die Halle hinunter (irgendjemandem war es endlich gelungen, ihn zu reparieren), und ostentativ gähnend ging er auf eine Gruppe Leute zu, die auf ihn wartete. Einer von ihnen war mittleren Alters, die beiden anderen deutlich jünger. Alle trugen warme Kleidung und schwere Nagelschuhe und sahen nicht aus, als ob sie diese Nacht im Bett gewesen wären. Er stellte mit Genugtuung fest, dass Borgwand nicht dabei war. Nur Heinrich lungerte in der Nähe herum und tat so, als ob er nicht zuhören würde.

«Nun, Gentlemen», sagte der Journalist, «was kann ich für Sie tun?»

Der älteste der Männer sprach. Er war mittelgross, hatte gekraustes Haar und wirkte schwerfällig in seinen Bewegungen; das Besondere aber waren seine Augen. Sie hatten, so bemerkte der Journalist erstaunt, unterschiedliche Farben: Das eine war braun, das andere dunkelviolett.

«Grüss Gott. Ich bin der Obmann der Rettungskolonne, welche die am Eiger in Not geratenen Männer herausholen soll.»

Er sprach langsam, noch langsamer, als die Berner sonst schon redeten. Er gab sich Mühe, das ungewohnte Hochdeutsch zu sprechen.

Chipperfield nickte nur.

«Wir möchten Ihnen ein paar Fragen stellen. Wir brauchen Ihre Hilfe. Bevor wir aufbrechen, müssen wir unbedingt wissen, wo sich die Bergsteiger genau befinden. Davon hängt ab, welche Route wir nehmen, was für Ausrüstung wir mitschleppen, und letztlich hängt das Leben der Männer davon ab, die dort oben in Schwierigkeiten sind.»

«Ich verstehe. Und was wollen Sie von mir?»

«Sie sind der Letzte, der sie gesehen hat, Sie und der Pilot des Flugzeugs. Wir möchten, dass Sie uns so genau wie möglich beschreiben, wo sich Hans Albrecht und sein Kunde befinden.»

«Warum warten Sie nicht bis Tagesanbruch? Dann sollte man sie sehen können.»

«Es ist keineswegs sicher, dass sich die Wolken bis dann verzogen haben. Die Wetteraussichten sind schlecht. Wir müssen sofort aufbrechen, jede Stunde zählt, wenn Menschen in der Wand in Gefahr sind. Sie sind bereits zwei Tage und drei Nächte dort oben – 52 Stunden im Freien bei diesem Wetter ist eine sehr lange Zeit, selbst für die besten Bergsteiger.»

«Und Albrecht gehört nicht dazu, nicht wahr?», warf Chipperfield rasch ein.

Der untersetzte Führer schaute ihn von unten mit hochgezogenen Augenbrauen an.

«Bitte? Ich verstehe nicht ganz.»

«Stimmt es, dass Albrecht vor ein paar Jahren aus Ihrem Bergführerverein ausgeschlossen worden ist?»

«Ich sehe nicht, was das mit –», setzte er an.

«Es stimmt, der Herr hat Recht. Albrecht wurde hinausgeworfen, und man verbot ihm, weiter als Bergführer zu arbeiten», sagte der jüngste der drei Männer erregt.

Chipperfield musterte den jungen Mann und bemerkte, wie ihm der Obmann einen verärgerten Blick zuwarf.

«Das hat nichts mit der Sache zu tun», sagte der ältere Mann streng. «Albrechts Fähigkeiten als Führer wurden nie in Zweifel gezogen. Bitte meine Herren, wir müssen uns beeilen, zwei Männer sind in Not, und es ist unsere Pflicht, ihnen zu helfen.»

«Aber Sie können nicht dazu gezwungen werden, ist das richtig?», bohrte der Journalist weiter; instinktiv suchte er den schwachen Punkt, der ihm Oberwasser geben könnte.

Der Obmann machte eine Pause; er ahnte, dass Probleme im Anzug waren, nur wusste er nicht, in welcher Form. Er antwortete vorsichtig:

«Wir sind verpflichtet. In den Regeln des Bergführervereins heisst es ganz klar, dass es als Bergführer unsere Pflicht ist mitzugehen, wenn eine Rettungskolonne zusammengestellt wird.»

«Auch für eine Rettung in der Eigernordwand?», hakte der Journalist nach, ein Auge auf den jungen Führer werfend. Die drei Männer traten nervös von einem Bein aufs andere. Der jüngste von ihnen sagte ungeachtet der warnenden Blicke seiner Begleiter:

«Sie haben teilweise Recht. Die Eigernordwand ist eine Ausnahme. In der Tat kann uns niemand zwingen, eine Rettungsaktion in der Wand zu unternehmen, wegen der Ereignisse von vor 20 Jahren –»

«Ich weiss. Die Schweizer Regierung versuchte, jede Besteigung der Wand zu verbieten, nicht wahr? Sie legten sogar ein neues Gesetz vor.»

«Das ist richtig, aber sie mussten es wieder zurückziehen», sagte der Obmann vorsichtig.

«Richtig. Trotzdem, man hat mir gesagt, dass eine neue Bestimmung ins Reglement eingebracht wurde, die festhält, dass jeder Bergsteiger, der sein Leben an der Eigernordwand aufs Spiel setzt, dies in vollem Wissen tut, dass er im Falle von Problemen nicht damit rechnen kann, dass andere Männer, Bergführer oder Freiwillige, seinetwillen ihr Leben riskieren.»

Der Obmann hob die Hand, um seinen Wortschwall zu bremsen. In seiner Stimme lag ein ärgerlicher Unterton, als er langsam sagte:

«Wir verplempern Zeit. Das ist alles Schnee von gestern und reine Theorie. Es ändert nichts daran, dass zwei Menschen in Lebensgefahr sind, während wir hier Phrasen dreschen. Seppli, gib mir –»

«Eine letzte Frage noch, bitte. Verzeihen Sie, aber ich bin Reporter, ich muss auch meinen Lebensunterhalt verdienen», unterbrach ihn Chipperfield. «Sagen Sie, werden Sie für diese gefährliche Arbeit bezahlt?»

«Ein Führer erhält eine Tagespauschale für seine Arbeit. So verdienen wir unser täglich Brot», sagte der Obmann vorsichtig.

«Viel? Verdienen Sie gut?»

Der Jüngste lachte laut heraus.

«Wir werden sicher nicht Millionäre! Die Bezahlung ist nicht hoch, aber wir lieben die Berge, es ist unsere Berufung.»

«Fertig jetzt mit diesem unsinnigen Palaver. Seppli, gib mir die Karte», befahl der Obmann.

Eine Karte und verschiedene Fotos des Eigers wurden hervorgezogen und auf einen Tisch gelegt. Der Obmann zeigte auf alle bekannten Stellen in der Wand – den Hinterstoisser-Quergang, die drei grossen Eisfelder, das Bügeleisen, die Rampe, die Spinne und das Gipfeleisfeld. Er fixierte den Journalisten mit den Augen, um zu sehen, ob dieser ihm folgen konnte.

«Also dann, vom Tal aus sahen wir sie am Montagabend, als sie sich dem Bügeleisen oberhalb des Zweiten Eisfelds näherten. Es ist sehr wahrscheinlich, dass sie dort ihr erstes Biwak machten. Sie berichteten gestern Morgen, dass Sie sie in der Spinne gesehen haben. Können Sie uns zeigen, wie hoch genau sie gekommen waren?»

Das war der Moment, dem Chipperfield hatte entgehen wollen. Er wusste, dass die Auswirkungen einer falschen Aussage schwerwiegend sein konnten, selbst für einen Mann mit so weit reichendem Einfluss wie ihn. Es gab nur einen Ausweg: vage bleiben.

«Es ist schwer zu sagen», antwortete er. «Der Berg sieht ganz anders aus, wenn man auf ihn zufliegt.»

«Das wissen wir auch.»

«Warum fragen Sie nicht den Piloten, der mit mir flog? Er kennt die Alpen viel besser als ich.»

«Wir haben versucht, ihn zu erreichen, aber er hat offenbar einen Auftrag im Wallis gekriegt; er soll vermisste Bergsteiger am Matterhorn suchen. Bevor er zurück ist und bevor wir selber sehen können, wo sie sind, sind Sie die einzige Person, die uns helfen kann.»

«Ich verstehe.»

Er zögerte, bevor er fortfuhr:

«Sie übertragen mir eine grosse Verantwortung. Ich bin nicht besonders scharf darauf, diese zu übernehmen. Bitte denken Sie daran.»

Der Bergführer, der bis jetzt nichts gesagt hatte, warf plötzlich, in exzellentem Englisch, ein:

«Ich habe gestern Montag Ihr Interview am Radio gehört. Sie sagten, dass Sie sie nicht viel weiter unten als 300 Meter unter dem Gipfel gesehen haben.»

Chipperfield schaute ihn scharf an, aber in dessen Augen lag keinerlei Anklage. Er stellte einfach fest.

«Jawohl, das war meine Einschätzung gestern.»

Der ältere Führer fuhr mit dem Finger über das grösste Bild und zeigte dann etwa auf die Mitte der eigenartigen, spinnennetzartigen Struktur der Spinne. «Dann wären sie etwa hier gewesen?», sagte er fragend.

Sie standen um ihn herum und warteten auf seine Entscheidung.

«Ungefähr dort, würde ich sagen», meinte Chipperfield schliesslich.

Einen Moment lang herrschte Stille, dann begannen die Männer hastig die Karte und die Fotos einzupacken. Der junge Bergführer sagte zum Obmann:

«Dann nehmen wir das Stahlseilgerät?»

«Ja, ich denke schon.»

«Und die Route? Wir werden langsam vorwärts kommen mit dem schweren Gerät.»

«Richtig. Ich denke, es ist am besten, wir nehmen den Zug bis ins Jungfraujoch und erreichen den Gipfel von dort. Wenn das Wetter nicht allzu schlecht ist, sind wir schneller, als wenn wir über die Westflanke aufsteigen.»

Ins Gespräch vertieft, eilten die drei Männer in die dunkle Nacht hinaus.

Chipperfield gähnte, mehr aus Nervosität denn aus Müdigkeit, denn mittlerweile war er hellwach geworden. Heinrich stand immer noch hinter der Rezeption. Er ging zu ihm hinüber.

«Heinrich, was zum Teufel ist ein Stahlseilgerät?»

«Es ist ein Gerät zur Rettung von Menschen, die …» Er begann heftig mit den Händen zu gestikulieren und gab dann auf. Stattdessen holte er ein Wörterbuch aus Borgwands Büro. Zuerst wurden sie nicht schlau aus dem komplizierten Wort. Es ging offenbar um irgendein Gerät mit einem Stahlseil, und erst als der Concierge ein Blatt und einen Bleistift hervornahm und eine Zeichnung machte, verstand Chipperfield, wie die Sache funktionierte.

«Ich glaube, ich habs begriffen. Es ist eine Winde mit einem Drahtseil. Damit kann man einen Mann über den Fels ablassen. Ein ziemlicher Krampf, ein solches Gerät auf fast 4000 Meter hinaufzuschleppen. Aber genau dafür werden sie ja bezahlt, nehme ich an. Danke Heinrich, Sie haben mir sehr geholfen.»

Nachdem er dem alten Mann ein grosszügiges Trinkgeld zugeschoben hatte, ging er durch das leere Hotel in Borgwands Büro, machte das Licht an und spannte ein Blatt Papier in die Schreibmaschine. Nach kurzer Überlegung hämmerte er die erste Meldung über die Organisation der Rettungskolonne, die Mittel, die eingesetzt werden sollten, und die Route zum Gipfel, die sie nehmen würde, in die Tasten. Erneut hatte er einen Primeur gelandet. Wieder war die Kugel für ihn gerollt. Und nicht nur das: Das unvorsichtige Reden der drei einfachen, keinen Verdacht schöpfenden Männer hatte ihm scharfe Munition geliefert, die er einsetzen konnte, sollte er einmal in die Defensive geraten.

Nachdem er den Text übermittelt hatte, schlüpfte er wieder ins Bett, zufrieden mit sich und der Welt, und ohne schlechtes Gewissen fiel er sofort in tiefen Schlaf.

* * *

Während Chipperfield schlief, erwachte das Tal. Die Nachricht, dass den beiden Bergsteigern am Eiger ein Unfall passiert war, verbreitete sich wie ein Lauffeuer. Bei Tagesanbruch gab es kaum ein Haus zwischen Grindelwald und Lauterbrunnen, in das die Nachricht vom Notsignal nicht vorgedrungen wäre.

Das Wetter hatte sich gebessert, die meisten Wolken hatten sich aufgelöst, aber nicht ganz alle. Der Eiger war nur bis zum Dritten Eisfeld sichtbar.

Dann, kurz nach Tagesanbruch, öffnete sich eine Lücke. Wenn man gewusst hätte, dass dies das einzige Loch werden würde, das in den nächsten 24 Stunden die Sicht auf die blockierten Männer freigab, wären in diesen zwei oder drei Minuten wohl beträchtlich mehr Ferngläser und -rohre auf die Eigernordwand gerichtet gewesen. Aber weil die meisten Leute am Aufstehen oder beim Frühstück waren, ging das Loch wieder zu, ohne dass mehr als eine Handvoll zuverlässiger Zeugen gesehen hatten, was es zu sehen gab.

Und das war wenig genug. Ein Mann baumelte am Ende eines Seils. Er lebte, war aber offenbar an einem Arm verletzt, ohne allerdings in Gefahr zu sein, weiter abzustürzen. Sein Begleiter war nicht zu sehen. Das war alles.

Die Diskussion, um welchen Bergsteiger es sich handelte und wo genau er hing, dauerte den ganzen Morgen, ohne Ergebnis. Niemand war absolut sicher. Während der Zeit, als er zu sehen war, waberten weisse Nebelschwaden um den Gipfelbereich, was es verunmöglichte, ganz genau festzustellen, wie weit unter dem Gipfel er hing. Man war der Meinung, dass er irgendwo in der Spinne hing, dem gefährlichen Eisfeld, das sich von knapp oberhalb des Dritten Eisfeldes bis wenige hundert Meter unter den Gipfel erstreckte. Ihre Form war verwirrend, und der Rest des Berges war von undurchdringlichem Nebel verdeckt. Der verletzte Mann konnte 300 Meter unter dem Gipfel hängen oder auch 600. Niemand war sicher.

In Bezug auf die Identität lagen die Meinungen weniger weit auseinander. Die Mehrheit entschied, dass es nicht Hans Albrecht, der Führer, war. Allerdings wurde auch dies von einigen heftig bestritten. Möglicherweise waren die Meinungen beeinflusst von der Überzeugung, dass es, wenn einer abgestürzt war, kaum der professionelle Bergführer sein konnte.

Während die Gerüchte mit widersprüchlichem Inhalt am einen oder anderen Ende des Tals aufflammten, ging die Arbeit an der Organisation der Rettungskolonne fieberhaft weiter. Trotz der energischen Bemühungen des Obmanns konnte die Gruppe nicht vor dem Mittag aufbrechen. Grosse Mengen Materials mussten zusammengetragen werden – Seile, Haken, Karabiner, Hämmer, Pickel, Ski, Schlitten, die Seilwinde, Grammingersitze, Lebensmittel, Zelte, Medikamente, Funkgeräte und ein Haufen Kleinmaterial. Freiwillige aus Grindelwald und Lauterbrunnen meldeten sich telefonisch, Nachrichten schwirrten von Dorf zu Dorf, Vereinbarungen wurden getroffen, Wetterberichte gelesen, bis sich aus dem Chaos langsam eine Ordnung herauskristallisierte und die Rettungskolonne mit über 20 Männern aus drei verschiedenen Nationen (ein italienischer Führer und zwei erfahrene österreichische Alpinisten in Urlaub hatten sich spontan bereit erklärt mitzumachen) war endlich bereit. Wieder fing es an, leicht zu regnen, der Himmel blieb verhängt, und die dicken Wolkenbänke zeigten keine Zeichen der Auflösung.

Sobald bekannt wurde, dass eine Rettungskolonne gebildet wurde, füllte sich die Kleine Scheidegg mit gaffenden Touristen, alle ausgerüstet mit Ferngläsern und – obschon völlig unnütz – Kameras, die hofften, als Erste einen Blick auf die blockierten Männer werfen zu können, sobald sich die Wolken hoben.

Bellman arbeitete sich durch die aufgeregte Menschenmenge auf dem Bahnhof Kleine Scheidegg zurück in sein Hotel und schrieb einen kurzen, emotionslosen Bericht über die Vorbereitungen zur Rettung und telefonierte ihn nach Hamburg durch.

Etwas gab ihm Rätsel auf und liess ihm keine Ruhe, etwas, das er durch einen Telefonanruf aus dem Londoner Büro seiner Agentur erfahren hatte. Chipperfield war mit seinem Text über den Unfall in den Schlagzeilen sämtlicher grosser Zeitungen in Grossbritannien. Seine Story mit erstaunlich vielen Details war rechtzeitig vor dem Redaktionsschluss für die Morgenausgabe hereingekommen und überall in voller Länge auf der Frontseite abgedruckt.

Bellman konnte sich nicht erklären, wie das möglich war. Er selber war doch, soweit er das wusste, der Erste, der, an der Seite von Claire in die Dunkelheit starrend, das Notsignal aus der Wand gesehen hatte. Er hatte sofort, bevor er zu Bett ging, eine Nachricht durchgegeben, allerdings nur eine kurze Meldung über das schreckliche Faktum, und dennoch war er nur knapp früh genug, dass die Kurzmeldung durch einen Wechsel noch in die Zeitung kam. Es ging einfach nicht auf.

Bellman war ehrlich genug zuzugeben, dass einige seiner Gefühle purer Neid waren. Aber nicht alle. Er konnte nicht verstehen, wie der Mann in so kurzer Zeit so erstaunlich gut informiert sein konnte. Es sah fast so aus, als ob er etwas vorhergesehen hatte. Aber das war völlig undenkbar. Selbst der Star-Reporter Paddy Chipperfield war kein Hellseher.

Er beschloss, die Gedanken vorläufig in seinem Hinterkopf zu speichern und noch vor dem Mittagessen zum Hotel «Nordwand» hinüberzugehen, um zu sehen, ob es etwas Neues gebe. Vielleicht würde er ja auch zufälligerweise noch Claire begegnen …

Als er auf das Hotel zuging, wunderte er sich, wie voll es geworden war. Neue Kellner wirbelten herum und bedienten die zähen Touristen, die, ausgerüstet mit Hüten und Regenmänteln, die Terrasse bevölkerten und, die Hälse verrenkend, zum nebelumwehten Berg hinaufblickten, neben dem sie alle so klein aussahen. Das grosse Teleskop war ständig besetzt, obwohl es eigenartigerweise von einem roh zusammengezimmerten Holzkäfig abgesperrt zu sein schien. Er kümmerte sich nicht weiter darum, sondern zwängte sich durch die Menschenmenge zur Tür. Claire war nicht in Sicht, obschon die Bar, die dank der genialen Schweizer Gesetze nie schliessen musste, guten Umsatz machte. Eine ihm unbekannte Person stand hinter dem Tresen.

Das Erdgeschoss des Hotels glich einer Zusammenkunft von Geschäftsleuten nach Arbeitsschluss. Ein wirres Gemurmel von Gesprächsfetzen in zahllosen Sprachen füllte die rauchgeschwängerte Luft, Gläser und Flaschen klirrten, geschickte Kellner wirbelten durch die Menschenmasse, und es war ein Ding der Unmöglichkeit, einen Sitzplatz zu finden. Eine Gruppe von nervös wirkenden Zeitungsleuten scharte sich um die einzige Telefonkabine, die offensichtlich ständig besetzt war.

Mit Mühe fand er einen freien Platz zum Sitzen in der Lounge und erwischte schliesslich einen Kellner, bei dem er einen Kaffee bestellte. Mehrere Journalisten, die er kannte, waren anwesend, und es dauerte nicht lange, da fachsimpelte er mit zwei Kollegen. Der eine war ein Deutscher aus Berlin, der andere ein Amerikaner namens Doug Wilson, der von Paris aus für eine grosse New Yorker Tageszeitung als Korrespondent arbeitete.

Sie tauschten Klatsch aus, ehe sie die Pros und Kontras der Hypothesen Stringberg und Mandoza gegeneinander abwägten. Weil er als Erster eine glaubwürdige Alternative zu Chipperfields erstaunlicher Story des Playboys, der gefährliche Klettertouren unternahm, in Umlauf gesetzt hatte, wurde er von vielen als wichtigster Vertreter der «Stringberg-Fraktion» angesehen. Die Rolle hatte er nicht freiwillig, sondern nur unter den besonderen Umständen übernommen. Grundsätzlich war er überzeugt, dass er weit näher an der Wahrheit lag als sein Gegenspieler, obwohl seine Hypothese in den Augen der Öffentlichkeit weniger Glamour enthielt.

Im Verlauf der Diskussion fragte ihn der Amerikaner Doug Wilson:

«Was hältst du von der Umfrage, die zwei meiner Kollegen heute Morgen durchgeführt haben?»

«Ich habe nichts davon gehört. Was ist dabei herausgekommen?»

«Dass keine Seite gewinnt. Zwei Reporter rüsteten sich mit einem Stoss Fotos aus, einige von Mandoza und einige von Stringberg, und gingen getrennt und hintereinander auf die Strasse. Der Erste zeigte Bilder von Mandoza im ganzen Tal und unten in Interlaken – du weisst, wie man das macht: ‹Entschuldigen Sie, haben Sie diesen Mann schon einmal gesehen?› Jedermann schwor hoch und heilig, dass sie ihn vor ein paar Tagen gesehen hätten; einer meinte gar, der habe versucht, ihm einen Staubsauger zu verkaufen. Dann kam der zweite Reporter und machte dasselbe im gleichen Gebiet, zeigte aber Bilder von Stringberg.»

«Was soll er verkauft haben, Zahnbürsten?»

«Nein. Das Ergebnis war dasselbe. Niemand der Befragten hatte den geringsten Zweifel, dass er oder sie Stringberg gesehen hatte. 1:1 kann man da nur sagen.»

«Und was glauben sie, was sie damit bewiesen haben?»

«Alles. Vor allem, dass der Durchschnittsmensch ganz einfach verdammt leicht zu beeinflussen ist. Die Polizisten bei uns zu Hause haben genau das gleiche Problem, wenn sie eine Gegenüberstellung machen. Jeder hat den Gauner gesehen, sogar die Blinden und diejenigen, die in die andere Richtung schauten.»

«Es gibt immerhin etwas her, wenn du knapp an Material bist», warf der Kollege aus Berlin ein. «Aber wie du gesagt hast, das beweist nichts. Es gibt nur einen Weg, um zu beweisen, wer dort oben an dem Seil hängt: Stringberg oder Mandoza irgendwo in Europa aufzutreiben.»

«Genau das macht so ziemlich jeder Journalist und Amateurdetektiv in diesem Augenblick, stelle ich mir vor», sagte Bellman.

«Ich habe versucht, die Sache von einem psychologischen Standpunkt aus zu betrachten, John», sagte Doug Wilson. «Wie du weisst, haben die Amerikaner dort angefangen, wo Freud aufgehört hat.»

Die beiden anderen Männer lachten. Eine Charaktereigenschaft von Doug Wilson war seine Fähigkeit, sich über sein eigenes Land lustig zu machen. Er fuhr fort:

«Ich meine Folgendes: Wer ist es mit grösster Wahrscheinlichkeit? Grundsätzlich riskieren Mitglieder der High Society doch nicht ihr Leben an irgendwelchen Bergen, was eindeutig für Stringberg spricht. Aber diese Eigernordwand ist ein Sonderfall. Sie scheint ebenso Verrückte und Ruhmsüchtige anzuziehen wie die echten Bergsteiger. Bei jedem anderen Berg würde ich hundert Prozent auf Stringberg wetten, aber ich kenne diesen Mandoza. Das ist ein ganz schräger Vogel. Die Eigernordwand zu ersteigen, ist genau jene Verrücktheit, die ein Typ wie er unternehmen würde, um Aufmerksamkeit auf sich zu ziehen.»

«Du hast vielleicht Recht», stimmte Bellman zu. «Wie auch immer, wir werden es bald wissen. Die Antwort kann nicht mehr als ein paar Stunden auf sich warten lassen.»

«Was ich nicht schnalle ist, wie schnell dieser verdammte Chipperfield zu seinen Informationen kommt. Ich habe direkt von meinem Büro in Paris erfahren, dass es ihm gelungen ist, die ganze Geschichte integral auf den Frontseiten zu platzieren. Wie hat er das gemacht, wo doch bis ungefähr um Mitternacht niemand wusste, dass die Jungs in Schwierigkeiten sind? Ich habe den Redaktionsschluss um Meilen verpasst. Es reichte nicht einmal für den Wechsel.»

«Warte eine Sekunde», warf der Berliner ein. «Da kommt der Wunderknabe ja gerade. Wir können ihn gleich selber fragen.»

Chipperfield musste mit Genugtuung registriert haben, was für eine Unruhe seine Ankunft in dem überfüllten Raum auslöste. Wenn er eine gewisse Feindseligkeit in den Augen feststellte, die auf ihn gerichtet waren, so liess diese ihn offensichtlich kalt.

«Sag mal, du Genie!», rief Doug Wilson laut genug. «Wie hast du das geschafft, dass deine Geschichte auf der Front erschien? Hast du eine direkte Leitung zum Herrgott, oder wie?»

Es wurde augenblicklich still im Raum. Selbst wer nicht im Zeitungsgeschäft arbeitete, unterbrach das Gespräch, weil man spürte, dass etwas Dramatisches in der Luft lag.

Das blasierte Lächeln, das immer in den Gesichtszügen des gut aussehenden Mannes steckte, blieb selbst bei diesem Frontalangriff unverändert. Die Arme ausstreckend, wie wenn er einen Angriff auf seine Person abwehren wollte, sagte er:

«Come on, Dougie, du erwartest doch nicht etwa, dass ich die Quelle meiner Insiderinformation preisgebe, oder doch?»

«Etwas ist doch sowieso faul an der ganzen Geschichte. Ich bin zu lange in dem Geschäft, um eine stinkende Ratte nicht zu riechen, wenn eine herumliegt.»

«Nenn es Gespür, Dougie, einfach journalistisches Gespür. Die einen wandern herum und riechen Ratten, die anderen riechen die News. Du solltest mehr Zeit aufwenden, um meine Sachen zu lesen; es ist eine gute Methode, um bestens informiert zu sein.»

«Du mieser Scheisskerl!», brach es jetzt aus einem sonst distinguierten grauhaarigen Reporter einer der zurückhaltenden, aber einflussreichen Londoner Tageszeitungen heraus. «Zuerst denkst du dir eine Lügengeschichte über einen nichtsnutzigen Schmarotzer aus, der auf Berge klettert – eine wilde

Hypothese, die meine Redaktion sicher nicht druckt –, dann monopolisierst du alle Telefone, aber nicht genug damit, du bläst dich auch noch auf, als ob –»

«Halt den Rand, Saltash», unterbrach ihn Chipperfield unbeeindruckt. «Ich habe jede Menge Zeugen hier, überleg dir also gut, was du sagst, du wirst es sonst noch bereuen. Dein Zeitungstyp ist doch so gut wie tot. Was deine vertrottelten Redaktoren drucken oder nicht, interessiert kein Schwein. Ich weiss aus guter Quelle, dass in London und New York jede Menge Zeitungen mit meiner Barongeschichte verkauft werden, egal wie sehr die besseren Kreise sie verabscheuen.»

«Meine druckt sie auf jeden Fall ab», gab ein Reporter aus Chicago zu.

«Meine auch», sekundierte eine andere Stimme.

«Ich wette, der Kerl am Ende des Seils ist der Stringberg. Weil es nichts als logisch ist», sagte ein Journalist aus Kanada. «Playboys riskieren ihr Leben nicht in der Eigernordwand.»

«Ich habe gehört, in London nehmen sie Wetten an.»

«Ja, aber die Buchmacher gehen kein Risiko ein: gleiche Quoten für beide Theorien.»

«Hast du die Ergebnisse der Umfrage gehört? 47 Prozent glauben, es ist der Baron, etwas über 30 denken, es ist der Deutsche.»

«Und die anderen sagen, es ist Prinz Rainier von Monaco», witzelte einer.

«Was kümmerts mich, solange das Geschäft läuft», warf ein fettleibiger englischer Journalist namens Ferguson ein.

Chipperfield wandte sich breit lächelnd McKechnie zu, der in seiner Nähe stand.

«Wie du gesagt hast, ein Wespennest, nicht wahr? Die Geschichte kann nicht so schlecht sein, wenn sogar die Anwesenden geteilter Meinung sind. Gentlemen, bitte entschuldigen Sie mich, ich muss endlich etwas zwischen die Zähne kriegen, ich habe das Frühstück verpasst.»

Er verliess den Raum, dessen Luft von explosiver Spannung aufgeladen war.

Er ging direkt zum Büro des Direktors, wo er sich etwas zu essen servieren lassen wollte. Aber ein aufgeregter kleiner Angestellter, den er noch nicht gesehen hatte, versuchte ihn am Betreten des Büros zu hindern.

«Entschuldigen Sie bitte, Sir», stotterte er nervös. «Der Herr Direktor hat strikt angeordnet–»

Er kam nicht weiter. Chipperfield packte den Mann mit seiner mächtigen Pranke, hob ihn 30 Zentimeter vom Boden auf und zischte dem schockierten kleinen Mann ins Gesicht:

«Das nächste Mal gibst du mir den Befehl schriftlich.»

Er deponierte den Jungen auf einem Stuhl in der Nähe, öffnete die Bürotür und marschierte hinein.

Hinter Borgwands Schreibtisch sass ein Fremder, der mit fleissiger Sorgfalt seine Nägel feilte. Er hob die Augenbrauen ob des überraschenden Eindringlings, sagte aber nichts, sondern fuhr mit seiner sorgfältigen Maniküre fort.

«Wer sind Sie?», stiess Chipperfield ohne Umschweife hervor.

«Mein Name ist Hans-Peter Hügi.»

«Und was zum Teufel machen Sie hier?»

«Entschuldigung, aber diese Frage wollte ich auch gerade stellen», sagte er lakonisch und sehr selbstbewusst. «Ich bin der neue Direktor. Was machen Sie in meinem Büro?»

Er legte die Nagelfeile weg, liess die Knöchel seiner Hand knacken und starrte eisig auf die riesenhafte Gestalt vor ihm.

Für einen kurzen Augenblick war Chipperfield baff. Dann sagte er:

«Mir wurde nichts davon gesagt. Wo ist Borgwand?»

«Im Bett, nehme ich an. Er ist ziemlich krank. Sie haben meine Frage nicht beantwortet. Was haben Sie in meinem Büro zu suchen?»

Chipperfield war sich nicht gewöhnt, dass man seiner Arroganz mit Arroganz begegnete. Aber er brauchte nicht lange, um zu entscheiden, wie er mit diesem Emporkömmling umgehen musste. Er ergriff das interne Telefon und bestellte für sich ein Frühstück. Der neue Direktor schaute unbeeindruckt zu. Als der Journalist fertig war und den Hörer mit einem triumphierenden Grinsen aufgelegt hatte, beugte sich Hügi vor, nahm den Hörer in die Hand und sagte ganz einfach:

«Hier ist Direktor Hügi. Annullieren Sie die Bestellung. Mahlzeiten werden zu gegebener Zeit am passenden Ort serviert.»

Er legte den Hörer auf die Gabel und sagte:

«Sonst noch etwas?»

Der Journalist fluchte und packte den Schreibtisch, als ob er ihn über die unbeeindruckte, asketische Gestalt dahinter kippen wollte. Er zitterte vor Wut.

«Noch eine solche Aktion, und ich schmeisse Sie zum Fenster hinaus. Wissen Sie eigentlich, mit wem Sie reden?»

«Ich warte darauf, dass Sie sich vorstellen.»

«Also gut: Ich bin Paddy Chipperfield. Wenn ich einen Artikel schreibe, erscheint er in unzähligen Zeitungen auf der ganzen Welt. Millionen kennen meinen Namen, und die Leute ziehen es in der Regel vor, mich nicht zu ärgern. Weiter: Das Bienenhaus da draussen, das ist mein Werk, den ganzen Zirkus habe ich ausgelöst. Dies ist *meine* Geschichte, haben Sie verstanden? Ich habe diese Bruchbude mit Gästen gefüllt. Als ich hier ankam, konnte man das Echo des eigenen Flüsterns hören, aber ich habe das Haus in der ganzen Welt bekannt gemacht.»

«Ich verstehe.»

Der hagere Hotelier knackte erneut mit den Knöcheln, dann faltete er die Hände wie zum Gebet und betrachtete sie. Schliesslich sagte er:

«Und was haben Sie in diesem Raum gesucht?»

«Das Telefon. Borgwand gab mir … Borgwand und ich hatten eine Abmachung. Er gab mir das Vorrecht auf sein Telefon. Ich benütze den Raum auch als Arbeitszimmer.»

«Warum?»

«Ich brauche einen ruhigen Ort. Wir hatten ein Gentleman's Agreement.»

«Wie praktisch – für Sie. Und was war Ihr Beitrag zu dem Geschäft?»

«Ich habe ihm mit meinen Artikeln auf die Beine geholfen.»

«Bitte?»

«Das habe ich Ihnen doch gerade gesagt. Ich habe Borgwand Publizität verschafft. Ich habe sein Hotel in allen Artikeln erwähnt, die ich geschrieben habe. Wenn Sie dafür Inseratepreise bezahlen müssten, würde das ein Vermögen kosten.»

«Ich verstehe. Ich wusste gar nicht, dass der alte Mann so clever ist. Soviel ich wusste, ist er eher ein Träumer.»

«Clever! Er ist der grösste Depp, den ich seit langem getroffen habe. Er sitzt auf einer Goldgrube und weigert sich, das Gold auszugraben. Das Abkommen mit dem Telefon war die einzige Gelegenheit, wo ich ihn zur Räson bringen konnte.»

«Das ist eine interessante Meinung, Mr. Chipperfield. Inwiefern ist dieses Hotel eine Goldgrube?»

«In mancherlei Hinsicht. Ein Blinder mit ein wenig Gespür für das Geschäft würde das sehen.»

Chipperfield konnte nur mit Mühe sein Temperament zügeln, zündete eine Zigarette an und ging zum Fenster, das auf die Terrasse hinaus ging. Er bekam grosse Augen und gab einen Laut von sich, halb überrascht, halb anerkennend.

«Ist das Ihre Idee?»

«Welche? Ich habe mehrere», antwortete Hügi sanft.

Chipperfield zeigte auf das grosse Fernrohr auf der Terrasse. Es war mit einem rohen Holzzaun eingezäunt; ein kleines Tor öffnete den Zugang zum Fernrohr. An diesem Tor stand eine streng aussehende ältere Dame in einem schwarzen Kleid, die Tickets verkaufte.

«Wie viel verlangen Sie?», fragte er.

Der Direktor nannte ihm die Summe. Chipperfield pfiff durch die Zähne vor Erstaunen.

«Für eine halbe Stunde pro Person, oder was?»

«Fünf Minuten. Ich bin doch nicht zur Kur hier.»

Der Journalist konnte sich das Lachen nicht verkneifen.

«Sehr gut», sagte er. «Aber warum die Tickets? Der alte Drachen sieht nicht aus, als ob er den Erzengel Gabriel ohne Bezahlung passieren liesse.»

«Der alte Drachen – der zufälligerweise eine Tante von mir ist – verkauft Tickets, und ich notiere die erste und letzte Nummer der Serie. Nur so kann ich verhindern, dass sie mich übers Ohr haut.»

Chipperfield brach in Gelächter aus. Langsam änderte sich seine Ansicht über den geschniegelten Mann hinter Borgwands Schreibtisch. Immerhin schien Hügi nicht gewillt, öde Ethik herunterzuleiern wie sein Vorgänger.

«Wer sind Sie überhaupt?», fragte jetzt der Journalist. «Sie können mir nicht weismachen, dass Sie ein alter Freund von Borgwand sind.»

«Alles andere als das. Ich bin von einer Finanzgesellschaft in Zürich angestellt – der genaue Name braucht Sie nicht zu interessieren. Wir erwarten, dass uns das Hotel innert Kürze gehört, Herr Borgwand war in gewissen Zahlungsschwierigkeiten und sah sich gezwungen, bei uns einen Kredit aufzunehmen. Ich glaube nicht, dass er das Geld rechtzeitig zurückzahlen kann.»

«Aha, daher pfeift der Wind. Und in der Zwischenzeit wollen Sie nebenbei ein wenig Kasse machen.»

«Genau.»

«Herr Hügi, ich glaube, wir beide sollten ein wenig übers Geschäft reden. Es könnte ja sein, dass, wenn Sie mit mir mitspielen und ich mit Ihnen, wir ein ganz hübsches Sümmchen machen könnten. Was glauben Sie?»

Er streckte dem geschniegelten kleinen Mann seine Hand hin, und dieser schlug sofort ein. Sie fühlte sich wie ein Frosch an, und Chipperfield liess sie sogleich wieder los.

«An Geschäften bin ich immer interessiert», sagte Hügi.

«Was haben Sie für Ideen zur Ausbeutung dieser Goldmine?»

«Darüber sprechen wir, wenn ich etwas gegessen habe. Ich bin am Verhungern.»

«Gewiss. Aber bitte nicht hier. Mein Personal serviert Ihnen im Esssaal, was Sie wollen.»

«O. K. Ich bin gleich wieder da; und dann möchte ich Ihr Telefon benützen.»

«Geht in Ordnung.»

Chipperfield wandte sich zum Gehen.

«Nur noch etwas», sagte der Hotelier, auf dessen Gesicht der Anschein eines Lächelns auftrat.

«Ja?»

«In Ihrem Schlüsselfach an der Rezeption liegt eine kleine Notiz. Jeder Gast erhält den gleichen Zettel, also nehme ich an, dass Sie nicht beleidigt sind.»

«Was steht drin?»

«Der Preis Ihres Zimmers hat sich erhöht.»

«Ach ja? Um wie viel?»

«Das Doppelte.»

Der Direktor liess seine Knöchel knacken und murmelte: «Auf Wiedersehen, Herr Chipperfield.» Dann widmete er sich dem Briefstapel auf seinem Schreibtisch.

8. Kapitel

Claire sass niedergeschlagen am Bett des kranken Mannes; die Zeit hatte sie völlig vergessen. Es war später Nachmittag, und sie hatte ihre beiden Freistunden vollständig bei ihm verbracht, aber sie bereute fast, gekommen zu sein. Borgwand lag erschöpft in den Kissen, er atmete nur sehr unregelmässig. Sein verzweifelter Versuch, Claire von der Wahrheit zu überzeugen, hatte ihn völlig erschöpft.

«Ich verstehe schon, Herr Borgwand», wiederholte sie besänftigend. «Ich habe alles verstanden und werde alles tun, was ich kann. Aber Sie müssen versuchen, sich nicht so aufzuregen.»

Sie liess seine schlaffe Hand los, stand auf, schüttelte die Kissen auf und wischte mit einem feuchten Tuch über seine Stirn. Bei der Berührung öffneten sich seine fiebrigen Augen, und er flüsterte noch einmal:

«Chipperfield weiss alles. Er verschweigt die Wahrheit. Du musst herausfinden, was er weiss, es ist extrem wichtig.»

«Ich mache, was ich kann. Bitte ruhen Sie sich jetzt aus, Sie müssen schlafen.»

«Versprich, dass du –»

«Versprochen.»

Es war offensichtlich, dass es ihn die letzte Kraft gekostet hatte, ihr von dem fürchterlichen Streit mit Chipperfield zu erzählen, aber es schien eine gewisse Erlösung für ihn zu sein, dass er endlich mit jemandem hatte darüber sprechen können. Zum ersten Mal seit seinem Zusammenbruch sah es aus, als ob er sich entspannen könne. Die schwere Last des Wissens hatte er an sie abtreten können, und sie fühlte sich plötzlich müde, sehr müde und bedrückt.

Wenn sie nur jemand gehabt hätte, einen starken Freund, an den sie sich hätte wenden können. Jetzt, da Borgwands Stelle von dem skrupellosen, knallharten kleinen Mann aus Zürich besetzt war, gab es niemand mehr. Es sei denn … nein, das war undenkbar, nach ihrem idiotischen Auftritt auf der Hoteltreppe letzte Nacht. War es wirklich erst gestern Nacht? Erst Dienstag Nacht, kaum drei Tage, nachdem die ganze Geschichte begonnen hatte. Es schien eine Ewigkeit her zu sein.

Bekümmert realisierte sie, dass niemand da war, auf den sie sich verlassen konnte, ausser sie selber. Sie musste Paddy Chipperfield selber entgegentreten. Entschlossen zog sie sich vom Krankenbett des alten Mannes zurück und ging die Treppe hinunter.

Heinrich sagte ihr, dass Chipperfield im Büro des Direktors zu finden war.

Zum Glück stand der aufdringliche Wachhund, den der neue Direktor mitgebracht hatte, nicht vor der Tür. Sie klopfte einmal, und als sie keine Antwort bekam, klopfte sie ein zweites Mal und trat ein. Der Journalist war allein; sein massiger Körper war über die Schreibmaschine gebeugt. Er arbeitete mit Hochdruck; so wie er auf die Tasten hämmerte, konnte man meinen, er schlüge auf seine persönlichen Feinde ein. Verärgert über die Störung, schaute er auf. Claire unterdrückte einen leichten Schauder, denn offensichtlich war er schlechter Laune.

«Herr Hügi ist nicht da, Fräulein. Sie sehens ja selbst», grummelte er.

«Ich will nicht zu Hügi, ich will zu Ihnen.»

«Oh? Sie wollen sich doch nicht etwa für Ihr kindisches Verhalten von neulich entschuldigen?», höhnte er, während er unbewusst an der verblassenden Prellung an der Wange herumfingerte.

«Nein, keineswegs. Wenn sich irgendjemand zu entschuldigen hat, dann Sie.»

«Na, na, ich wusste nicht, dass wir hierzulande so altmodisch sind.»

«Ich bin nicht gekommen, um mit Ihnen über Moral zu diskutieren, Herr Chipperfield, zumindest nicht über diese. Ich möchte wissen, worum es in Ihrer Unterhaltung mit Herrn Borgwand letzte Nacht ging.»

Der Journalist zuckte in seinem Stuhl zusammen. Zum ersten Mal bemerkte sie, dass das drohende Lächeln in den Mundwinkeln verschwunden war. Er legte die Stirn in Runzeln, und als er sprach, lag in der Stimme ein drohender Unterton.

«Sie wollen ziemlich viel wissen, mein Fräulein. Ich sehe aber nicht, was Sie der Inhalt unseres Gesprächs angeht. Sagen Sie, wie klingt das letzte ärztliche Bulletin über den alten Herrn?»

«Er ist sehr krank. Irgendetwas hat in schwer schockiert. Ich weiss, dass sein Herz bereits seit längerem schwach ist, aber es geht um mehr. Ich will wissen, was vorgefallen ist, das ihn so aufgeregt hat –»

«So eine Frechheit! Wie können Sie unterstellen, dass ich die Ursache seines Zusammenbruchs bin?»

«Hören Sie, ich sage Ihnen offen: Ich habe nicht nur eine Ahnung. Ich war den ganzen Nachmittag bei ihm, und er hat mir –»

«Das ist ja interessant. Wollen Sie wirklich das Gestammel eines alten Mannes als Tatsachen darstellen?»

«Er war klar genug im Kopf, als er redete. Sie verbergen etwas, etwas sehr Bedeutsames. Sie wissen mehr über den Unfall, als Sie gesagt haben.»

«Ich versichere Ihnen, dass ich alles gesagt habe, was ich weiss.»

«Das ist nicht wahr! Herr Borgwand ist überzeugt, dass die Führer der Rettungskolonne von einer falschen Position der Bergsteiger ausgehen, und Sie wissen es ganz genau. Aus irgendeinem miesen Grund halten Sie etwas zurück. Warum?»

«Wenn Sie sich schon die absurde Frage ausdenken können, warum finden Sie nicht auch gleich die lächerliche Antwort darauf?»

«Also, ich sage Ihnen, warum: Herr Borgwand sagt, Sie machen das, weil Sie wollen, dass sich die Geschichte möglichst lange hinzieht. Weiss der Himmel, warum. Als menschliches Wesen kann man sich einfach nicht vorstellen, dass jemand verhindern will, dass die beiden bedauernswerten Männer dort oben so schnell wie möglich gerettet werden. Aber Sie sind ja ein Unmensch. Ich glaube, Sie sind ein Dämon, ein Bote des Teufels –»

Chipperfield unterbrach sie mit einem rauen Lachen.

«Jetzt wirds märchenhaft. Als Nächstes erzählen Sie mir von Elfen und Kobolden.»

Er stand auf, riss das Papier aus der Maschine, stopfte es in eine Mappe und ging zur Tür. Er nahm Hut und Regenmantel vom Ständer, drehte sich zu ihr und sagte:

«Entschuldigen Sie mich, ich muss gehen und eine Horde aufgeblasener Deutscher interviewen, die gerade angekommen sind. Wegen unseres Gesprächs hier nur eine kleine Warnung: Ich nehme an, Sie kennen den Begriff der üblen Nachrede. Die Gesetze in der Schweiz sind wohl mehr oder weniger die gleichen wie überall sonst. Was Sie soeben gesagt haben, war dumm und unbegründet. Sollten Sie die Unterstellungen gegenüber einer Drittperson erwähnen, setze ich einen Anwalt auf Sie an, der Ihnen die Hölle heiss macht, und Sie haben einen Prozess wegen übler Nachrede am Hals. Passen Sie auf, was Sie sagen, junge Frau, sonst könnten Sie noch in Schwierigkeiten geraten.»

Er rauschte aus dem Zimmer und knallte die Tür zu; sie blieb nervös zurück, verstört, aber trotzdem grimmig entschlossen, die Wahrheit ans Licht zu bringen.

Über eine Minute lang starrte sie auf das Telefon und versuchte, ihren ganzen Mut zusammenzunehmen. Sie konnte sich niemand sonst vorstellen, und ohne Hilfe, das merkte sie, hatte sie keine Chance. Die plumpe Art, wie sie herausgefunden hatte, dass Bellman verheiratet war, sandte ihr immer noch ein Prickeln der Scham den Rücken hinunter, und sie wollte sich nicht zugestehen, warum sie es hatte wissen wollen.

Dann kamen ihr die Männer in Not in den Sinn, und sie nahm, ihre Hemmungen unterdrückend, den Telefonhörer in die Hand.

Die Stimme im Hotel auf der Kleinen Scheidegg, die antwortete, war sanft und vertrauenswürdig. Nein, Mr. Bellman ist nicht da, sein Schlüssel hängt da. Er ist vermutlich draussen bei den anderen Presseleuten und befragt die deutsche Rettungskolonne. Möchte das Fräulein eine Nachricht hinterlassen?

Claire zögerte, verwirrt durch den Hinweis auf ein deutsches Rettungsteam, und fragte sich, ob dieses etwas mit Chipperfields Bemerkung über die «Horde aufgeblasener Deutscher» zu tun hatte. Schliesslich sagte sie dem Mann am Telefon, Mr. Bellman solle doch ins Hotel «Nordwand» telefonieren. Bei dieser Bemerkung schien der Rezeptionist aufzuhorchen.

«Sind Sie etwa Fräulein Claire?», fragte er, seine Stimme ganz freundliche Diskretion.

«Ja, das bin ich», antwortete sie ziemlich überrascht.

«Du meine Güte, Mr. Bellman versuchte längere Zeit, Sie telefonisch zu erreichen.»

Er hatte also wieder mit ihr sprechen wollen. Das war ja beruhigend, aber auch ein wenig verwirrend.

«Niemand hat mir gesagt, dass man mich am Telefon verlangt hat», sagte sie. Dann kam ihr der aalglatte neue Direktor in den Sinn, und sie konnte sich denken, dass er etwas dagegen hatte, wenn wertvolle Zeit durch Privatgespräche am Telefon vergeudet wurde.

«Ich könnte rasch zum Bahnhof hinübergehen und nachsehen, ob ich ihn finde», bot der Rezeptionist an.

«Nein danke, er hat jetzt sicher keine Zeit. Trotzdem vielen Dank. Ich bin sicher, ich werde ihn bald erreichen.»

«Wie Sie wollen», sagte der Mann bedauernd. «Ich werde ihm jedenfalls ausrichten, dass Sie angerufen haben. Ich bin sicher, er wird sich freuen.»

Sie musste ein wenig lachen ob dem etwas übertriebenen guten Willen, den der Rezeptionist an den Tag legte, aber sie fühlte sich schon deutlich besser, als sie den Hörer auf die Gabel legte.

Sie ging in die Halle und flüsterte Heinrich zu, dass sie etwa eine halbe Stunde abwesend sein werde. Sie nahm sein Angebot eines Regenschirms gerne an und machte sich auf den Weg zur Kleinen Scheidegg. Es war ihr egal, ob ihre Abwesenheit von Hügi oder vom ziemlich dubiosen Personal, das er mitgebracht hatte, bemerkt würde.

Als sie sich durch die Menschenmenge auf der Terrasse zwängte, sah sie, dass eine kioskähnliche, hastig zusammengezimmerte Konstruktion kurz vor der Vollendung stand. Ein Arbeiter nagelte gerade ein Schild an, das in roten Lettern auf weissem Grund verkündete:

«SOUVENIRS, ANDENKEN, ERINNERUNGEN AN DIE EIGERNORDWAND

Hier erhältlich, immer billiger!»

* * *

Die Nachricht, dass sich die deutsche Bergwacht aus München der Rettungsaktion anschloss, sorgte vorerst nicht für allzu grosse Aufregung. Eine grosse Schar von Radioreportern, Wochenschaukameraleuten, Journalisten und Fotografen versammelte sich für ihren Empfang auf der Kleinen Scheidegg, aber wenige hätten wohl vorausgesehen, dass die Ankunft der Deutschen innerhalb von wenigen Stunden einen komplett neuen Konflikt in das Drama bringen würde. Einem Laien musste die Tatsache eigenartig vorkommen, dass ein deutsches Rettungsteam aus einer mehrere hundert Kilometer entfernt liegenden Stadt bemerkenswert schnell herbeigeeilt war, um seine Hilfe in den Schweizer Alpen anzubieten. Aber für einen Kenner des Bergsteigens war daran nichts Überraschendes. Die Bergsteiger aus München galten nicht nur als die besten in Deutschland, sondern gehörten zu den hervorragendsten in ganz Europa. Es war schliesslich eine deutsch-österreichische Seilschaft gewesen, der die Erstdurchsteigung der Eigernordwand 1938 gelungen war. Verschiedene Mitglieder der Rettungsmannschaft, die zur Kleinen Scheidegg unterwegs war, hatten selber Erfahrungen mit der gefährlichen Wand gesammelt, und der Ruf der Münchner Bergwacht in Bezug auf ihre Fähigkeiten, die sie in unzähligen Rettungen in Österreich und Deutschland unter Beweis gestellt hatten, war tadellos. Die Selbstverständlichkeit, mit der sie den Weg unter die Füsse genommen hatten, wurde von nahezu allen als leuchtendes Beispiel für die Zusammenarbeit unter den Nationen gelobt. Nur wenige ausser den ewigen Kleingeistern wagten, ihre Motive in Frage zu stellen. Ein Mann hing in Todesgefahr am Ende eines Seils mehr als 1000 Meter über dem Boden, und sein Kamerad war verschwunden. Niemand wusste, welcher Nationalität der verletzte Mann war, und von einem humanitären Standpunkt aus spielte dies auch keine Rolle.

Viele glaubten allerdings, dass es Kurt Stringberg war, ein bekannter Münchner Kletterer. Das war der Punkt, der Chipperfield sauer aufstiess. Aus der Ankunft der Deutschen konnte er nur einen Schluss ziehen (und sich vorstellen, dass es die Welt auch tat): Die Deutschen kamen, um ihren Kollegen und Landsmann zu retten.

Es war ein harter Schlag ins Gesicht, eine Geste, die seine Baron-Mandoza-Theorie verspottete. Er kochte vor Wut, als er auf dem Perron hin und her ging, und achtete gut darauf, all jenen auszuweichen, von denen er wusste, dass sie seine Feinde waren. Aber trotzdem hatte er das sichere Gefühl, dass man ihm spöttische Blicke zuwarf, und das höhnische Gelächter konnte nur ihm gelten.

Schliesslich kam der Zug aus Grindelwald in Sicht. Obschon er speziell für die Deutschen zur Verfügung gestellt worden war, wurden sie im Tal offenbar aufgehalten, und das Tageslicht begann bereits zu schwinden, als sie endlich ankamen. Alles drängte sich zu den Wagen, laute Stimmen riefen durcheinander, Blitzlichter erhellten die Umgebung, und es herrschte ein ziemliches Chaos, bis der Leiter des Rettungsteams von der Gruppe getrennt war und unter den Wochenschaukameras mit einem Hagel von Fragen eingedeckt wurde.

Der Anführer des Neun-Mann-Teams war ein kräftiger, scheuer, wenig gesprächiger Mann, der sich mitten im Scheinwerferlicht der Öffentlichkeit sichtlich unwohl fühlte. Er gab seine Antworten zu den Fragen mit leiser, stockender Stimme, die im allgemeinen Trubel immer wieder unterging.

Chipperfield führte das Interview in seiner bekannten, arroganten Art. Bellman stellte allerdings mit Staunen fest, dass der berühmte Journalist verstummte, als ein einheimischer Reporter mit scharf geschnittenen Gesichtszügen namens Zellwäger seine Fragen stellte.

«Was glauben Sie, wer hängt am Ende des Seils?», fragte Zellwäger.

«Es ist schwer zu sagen», sagte der Deutsche. «Wir glauben allerdings, dass es möglicherweise Kurt Stringberg ist.»

«Wie kommen Sie zu dieser Meinung?»

«Ich kenne ihn gut, er ist ein Freund von mir. Dies ist der Berg, an dem er einmal gescheitert ist. Ein wahrer Bergsteiger gibt nicht so schnell auf. Kurt hat immer von einer zweiten Chance an der Eigernordwand geredet.»

«Trotz der Gefahr, die er für andere heraufbeschwört?»

«Ich bin sicher, der Bergführer Hans Albrecht –»

«Ich meine nicht Albrecht. Zweifellos wurde er gut bezahlt für den Auftrag. Ich meine die mutigen Männer, die ihr Leben aufs Spiel setzen, um Stringberg lebend herauszuholen.»

Der Deutsche stand diesem Vorstoss verwirrt gegenüber, und da er in der Kunst der Dialektik und des Kreuzverhörs nicht geübt war, gelang es ihm nicht, die Frage zu parieren. Der schlaue Schotte McKechnie ahnte die Hilflosigkeit, in der er steckte, und fuhr Zellwäger an:

«Ich nehme nicht an, dass Stringberg, oder wer es auch immer ist, mit einem Unfall rechnete, als er seine Pläne machte. Aber ein Unfall kann immer wieder passieren, wenn man auf Berge klettert.»

«Ja, und genau das ist passiert, oder etwa nicht?»

«Ja, aber Sie zäumen das Pferd am Schwanz auf.»

Ein anderer Reporter fragte: «Welche Route wollen Sie nehmen?»

«Wir steigen von der Station Eigergletscher über die Westflanke auf.»

«Aber die Schweizer kommen von oben, vom Jungfraujoch.»

«Ich glaube, das ist so.»

«Wie kommen Sie dazu, es besser zu wissen als die Schweizer?», fuhr Zellwäger dazwischen.

Der Deutsche machte eine Pause, bevor er antwortete. Bellman schaute zufällig zu Chipperfield hinüber und glaubte, ein eigenartiges Strahlen in den Augen des Mannes zu sehen.

Der Anführer der deutschen Rettungskolonne antwortete vorsichtig:

«Es geht in keiner Weise darum, es besser zu wissen als alle anderen. Meine Kameraden und ich haben in Grindelwald Erkundigungen eingeholt. Die Wetterprognosen für das Jungfraujoch sind sehr schlecht. Ich fürchte, die Schweizer werden in Schwierigkeiten geraten, wenn der Wetterbericht zutrifft.»

«Dann sind Sie der Meinung, dass die Schweizer die falsche Route genommen haben?», schnappte Zellwäger eifrig.

«Ich … wir … das ist nicht –»

«Warum nehmen Sie die Route über die Westflanke? Ist sie schneller?»

«Unter normalen Umständen schon.»

«Werden Sie in der Dunkelheit klettern?»

«Wir müssen, wenn wir nicht wertvolle Zeit verlieren wollen.»

«Werden Sie sich dem Kommando der Schweizer unterstellen, wenn Sie als Erste den Gipfel erreichen?»

Mittlerweile war der Deutsche argwöhnisch geworden. Er stand auf und antwortete scharf:

«Ich habe nicht gesagt, dass wir zuerst oben sind. Wir sind hier, weil wir das Leben von zwei Bergsteigern in Not retten wollen. Das ist alles, was uns interessiert. Bitte lassen Sie uns jetzt unsere Aufgabe anpacken.»

Ohne auf weitere Fragen zu antworten, bahnte er sich einen Weg durch die Gruppe und ging auf den Extrazug zu, der bereitstand, um sie zur Station Eigergletscher am Fuss der Eiger-Westflanke zu bringen.

Als sich die Menschenmenge rasch zerstreute, stellte Bellman fest, dass Chipperfield gelassen auf Zellwäger zuging. Die beiden gaben sich die Hand und strebten nach einem kurzen Gespräch dem Bahnhofbuffet zu.

Die Szene hatte eigentlich nichts Geheimnisvolles; es war völlig natürlich, wenn sich zwei Zeitungsreporter bei einem

Drink kennen lernen wollten. Trotzdem konnte er sich des Gedankens nicht erwehren, dass etwas Finsteres, fast Konspiratives von den beiden Gestalten ausging, als sie zusammen verschwanden. Er erinnerte sich an ein Gemälde, das er einmal gesehen hatte, auf dem Guy Fawkes und Catesby den Plan aushecken, das Parlament in die Luft zu sprengen. Dann musste er über den Vergleich lachen und versuchte, den Gedanken aus seinem Kopf zu vertreiben.

Schulterzuckend drehte er sich um und schaute instinktiv, wie er es in den letzten Tagen wohl hundert Mal getan hatte, zur wolkenverhangenen Eigernordwand hinauf.

Stringberg oder der Playboy?

Lebend oder tot? Waren sie in der Lage auszuharren, bis die Retter kamen?

Eine Stimme hinter ihm schien seine Gedanken laut zu äussern.

«Ich hoffe nur, die armen Kerle halten durch bis zum Morgen», sagte Doug Wilson, der amerikanische Korrespondent aus Paris.

Bellman nickte, und sie gingen nebeneinander weiter.

«Unser Freund der Fackelträger wurde ziemlich still, findest du nicht auch?», sagte Wilson.

«Genau das dachte ich auch. Ich hatte den Eindruck, es war ihm ganz recht, dass für einmal jemand anderes den Dreck aufwühlte.»

«Du meinst diesen Kerl Zellwäger mit dem Fuchsgesicht?»

«Ja.»

«Was hatte der bloss? Mir scheint, die Jungs aus München sind schwer in Ordnung.»

«Herr Zellwäger ist da offenbar anderer Meinung.»

«Was meinst du, worauf er hinaus will?»

«Ich weiss es nicht. Wir werden es früh genug wissen, wenn seine Zeitung herauskommt.»

«Ja, du hast Recht. Ich hoffe bloss, sie holen die beiden schnell herunter. Mir ist absolut wurst, wer dabei die Lorbeeren holt. Gott, muss das kalt sein dort oben, kalt und nass. Was glaubst du, wo der Bergführer Albrecht ist?»

«Keine Ahnung», antwortete Bellman. «Wahrscheinlich auch verletzt, irgendwo, wo man ihn nicht sieht. Oder vielleicht ist er allein weitergeklettert, um Hilfe zu holen.»

«Dieser Meinung sind viele Leute. Ich frage mich, wie lange der Mann am Seil durchhalten kann.»

«Das hängt vor allem davon ab, wie schwer er verletzt ist. Und was das Wetter zwischen jetzt und morgen früh macht.»

«Ja. Die Deutschen haben ja darauf hingewiesen, dass es ruppig werden könnte auf dem Weg nach oben. Ich möchte auf jeden Fall nicht dort oben sein, wenn es anfängt zu schneien.»

«Ich möchte überhaupt nicht dort oben sein», meinte Bellman trocken.

«Ich auch nicht, ich auch nicht. 18 Stunden ist eine verdammt lange Zeit, wenn du an einem dünnen Nylonseil an einem Berg hängst.»

«18 Stunden – oder noch mehr.»

Der Amerikaner blieb stehen; sorgenvoll legte er seine Stirn in Falten.

«Studierst du immer noch am Scoop des Fackelträgers herum?»

«Ich möchte einfach wissen, wie er es geschafft hat, so schnell an die Nachricht vom Unfall heranzukommen.»

«Ich auch. Gibst du mir Bescheid, wenn du etwas herausgefunden hast?»

«Natürlich.»

Bei Bellmans Hotel trennten sie sich. Bellman ging hinauf in sein Zimmer, um eine kurze Zusammenfassung des Gesprächs mit den Münchner Bergsteigern aufzuschreiben.

Er war fast fertig, als ihn die diskrete Stimme des Rezeptionisten über das Telefon informierte, dass eine junge Dame in der Halle sei, die ihn zu sehen wünsche. Er eilte sofort hinunter, im sicheren Gefühl, dass es Claire war, und wunderte sich über die freudige Erregung, die plötzlich in seinem Körper glühte.

Jede Befangenheit, die es zwischen ihnen allenfalls gegeben hatte, war verschwunden, als er die gespannte Sorge in ihrem Gesicht sah. Sofort sagte sie:

«Ich musste Sie sehen – es geht um Herrn Borgwand. Etwas schrecklich Wichtiges ist aufgetaucht.»

«Ist ihm etwas passiert?», fragte Bellman sofort.

Sie schüttelte den Kopf und schaute nervös um sich auf der Suche nach einem Ort, wo sie in Ruhe sprechen konnten. Mit Mühe fanden sie eine stille Ecke in der überfüllten Halle, und sie erzählte ihm von den Anschuldigungen, die der kranke Mann gegen Chipperfield vorgebracht hatte.

Bellman wurde bleich, während er zuhörte, ob aus Wut oder einfach durch den Schock, konnte Claire nicht entscheiden. Als sie geendet hatte, sagte er:

«Und Chipperfield hat alles abgestritten?»

«Er ging überhaupt nicht darauf ein. Er schnauzte mich nur an und versuchte, mir mit Prozessdrohungen Angst zu machen. Tatsächlich macht er mir Angst, aber ich versuchte, es ihn nicht merken zu lassen. Manchmal habe ich fast das Gefühl, dass er … wie soll ich sagen … ein bisschen verrückt ist.»

«Das richtige Wort ist wohl Grössenwahn, und wahrscheinlich haben Sie Recht. Ehrgeiz und Machthunger können einen Mann schon irr werden lassen. Ich habe mir kürzlich die gleichen Gedanken über Chipperfield gemacht. Aber Sie haben gesagt, Borgwand sei halb im Delirium.»

«Ich weiss, was Sie denken», sagte sie verzweifelt, «aber ich sage Ihnen, ich kenne ihn, das waren nicht Hirngespinste eines kranken Mannes. Er sagte die Wahrheit. Sie müssen etwas tun!»

«Ich hatte von Anfang an das Gefühl, dass an der ganzen Geschichte etwas faul ist», sagte er. «Was Sie sagen, klingt vernünftig. Es ist die einzige Erklärung dafür, dass Chipperfield seinen Artikel so früh übermitteln konnte. Er muss gewusst haben, dass der arme Teufel seit gestern im Seil hängt. Irgendwie hat er gesehen, was passiert ist, während der Rest der Welt nichts wusste. Mein Gott, was für ein Schwein dieser Mann doch ist!»

«Herr Borgwand sagte, man müsse die Rettungskolonne informieren. Wenn Chipperfield über den Ort und die Zeit des Unfalls gelogen hat, haben die Rettungsleute das falsche Material mitgenommen und die falsche Route gewählt, meint Borgwand. Wir müssen mit ihnen Kontakt aufnehmen und sie warnen.»

Bellman schaute auf die Uhr und stand auf.

«Warten Sie hier», sagte er. «Der Himmel weiss, ob sie auf uns hören werden, aber wir könnens auf jeden Fall versuchen. Ich werde herausfinden, ob man sie irgendwie erreichen kann.»

Er war etwa zehn Minuten weg, und als er zurückkam, konnte sie am traurigen Ausdruck auf seinem Gesicht ablesen, dass er keinen Erfolg gehabt hatte.

«Zu spät. Ich habe aufs Joch angerufen, aber die Schweizer sind bereits weg, mit der ganzen Ausrüstung.»

«Und die Deutschen? Erwischen wir sie noch?»

Bellman schaute wieder auf die Uhr.

«Sie sollten in Kürze in der Station Eigergletscher sein. Ich werds versuchen, allerdings weiss ich gar nicht, was ich ihnen sagen soll. Wir wissen ja auch nicht, wo der Mann hängt. Alles, was wir haben, ist ein starker Verdacht, dass der Unfall viel früher passiert ist, als die Leute denken, und dass die zwei Männer ein ganzes Stück weiter unten sind, als man allgemein annimmt. Das sind recht dünne Beweise. Ich bezweifle, ob sie uns überhaupt zuhören werden.»

«Würden sie denn auf den Piloten hören?»

«Daran habe ich eben gedacht. Ich muss ihn finden und mit ihm sprechen. Sein Wort könnte einiges Gewicht haben. Die Frage ist, wie ich an ihn herankommen soll. Und zuvor müsste ich wenn möglich ein Wort mit Borgwand sprechen können. Ich müsste von ihm aus erster Hand hören, was Chipperfield am Telefon gesagt hat.»

Er nahm sie am Arm, und sie verliessen die Halle zusammen, begleitet von der strahlenden Zustimmung des Rezeptionisten, wie Claire stark vermutete.

* * *

Fast zur gleichen Zeit verliess Chipperfield das Bahnhofbuffet; er hatte seine gute Laune wieder.

Zellwäger würde mitspielen. Tatsächlich hatte der Mann nur wenig Nachhilfe gebraucht. Er schien einen fast pathologischen Hass auf die Deutschen zu hegen. Chipperfield nahm sich gar nicht erst die Mühe, herauszufinden warum; für seine Zwecke reichte die offensichtliche Tatsache, dass Zellwäger hasste. Chipperfield konnte sich darauf verlassen, dass der Mann eine zusätzliche und höchst nützliche Kampagne führen würde.

Er selber hatte alle Hände voll zu tun mit der beunruhigenden Tatsache, dass Borgwand geredet hatte. Zum hundertsten Mal verfluchte er seine eigene Sorglosigkeit, dass er am Telefon so laut gesprochen hatte. Er hatte wohl die Tür abgeschlossen, aber dass ihn jemand durch die dünne Wand hören könnte, wäre ihm nie in den Sinn gekommen.

Irgendwie musste der Mann zum Schweigen gebracht werden. Es musste auf jeden Fall verhindert werden, dass er noch mehr Gefährliches ausplauderte, bevor die Bergsteiger gerettet waren und die Geschichte aus dem Bewusstsein der Öffentlichkeit verschwunden war.

Dann sah er, wie Claire und Bellman zusammen das Hotel neben der Bahnstation verliessen. Sie schlugen eilends den Weg Richtung Alpiglen und Hotel «Nordwand» ein. Wie ein Blitz wurde ihm klar, was geschehen war. Trotz seiner Warnung hatte das Mädchen also weitererzählt, was ihr Borgwand gesagt hatte. Und ausgerechnet an Bellman. Chipperfield verachtete ihn zwar, aber er wusste, dass Bellman ein Mann mit hohen Prinzipien und hartnäckigem Charakter war, und deshalb ein ernst zu nehmender Gegner.

Die Lage war kritisch. Ihm war klar: Er musste vor ihnen bei Borgwand sein.

Es gab einen zweiten Weg, der von der Kleinen Scheidegg zum Hotel führte. Er war zwar länger, aber wenn er die ganze Strecke rannte, konnte er dennoch vor ihnen da sein. Er wollte gerade losrennen, als er ein Fahrrad erblickte, das an einem der Bahnschuppen lehnte.

Er schlenderte wie zufällig auf das Rad zu. Ein Besitzer war nicht in Sicht, und niemand sah zu ihm hin. Gemächlich schwang er sich auf den Sattel und pedalte davon. Erst als er hinter einer kleinen Bodenerhebung ausser Sichtweite war, begann er kräftig in die Pedale zu treten.

Der Weg war holperig, nicht mehr als ein Kuhpfad, und ein kalter Wind blies ihm mit zunehmender Stärke ins Gesicht, aber es ging bergab, und er erreichte das Hotel mit ausreichender Reserve. Er versteckte das Fahrrad hinter einer Baumgruppe, ging die letzten hundert Meter zu Fuss und betrat das überfüllte Hotel unbemerkt.

Borgwands Zimmer lag im dritten Stock, das wusste er. Er hatte ihn dort einmal aufgesucht, bevor er krank geworden war. Über die Personaltreppe erreichte er das Zimmer von hinten. Der Korridor war leer. Wenn ihn jemand fragte, was er hier zu suchen habe, hatte er bereits eine Antwort parat: Er wolle nur dem kranken Mann einen Besuch abstatten.

Er ging auf Zehenspitzen zur Tür und öffnete sie geräuschlos.

Borgwand lag auf dem Rücken, sein Atem ging schwer und unregelmässig. Er schien in einer Art Koma zu liegen. Kleine Schweisstropfen glänzten auf seiner Stirn, und sein Gesicht hatte eine ungesunde Farbe. Auf dem Nachttisch stand ein

Tablett mit Essen, das er nicht angerührt hatte. Daneben eine Reihe von Fläschchen und Pillendosen. Chipperfield untersuchte sie kurz, ohne sie zu berühren, und entschied sich gegen die Idee. Er hatte keine Lust, wegen Mordes durch Vertauschen von Pillendosen gefasst zu werden. Ausserdem fehlten ihm die medizinischen Kenntnisse, um einen derart tollkühnen Plan auszuführen.

Er ging ums Bett herum zum Fenster und zog den dünnen Vorhang ein paar Millimeter zurück. Sein Herz schien auszusetzen: Bellman und Claire stiegen gerade die Treppe zur Terrasse hoch. Sie waren schneller da, als er erwartet hatte.

Er wollte gerade wieder zum Zimmer hinausschleichen, da stach ihm der mächtige Kleiderschrank in der Ecke in die Augen. Er öffnete ihn rasch. Der fehlende Reichtum des alten Mannes in den letzten Jahren zeigte sich deutlich am minimalen Inhalt des Kleiderschranks. Es gab jede Menge Platz, sogar für einen grossen Mann wie Chipperfield. Er zögerte eine Sekunde. Es war gefährlich, aber vielleicht zahlte es sich aus: Er würde viel darum geben, wenn er wüsste, was Bellman und Claire im Schilde führten. Er hörte schwaches Gemurmel im Korridor. Schnell stieg er in den Schrank und schloss die Tür. Er konnte sie von innen zwar nicht abschliessen, aber wenn er den Türknopf auf der Rückseite festhielt, konnte er sie geschlossen halten.

Einen Augenblick später betraten Bellman und Claire das Zimmer. Sie sprachen leise, aber er verstand alles, was sie sagten. Er hörte, wie sich jemand am Bett zu schaffen machte und die Leintücher ordnete. Dann sagte Claire:

«Er sieht nicht allzu gut aus. Ich denke, wir sollten ihn lieber nicht stören.»

«Nein, Sie haben Recht. Wann wollte der Arzt kommen?»

«Er versprach, gleich nach dem Abendessen nach ihm zu sehen.»

«Vielleicht komme ich dann noch einmal und versuche, ein paar Worte mit Borgwand zu wechseln, während ihn der Arzt versorgt. In der Zwischenzeit kann ich weiter versuchen, den anderen Kerl aufzustöbern.»

«Gut. Ich werde sehen, dass er gut zugedeckt ist. Wenn er sich in diesem Zustand auch noch erkältet, könnte das sehr gefährlich werden», sagte Claire.

Chipperfield hörte ihre Bewegungen am Bett. Während einer Ewigkeit wartete er darauf, dass sich die Schritte in Richtung Tür entfernten. Aber nichts geschah. Stattdessen hörte er zu seinem Entsetzen, wie die junge Frau sagte:

«Eine Sekunde noch. Wir haben immer zu wenig saubere Schürzen in der Küche. Ich will rasch nachschauen, ob er ein paar in seinem Kleiderschrank hat.»

Panik stieg in Wellen in ihm auf, als er hörte, wie sich seinem Versteck Schritte näherten. Entschlossen verstärkte er seinen Griff. Eine Sekunde später spürte er, wie jemand versuchte, den Türknopf zu drehen. Dann liess der Druck nach.

«Ach, er scheint abgeschlossen zu sein», kamen die Worte in wenigen Zentimetern Entfernung aus ihrem Mund. Er wagte nicht zu atmen.

«Das Küchenpersonal beklagt sich ständig darüber, dass es schmutzige Schürzen tragen müsse. Ach was, vermutlich bewahrt er sie sowieso nicht hier auf.»

Chipperfields Herz pochte immer noch heftig, als er hörte, wie die beiden zur Schlafzimmertür gingen. Er vernahm das Geräusch der sich öffnenden und schliessenden Tür.

Er blieb, schwitzend vor Angst, noch eine Weile in seinem engen, dunklen Versteck, nachdem die Schritte im Korridor verklungen waren. Er hätte gern gewusst, wer der «andere Kerl» war, den Bellman aufstöbern wollte.

Dann befreite er sich leise aus dem Schrank, ging auf Zehenspitzen zur Tür, horchte aufmerksam und, da er absolut kein Geräusch vernahm, ging er noch einmal zum Bett des kranken Mannes. In seinem Kopf formte sich ein todsicherer Plan, den ihm das Mädchen unfreiwillig verraten hatte.

* * *

Später an diesem Abend schaute Hügi von der Zeitung auf und schenkte Chipperfield einen Blick, der lässige Anerkennung ausdrückte.

«Doch, doch, Sie verstehen etwas von Ihrem Geschäft», sagte er, während er mit einem dünnen, sorgfältig manikürierten Finger auf den übergrossen Titel klopfte, der zusammen mit Chipperfields Namen und dem Namen des «Grand Hotel Nordwand» ein gross aufgemachtes Bild umrahmte, auf dem der unbekannte Bergsteiger fröhlich aus der Felswand winkte.

«Danke. Grosses Verdienst kommt natürlich auch dem Layouter zu. Es reicht nicht, eine gute Geschichte zu haben, man muss auch wissen, wie man sie aufmacht.»

Hügi hob eine Augenbraue ob so viel unerwarteter Bescheidenheit, begnügte sich aber mit einer Bemerkung, während er auf das riesige Bild wies.

«Das Bild hat wohl viele Zeitungen verkauft.»

«Ja, das hat es, in der Tat, das hat es.»

«Angenommen, Ihre Theorie ist falsch, was dann?»

Chipperfield entblösste seine Zähne zu einem Grinsen: «Dann hat es immer noch viele Zeitungen verkauft.»

«Das beantwortet meine Frage nicht. Angenommen, es ist Stringberg und nicht Ihr Playboy, der dort oben hängt?»

«Es ist der Baron, glauben Sie mir. Ich könnte den Beweis hier und jetzt erbringen, so dass niemand mehr daran zweifelt.»

«Warum tun Sies dann nicht?»

«Es wäre dumm. Man muss sie im Ungewissen lassen, bis sie den gefrorenen Leichnam aus der Wand geholt haben, wie das die Krimiautoren machen. Das Eigenartige ist doch, dass es nicht einmal eine Rolle spielt, ob ich Recht habe – ich habe Recht, nur keine Angst. Der Baron hat für mich seinen Zweck erfüllt, indem er die Aufmerksamkeit auf diesen gottverlassenen Ort lenkte. Sehen Sie nur, wer alles angerauscht kam: Time, Life, Paris-Match, Oggi, Revue, Quick – alle bedeutenden Illustrierten sind gekommen. Und alle Tageszeitungen sind da, und die Sonntagszeitungen, die Wochenschau, Radioreporter, die ganze Bande, ausser dem Fernsehen, wegen der blöden Berge, aber sonst wären die auch da. Und warum? Weil es um eine fundamental wichtige Geschichte geht? Ach wo, keine Spur. Sondern nur, weil es um Glamour geht. Dafür muss man dem Schönling Mandoza dankbar sein. Und Sie können ihm noch dankbar sein, wenn er von diesem Berg wieder heruntergekommen ist. Er hätte niemandem einen besseren Dienst erweisen können, auch wenn er sich noch so viel Mühe gegeben hätte.»

«Er hat Ihrer Story eine grössere Dimension gegeben?»

«Genau. In wenigen Minuten verwandelte er eine simple Klettertour in ein grossartiges Rettungsdrama. Das Publikum liebt solche Geschichten. Es kann nicht genug davon kriegen, vor allem, wenn nur einer oder zwei Männer gerettet werden müssen.»

«Ach ja, Sie haben so etwas heute schon einmal gesagt. Wie haben Sie es formuliert: Ein Mann in Gefahr ist hundert Mal besser als eine ganze Horde Leute. Eine interessante Theorie, aber ich bin nicht sicher, ob ich sie richtig verstehe.»

«Es ist ganz einfach. Das Publikum ist eine einzige Person, die liest; ein Mann oder eine Frau, der oder die nach einem langweiligen Routinetag in einem bequemen Stuhl am Feuer sitzt: ausgelaugt, gelangweilt, hungrig und beeinflussbar. Es ist nicht gut, ihn mit süssen kleinen Geschichten über Harmonie, hohe Ideale und sanftes Glück zu füttern, das schläfert ihn bloss ein. Er will Drama, die brutale Hand des Schicksals, ein wenig Blut, das hält ihn wach.»

«Schiller und Shakespeare wussten das.»

«Aber sicher, ausser dass sie natürlich für ein kleineres Publikum schrieben als ich.»

Er machte die Bemerkung ohne jede Spur von Ironie, stellte Hügi fest. Durch halb geschlossene Augenlider beobachtete der Schweizer Chipperfield, wie er über das Thema referierte. Nicht zum ersten Mal fragte er sich, ob der Journalist nicht verrückt war. In seinen Augen schimmerte ein eigenartiges, fanatisches Licht, während er sprach, und die Gesten, die er mit seinen schweren Händen machte, hatten etwas übertrieben Pathetisches. Er war ein brillanter Reporter, das war keine Frage, aber die Gier nach Geld, der Drang nach Ruhm und vor allem der Hunger nach Macht, Macht über weniger starke Konkurrenten, Macht über die Millionen von Lesern schienen ihn an den Rand des Grössenwahns zu treiben.

«Aber das nur nebenbei», fuhr Chipperfield fort. «Hier ist der Punkt mit den Zahlen: Der einzelne Leser am Feuer begreift das Drama nicht, wenn es eine zu grosse Dimension hat. Mit Hungersnöten in Indien oder von Seuchen ausgerotteten Eingeborenendörfern erreichen Sie den Leser nicht. Er kann sich mit so vielen namenlosen Individuen einfach nicht identifizieren. Aber servieren Sie ihm eine Frau, die in einem einsamen Leuchtturm ein Kind auf die Welt bringt, einen verschütteten Bergarbeiter, einen Seemann auf einem Floss im Atlantik oder einen Piloten, der in einem beschädigten Flugzeug um sein Leben kämpft, während der Rest der Besatzung bereits in Sicherheit gesprungen ist – das ist eine Geschichte, mit der er etwas anfangen kann.»

Der Journalist begann im Zimmer umherzugehen; das Thema brachte ihn in Fahrt. Derweil hörte ihm Hügi mit einem schmalen Lächeln zu, das sein zynisches Interesse verriet.

«Man nennt es ‹Leseridentifikation›. Der einzelne Leser wird zum Menschen in Not, durchlebt all die Panik, den Kampf und die heroische Verzweiflung von seinem komfortablen Fauteuil aus und geniesst die ganze Palette menschlicher Emotionen von A bis Z, ohne das geringste Risiko eingehen zu müssen.»

«Sie scheinen die Intelligenz Ihres Durchschnittslesers nicht hoch einzuschätzen», sagte Hügi.

«Ich muss gar nicht. Es geht mich nichts an. Ich bin ein Zeitungsreporter und kein Lehrer oder moralischer Helfer. Ich nehme die Leute so, wie sie sind. Das Publikum ist leer: Wir füllen es. So einfach ist das. Genau so, wie Sie die Bäuche Ihrer hungrigen Gäste füllen.»

«Ah, aber meine Gäste bezahlen dafür, dass ich sie gut ernähre und zu ihnen schaue, sie haben ein Recht –»

«Meine haben auch bezahlt! Für ein paar Münzen verkauft ihnen der Zeitungsjunge Seite um Seite mit Unterhaltung. Niemand zwingt sie dazu, die Zeitung zu kaufen. Niemand steht mit einer Pistole daneben und zwingt sie dazu, eine bestimmte Zeitung oder einen bestimmten Artikel zu lesen. Wir haben eine freie Welt, diesseits des Eisernen Vorhangs wenigstens, und eine freie Presse. Das Publikum kann meine Sachen lesen oder es sein lassen. Ich schulde ihm nichts.»

«Ja, aber die Intellektuellen sind der Meinung, dass die Presse eine gewisse Verantwortung gegenüber dem Publikum –»

«Mir kommen die Tränen bei diesem Geschwätz. Unsere einzige Verantwortung ist, ihnen zu geben, was sie wollen. Und es wäre ein Verbrechen, ihnen aufzuzwingen, was sie nicht wollen. Der Besitzer einer Zeitung ist ein Geschäftsmann, wie jeder andere auch. Er ist da, um dem Aktienbesitzer Gewinn einzubringen, und nicht, um ihn gesund zu machen. Er muss am Ende des Jahres eine vernünftige Dividende abliefern, und das kann er nur, wenn er den Leuten gibt, was sie wollen, und nicht, indem er predigt und moralisiert und vorgibt, die Welt sei ein Paradies voller Feen und Elfen. Und wir Reporter sind die Reisenden und Vertreter, die Mittelsmänner zwischen dem Besitzer und dem Publikum. Man schmeisst einen Haufen Dreck nach uns, aber eigentlich sind wir ganz harmlos, so harmlos wie jeder andere Mittelsmann oder Detailhändler, der sein tägliches Brot damit verdient, dass er den Massen gibt, was sie wollen.»

Der Hotelier wollte gerade antworten, als das interne Telefon auf seinem Schreibtisch klingelte. Er nahm den Hörer ab.

«Ja?»

Er hörte einen Augenblick zu, nannte einen Preis, sagte in Dialekt etwas über Zimmer und Preise und hängte auf.

Chipperfield sagte geradeheraus:

«Was war das mit dem Zimmer mit Bad? Meines hat man mir weggenommen. Sie wollen mir nicht etwa sagen, dass Sie jemand –»

«Ziehen Sie keine voreiligen Schlüsse, Mr. Chipperfield. Das war ein Gast, der sich über den Preis beklagte, den er bezahlen muss, um auf der Badewanne zu schlafen. Ich habe alle mit einem Brett versehen. Wir haben keine Zimmer mehr.»

Chipperfield gab seine kämpferische Haltung auf.

«Sie lassen keinen Trick aus, nicht wahr?»

«Ich gebe mir Mühe.»

«Wie viel verlangen Sie?»

Der Hotelier sagte es ihm, und selbst der hartgesottene Journalist konnte sich das Lachen nicht verklemmen.

«Und wenn sie sich weigern zu zahlen?»

«Es steht ihnen frei, woanders hinzugehen. Ich kann es mir leisten, das Gesetz von Angebot und Nachfrage ist auf meiner Seite. Überall sonst ist voll. Sie sehen, Mr. Chipperfield, mein Geschäft gleicht gegenwärtig Ihrem: Niemand zwingt die Gäste mit der Pistole in der Hand, hierher zu kommen.»

Er liess seine Knöchel knacken, während ein kurzes, kaltes Lächeln über sein Gesicht huschte. Dann begann er, auf einer Liste verschiedene Punkte abzuhaken. Nach einer Weile zog er eine Rechenmaschine zu sich heran und begann mit unglaublicher Geschicklichkeit Zahlen zu addieren. Er hatte vorher offenbar Geld zusammengezählt.

Als er fertig war, gab er ein zufriedenes Knurren von sich, kreiste das Total mit roter Farbe ein und übergab das Papier an Chipperfield.

«Einnahmen vom Souvenirkiosk. Nicht schlecht für den ersten Tag, eh?»

Der Journalist schaute auf die Zahl und nickte.

«Sie werden morgen noch besser sein, wenn wir so richtig in Schwung kommen.»

«Also, lassen Sie uns über die Idee mit den Postkarten reden. Was ist Ihre Meinung, schwarz-weiss oder farbig?»

Er schob einen Layout-Entwurf über den Schreibtisch. Chipperfield studierte ihn aufmerksam. Es war eine Foto der Eigernordwand, und in einer Ecke war die Zeichnung eines Mannes einkopiert, der am Ende eines Seils in der Luft baumelte.

«Farbig», sagte Chipperfield begeistert. «Machen Sie den Berg silbrig und schwarz, hie und da ein Hauch von Violett. Intensives Weiss für den Schnee. Violette Enziane am Fuss des Berges. Der Himmel muss einen Stich ins Rot haben – Abendglühen und der ganze Quatsch. Rot gibt dem Himmel immer Dramatik. Vielleicht könnte der Bergsteiger ein gelbes Hemd und braune Hosen tragen, des Farbkontrastes wegen.»

Hügi nahm den Hörer zur Hand.

«Dann müssen wir die Drucker sofort in Bewegung setzen.»

Es klopfte schwach an der Tür.

«Herein.»

Hügis Privatsekretär, jener eilfertige junge Mann, der vorher einen Zusammenstoss mit Chipperfield gehabt hatte, watschelte plattfüssig herein und schaute misstrauisch zu Chipperfield, als er um den Tisch herum ging. Er legte Geld auf den

Tisch und Coupons von Eintrittskarten. Ohne aufzublicken, zog Hügi, der in der Zwischenzeit in den Hörer sprach, eine Schublade heraus, warf dem jungen Mann eine Rolle mit Eintrittskarten zu, befahl «Kontrollieren!» und sprach weiter am Telefon, während dieser das Zimmer verliess.

«... Ich weiss, es ist viel verlangt, aber der Preis stimmt, oder nicht? ... Also dann, sorgen Sie dafür, dass ich bis morgen früh ein paar hundert Karten für den Verkauf in meinem Kiosk habe, der Rest kann später sein. ... Es ist mir egal, wenn das heisst, dass Sie die ganze Nacht arbeiten müssen, dafür bezahle ich Sie ... uf Wiederluege.»

«O. K.?», fragte Chipperfield.

«Sie werden da sein.»

Der Journalist wollte eben etwas sagen, als das Telefon klingelte. Hügi antwortete. Man hörte Umgebungsgeräusche durch den Hörer. Durch das Knistern hörte Chipperfield seinen Namen.

«Für Sie», sagte Hügi und gab ihm den Hörer.

Der Journalist hörte einen Augenblick aufmerksam zu und fing dann an zu lächeln.

«Grossartig ... Ist sie allein? ... Perfekt. Also, pass auf sie auf, bis ich dort unten bin. Was immer du auch tust, du musst auf jeden Fall verhindern, dass sie irgendjemand sieht, und wenn du sie einschliessen musst, bis ich komme. Halt sie unter Verschluss, hast du verstanden? Das Girl ist eine wandelnde Goldmine.»

Er knallte den Hörer nieder, in seinem Gesicht ein triumphaler Blick.

«Gott, ist die Leitung schlecht. Der Anruf kam nur aus Lauterbrunnen, aber es hätte in Übersee sein können.»

«Ich glaube, es kommt ein Sturm», meinte Hügi. «Wer war das? Ist die reiche Freundin aufgetaucht?»

«Ja, allerdings nicht meine. Die Freundin eines anderen.»

Er begann, seine persönlichen Sachen auf dem Schreibtisch zusammenzulesen und in seine Mappe zu packen.

«Braucht sie ein Hotelzimmer?»

«Ja, aber nicht ein Brett über der Badewanne, wenn ich bitten darf!»

«Selbstverständlich. Eine Freundin von Ihnen ... Auf welchen Namen soll ich das Zimmer reservieren lassen?»

Chipperfield warf ihm einen durchdringenden Blick zu, während er Mantel und Hut vom Ständer nahm.

«Sie wollen wohl alles wissen, was? Ich traue Ihnen so weit, wie ich Sie werfen kann, und das ist die Länge dieses Zimmers. Wenn Sie versuchen, mich übers Ohr zu hauen ...»

«Mein lieber Freund, wir sind doch Partner, erinnern Sie sich?»

«Ich erinnere mich. Das Mädchen heisst Jasmine. Zumindest ist das der blöde Künstlername, unter dem sie bekannt ist. Sie ist ein Model, eines der besten Mannequins von Paris. Ich glaube, richtig heisst sie Bertha Blott, oder sonst etwas Schreckliches. Sie ist die letzte Flamme, die der Baron offenbar hatte, bevor er anfing, in den Alpen herumzuturnen. Mit ihr tröstete er sich, nachdem die königliche Romanze im Sand verlaufen war.»

«Was um Himmels willen macht sie hier?»

«Haben Sies noch nicht begriffen? Mann, ist doch klar: Vor Angst zitternde Schönheit beobachtet vom Tal aus heroischen Kampf des Rettungsteams, das versucht, ihren Liebhaber aus Bergnot zu retten.»

Hügi lächelte fast.

«Wir zwei denken an alles, nicht wahr?»

Chipperfield grunzte und öffnete schwungvoll die Tür.

Hügi sass lange am Tisch und starrte auf das Telefon. Einmal streckte er bereits die Hand danach aus, aber dann entschied er sich doch anders. Obschon er wusste, dass er die Information teuer verkaufen konnte, war es vielleicht nicht besonders schlau, sich mit einem Mann anzulegen, der so skrupellos war wie Chipperfield.

Er tröstete sich damit, dass er noch einmal die Liste durchging und jeden Punkt abhakte. Fernrohr, Liegestühle, farbige Postkarten, Ferngläser, Preisliste Bar, Zimmer, Souvenirkiosk … Es war eine gute Liste, umfassend, geschäftlich und hoch profitabel. Nach rund fünf Minuten voller Konzentration legte er den Bleistift hin und entspannte sich. Nein, die beiden hatten tatsächlich an alles gedacht.

Ausser – und er musste über seinen eigenen Witz kichern – an den Mann, der am Seil in der Wand hing.

9. Kapitel

Das Unwetter, das in der Nacht von Mittwoch auf Donnerstag losbrach, war mehr als aussergewöhnlich für die Jahreszeit. Es war der heftigste und wüsteste Sturm seit Menschengedenken, selbst wenn man Winterstürme als Vergleich beizog.

Er hatte weit reichende Auswirkungen auf alle in das Drama in der Eigernordwand involvierten Personen. Für die einen war er todbringend und bedeutete die letzte und schlimmste Nacht ihres Lebens. Für andere markierte er einen eigenartigen Wendepunkt, und einer Person rettete er gar das Leben.

Als der kalte Wind, der schon den ganzen Tag eisig durchs Tal gefegt war, an Stärke zunahm und sich zu einem Orkan auswuchs, ging Claire durchs ganze Hotel und schloss überall die Fensterläden, um zu verhindern, dass Regen durch die Fenster ins Haus eindrang; sie wollte aber auch ausschliessen, dass knallende Läden das Ruhebedürfnis der Gäste störten, die eine Stunde früher zu Bett gegangen waren als üblich.

Im dritten Stock begegnete sie dem Arzt, der zu Herrn Borgwand schaute. Sie fragte ihn sofort, wie es dem alten Mann gehe.

«Ich war noch nicht bei ihm, ich bin erst auf dem Weg in sein Zimmer», antwortete er. «Ich wurde von einer Geburt im Grund unten aufgehalten.»

Claire spürte plötzlich eine böse Ahnung in sich aufsteigen, als sie mit dem Arzt auf Borgwands Zimmer zuging. Trotz der vielen Arbeit im ganzen Haus hätte sie durchaus Zeit gehabt, um zur Beruhigung ihres Gewissens nachzusehen, ob alles in Ordnung sei, aber der Arzt hatte versprochen, unmittelbar nach dem Abendessen zu kommen, und sie hatte sich auf ihn verlassen.

Der Anblick, der sich ihnen bot, als sie die Tür öffneten und das Licht anmachten, liess sie vor Schreck erstarren. Der alte Mann lag auf der Seite, unbedeckt, die Leintücher in völliger Unordnung auf dem ganzen Bett verstreut, die Decken auf dem Boden. Das Fenster war sperrangelweit offen, der Raum eisig kalt.

Der Arzt rief irgendetwas und rannte zum Fenster, um es zu schliessen. Claire sammelte hastig das Bettzeug zusammen und bedeckte den Körper. Einen Augenblick lang glaubte sie, der Mann sei tot. Der Arzt beugte sich über ihn und untersuchte ihn schnell.

«Mein Gott! Wie lange hat er wohl so dagelegen?»

«Ich hätte nachsehen sollen …», stammelte Claire, ausser sich vor Angst und Selbstvorwürfen. «Ich hatte so viel zu tun, und ich war sicher, dass Sie schon vor Stunden nach ihm gesehen hatten.»

«Wann waren Sie zum letzten Mal hier?»

Claire schaute auf die Uhr. «Etwa vor vier Stunden. Wie sieht es aus?»

«Sehr schlecht. Wenn er die ganze Zeit unbedeckt dagelegen hat … Mindestens eine Lungenentzündung. Wir müssen ihn sofort ins Spital bringen, es ist seine einzige Chance. Ich mache hier, was ich kann. Gehen Sie doch bitte ans Telefon und organisieren Sie alles.»

Die junge Frau nickte und verliess den Raum.

* * *

Sie brachten ihn so schnell wie möglich ins Tal hinunter und dann mit einem Auto ins Spital Interlaken. Er erhielt Penicillin und kam unter ein Sauerstoffzelt. Während mehreren Stunden schwebte er zwischen Leben und Tod. Bis am Morgen atmete er aber schon leichter und regelmässiger. Die Krise war vorüber. Der Arzt machte aber deutlich, dass es viele Wochen dauern würde, bis er das Bett verlassen könne.

Während sie die endlos lange Nacht im Spital wartete, quälte sie sich mit Selbstvorwürfen. Der alte Mann wäre wegen ihrer Nachlässigkeit um ein Haar gestorben. Natürlich hatte sie schrecklich viel zu tun. Natürlich war sie überzeugt, dass sie sich darauf verlassen konnte, dass der Arzt rechtzeitig nach ihm sehen würde. Aber wenn sie sich doch nur Zeit genommen hätte, um rasch hinaufzugehen, um zu sehen, wie es ihm ging, dann hätte sie gemerkt, dass er die ganze Bettwäsche in seinem Delirium weggestrampelt hatte, und sie hätte dafür sorgen können, dass die Fenster gut verschlossen waren, bevor der Sturm losbrach. Nur sie allein war an allem schuld.

Müde und tief bekümmert machte sie sich kurz nach Tagesanbruch auf den Weg zurück nach Alpiglen.

Die Züge waren brechend voll. Die ganze Zentralschweiz und das ganze Oberland schienen unterwegs zur Eigernordwand zu sein. Touristen aus aller Welt diskutierten mit hitzigem Eifer und beträchtlichem Unwissen die Wahrscheinlichkeit, dass die beiden Bergsteiger gerettet würden.

Während der Zug langsam das Lütschinental emporkroch, starrte sie mit leerem Blick aus dem Fenster auf das vertraute Bild mit den schwarz gebrannten Chalets und den Obstgärten, in denen mit Früchten schwer behangene Bäume standen, auf die Kinder, die am steinigen Flussufer spielten, auf die Autobusse und Privatautos, die nach Grindelwald hinaufschlichen. Ihre Gedanken gingen vom müden alten Mann, der fast gestorben wäre, zu den zwei Bergsteigern, die möglicherweise in der Eigernordwand dem Tod in die Augen blickten. Sie fragte sich, mit welchen Neuigkeiten wohl John Bellman aufwartete, wenn er von seinem Übernachttrip auf der Suche nach dem Piloten zurückkommen würde.

Sie wusste nicht, dass Bellmans Reise fast nutzlos geworden war, denn erst als sie zurück in Alpiglen war, erfuhr sie, dass sich die Ereignisse in der Nacht des schrecklichen Sturms überstürzt hatten.

* * *

Der Sturm, der paradoxerweise am Fuss des Eigers ein Leben rettete, forderte zwei Leben auf dem Grat zwischen Mönch und Eiger.

Während sich das Drei-Nationen-Rettungsteam unter Schweizer Leitung in schwärzester Finsternis und gegen Windböen von bis zu 100 Stundenkilometern auf einer Höhe von 3600 Metern übers Mönchsjoch Richtung Eiger vorkämpfte, wurde es vom Sturm mit voller Wucht erwischt. Beissender Hagel im heulenden Wind schlug ihnen ins Gesicht wie Peitschenhiebe. Dann schneite es so heftig, dass die Sicht auf wenige Meter sank. Die Schlitten, beladen mit mehreren hundert Kilogramm Ausrüstung, wurden unendlich schwer, und es wurde klar, dass sie den Eiger nie erreichen würden.

Und dann passierte es. Irgendwo in der undurchdringlichen Dunkelheit, als der Schneesturm mit geballter Kraft zuschlug, stolperte einer der Männer und stürzte, während die Kolonne daran war, sich auf den mühseligen Rückweg zum

Jungfraujoch zu machen. Die Männer waren jeweils zu zweit angeseilt. Ein Schlitten geriet auf einer Eisplatte ausser Kontrolle, zwei Männer versuchten, ihn festzuhalten, verloren das Gleichgewicht und wurden durch eine heftige Windböe vom Grat geweht. Schlitten und Körper verschwanden im schwarzen Nichts, bevor jemand auch nur erfasst hatte, was geschah. Es war unmöglich, sie zu retten, und absolut sinnlos, vor Ende des Sturms eine Suche nach ihnen zu starten. Die gescheiterte Rettungskolonne hatte nur noch ein Ziel: lebend und mit der ganzen Ausrüstung zurück an einen geschützten Ort zu kommen und einen zweiten Anlauf zu nehmen, wenn sich der Sturm gelegt hatte.

Die Nachricht von der Tragödie und dem Scheitern der Rettungskolonne am Eiger sickerte in den frühen Morgenstunden zur Kleinen Scheidegg durch. Ihre Wirkung war niederschmetternd. Zudem hatte man von den Deutschen noch nichts gehört, die bei Anbruch der Dunkelheit den Anstieg über die Westflanke in Angriff genommen hatten.

Bei Tagesanbruch wurde allen bewusst, wie viel Not die Bergsteiger leiden mussten, die bereits die vierte Nacht in der Wand verbracht hatten. Kalter Regen war während der ganzen Nacht über dem Tal niedergegangen, die Temperatur war bis minus 6 Grad gefallen. Männer und Frauen, welche die Berge gut kannten, waren sprachlos und stellten sich vor, welche gnadenlose Kälte jemand in der exponierten Wand des fast 4000 Meter hohen Berges hatte aushalten müssen.

Sie wussten, dass ein Mensch unglaublich tiefe Temperaturen ertragen kann – wenn er körperlich in Form, trocken und gut genährt ist. Albrecht und sein Kunde waren aber nichts von alledem. Sie hatten einen Grossteil ihrer Kraft in den ersten zwei Tagen mit anstrengender Kletterei verbraucht; an Essensvorräten mussten sie nach drei Tagen und vier Nächten ebenfalls knapp sein; Schutz gab es in der nackten Wand keinen. Der eine Mann war verletzt, vom Schicksal des anderen wusste man überhaupt nichts. Beide hatten vier Nächte im Freien verbracht, ohne richtigen Schlaf, auf einem Band stehend oder im besten Fall kauernd, das nicht breiter war als das Brett eines Baugerüsts, permanent eiskaltem Wasser ausgesetzt und deshalb nass bis auf die Knochen, in ständiger Lebensgefahr unter einem Hagel von Steinen und Eisbrocken. Und jetzt drohte ihnen eine weitere Gefahr: Lawinen wegen des neu gefallenen Schnees. Die letzten Zweifel über den Ernst der Lage wurden durch den Sturm beseitigt. Wenige wagten es laut auszusprechen, aber wer die Berge kannte, vor allem die Eigernordwand, hatte nur minime Hoffnungen, dass die Bergsteiger überleben würden.

Als der Donnerstagmorgen anbrach, liess der Wind langsam nach. Dicht beieinander stehende Gruppen von Touristen in warmer Kleidung schauten durch Fernrohre und Feldstecher in die Höhe, um irgendeine Spur der Bergsteiger oder der Retter zu entdecken. Die Wolken waren nicht mehr so schwer. Sie glichen vielmehr einem Morgennebel, der sich unter der Sonneneinstrahlung wohl auflösen würde.

Die gescheiterte Schweizer Rettungskolonne war per Zug nach Eigergletscher hinuntergefahren und noch vor Tagesanbruch dort angekommen. Sie verloren keine Zeit, kletterten steif aus dem Zug, packten ihre schwere Ausrüstung und brachen wieder auf, diesmal zu Fuss auf der Route über die Westflanke, die die Deutschen in der Nacht genommen hatten. Auf ihren Gesichtern war nichts zu sehen ausser grimmiger Entschlossenheit, Erschöpfung und Verbitterung über den Verlust von zwei Männern. Sogar die wenigen Journalisten, die früh genug aufgestanden waren, um die Ankunft der Männer zu beobachten, verfielen in staunendes Schweigen über das, was sie sahen.

Und dann hoben sich die Wolken.

Mit plötzlicher, theatralischer Geschwindigkeit tauchte die gigantische Pyramide auf, die während drei Tagen hinter dem Vorhang verborgen gewesen war, und innerhalb von Minuten konnte man vom Fuss bis zum Gipfel sehen.

Und dann brach die Hölle aus.

Die Fenster waren voller Menschen, in den Türen drängelte man sich, jeder Feldstecher und jedes Fernrohr war im Einsatz. Im Hotel «Nordwand» sass man gerade an einem gemütlichen Frühstück, als die Wolken die Bühne freigaben. In weniger als einer Minute waren die Tische im grossen Essraum alle leer gefegt. Eine neugierige Menschenmenge drückte sich an den Fenstern die Nase platt.

Durch den allgemeinen Trubel erscholl plötzlich eine Stimme aus der Gruppe, die sich um das grosse Teleskop auf der Terrasse scharte:

«Ich habe sie gesehen! Dort oben, auf dem Gipfel!»

In dem anschliessenden totalen Chaos glaubte man, man habe den Baron entdeckt.

«Auf dem Gipfel! Wo? Wie haben die denn das geschafft?»

Dann dämmerte allen langsam die ernüchternde Einsicht, dass es weder Albrecht noch sein Kunde war, sondern das deutsche Rettungsteam, das man beobachten konnte, wie es sich auf dem Gipfel einrichtete.

Die Deutschen waren also als Erste oben. Die Nachricht verbreitete sich wie ein Lauffeuer. Es konnten nur die Deutschen sein, denn die Schweizer waren erst kurz vor Tagesanbruch losmarschiert. Vier oder fünf winzige schwarze Punkte, die sich auf dem schneeweissen Gipfel hin und her bewegten, konnte man ausmachen, und ab und zu war ein Kopf zu sehen, der sich über die Wechte erhob.

Fieberhaft suchten die Zuschauer die Bergwand nach einer Spur der blockierten Bergsteiger ab. Zuerst konnte man nichts entdecken. Der Neuschnee, der an vielen Stellen der Wand lag, hatte auch die Bergsteiger zugedeckt, so dass sie selbst für das stärkste Fernrohr fast unsichtbar waren.

Chipperfield war einer der Ersten, der sie sah.

Die Leute hatten zu hoch oben gesucht. Er richtete sein Fernglas auf das Zweite Eisfeld, fuhr langsam hinauf zum Bügeleisen, querte hinüber zum Dritten Eisfeld und weiter zur Rampe. Und da nahm er eine winzige Bewegung wahr.

Der Baron hing immer noch dort. Und er lebte. Es schien, als ob er einen Arm schwenkte, vielleicht um ein Zeichen zu geben, vielleicht aber auch, um die Zirkulation im eingefrorenen Körper wieder in Gang zu bringen. Er lebte. Das dünne Nylonseil, an dem sein Leben hing, hatte die wilde Wucht der Nacht überlebt.

Chipperfields Hand zitterte wie Espenlaub, als er sein Fernglas von den Augen nahm, und er fühlte sich tief erleichtert. Der Baron hätte ihm tot nichts mehr genützt.

Vage merkte er aus der konfusen Aufregung um ihn herum, dass auch andere das Bügeleisen ins Visier genommen und den Mann am Ende des Seils entdeckt hatten. Jemand in der Nähe, offensichtlich jemand, der die Topografie des Eigers gut kannte, sagte laut:

«Das ist verdammt merkwürdig. Er ist ja noch lange nicht in der Spinne. Er ist mehrere 100 Meter weiter unten. Von oben kommen die nie an ihn ran.»

Angst kroch in Chipperfield hoch. Ein einziges Augenpaar hatte genügt, um etwas Unerwartetes in der Lage des verletzten Bergsteigers festzustellen. Wie lange mochte es gehen, bis mehr Augen darauf aufmerksam wurden, mehr und gewichtigere Stimmen in den Tenor einstimmen würden? Wie lange, bis eine Gruppe von Männern mit ernsten Gesichtern ihn rufen liess und bohrende Fragen stellen würde? Er versuchte, den Gedanken zu verscheuchen. Er hatte in seiner höchst erfolgreichen Karriere schon mehr als einmal eine Untersuchung und gereizte Nachfragen der Konkurrenz überstanden. Es war unwahrscheinlich, dass eine Horde von käsenden Bauern ihn vor Schwierigkeiten stellte, die er nicht überwinden konnte. Wenn sich die Aufmerksamkeit unangenehm auf ihn konzentrieren würde, war die Story schon tot, und er wäre längst am anderen Ende der Welt.

Nachdem er die letzten Spuren der Angst aus seinen Gedanken vertrieben hatte, richtete er sein Fernglas erneut auf den Berg, diesmal auf die schwarzen Gestalten der deutschen Rettungskolonne auf dem Gipfel. Ganz offensichtlich waren sie daran, ihre Rettungsaktion in Gang zu setzen, aber es verwirrte ihn, dass sie nicht direkt über dem im Seil hängenden Mann positioniert waren. Konnte es sein, dass sie herausgefunden hatten, wo sich Hans Albrecht befand? Vielleicht sahen sie ihn und konzentrierten ihre Anstrengungen zuerst auf ihn. Vom Standpunkt des Zeitungsmannes aus betrachtet, hätte

Chipperfield nichts Besseres passieren können. Je länger es dauerte, bis Mandoza gerettet war, desto länger konnte die Spannung in der Zeitung aufrechterhalten werden.

Langsam führte er den Feldstecher von den Männern auf dem Gipfel in gerader Linie abwärts. Zuerst sah er nichts. Dann versuchte er es noch einmal, stellte mit äusserster Sorgfalt die Schärfe ein und fuhr Zentimeter um Zentimeter nach unten. Und jetzt schien es ihm, als ob er eine winzige Gestalt sähe, zusammengekauert unter einem breiten Band auf der rechten Seite der Spinne. Das musste Albrecht sein.

Der Führer war also allein weitergeklettert, bis ihn die Erschöpfung, eine Verletzung oder eine unüberwindbare Stelle stoppte. Lebte er noch? Unmöglich zu sagen. Warum war er allein weitergegangen und nicht bei seinem verletzten Kameraden geblieben? Auch darüber konnte er nur mutmassen. Die langsame und gefährliche Rettungsarbeit hatte begonnen, und die Antworten auf die rätselhaften Fragen würden noch ein paar Stunden auf sich warten lassen.

Chipperfield drehte sich um und ging in Richtung des Büros, in seinem geübten Journalistenhirn bildeten sich bereits Sätze, die das dramatische Geschehen in die richtige Form brachten.

Hügi war tief in ein Gespräch mit seinem neuen Koch versunken, als Chipperfield eintrat. Er hörte, wie Hügi sagte:

«… nimm mehr Salz. Ich will durstige Gäste an meinen Tischen, hast du verstanden?»

Ohne die beiden Männer zu beachten, setzte er sich an die Schreibmaschine und begann seinen Artikel zu schreiben. Auf der Stelle hatte er drei gute Titel; Global Features hatte die Wahl, den einen oder anderen Aspekt stärker zu betonen:

«MORDWAND FORDERT ERNEUT ZWEI TOTE»
«DEUTSCHE RETTER WAREN AM SCHNELLSTEN»
«IN NOT GERATENE BERGSTEIGER ENDLICH GESICHTET»

Dann schrieb er in hohem Tempo:

«Letzte Nacht schlug die Mordwand erneut zu. Eiskalt holte sich das unersättliche Ungeheuer zwei weitere Opfer. Während die Schweizer Retter einen höchst beschwerlichen, aber aussichtslosen Kampf gegen einen heulenden Schneesturm ausfochten, um auf den Eigergipfel zu gelangen, in dessen Nordwand der Baron Mandoza und der von der Bergführervereinigung ausgeschlossene Führer Hans Albrecht in Bergnot geraten waren, verloren zwei Mitglieder der Rettungskolonne das Gleichgewicht und wurden vom Wind in die tobende weisse Hölle gerissen. Ihre Leichen wurden bis jetzt noch nicht gefunden, obschon die Suche auf dem Gletscher unter miserablen Bedingungen die ganze Nacht angedauert hat.»

Ob die letzte Aussage stimmte, wusste er nicht, aber sie klang gut und wurde wohl kaum angezweifelt. Er fing einen zweiten Abschnitt an:

«Heute Morgen bei Tagesanbruch kam die Nachricht, dass das deutsche Rettungsteam aus München das Rennen zum Gipfel für sich entschieden hatte. Soweit man es von unten beurteilen kann, sind die Schweizer noch nicht oben angekommen. Mit dieser Nachricht sind die Talbewohner mit den verbitterten Gesichtern heute konfrontiert, wenn sie das Radio andrehen und das Drama an der Eigernordwand verfolgen. Es ist ein schwerer Schlag für den Ruf der Schweiz. Niemand erwartete, dass ihnen Auswärtige die Ehre wegschnappen würden. Aber die Fakten sind klar: Die Deutschen waren zuerst da.»

Er hielt einen Moment inne und fragte sich, ob wohl Zellwäger einen Artikel in der Richtung geschrieben hatte, die er angedeutet hatte. An dieser Stelle würde er ihn einschieben. Er machte einen leeren Zeilenvorschub und fuhr fort:

«Als sich heute Morgen kurz nach dem Frühstück zum ersten Mal nach 24 Stunden die Wolken lichteten, wurde die genaue Position des verletzten Baron Mandoza sichtbar. Er lebt noch und hängt offenbar sicher an einem felsigen Überhang ein paar Hundert Meter unter dem Gipfel. Im Moment dreht sich alles um das Schicksal des geschassten Bergführers Hans Albrecht. Er liegt etwas weiter oben in der grausamen Nordwand auf einem schmalen Band in der Spinne, deutlich weiter oben als sein Kamerad und Kunde. Es ist nicht bekannt, ob er noch am Leben oder bereits tot ist. Die Rettungsversuche des siegreichen deutschen Teams scheinen sich vorerst auf ihn zu konzentrieren. Obschon für den Betrachter von unten längst nicht alles klar ist, sieht es so aus, als ob Albrecht weitergeklettert wäre, nachdem sein Kamerad abgestürzt war. Die Frage, die uns allen auf der Zunge brennt: Warum ging er weiter? Ich glaube, ich weiss die Antwort. Weil er gar nicht zurück konnte. Dies ist eines der unerbittlichen Gesetze dieses schrecklichen, mörderischen Berges: Es gibt keinen Weg zurück. Wer einmal unterwegs ist, kann nicht mehr umkehren. Man kann nur immer weiter hinauf steigen. Bis jetzt hat es noch kein Bergsteiger geschafft, lebend aus der Wand zu kommen, ohne den Gipfel erreicht zu haben. Man kann einfach nicht absteigen.»

Chipperfield beendete den dritten Abschnitt und machte eine Pause. Hügi hatte in der Zwischenzeit den Koch verabschiedet und las über Chipperfields Schulter, was dieser soeben in die Maschine getippt hatte.

«Sehr effektvoll, auch wenns nicht stimmt.»

«Was soll das heissen, verdammt noch mal?», bellte Chipperfield.

«Der Eiger ist kein Berg ohne Umkehr.»

«Warum nicht?»

«Es gibt Bergsteiger, die den Gipfel nicht erreicht haben und trotzdem mit dem Leben davon gekommen sind.»

«Das glaube ich nicht. Wer? Wann?»

«Auswendig kann ich Ihnen Kapitel und Vers nicht nennen, aber ...», und damit nahm er ein Buch aus Borgwands Büchergestell und blätterte im Inhaltsverzeichnis. «Da, das sollte uns weiterhelfen. Jawohl, hier. Rebitsch und Vörg 1937, dann zwei Schweizer 1946, sie kamen bis zur Rampe –»

«Also gut, sparen Sie sich Ihre Energie. Das weiss sowieso niemand, und es ist ein guter Satz. Also bleibt er.»

Hügi zuckte mit den Schultern. «Wie Sie wollen. Sagen Sie, haben Sie eigentlich Zellwägers Artikel in der Zeitung von heute schon gesehen?»

«Nein, wo ist er?», fragte Chipperfield ganz aufgeregt.

Hügi nahm die Zeitung von einem Stapel auf seinem Schreibtisch. Chipperfield stürzte sich auf den Leitartikel, über dem ein bescheidener Titel stand:
«Die Besserwisser sind wieder da»

Während Chipperfield rasch den Artikel überflog, verwandelte sich sein Gesicht in ein einziges zufriedenes Grinsen. Zellwäger hatte tatsächlich Wort gehalten und mit aller Schärfe in die Tasten gegriffen. Der Bericht über das Zusammentreffen mit dem deutschen Rettungsteam wurde natürlich geschrieben, bevor man wusste, dass sie als Erste auf dem Gipfel sein würden. Aber in diesem Licht betrachtet, hatte der Artikel etwas Prophetisches an sich. Chipperfield las laut vor:

«In seiner barschen Art, welche die Welt als typisch deutsch kennengelernt hat, versuchte der Führer der deutschen Equipe gar nicht erst, seine Absicht zu verhehlen, dass er darauf aus war, mit einem Sieg im Rennen zum Eigergipfel Ruhm und Ehre zu erringen. ‹Die Schweizer haben die falsche Route genommen›, höhnte er mit Verweis auf die tapferen Männer, die heute früh (ohne jeden Bombast und grosses Getue) im Jungfraujoch aufgebrochen sind, um über das Mönchsjoch den Eiger zu erreichen. Glattweg der Frage ausweichend, ob sie mit den Schweizern in der Rettungsaktion zusammenarbeiten würden – was ja nur heissen kann, dass sie es nicht tun würden –, liessen die Besserwisser, die hergekommen sind, um den Schweizern zu zeigen, wie man so etwas macht, keinen Zweifel offen, dass sie fest entschlossen waren, als Erste den Gipfel zu erreichen, ihren Landsmann Kurt Stringberg (der ihrer Überzeugung nach der verletzte Mann am Seil ist) aus der Wand zu holen und damit alle Lorbeeren einzuheimsen.»

Chipperfield schaute zu Hügi hinüber und pfiff leise durch die Zähne.

«Dicke Post, nicht wahr? Der Bursche ist gut. Er sollte für eine grössere Zeitung schreiben als dieses erbärmliche Lokalblatt. Hören Sie sich das an:

«Einmal mehr werden zahlreiche Leben beim Versuch aufs Spiel gesetzt, einen tollkühnen Ausländer den Klauen des Todes in den Schweizer Alpen zu entreissen. Wie man ja bereits weiss, ist Kurt Stringberg schon einmal bei der Eroberung des Eigers gescheitert und schwor in melodramatischer Manier, dass er eines Tages für einen zweiten Anlauf zurückkehren werde. Zweimal in wenigen Jahren setzen also tapfere Männer unter halsbrecherischen Bedingungen ihr Leben aufs Spiel, nur wegen der grossspurigen Verrücktheit eines Einzelnen. Ist dies richtig? Wäre es nicht an der Zeit, dass die lokalen Behörden einmal nachdenken und Klartext reden? Müsste nicht Bern eingreifen und weiteren Leichtsinn dieser Art verhindern? Diese Zeitung ist der Meinung ...»

Was Zellwägers lächerliches Lokalblatt meinte, hätte normalerweise nur die begrenzte Leserschaft in der Umgebung interessiert. Aber die Umstände waren nicht normal, dachte Chipperfield. Ein riesiges Publikum verfolgte das Drama in den Schweizer Bergen dank den hoch entwickelten Massenmedien der Moderne. Wenn der Lokalreporter einen Kanal fände, durch den er an dieses Riesenpublikum herankäme, wären seine Kommentare nicht mehr bedeutungslos. Und er, der Fackelträger der Wahrheit, war nur zu gern bereit, diesen Kanal zur Verfügung zu stellen.

Er zog erneut die Schreibmaschine heran und drehte seinen Artikel bis zu der Leerzeile zurück, die er am Ende des zweiten Abschnitts eingefügt hatte. Er hämmerte während einer Minute ohne Unterbruch auf die Tasten, dann lehnte er sich zurück und las, was er gerade geschrieben hatte:

«… Aber dies sind die nackten Fakten: Die Deutschen waren zuerst oben. Es gibt bereits Hinweise in der einheimischen Presse, dass die Schweizer dies als Beleidigung der Nation empfinden. Es liegt diesem Autor fern, weiter Schwierigkeiten heraufzubeschwören, wo es doch bereits genug Probleme gibt, aber von meiner Position am Fuss des Eigers sieht es so aus, als ob sich ein erbitterter kleiner Sturm zwischen den zwei Staaten zusammenbrauen würde.»

Mit einem zufriedenen Lächeln riss er das Papier aus der Maschine und gab es, auf die zusätzlichen Zeilen weisend, Hügi.

«Mit bestem Dank an Herrn Zellwäger», sagte er grinsend.

Der Hotelier las es emotionslos durch, dann händigte er das Papier wieder Chipperfield aus.

«Sie verstehen mehr vom Geschäft als ich, Mr. Chipperfield. Ich muss Ihnen allerdings sagen, dass mir die Idee, beleidigt zu sein, noch nie gekommen ist. Aber vielleicht bin ich auch kein Musterschweizer. Vielleicht ist der Durchschnittsschweizer –»

«Er *wird* beleidigt sein, Herr Hügi, sobald ihm die Zeitungen oft genug gesagt haben, dass er beleidigt sein soll. Warten Sie nur, bis die deutschen Zeitungen dies hier in die Hände bekommen! Die werden mit fletschenden Zähnen Zellwägers Blut fordern.»

«Entschuldigen Sie meine Naivität», sagte Hügi, «aber was wollen Sie eigentlich erreichen, indem Sie gerade in dieses Wespennest stechen?»

Chipperfield stand auf, und sein bekanntes Lächeln im Mundwinkel war deutlich sichtbar. Mit sorgfältig gewählten Worten sagte er:

«Eintracht ist keine Nachricht, Herr Hügi, Zwietracht macht Schlagzeilen.»

Hügi dachte eine Sekunde nach und nickte dann.

«Ich verstehe. Mit anderen Worten: Beim Backen eines reichhaltigen Kuchens darf man nicht einfach die Zutaten zusammenwerfen und dann hoffen, dass es von alleine gut kommt. Man muss immer rühren.»

Der Journalist lachte zustimmend.

«Sie habens erfasst. Immer rühren. Einfach immer weiter rühren.»

Er nahm den Telefonhörer in die Hand:

«Bitte entschuldigen Sie mich jetzt, ich muss mit London plaudern, und anschliessend werden Sie das Vergnügen haben, Miss Bertha Blott, in Modekreisen besser bekannt unter dem Namen Jasmine aus Paris, kennen zu lernen. Ich bin sicher, Sie könnens kaum erwarten.»

* * *

Der Versuch, Albrecht zu retten, hatte gerade begonnen, als John Bellman auf der Kleinen Scheidegg ankam. Als er aus dem voll besetzten Zug stieg, sah er Doug Wilson, der sich grosszügigerweise anerboten hatte, die Stellung zu halten, während er mit einem Mietwagen nach Süden fuhr, um den Piloten aufzusuchen. Die beiden Reporter begrüssten sich und bahnten sich einen Weg durch die Menschenmenge zu einem Aussichtspunkt, von dem aus sie das Geschehen verfolgen konnten. Während sie starke Ferngläser auf den schneebedeckten Berg richteten, beschrieb der Amerikaner den Sturm der vergangenen Nacht und berichtete kurz, was in der Abwesenheit des Kollegen passiert war.

«Ich habe vor zwei Stunden einen Zwischenbericht an Ihr Büro in Hamburg durchgegeben», sagte Wilson abschliessend. «Die einzige Neuigkeit ist, dass jetzt auch die Schweizer den Gipfel erreicht haben. Sieh, man sieht sie an der Westflanke knapp unter dem Gipfel.»

Bellman folgte der ausgestreckten Hand seines Kollegen und stellte seinen Feldstecher scharf. Kurz unterhalb der pfeilförmigen Bergspitze bewegte sich eine schmale Kolonne von Gestalten auf den Gipfelgrat zu, auf dem die Deutschen bereits lagerten.

«Gut», sagte er. «Ich bin froh, dass sie angekommen sind. Ich frage mich, ob sie rechtzeitig kommen, um zu helfen.»

«Sicher nicht jetzt beim ersten Anlauf», antwortete Wilson. «Die Jungs waren alle todmüde, als sie vom Joch herunterkamen. Ich nehme an, die sind fix und fertig, wenn sie auf dem Gipfel sind. Sie müssen sich zuerst ausruhen und die Münchner erst einmal machen lassen.»

«Du hast wahrscheinlich Recht.»

«Hast du Chipperfields Piloten gefunden?», fragte Wilson nach einer Pause, in der er erneut den Berg beobachtete.

«Ja, aber es hat leider nicht viel gebracht. Er sagt, er könne nicht verstehen, wie jemand im selben Flugzeug wie er etwas habe sehen können, was er nicht gesehen habe.»

«Wie zum Henker ist es ihm dann gelungen, so schnell an die Nachricht heranzukommen?»

«Das ist immer noch rätselhaft, und ich habe keine Antwort darauf. Ich versuchte, den Piloten mit der Frage nach der

Höhe festzunageln. Er sagte, er sei nicht ganz sicher, in welcher Höhe sie am Dienstagmorgen geflogen seien. Offenbar ist der Flieger wie ein Drachen über den ganzen Himmel gependelt. Alles, was er sagte, war, sie seien sicher eher bei 3500 Metern geflogen als bei 3800.»

«Das ist immerhin etwas.»

«Leider aber nicht sehr aufschlussreich. Meister Paddy wird einfach bedauernd mit den Schultern zucken und sagen, er habe sich halt geirrt, wenn wir ihn damit konfrontieren.»

«Sich um 300 Meter zu täuschen, ist allerdings ein ziemlich krasser Fehler», brummte Wilson. «Vor allem, wenn das Leben eines Mannes davon abhängt. Was ist mit dem Telefongespräch, das Borgwand angeblich mitgehört hat? Da können wir ihn doch in die Enge treiben, oder nicht?»

«Er wird sich herauswinden, so wie er das immer macht. Er muss einfach nur alles abstreiten. Sein Wort steht dann gegen das eines kranken alten Mannes.»

«Er ist mehr als krank. Wie ich heute Morgen gehört habe, ist der alte Knabe letzte Nacht fast abgekratzt. Sie mussten ihn mit doppelseitiger Lungenentzündung und weiss der Herr was für Komplikationen ins Spital bringen.»

Bellman fuhr herum und sah seinem Begleiter ins Gesicht.

«Wie konnte denn das passieren? Die Sache sah doch gar nicht so schlecht aus, als –»

«Hey stopp, Mann!», unterbrach ihn Wilson. Er starrte angestrengt durch seinen Feldstecher auf die Eigernordwand, und sein Körper war plötzlich angespannt.

«Schnall dich an, Kamerad. Wenn mich nicht alles täuscht, geht der erste Bursche jetzt über den Grat.»

Bellman richtete schnell sein Glas auf den blendend weissen Gipfel, der zum ersten Mal seit Tagen in ein indirektes Licht einer blassen Sonne getaucht war. Wilson hatte Recht. Ein Mann wurde langsam mit Hilfe des Stahlseilgeräts über den Rand in die Tiefe gelassen. Die Rettung hatte begonnen.

Wie Tausende andere zwischen Kleiner Scheidegg und Grindelwald schauten sie fasziniert zu, wie ein winziger schwarzer Punkt, der nur mit starken Ferngläsern oder einem Fernrohr sichtbar war, an einem Drahtseil Zentimeter um Zentimeter über den steilen Hang des Gipfeleisfeldes abgelassen wurde. Die Menschenmenge, die einen Moment zuvor noch geplaudert hatte und nervös hin und her marschiert war, wurde merkwürdig still, hypnotisiert vom aussergewöhnlichen Drama, das sich vor ihren Augen abspielte.

Mit unerträglicher Langsamkeit wurde das schwarze Seil – manchmal sah es aus, als wären es zwei – länger, während sich der deutsche Retter immer weiter von den Männern auf dem Gipfel entfernte, die seinen Abstieg kontrollierten. Wie Stunden erschienen die Minuten, in denen sich die Entfernung zwischen dem zusammengesunkenen Körper des Bergführers und der gekrümmten Gestalt des nahenden Retters verringerte. Als er vielleicht ein Drittel der Distanz hinter sich hatte, kam das Geschehen zum Stillstand.

«Weiter, mein Junge, weiter», murmelte Wilson mit gequälter Stimme. «Warum zum Teufel hast du angehalten?»

«Ich nehme an, sie müssen ein neues Stück Drahtseil anhängen», sagte Bellman neben ihm leise. «Da, sieh, es geht weiter.»

Der langsame Abstieg ging weiter. Bellman nahm keine Töne mehr wahr ausser seinen eigenen Herzschlag. Sein Mund war trocken vor Angst, und die Brille in seiner Hand kam ihm unerträglich schwer und feucht vor. Der wichtigste Gedanke für ihn war nicht, dass man in der nächsten Stunde vom Bergführer erfahren würde, wer der Mann war, der ihn angeheuert hatte. Bellmans Gedanken und Hoffnungen waren allein beim zweiten Mann in Not, bei den Chancen auf Rettung und bei dem enormen Risiko, das der deutsche Freiwillige am Drahtseil auf sich nahm. Wie wenn er seine Gedanken gelesen hätte, murmelte Wilson neben ihm:

«Hoffentlich schafft er es. Der Junge hat Mut, mein Gott.»

Bellman antwortete: «Nimmt mich wunder, was Zellwäger jetzt denkt.» Wilson hatte ihm kurz beschrieben, in welchem Ton Zellwägers Artikel in der Zeitung von heute Morgen gehalten war.

«Er betet wahrscheinlich voller Inbrunst, dass das Drahtseil reisst», meinte der Amerikaner sarkastisch.

«Die Wahrscheinlichkeit ist klein», sagte Bellman. «Es ist 5,2 Millimeter dick und hat eine Tragkraft von 1600 Kilogramm. Das ist etwa das Gewicht von 16 schweren Männern.»

«Woher hast du eigentlich diese technischen Details?»

«Vom Piloten. Er kannte sich ziemlich gut aus bei den Rettungstechniken und erklärte mir das Stahlseilgerät. Es ist das modernste Mittel, das heute für Bergrettungen zur Verfügung steht.»

«Gut zu wissen. Sie werden alle Mittel einsetzen müssen, die sie haben, um die beiden Jungs aus der Wand zu holen. Was meinst du, wie es dem anderen zu Mute sein muss, der zusehen und warten muss, bis er an der Reihe ist?»

Bellman schüttelte nur den Kopf; dafür hatte er keine Worte.

Wieder gab es eine Pause, als die Deutschen ausser Sichtweite hinter dem Grat neues Drahtseil von der Trommel montierten. Dann ging die Operation weiter, im selben qualvoll langsamen Tempo. Die beiden Reporter schauten schweigend zu, wie die winzige Gestalt, einer schwarzen Fliege gleich, mühsam über die glänzende, mit Schneeflecken versetzte Wand hinuntergelassen wurde. Er kam nur im Schneckentempo vorwärts, aber sie zwangen sich, realistisch zu bleiben: Jede dieser kleinen Bewegungen, die man vom Tal aus wahrnehmen konnte, brachte den Mann mehrere Meter weiter hinunter in eine Wand, die fast 2000 Meter über den Weiden von Alpiglen aufragte.

Die Spannung wurde unerträglich, je kleiner der Abstand wurde. Und schon bald sah es aus, als ob der Retter am Drahtseil nur seine Hand auszustrecken brauchte, um den Führer zu berühren. Und dann schien er anzuhalten, nur wenige Meter von der Gestalt entfernt.

Nichts passierte, während die Minuten zerrannen. Er hing weiterhin in der Luft, ohne mit Albrecht in Kontakt gekommen zu sein.

Plötzlich ertrug Doug Wilson die Spannung nicht mehr.

«Zum Teufel, warum macht er nicht weiter? Er ist doch nur noch ein paar Meter entfernt.»

Während mehrerer Minuten hing die kleine schwarze Gestalt in der Luft unweit des Bandes, auf dem Albrecht lag. Von ihrem Standort aus konnten sie nicht entscheiden, wie weit der Retter von dem Bergführer weg war. Es schien nur ein Nichts zu sein, höchstens fünf Meter, wenn überhaupt.

Irgendetwas war schief gelaufen.

«Vielleicht ist Albrecht tot», murmelte der Amerikaner.

«Lebend oder tot, sie würden ihn auf jeden Fall mitnehmen, wenn sie schon so nah sind.»

«Was zum Teufel, glaubst du denn, ist passiert?»

«Vielleicht können sie nicht genau sehen, wo Albrecht liegt. Es ist schwer zu sagen, wir schauen ziemlich von der Seite her in die Wand.»

«Ich denke, er müsste ihn sehen. Vielleicht ist das Seil nicht lang genug, um so weit herunterzukommen, oder vielleicht hat es sich in der Winde verklemmt.»

«Ich glaube, er ist genügend weit unten», sagte Bellman nach langer und intensiver Beobachtung. «Ich glaube, sie können bis zu 300 Meter Seil auf der Trommel aufwickeln. Ich vermute schwer, sie sind zu weit links. Es sieht nicht so aus, als sei er in einer geraden Linie über Albrecht heruntergelassen worden.»

Wilson schaute seinerseits erneut durch sein Fernglas und sagte nach einer Weile:

«Du könntest Recht haben. Aber haben die Jungs keinen Funk? Das ist doch ein Funkgerät, das er am Rücken trägt, oder nicht?»

«Ja, ich glaube, sie haben irgendwelche Funkgeräte. Aber was nützt das, wenn sie ihn an der falschen Stelle abgelassen haben?»

«Verdammt, er muss ihnen doch nur sagen, sie sollen ihn ein wenig zur Seite pendeln lassen, so dass er –»

«Vergiss nicht, das ist ein Stahlseil und kein Kran», unterbrach ihn Bellman. «Der Mann am Seil kann nur in gerader Linie abgeseilt werden. Er kann ein wenig nach links und nach rechts pendeln, aber nicht viel. Es ist viel zu gefährlich. Und selbst wenn er so weit hinüberschwingen könnte, müsste er ja auch wieder zurück, hoffentlich mit einem Mann auf dem Rücken. Wenn die Jungs an der Winde die Position falsch eingeschätzt haben – und es muss ziemlich schwierig sein, dies mit absoluter Präzision zu tun, wenn du über den Rand eines Berges in die Tiefe blickst –, müssen sie das Seil wieder aufrollen und das ganze komplizierte Gerät ein paar Meter weiter wieder in Stellung bringen.»

«Aber das wird ja eine Ewigkeit dauern», stöhnte Wilson.

«Ja, das braucht Zeit. Sieh! Es geht wieder los – aufwärts. Er musste aufgeben. Gott, stell dir vor, wie den beiden armen Teufeln zu Mute sein muss. So nah und doch …»

Sie sahen schweigend zu, wie der Retter wieder hochgezogen wurde. Schliesslich sagte Bellman:

«Vielleicht sollten wir den nächsten Versuch vom Hotel ‹Nordwand› aus beobachten. Von dort aus hat man den direktesten Blick in die Wand, ohne seitliche Verzerrung.»

«Ich hatte gerade die gleiche Idee. Haben wir genügend Zeit, um zum Hotel zu gehen?»

«Ich glaube schon. Es wird eine Weile dauern, bis sie wieder einen Mann hinunterlassen können. Nimmt mich bloss wunder, wie lange Stringberg oder wer immer es ist noch durchhält.»

«Er ist jetzt schon mehr als 80 Stunden in der Wand, und vielleicht 30 oder 40 davon hängt er im Seil. Wenn er eine fünfte Nacht im Freien verbringen muss …»

Den Satz liess er unvollendet.

Sie konnten sich nicht von der Szene losreissen und sahen zu, wie der Retter mühsam zum Gipfel hinaufgezogen wurde. Er hielt seine Arme über dem Kopf und half beim Aufstieg, indem er sich am Seil hochzog. Mit den Füssen stemmte er sich von der senkrechten Felswand ab und setzte Fuss um Fuss übereinander. Am Gipfelhang auf der Westflanke sah man das Schweizer Team, das von blossem Auge wie eine Schar Ameisen aussah, die über den gleissenden Schnee krabbelten. Bellman stellte fest, dass die Schweizer den fehlgeschlagenen Rettungsversuch aus nächster Nähe beobachtet haben mussten. Nun würden sie selber eine Chance bekommen. Er erinnerte sich an die Funkgeräte, die sie mitgenommen hatten, und sagte daher zu seinem Begleiter:

«Wie wärs, wenn wir noch rasch in der Schweizer Rettungszentrale vorbeischauen, ob es irgendwelche Nachrichten gibt, bevor wir nach Alpiglen hinüber gehen? Vielleicht haben sie ja Kontakt mit den Männern, die gerade auf dem Gipfel angekommen sind. Möglicherweise erfahren wir, was schief gelaufen ist.»

«O. K., gehen wir.»

Als sie von dem kleinen Hügel herabstiegen, von dem aus sie zugeschaut hatten, brummte über ihren Köpfen ein winziges Flugzeug der Schweizerischen Rettungsflugwacht vorbei, das offenbar auf einem Rekognoszierungsflug zur Eigernordwand war. Sie schauten zu, wie es im Steigflug auf die Wand zuflog, bis es in einer Wolke verschwand.

* * *

Die Szene in der improvisierten Rettungszentrale, welche die Schweizer Behörden auf der Kleinen Scheidegg eingerichtet hatten, glich einem militärischen Kommandoposten. Nur dank ihrer Presseausweise gelang es den beiden Journalisten, sich einen Weg durch den Kreis der aufgeregten Zuschauer zu bahnen, die sich vor der Tür drängelten.

Drinnen herrschte knisternde Spannung. Gruppen von Männern mit übermüdeten Gesichtern standen oder hockten n um ein Wirrwarr von Funkgeräten herum; aus den Geräten knisterte und rauschte es, unterbrochen von gelegentlichen Satzfetzen in Schweizerdeutsch. Zeitungsleute in grosser Zahl und aus aller Welt füllten den Raum, und das Gebrabbel in den verschiedensten Sprachen war absolut unverständlich. Die Luft war rauchgeschwängert, und es roch stark nach menschlichen Ausdünstungen und Kaffee. Dampfende weisse Kacheln wurden ununterbrochen vom Hotel «Scheidegg» herübergebracht.

Bellman sah das eine oder andere bekannte Gesicht. Dann gewahrte er McKechnie und machte ihm ein Zeichen herzukommen. Der Journalist aus Schottland kam zu ihnen herüber. Sie grüssten, und Bellman sagte:

«Verfolgst du die Sache von hier aus?»

«Jawohl.»

«Hast du eine Ahnung, was schief gegangen ist?»

«Es sieht so aus, als wäre er zu weit links gewesen; er konnte den armen Kerl nicht erreichen. Hier haben sie Verbindung mit dem Schweizer Team, das eben oben angekommen ist. Die Deutschen mussten ihren Mann wieder hochziehen. Jetzt stellen sie das Stahlseilgerät weiter rechts auf der Wechte auf.»

«Entschuldige meine Unwissenheit, aber was genau ist eine Wechte?», fragte Doug Wilson. «Mein Freund Johnny hier verwendet die Begriffe wie ein Einheimischer, aber ich, ein Ignorant aus der Grossstadt ...»

«Das ist der überhängende Walm aus Eis und Schnee, der auf einem Grat vom Wind gebildet wird», erklärte McKechnie.

«Die Männer dort oben müssen sicher sein, dass sie das Gerät im festen Fels verankern und nicht nur in der Schneemasse, sonst widersteht es dem Zug nicht, der entsteht, wenn sie den Mann ablassen. Deshalb dauert es eine solche Ewigkeit, bis alles bereit ist.»

«Wie lange wird es gehen, bis sie einen neuen Versuch starten können?»

«So genau scheint das niemand zu wissen. Eine ziemliche Weile, auf jeden Fall.»

«Gibts Nachrichten von Albrecht? Lebt er noch?»

«Sie wissens nicht. Der Deutsche, der am Seil hinunterging, rief ihm zu, bekam aber keine Antwort. Er sah ihn ziemlich deutlich, aber es gab keine Anzeichen einer Bewegung. Er ist ganz klar auf des Messers Schneide.»

«Dann wissen wir immer noch nicht –»

«Nein, wir wissen immer noch nicht, ob der andere Stringberg oder Mandoza ist.»

«Und auf der anderen Seite noch keine Nachricht von der Suche nach den beiden. In der Zwischenzeit müsste es doch jemandem gelungen sein, den einen oder anderen aufzustöbern.»

«Halb Europa jagt die zwei Männer.»

«Weisst du, was ich glaube?», sagte Doug Wilson. «Die miese Agentur des Fackelträgers hat sicher einen der beiden gefunden und versteckt ihn, nur um die Leute weiter rätseln zu lassen.»

McKechnie schaute ihn ungläubig an.

«Das glaubst du doch selber nicht!»

«Ich traue Chipperfield alles zu», sagte Bellman knapp.

«Nun …», sagte der Schotte zweideutig. «Ist ja auch egal.

Wer immer der zweite Mann ist, er lebt, das ist einmal klar. Man sieht, wie er sich ab und zu an seinem Seil bewegt.»

«Er lebt, aber wie lange noch? Er kann nicht ewig durchhalten. Wenn sie den nächsten Versuch mit Albrecht starten, wie manche Stunde dauert es dann, bis sie zu Stringberg kommen?»

McKechnie sagte: «Die Frage ist weniger wann, als vielmehr wie. Er ist ein gutes Stück weiter unten in der Wand, als alle angenommen hatten. Sogar mit dem Stahlseilgerät: Ich sehe nicht, wie sie mit dem Ding an ihn herankommen wollen. Es reicht nicht so weit hinunter.»

Die Worte, die Borgwand mit so viel tödlichem Ernst gegenüber Claire ausgesprochen hatte, kamen ihm in den Sinn. «Sie haben die falsche Route und die falsche Ausrüstung genommen», hatte der fiebrige alte Mann geflüstert. Borgwand kannte den Berg wie kaum ein Zweiter. Seine Worte schienen prophetischen Charakter zu bekommen. Bellman fragte:

«Was sagen die Schweizer? Können sie ihn erreichen?»

«Es beeilt sich niemand, sich darauf festzulegen. Sie haben vorläufig alle Hände voll zu tun mit dem Bergführer – und dem deutschen Ärger.»

«Was für deutscher Ärger?»

«Hast du Zellwägers anti-deutschen Artikel nicht gelesen?»

«Doug hat mir davon erzählt. Klingt nach einer dreckigen Geschichte, aber das nimmt doch niemand richtig ernst, oder doch?»

«Du weisst, wie das ist: Eine Schwalbe macht vielleicht noch keinen Sommer, aber es reicht ein einziger schmutziger

Zeitungsartikel, um eine veritable Lawine loszutreten. Siehst du die Burschen in der Ecke dort drüben?» Mit einer Kopfbewegung zeigte er auf eine Gruppe von Presseleuten, die hitzig auf Hochdeutsch diskutierten.

«Das ist die Mehrheit der deutschen Presseleute, die hier sind. Ich habe vorhin versucht, mit ihnen ins Gespräch zu kommen, aber die sind stacheliger als eine Herde Igel. Zellwägers ekelhafter kleiner Text hat sie ziemlich wütend gemacht.»

«Das ist ja wohl verständlich. Ich nehme nicht an, dass sie die Beschreibung der ‹Besserwisser› besonders gemocht haben, vor allem nicht nach dem tollen Aufstieg über die Westflanke, den die Männer in der Sturmnacht absolviert haben. Hut ab vor dieser Leistung!»

«Das kannst du laut sagen», bestätigte ihn Wilson.

«Aber Zellwägers Lokalblatt hat ausserhalb seines Leserkreises keinerlei Wirkung. Der Sturm geht vorüber, ausser jemand giesst Öl ins Feuer.»

«Ich hoffe, du hast Recht. Es gibt genug Probleme hier, auch ohne dass die Gefühle von Menschen verletzt werden, die meinen, die Ehre ihres Landes sei besudelt worden.»

«Ich nehme an, der Fackelträger wäre nicht einverstanden mit dir», meinte Wilson. «Für ihn gibt es nie genug Schwierigkeiten. Ich habe in der Bar gehört, wie er in seiner flapsigen Art gesagt hat: ‹Zwietracht ist News, nicht Eintracht.›»

«Aber du gehst nicht davon aus, dass er hinter dem Kläffer Zellwäger steckt, oder?», fragte McKechnie verunsichert.

«Ich weiss es nicht», sagte Bellman nachdenklich. Er dachte an den seltsam konspirativen Eindruck, den sie hinterlassen hatten, als sie am Vortag das Buffet auf der Scheidegg betraten. Er fuhr fort:

«Das ist eine der Fragen über unseren gemeinsamen Freund, die ich gerne beantwortet haben möchte. Hör zu, Doug und ich beobachten den nächsten Versuch von Alpiglen aus. Würdest du –»

«Klar. Ich verfolge die Geschichte weiter von hier aus; wir können ja nachher zusammensitzen.»

«Gut. Auf bald also.»

Bellman und der Amerikaner verliessen die Schweizer Rettungszentrale und machten sich eilig auf den Weg zum Hotel «Nordwand».

10. Kapitel

Claire war auf einem schnellen Kontrollgang durch den Saal, als sie durch das Fenster Bellman und Wilson sah, die gerade die Treppe zur Terrasse hinaufstiegen. Sie empfing sie in der Halle; Doug Wilson strebte der Bar zu und liess sie allein mit dem ruhigen, erstaunlich attraktiven Engländer. Sie fragte ihn sofort:

«Haben Sie den Piloten gefunden?»

«Ja, aber ich konnte nicht viel Aufschlussreiches aus ihm herausholen.»

Er erzählte ihr kurz, was er schon Wilson berichtet hatte. Dann fragte er nach Borgwand, und sie schilderte ihm den Alptraum der vergangenen Nacht.

Er unterbrach ihre Selbstvorwürfe, indem er sagte:

«Sie haben alles Menschenmögliche getan. Sie brauchen sich keinerlei Vorwürfe zu machen.»

«Ich wollte, ich könnte. Der einzige Trost ist, dass die Ärzte mir versichert haben, dass er wieder gesund wird. Aber selbst wenn er sich tatsächlich erholt, er wird keine Lust haben, ins Hotel zurückzukehren, nach all dem Zirkus, den Hügi und seine Gauner hier veranstaltet haben. Es gibt Leute im Hotel, die schlafen auf einem Brett über der Badewanne, in Lehnstühlen in der Lounge, und einer verbrachte die Nacht gar auf dem Billardtisch. Die Preise, die sie bezahlen müssen, sind völlig verrückt.»

«Wo ist Chipperfield?»

«Wahrscheinlich am Geldzählen», sagte sie verbittert. «Er sollte bald auftauchen, denn um zwölf Uhr schmeisst er eine Cocktailparty.»

«Eine Cocktailparty? Zu dieser Zeit?»

«Er und der neue Direktor hecken eine Show aus. Ein geheimnisvoller Gast ist eingetroffen, aber bis jetzt durfte ihn noch niemand sehen.»

In diesem Augenblick kam Doug Wilson aus der Bar. Der Ausdruck auf seinem Gesicht war eine seltsame Mischung aus Unglaube und Wut.

«Das schlägt dem Fass den Boden aus! Kommt und seht, was der Mistkerl in der Bar aufgehängt hat.»

Sie folgten ihm in die überfüllte Bar, wo eine Gruppe von Presseleuten um ein Anschlagbrett herum stand. Daran war ein Zettel aufgepinnt, auf dem in drei Sprachen zu lesen war:

«Die Damen und Herren der Presse sind auf 12 Uhr herzlich eingeladen zu einem Cocktail mit P. Chipperfield in der Cafeteria, wo ihnen eine bedeutende Persönlichkeit vorgestellt wird.»

Doug Wilson sagte: «Ich wollte schon immer zu einer Audienz bei einer Königlichen Hoheit. Machen wir einen Knick oder bloss eine Verbeugung?»

Jemand schlug Bellman auf den Rücken, als er gerade eine ebenso ätzende Bemerkung machen wollte.

«Hallo John, was gibts Neues von Stringberg? Hast du ihn gefunden?»

Es war Ferguson, der dicke Reporter, der für eine der grossen englischen Sonntagszeitungen arbeitete.

«Nein», antwortete dieser schroff, «und du?»

«Habe gar nicht gesucht, mein Freund. Mir ist egal, wer dort oben hängt, obschon natürlich Mandoza für dic Auflagc besser ist. Gehst du auch zu Chipperfields Party?»

«Ich glaube nicht.»

«Warum nicht? Die Drinks sind gratis.»

«Sag mal, wer ist denn die bedeutende Persönlichkeit, die er hinter seinem Rücken versteckt?», fragte Doug Wilson.

«Mein kleiner Finger hat mir gesagt, dass er jene Mieze irgendwo auf Lager hat, mit der der Baron zuletzt herumgezogen ist. Der Himmel weiss, wie er das wieder geschafft hat, aber ich möchte es herausfinden.»

«Er denkt wirklich an alles, nicht wahr?», sagte Bellman leise.

«Yes Sir», stimmte Ferguson herzlich zu, ohne die Ironie zu bemerken. «Der Mann ist mit allen Wassern gewaschen.»

«Was soll denn die kleine Show überhaupt?»

«Das wirst du gleich sehen. Komm, es vertreibt dir immerhin die Wartezeit bis zum nächsten Rettungsversuch.»

Es gab einen allgemeinen Aufbruch in Richtung Cafeteria, und Bellman wurde im Strom mitgetrieben.

Chipperfield empfing seine Gäste hinter einem Tisch voller Gläser, einem Eiskübel, silbernen Cocktail-Shakern und einer Batterie Flaschen. Während die Leute in den Raum strömten, begrüsste er jeden Einzelnen mit Namen und verteilte Drinks. Selbst seine erbittertsten Feinde mussten hinterher zugeben, dass er eine brillante Vorstellung in der Rolle des genialen Gastgebers hingelegt hatte. Mindestens von einigen Anwesenden wurde registriert, dass fast alle Vertreter der seriösen Presse die Party boykottierten und eine ganze Reihe von Journalisten nur gekommen waren, um dazwischenzurufen. Aber Chipperfield parierte souverän alle sarkastischen Bemerkungen und verströmte Charme – an alle, die ihm zugetan waren. Die Spannung aufs Äusserste auskostend, öffnete er schliesslich eine Seitentür zu einem Vorraum, verschwand und kam einen Moment später zurück mit einer betörend schönen, rothaarigen jungen Frau am Arm.

«Ladies and Gentlemen», rief er aus, mit einem breiten Lachen im Gesicht. «Darf ich Ihnen Jasmine vorstellen?»

Die Worte hatten kaum seinen Mund verlassen, als Rufe der Überraschung und des Wiedererkennens und ein Strom von Fragen den Raum erfüllten. Fotografen knieten auf den Boden oder stiegen auf einen Stuhl, um spezielle Schusswinkel für die Kamera zu bekommen, und der Raum war bald vom säuerlichen Geruch abgebrannter Blitzlichtbirnchen erfüllt.

«Erinnert mich an Jayne Mansfields letzte Pressekonferenz», sagte Doug Wilson sarkastisch.

«Ein kleiner Unterschied in den körperlichen Grundfaktoren, findest du nicht, alter Freund?», warf Ferguson ein.

Wilson musterte die für ein Mannequin typische, magere Gestalt und sagte: «Da hast du allerdings Recht.»

«Ich begreife nur nicht, was das ganze Theater soll», warf Bellman ein.

Ferguson schaute ihn mitleidig an.

«Du magst ja ein guter Reporter sein, John –»

«Ganz alte Schule.»

«Wie du willst, aber von Ausschlachtung verstehst du nichts. Der Fackelträger ist ein Genie, wenn es darum geht, alle Trümpfe auszuspielen. Begreifst du denn nicht? Diese Jasmine ist die letzte Frau, mit der Mandoza gesichtet wurde, bevor er auf seiner geheimnisvollen Reise durch Süddeutschland verschwand.»

«Und?»

«Ist doch klar, Mann. Das grosse Publikum liebt Bilder von schwer geprüften Ehefrauen, die am Ort der Katastrophe auf ihren Mann warten. Und wenn du die Frau eines Testpiloten vor die Linse kriegst, während er eine Handbreit über dem Boden Kunststücke in einem Experimentierjet vollbringt – Boy, dann hast du die Story deines Lebens.»

«Ich lerne ständig hinzu.»

«Eigentlich», fuhr Ferguson fort, «hatte ich ja die gleiche Idee, nur dachte ich eher an Frau Albrecht. Da wissen wir wenigstens, dass er da oben ist. Leider ist sie ausgebüxt. Sieht so aus, als hätte sie die Nase voll von Reporterfragen und sich aus dem Staub gemacht, als gerade niemand hinsah. Versteckt sich vermutlich irgendwo bei Verwandten.»

«Kann ich ihr nicht verargen», sagte Wilson.

Bellman sagte: «Jetzt hab ichs begriffen. Hier wird uns das Schauspiel eines Mannes geboten, der an einem Stück Seil krampfhaft um sein Leben kämpft, während eine Tizian-Schönheit im Tal unten die passenden Gesichtsausdrücke dazu liefert.»

«So ungefähr. Du hast zwar eine lange Leitung, aber dann –»

«Was denn, keine Clowns? Keine Akrobaten, keine Bauchtänzerinnen? Niemand sonst auf der Bühne?»

Ferguson schüttelte den Kopf und ignorierte den Zynismus.

Es kamen immer noch weitere Fragen, aber bald war klar, dass der Impresario dem schönen Mannequin nicht erlaubte, allzu viele Fragen selber zu beantworten. Chipperfield fing fast alle ab, die an sie gerichtet waren, ohne zu bemerken, dass seine Gäste langsam ungeduldig wurden. Dann kam Ferguson in einem ruhigen Moment mit einer direkten Frage durch:

«Mademoiselle Jasmine, warum haben Sie den weiten Weg von Paris in diese Ecke der Schweizer Berge gemacht?»

Das Mädchen warf Chipperfield einen Blick zu, und der berühmte Journalist nickte fast unmerklich.

Das Mannequin antwortete mit dünner Stimme und überzeugendem Pariser Akzent:

«Weil ich weiss, dass es der Mann ist, den ich liebe, der am Eiger in grosser Gefahr schwebt.»

«Warum sind Sie da so sicher?», hakte ein Journalist aus Kanada nach.

Chipperfield griff schnell ein.

«Genug für heute, Ladies and Gentlemen. Mademoiselle Jasmine ist furchtbar müde von ihrer langen Reise und dem Stress der letzten Tage. Ich bin sicher, Sie entschuldigen uns jetzt.»

Bevor jemand protestieren konnte, nahm er die Frau am Arm und führte sie aus dem Raum. Es gab einen Run auf das Telefon, und das Zimmer war augenblicklich leer.

John Bellman hätte vermutlich die Wahrheit über Chipperfields Schützling nie herausgefunden, wenn nicht Claire wenig später ein Gespräch im Korridor mitgekriegt hätte.

«… aber ich sage Ihnen doch, ich habe den verwöhnten Bubi gehasst», protestierte eine Frauenstimme ohne jeden Pariser Akzent. «Ich will den Kerl nie wieder sehen.»

«Pssst, du dummes Huhn, willst du alles kaputtmachen?», hörte sie eine Stimme antworten, die sie sofort als diejenige Chipperfields erkannte. «Das Publikum will eine Geliebte für den Mann in Not, geht das nicht in deinen Schädel rein?»

«Welches Publikum? Der gaffende Pöbel da draussen?»

«Ach, mein Gott, wie kann man bloss so beschränkt sein! Dein Publikum ist jetzt die grosse weite Welt. Ich sage dir noch einmal, sei klug und spiel mit, dann siehst du dein Bild in jeder Zeitung von Fidschi bis Istanbul.»

«Und was bringt mir das? Auf den Fidschi-Inseln kauft kein Mensch Kleider aus Paris.»

«Um Himmels willen, vergiss endlich deine blöden Klamotten. Willst du denn ein Leben lang Mannequin sein? Das da ist grösser als jede Modeschau und doofes Posieren. Vielleicht sieht ein indischer Maharadscha oder ein Fleischpacker aus Chicago, oder gar ein arabischer Ölscheich dein Bild in der Zeitung. Glaub mir, die Heiratsanträge werden in Massen eintreffen. Du wirst hinterher nichts bereuen. Leg jetzt deinen müden Körper zur Ruhe, und öffne die Tür niemandem ausser mir, und sei bereit, wenn ich dich rufe. Und schau um Gottes willen zum Berg hin, wenn die Kameras laufen; das ist das Bild, das die Leute sehen wollen.»

* * *

Das Mittagessen war praktisch vorbei, als die Meldung via die Kleine Scheidegg durchsickerte, dass jeden Moment ein zweiter Versuch zu Albrechts Rettung beginnen sollte.

Im Handumdrehen stürzten sich die Gäste an die Fenster des Esssaals, die Terrasse wimmelte von Leuten, und um das grosse Teleskop entbrannte eine wüste Rangelei.

Bellman und Doug Wilson fanden einen Platz auf der Treppe zum Hotel, und wenig später gesellte sich auch Claire zu ihnen. Sie legte die Hand des Engländers in ihre, während sie in angespanntem Schweigen der Operation zuschauten.

Von einem Balkon direkt über ihnen machte ein Radioreporter mit leiser Stimme eine Live-Reportage über das Unternehmen. Bellman ertappte sich dabei, wie er der emotionslosen Stimme zuhörte. Bald merkte er, dass diese zu einem Fachmann gehörte, der in der Lage war, das Geschehen in der

Wand zu analysieren und zu kommentieren. Seine Beschreibungen waren präzis und entsprachen den Tatsachen; die Zurückhaltung, mit der er sprach, trug zusätzlich zur Spannung in dem Drama bei, das sich vor ihren Augen abspielte.

«… es müssen etwa 30 bis 40 Männer aus verschiedenen Nationen auf dem Gipfel sein. Bekanntlich ist der Eigergipfel ein scharfer Grat, er ist eigentlich nicht mehr als eine rasiermesserscharfe Kante. Man fragt sich, wie die Leute dort oben Platz zum Stehen und Arbeiten finden. Das Wetter ist deutlich besser geworden, obschon der Himmel keineswegs wolkenfrei ist. Zwischen Kleiner Scheidegg und Lauterbrunnen scheinen sich die Wolkenfetzen eher zusammenzuballen als aufzulösen. Wenn die pessimistische Wettervorhersage stimmt, ist dies vielleicht der einzige Tag, an dem die beiden Männer in Bergnot gerettet werden können.

«Es hat aber auch grosse Löcher mit blauem Himmel, und eine blasse Sonne bricht immer wieder durch den Wolkenschleier hindurch. Die meisten Leute vor mir auf der überfüllten Hotelterrasse und auf den Weiden rundum tragen sommerliche Freizeitkleidung. Wüsste man nicht um den tödlichen Ernst des Geschehens, könnte man meinen, es seien Zuschauer eines Sportanlasses. Es scheint, als ob alles darauf angelegt wäre, einen möglichst harten Kontrast zu bilden zwischen Sicherheit und Komfort hier unten und der eisig-kalten Gefahr, der die Männer in der Nordwand und ihre Retter gegenüberstehen. Fette Kühe weiden friedlich auf den Wiesen am Fuss des Berges – ein Bild wie auf der Etikette einer Schachtel Schweizer Streichkäse. Vielleicht hören Sie ab und zu den munteren Klang ihrer Glocken. Man schämt sich seiner eigenen Sicherheit, der Tatsache, dass man nichts tun kann, um zu helfen. Aber es ist so: Wir hier in Alpiglen können gar nichts tun ausser warten, gespannt zuschauen – und beten.»

Er machte eine kurze Pause und fuhr dann weiter, mit einer Spur unterdrückter Erregung in seiner Stimme.

«Es scheint loszugehen auf dem Gipfel. Die vereinten Rettungsteams haben ihren Standort etwas verschoben, und diesmal besteht grosse Hoffnung, dass es ihnen gelingt, einen Mann präziser zum schmalen Band hinunterzulassen, auf dem Albrecht, der Schweizer Bergführer, liegt. Obschon alle Augen auf ihn gerichtet sind, vergisst niemand von uns eine Sekunde lang den anderen Bergsteiger, der seit mindestens zwei Nächten und einem Tag am Ende eines Seils hängt. Man kann sich nicht vorstellen, was in ihm vorgeht, wenn er realisiert, dass er warten muss, bis er an der Reihe ist.

Ein Flugzeug der Schweizerischen Rettungsflugwacht flog heute Morgen an seinem wackeligen Sitz vorbei, um herauszufinden, mit welcher Methode er am besten gerettet werden könnte. Der Pilot berichtete, dass er unzweifelhaft verletzt sei, aber in erstaunlich guter Verfassung, gemessen an dem, was er bereits durchgemacht hat. Seine Identität ist weiterhin mysteriös, trotz der fieberhaften Anstrengungen, das Rätsel zu lösen. Er trägt immer noch seinen Kletterhelm und die Brille, zweifellos als Schutz gegen Stein- und Eisschlag. Natürlich hat er uns auch seinen Rücken zugekehrt, so dass es unmöglich ist, zu sagen – Halt – Ich glaube – jawohl, jetzt steigt eine winzige Gestalt am Stahlseil über die Wechte. Der zweite Versuch, Albrecht zu retten, hat begonnen.»

Ein Raunen ging wie ein Windstoss durch die dicht stehende Menschenmenge auf der Terrasse. Der lebhafte Betrieb an Hügis Kiosk, der den ganzen Morgen über geherrscht hatte, nahm merklich ab, während sich alle Augen auf den massigen Berg richteten. Der Reporter auf dem Balkon sprach weiter ruhig und unaufgeregt in sein Mikrofon; das Sprechtempo hatte allerdings leicht zugenommen.

«… Es sieht einfach aus, und klingt vermutlich auch einfach, einen Draht an einem Hüftgurt zu befestigen und sich selber über eine Felswand abzulassen. Niemand von uns macht sich allerdings Illusionen über die angebliche Einfachheit des Verfahrens. Der Mann, der an dem Seil hinuntergeht – sei es nun ein Deutscher oder ein Schweizer oder einer aus einem anderen in der Rettungsmannschaft vertretenen Land –, riskiert auf jedem Meter des Abstiegs sein Leben, wenn er sich 300 Meter oder mehr ins Leere hinablässt. Es war bereits gefährlich heute Morgen, als der erste Versuch abgebrochen werden musste, und es ist jetzt noch gefährlicher. Heute Morgen musste er mit einem Hagel aus Steinen und Eisbrocken rechnen, ganz abgesehen davon, dass das Gerät in irgendeiner Form versagen könnte. Er trägt einen Helm wie ein Motorradrennfahrer als Schutz gegen den Steinschlag. Aber jetzt muss er sich nicht nur vor Steinen und Eis in Acht nehmen. Während die Nachmittagssonne beginnt, den in der letzten Nacht gefallenen Neuschnee aufzutauen, während die natürliche Wärme der Nachmittagsstunden beginnt, das Eis zu schmelzen und Felsbrocken zu lösen, die von diesem Eis festgehalten worden waren, droht eine weitere Gefahr: Lawinen. Erst vor ein paar Jahren sind zwei Männer, ein Schweizer und ein Deutscher, in einer Lawine auf dem Gipfeleisfeld umgekommen, also genau an jener Stelle, über die der Retter jetzt mühselig abgeseilt wird.

Er geht sehr langsam abwärts, sehr sorgfältig. Egal, wies herauskommt, die Welt wird den Mut dieser Männer nicht so schnell vergessen, die sich freiwillig für ein derartiges Unternehmen gemeldet haben. Einige von ihnen sind Berufsbergführer, andere Amateure, Mitglieder eines Alpenclubs, die in Büros, Fabriken oder auf Bauernhöfen ihr Leben verdienen. Alle haben sich freiwillig gemeldet. Sie erhalten keine Entschädigung für ihren Aufwand. Es ist nicht Geld oder Ruhm, weswegen sie aus ganz Europa an diesem seltsamen Treffpunkt im Berner Oberland zusammengeströmt sind, sondern die Solidarität von Menschen, die ohne zu fragen Hilfe leisten.»

Eine Sekunde später ging die Stimme des Reporters in lautem Gemurmel und spitzen Angstschreien unter, die sich in der Menge ausbreiteten. Eine weisse Wolke fuhr plötzlich über das Gipfeleisfeld in die Tiefe und verdeckte die Sicht auf den absteigenden Retter. Für Sekunden wusste man nicht, was mit ihm geschehen war. Dann atmete die Menge erleichtert auf, als die weisse Masse im Trichter der Spinne verschwand und die winzige schwarze Gestalt wieder zum Vorschein kam. Er war nicht von der ganzen Wucht der Lawine erfasst worden, dachte Bellman, aber für einige lange Sekunden hatte er wohl nichts gesehen und nicht atmen können.

Die gleichmässige Stimme des Reporters war wieder zu hören.

«… überlebte diesen plötzlichen, bedrohlichen Angriff. Er hat nun etwa den halben Weg zwischen den Männern an der Winde und dem festsitzenden Bergsteiger hinter sich. Können wir uns hier unten vorstellen, wie es ist, am Ende dieses Seils zu hängen? Über ihm erstrecken sich das glatte, tückische Eisfeld und der scharfe Gipfelgrat; unter sich hat er nichts als einen Abgrund von gut 1800 Metern bis zu den Felshängen über Alpiglen. Sein Leben hängt buchstäblich an einem Faden: Es ist abhängig von den Männern, welche die Winde bedienen, und einem 5,2 Millimeter dicken Stahlseil. Ich habe eben den Durchmesser meines kleinsten Fingers gemessen: Er ist doppelt so dick wie der Draht. Sein Mut und seine Ausdauer werden in diesem Moment am meisten auf die Probe gestellt. Langsam, Zentimeter um Zentimeter, geht er abwärts, soweit wir das beurteilen können, in einer geraden Linie auf den Bergführer zu. Wenn sie gelingt, wird diese Rettung als Wunder der Technik und menschlicher Tapferkeit in die Geschichtsbücher eingehen. Vor wenigen Jahren noch, bevor das Stahlseilgerät erfunden wurde, wäre eine solche Rettungsaktion unmöglich gewesen. Niemals hätten zusammengeknotete Kletterseile die Belastung ausgehalten oder so weit hinuntergereicht. Jetzt setzen sie diese neue Erfindung, die sie Stahlseilgerät nennen, zum ersten Mal nicht bei einer Übung, sondern im Ernstfall ein, unter grimmigsten Bedingungen. Es ist ein wahrer Härtetest.»

Obschon er versuchte, nicht melodramatisch zu klingen, konnte sich der Reporter der packenden Spannung der Szene nicht entziehen, die er schilderte. Er gab sich Mühe, die Stimme zu kontrollieren, aber sie wurde immer gequälter, voll unterdrückter Emotionen.

«Ich würde sagen, dass der Mann am Seil nur noch wenige Meter vor sich hat. In wenigen Minuten wird er, wenn alles gut geht, das schmale Band erreicht haben – es kann nicht grösser sein als ein Bistrotisch –, auf dem Albrecht liegt. Langsam geht er weiter … langsam … mit grösster Vorsicht … Er darf nicht hastig werden. Eine unvorsichtige Bewegung, und er würde eine Lawine aus Schnee und Stein auslösen, die mit ihrem Gewicht und ihrer Geschwindigkeit fatal wäre für den Mann, den er zu retten hofft.

Nur noch ein paar Meter … Er ist praktisch auf gleicher Höhe, aber Distanzen zu schätzen, ist von unserem Standpunkt am Fuss dieses Riesenberges aus unmöglich. Er geht weiter hinunter … langsam … abwärts … abwärts … Jetzt hat er angehalten … Ich bin nicht sicher … Jawohl, jetzt kann ich endgültig sagen, dass er den Bergführer erreicht hat. Es scheint, dass er auf dem schmalen Band Halt gefunden hat … Ich glaube, das Stahlseil ist nicht mehr gespannt, was ihm Bewegungsfreiheit gibt … Er beugt sich über den leblosen Körper … Wenn das Funkgerät funktioniert, hat er sicher den gespannt wartenden Männern auf dem Gipfel bereits die Nachricht durchgegeben, auf die die ganze Welt wartet: Lebt er noch? Er kennt vielleicht auch eine zweite Antwort, die Antwort auf das Rätsel, das zu so viel Diskussionen in der Welt geführt hat: den Namen des Mannes, der mit Hans Albrecht in der Wand kletterte. Aber diese Antwort kann noch warten. Sie ist nicht so wichtig wie … Halt, ich glaube, ich kann … Jawohl, der Retter macht sich am Körper des Bergführers zu schaffen. Ich glaube, er versucht, den Grammingersitz unter den Körper zu schieben. Es muss unglaublich schwierig sein, dies auf so engem Raum zu tun …»

Doug Wilson, der ebenfalls dem ruhigen Kommentar vom Balkon über ihnen gelauscht hatte, fragte Bellman:

«Was zum Kuckuck ist ein Grammingersitz?»

Wie wenn er die Frage gehört hätte, in Wahrheit aber, weil ihm bewusst wurde, dass die meisten Hörer den Begriff nicht verstehen würden, fuhr der Reporter fort:

«… ein Tragriemen, eine Art Sitz aus starkem Segeltuch oder Leder. Der Retter versucht, dem zu Rettenden diese Gurtkonstruktion anzuziehen. Dann muss er sich den Mann auf den Rücken laden … Genau das passiert wohl jetzt … Ja, er versucht, auf die Beine zu kommen … Einmal ausrutschen, eine falsche Bewegung mit dem Fuss, und sie stürzen vom schmalen Band … Das Risiko ist hoch, aber jetzt steht er, das ganze Gewicht des Mannes auf seinem Rücken … Jetzt ist die Gefahr am grössten … Und soweit ich es beurteilen kann, hilft der Mann im Grammingersitz nicht mit; seine Arme hängen schlaff am Körper herab, sein Kopf baumelt unkontrolliert hin und her … Ich weiss nicht, ob das bedeutet, dass er … Ich kann es nicht sagen, vielleicht ist er einfach total erschöpft. Jetzt warten sie auf das Zeichen, dass es wieder aufwärts geht. Gut 300 Meter müssen sie wieder hinauf, es wird eine lange, gefährliche und anstrengende Reise, doppelt so gefährlich wie der Abstieg, denn diesmal hat der Retter einen hilflosen Mann auf dem Rücken, ob tot oder lebendig, können wir von Alpiglen aus nicht beurteilen.

Jetzt gehts los … Der Retter rammt die Steigeisen – lange Zacken aus Stahl, die er an seine Schuhe schnallen kann – kräftig ins Eis. Sie steigen auf, langsam, unendlich langsam, mit grösster Vorsicht … Wie ein Vater, der seinen Sohn huckepack trägt. Es ist ein langer, anstrengender Aufstieg, eine ungeheure Belastung für das Herz, wenn man bedenkt, was er für eine Last auf dem Rücken trägt und wie dünn die Luft ist, die er in dieser Höhe einatmet … Ich glaube nicht, dass viele von uns sich vorstellen können, wie hart der Kampf sein muss.»

In einer Pause sagte Claire leise zu Bellman:

«Was glaubst du, lebt Albrecht noch?»

Nach langer Beobachtung der leblosen Gestalt setzte Bellman sein Fernglas ab.

«Es sieht schlecht aus. Er hält sich nicht einmal mit seinen Armen fest, was ganz natürlich wäre, um das Gleichgewicht auf dem Rücken des Retters zu halten. Und sein Kopf hängt leblos zur Seite. Zumindest bewusstlos ist er ganz sicher.»

«Hör zu, John», sagte Doug Wilson drängend. «Ich gehe hinauf zur Scheidegg, um zu sehen, was Mac über den Bergführer weiss. Vielleicht hat er etwas aus dem Funk aufgeschnappt. Du bleibst da, und ich versuche etwas herauszufinden. Wenn Albrecht noch genug Kraft hatte, hat er vielleicht den Namen des armen Kerls genannt, der in dem Seil hängt. Nur einmal möchte ich schneller sein als Chipperfield.»

«Du könntest doch auch von hier aus anrufen?»

«Zweifelhaft. Die Linien sind sicher bereits besetzt.»

Bellmann nickte, und der Amerikaner schlich rasch durch die dicht gedrängt stehende, verstummte Menschengruppe.

Er war nicht stolz auf das Gefühl, aber er musste zugeben, dass der gleiche Gedanke zuvorderst in seinem Kopf herumspukte. Es hatte zwar zweite Priorität hinter der Rettung der beiden Männer, aber er musste sich ehrlich eingestehen, dass er brennend interessiert war, definitiv zu wissen, ob es sich um Stringberg oder Baron Mandoza handelte.

Während er weiterhin dem beschwerlichen Aufstieg von der Spinne zum gleissenden Gipfeleisfeld zuschaute, gab ihm Claire einen Stups und sagte leise:

«Wo geht er denn jetzt wieder hin?»

Er folgte ihrem Blick und sah, wie sich Chipperfield grob einen Weg durch den Hoteleingang in die Halle bahnte.

Bellman wusste auf der Stelle, was sein Rivale im Sinn hatte. Instinktiv stand er auf und folgte dem Journalisten.

Er kam gerade rechtzeitig, um zu sehen, wie sich die Tür zu Hügis Büro schloss. In wenigen Sekunden war er an der Tür. Der Ärger über die arrogante Art und Weise, wie Chipperfield ein Telefon für seinen persönlichen Gebrauch monopolisiert hatte, verdrängte allfällige Skrupel. Er versuchte, die Falle zu drücken, und die Tür ging auf. Chipperfield war zu sehr in Eile, als dass er daran gedacht hätte abzuschliessen.

Bellman stiess die Tür langsam auf.

Der Journalist wandte ihm den Rücken zu und lehnte sich über den Schreibtisch. Er sprach mit hektischer Dringlichkeit ins Telefon.

«… starb ein paar Augenblicke später? Hat er etwas gesagt? … Was soll das heissen, es macht keinen Sinn? … Verdammt noch mal, sag mir doch, was er gesagt hat?»

Seine kräftige Gestalt wurde plötzlich steif, wie wenn er einen Stromstoss erhalten hätte. Er richtete sich langsam auf und wiederholte, wie in Trance, die Nachricht, die über die rauschende Leitung gekommen war, die Nachricht, die der sterbende Bergführer hinterlassen hatte:

«Das Flugzeug war schuld … Sie haben es gesehen.»

Wie im Traum legte er den Hörer auf und drehte sich langsam um. Es war, als würde er durch Bellman hindurchsehen. Sein Gesicht war weiss wie ein Leintuch.

Langsam liess der Schock nach, und seine Augen sahen wieder scharf. Dass es ausgerechnet Bellman war, der sein Gespräch mitgehört hatte, schien ihn nicht zu stören. Er schien jenseits des Punktes zu sein, an dem man ihn noch hätte schockieren können.

«Hast du das gehört?», sagte er leise, mit heiserer Stimme.

«Er ist tot … Ohne den Namen genannt zu haben. Alles, was er sagte, war –»

Bellman nickte grimmig und beendete den Satz an seiner Stelle:

«Das Flugzeug war schuld. Sie haben es gesehen», wiederholte er langsam.

11. Kapitel

Als die Nacht hereinbrach, war der Mann am Ende des Seils noch am Leben.

Das wusste man ganz sicher, denn man hatte ihn gehört. Er hatte einem italienischen Retter Antwort gegeben, der am späteren Nachmittag abgestiegen war und einen erfolglosen Versuch unternahm, zu ihm vorzudringen.

Das Seil auf dem Stahlseilgerät war zu kurz, auch wenn 100 Meter lange Stücke zusammengekoppelt wurden. Es blieben mehr als 100 Meter zwischen dem äussersten Punkt, den ein Retter am Drahtseil erreichen konnte, und der Stelle, wo der Bergsteiger hing, festgehalten von einem Felsen am Fuss der Rampe.

«Kannst du durchhalten?», hatte der Italiener gerufen. «Hilfe ist unterwegs. Wie geht es dir?»

Die Antwort von unten, heraufgeweht von einer Windböe und fast unhörbar wegen des Lärms durch die losen Steine, die weiter unten auf die Felswand aufprallten, hatte wie zwei Wörter geklungen:

«Hungry … Cold.»

Das schien der Beweis zu sein. Nicht nur, dass er lebte – daran hatte es keinerlei Zweifel gegeben, denn man hatte deutlich gesehen, dass er von Zeit zu Zeit die Arme bewegte –, sondern wer er war. Es musste Mandoza sein. Aus all den Details, die durch die energische Suche nach Kurt Stringberg ans Tageslicht gekommen waren, wusste man, dass der Bergsteiger aus München kein Englisch sprach. Alle Zweifel beseitigt – bis jemand darauf hinwies, dass die Wörter fast gleich klangen, wenn man sie deutsch aussprach:

«Hungrig … Kalt.»

Es hätten beide Sprachen sein können. Und beide Männer. Jede Sicherheit war dahin. Man wusste nur, dass er noch lebte, allerdings offensichtlich immer schwächer wurde. Und man wusste, dass er nicht mit der Methode gerettet werden konnte, die man bei Albrecht, fast mit Erfolg, eingesetzt hatte. Die moderne Technik hatte das Wunder möglich gemacht, und es gab wenig Zweifel, dass das Stahlseilgerät Albrecht hätte retten können, wenn er noch ein klein wenig mehr Lebenswillen in seinem erschöpften und geschundenen Leib gehabt hätte, als ihn der Schweizer Retter erreichte.

Aber die harten Worte hatte der Bergführer mit letzter Kraft geflüstert. Er war auf dem langen, strapaziösen Aufstieg zum Gipfel gestorben. Es war nicht die Kälte, die ihn getötet hatte, oder der Hunger, obschon sie ihn die letzten Kraftreserven gekostet hatten, mit denen er gegen die Verletzungen hätte ankämpfen können. Es war klar, dass er abgestürzt sein musste, und zwar schwer. Ein Bein war gebrochen, und sein Körper war übersät mit Prellungen und Schnittwunden, aber es war vor allem der Blutverlust aus einer klaffenden Wunde am Kopf, der ihn schliesslich umbrachte.

Wo genau er gestürzt war und wie, und wie er von seinem Kameraden getrennt worden war, blieb ein Geheimnis.

Chipperfield ritt auf diesem Punkt in seinem Artikel herum; er sah darin eine Chance, eine neue Facette der Story ins Spiel zu bringen. Unter dem Titel «MORDWAND FORDERT DRITTES OPFER» schrieb er:

«Wir werden vermutlich das Geheimnis nie lösen können, warum Hans Albrecht allein weitergeklettert ist. Es geht ein

Gerücht um, dass er möglicherweise mit seinem berühmten Gast Streit gehabt hatte. Wäre das absolut ausgeschlossen? In der erbarmungslosen Eigernordwand ist schon Seltsameres passiert. Männer in Gefahr handeln nicht immer heroisch, obwohl uns das Optimisten immer wieder weismachen wollen.»

Es war reine Spekulation, nicht mehr als ein neues Scheit, das er ins Feuer warf, aber irgendwer musste die Gerüchte ja in die Welt setzen; sie kommen nicht von selber in Umlauf. Aus der Befürchtung, vielleicht doch etwas weit gegangen zu sein, fuhr er fort:

«Oder versuchte er vielleicht doch einfach, sein eigenes Leben zu retten? War es in Tat und Wahrheit ein Akt reinen Heroismus', ein tapferer Versuch, die Aussenwelt zu erreichen und Hilfe für seinen Kameraden in Not zu holen? Die Wolken, die den Eiger den ganzen Mittwoch über verhüllten, der schreckliche Sturm, der in der folgenden Nacht wütete, und der heftige Schneefall, der alle Spuren verwischte, sorgen dafür, dass das Geheimnis für immer ungelüftet bleibt.»

Als er sich dem Ende seines Artikels näherte, der die dramatischen Ereignisse des fünften Tages zusammenfasste, konnte er angesichts der Art und Weise, wie das Schicksal mitgespielt hatte, ein innerliches Gefühl des Triumphs nicht unterdrücken. Die ganze Geschichte hatte seine Erwartungen weit übertroffen. Sie dauerte nun schon fünf Tage an und versprach noch mindestens einen oder zwei weiterzulaufen. Sieben Tage: Kein Einzelereignis konnte auf eine derart lange Lebensdauer hoffen. Jede Facette der Geschichte, die er ausgelotet, jeder strategische Schritt, den er geplant hatte, erwies sich als Volltreffer.

Jasmine bewies lobenswertes Geschick bei ihrem Auftritt während des letzten Rettungsversuchs des Tages. Zweifellos würde am nächsten Tag ihr Gesicht in den Wochenschauen auf den Kinoleinwänden und Bildschirmen der ganzen Welt zu sehen sein. Bereits hatte ihm Bernheim ein hübsches Angebot einer Sonntagszeitung für ihre Lebensgeschichte übermittelt, die er zu gegebener Zeit unter ihrem Namen schreiben würde, und zwei grosse Illustrierte aus Deutschland und Frankreich mit hohen Auflagen hatten eine schöne Summe für ihr Bild (vierfarbig, mit dem Eiger im Hintergrund) geboten, das sie als Titelbild verwenden wollten.

Der Flankenangriff, den er via Zellwäger gegen die deutsche Rettungsmannschaft geführt hatte, zeigte alle Anzeichen für eine Entwicklung hin zu einer harten Auseinandersetzung. Wie er erwartet hatte, schlug ein Teil der deutschen Presse heftig zurück. Ein scharfer Streit zwischen den beiden Ländern bahnte sich an, zum grossen Vergnügen jener Teile des Publikums, die Freude an wüsten gegenseitigen Beschimpfungen haben.

Eine weitere Quelle für die Zufriedenheit Chipperfields waren Bernheims Bemühungen um die finanzielle Auswertung der Geschichte in London und Amerika. Zusammen mit den zwar angenehmen, aber natürlich rein nebensächlichen Abkommen, die er mit Hügi im Hotel getroffen hatte, würde es genügen, um ihn zu einem sehr reichen Mann zu machen, wenn die Geschichte vorbei war. Reich und berühmt. Ein Publikum, das grösser war, als er sich je erträumt hatte, lernte seinen Namen kennen, den die Layouter gekonnt mit fetten Lettern über seine sensationellen Artikel gesetzt hatten. Er spielte sogar mit dem Gedanken, seinen Titel, den er sich ohnehin selber gegeben hatte, zu ändern: der Fackelträger der Wahrheit klang etwas zu langweilig, dachte er. Er stellte sich eher etwas vor wie «König der Newsjäger» oder «Der grösste Kolumnist der Welt». Den Redaktoren würde es zwar nicht passen, aber sie mussten sich damit abfinden. Von nun an gab er den Ton an.

Die Zukunft sah sehr rosig aus. Mit einer einzigen dunklen Wolke am Himmel: den Worten, die der sterbende Bergführer zuletzt gesagt hatte.

Die waren ein Problem, ohne Zweifel. Aber er hatte schon wüstere Unwetter durchgestanden, warum nicht auch dieses.

Zuerst war er sehr überrascht, als er hörte, was der Bergführer Albrecht gesagt hatte. Das Schicksal hatte sich anscheinend gegen ihn gewendet und ihm einen bösen, hinterhältigen Schlag versetzt. Es hatte keinen Sinn, alles vertuschen zu wollen. Jeder Mann des internationalen Rettungsteams auf dem Gipfel musste von den Worten gehört haben. Über kurz oder lang würden sie sich durch das ganze Tal verbreiten. Er musste irgendetwas finden, um einen Gegenangriff zu starten.

Als Erstes machte er sich zur Aufgabe, die Bedrohung zu analysieren, in aller Nüchternheit. Der Bergführer hatte zwei Sätze von sich gegeben. Jedoch, waren die beiden Sätze überhaupt so grossartig? Aus ihrem Kontext gerissen, bedeuteten sie eigentlich nichts. «Das Flugzeug war schuld». Welches Flugzeug? Er war nicht der Einzige, der auf der Jagd nach sensationellen Bildern in die Nähe der Bergsteiger geflogen war. «War schuld» – woran? Das hatte der Mann nicht gesagt. Und der zweite Satz: «Sie haben es gesehen.» Wer war «sie»? Und was sollen sie gesehen haben?

Feinde wie Bellman würden natürlich versuchen, ihm daraus einen Strick zu drehen. Als sehr erfolgreicher Mann gewöhnte man sich an die eifersüchtigen Köter, die hinter einem her kläffen. Es würde bestimmt Schwierigkeiten geben, aber er war überzeugt, dass er damit fertig würde. Es konnte doch niemand im Ernst den gestammelten Worten eines sterbenden Mannes viel Gewicht beimessen, eines Mannes, der den Alptraum von vier Tagen und Nächten in der Eigernordwand hinter sich hatte, mit einem schrecklichen Sturm und schweren Verletzungen am ganzen Körper. Albrecht starb, bevor er noch mehr sagen konnte. Ein Toter ist ein schlechter Zeuge. Nein, er hatte nichts zu befürchten. Und einen Faktor hatte er ganz auf seiner Seite: Alle, die bei der Rettungsaktion dabei waren, würden in den nächsten Tagen alle Hände voll zu tun haben, wenn ein letzter Anlauf zur Rettung des anderen Bergsteigers unternommen würde.

Während er seinen Artikel für die Übermittlung nach London bereitmachte, klingelte das Telefon auf dem Schreibtisch.

Zellwäger war dran und berichtete aus der Einsatzzentrale der Schweizer Retter auf der Scheidegg. Seine Stimme war ganz angespannt vor unterdrückter Erregung.

«Die Luft vibriert hier mit Nachrichten. Man ist sich nicht einig über die beste Methode, wie man an den Mann herankommen könnte. Jeder scheint seine eigene Lieblingstheorie zu haben.»

«Grossartig», freute sich Chipperfield. «Ein bisschen Uneinigkeit hat einer Story noch nie geschadet. Wie haben sie sich denn entschieden?»

«Nun, soweit ich das beurteilen kann, werden morgen nicht weniger als drei verschiedene Rettungskolonnen unabhängig voneinander im Einsatz sein.»

«Drei! Dann ist es also nicht nur Schweiz gegen Deutschland?»

«Nein, so simpel ist es nicht. Eine ganze Ladung neuer Freiwilliger hat sich eingeschaltet, alle mit eigenen Ideen. Die drei Pläne lauten wie folgt: Einige auf dem Gipfel bleiben oben und versuchen noch einmal, einen Mann am Stahlseilgerät abzulassen, sobald –»

«Aber das haben sie doch schon versucht? Er kommt nicht weit genug hinunter, das sieht doch ein Blinder!»

«Ja, das schon, aber die Idee ist, ihn so weit wie möglich abzuseilen und dann allein weiter absteigen zu lassen in Richtung Rampe, wo Mandoza hängt.»

«Geben sie jetzt alle zu, dass es Mandoza ist?», fuhr Chipperfield eifrig dazwischen.

«Nein, das kann man nicht sagen. Die Deutschen und ein paar andere bleiben bei Stringberg. Sie sagen, es müsse ein Deutscher sein, weil er ‹hungrig … kalt› gesagt habe.»

«Das beweist eben gar nichts», warf Chipperfield verärgert ein. «Es hätte ebenso gut ‹hungry … cold› sein können, die Wörter klingen fast gleich.»

«Richtig. Wie auch immer, Versuch Nummer 1 kommt also vom Gipfel, wie ich schon gesagt habe. Aber viele Experten sagen, das sei unmöglich, eine verrückte Idee. Selbst wenn es dem Retter gelänge, aus der Spinne herauszukommen, was schon verdammt gefährlich ist, und dann die Rampe hinunterzuklettern, wie soll er dann an den Baron herankommen, um ihn herauszuholen? Es ist deutlich zu sehen, dass er an einem Arm ziemlich verletzt ist, er hat vermutlich kaum mehr Kraft, um sich selber zu helfen. Es braucht also sicher mehr als einen Mann, um ihn herauszuholen.»

«Das gleiche Argument gilt für alle anderen Versuche, scheint mir.»

«Vielleicht. Theorie Nummer 2 ist auf jeden Fall, dass es keinen Sinn hat, nur mit einem Mann in seine Nähe zu gelangen. Deshalb klettert ein Team von unten hinauf und hofft, ihn so zu erreichen.»

«Das wird Stunden dauern, mindestens den ganzen Tag. Der Baron hängt ungefähr auf 3400 Metern, sie werden morgen nie bis dort hinaufkommen.»

«Auf der Normalroute ganz sicher nicht. Deshalb hier der andere Plan: Sie nehmen den Zug bis zum so genannten Stollenloch, einer Haltestelle auf halbem Weg zwischen den Stationen Eigergletscher und Eigerwand. Der Zug fährt ja in einem langen Tunnel mitten durch den Berg –»

«Ich weiss, ich weiss», sagte Chipperfield gereizt. «Das Stollenloch ist eine Galerie, oder vielmehr eine Reihe von Galerien, die wie Fenster in die Wand gehauen sind.»

«Genau. Die Retter steigen durch eine dieser Galerien in die Wand ein und klettern von da aus hinauf. Das bedeutet, dass sie sich beim Start bereits auf einer Höhe von 2730 Metern befinden.»

«Ich verstehe. Keine schlechte Idee, klingt aber gefährlich. Und weiter?»

«Die dritte Rettungskolonne klettert auf der Lauperroute über die Nordostwand zum Mittellegigrat auf. Es gibt sogar ein Gerücht, dass die Rettungsflugwacht die Männer dort hinauffliegen und versuchen wird, auf dem Mittellegigrat zu landen, um Zeit zu sparen.»

«Fantastisch. ‹Schweizer Flieger landen auf dem Todesgrat› – verkauft sich gut am Kiosk. Und was dann?»

«Etwas, was man noch nie gemacht hat, soviel ich weiss: Sie versuchen, von Nordosten über die Rampe in die Wand einzusteigen und von dorther zu ihm zu gelangen.»

«Warum hat man das bisher noch nie versucht?»

«Ich weiss nicht. Klettertechnische Schwierigkeiten, vermutlich. Ein Schweizer Bergführer, mit dem ich sprach, hat mir gesagt, bis jetzt habe noch niemand eine Route aus der Rampe zum Mittellegigrat gefunden, was dann logischerweise auch für die umgekehrte Richtung gilt. Das wärs also, drei Teams mit mehr als 50 Mann insgesamt, die versuchen, einen einzigen Mann zu retten.»

«Hervorragend. Sagen wir 60 – 60 für einen. Sehr beeindruckend. Haben Sie eine Idee, was für Nationalitäten dabei sind?»

«Ein paar Belgier sind noch dazugekommen, und zwei Franzosen aus Chamonix, dazu ein berühmter Bergsteiger aus Japan, der offenbar in der Gegend Ferien macht. Es müssen insgesamt sechs oder sieben Nationen vertreten sein.»

«Sagen wir acht. ‹Acht-Nationen-Team› klingt besser. Finden Sie mehr heraus über den Plan, das dritte Team auf den Nordostgrat zu fliegen. Das hat ein grosses Glamourpotenzial. Hat jemand daran gedacht, einen Helikopter einzusetzen?»

«Ein Helikopter? Der ist nicht geeignet. Jemand hat die Frage heute Abend in einer Sitzung in der Rettungszentrale aufgeworfen. Es ist offenbar so, dass ein normaler Helikopter nicht viel höher fliegen kann als etwa 2500 Meter. Das ist ihre Limite.»

«In den USA gibt es eine Maschine, die fliegt bis über 4000 Meter, soviel ich weiss», sagte Chipperfield.

«Ja, aber Amerika ist weit. Glauben Sie mir, es wird eine der drei Gruppen sein, die Mandoza herausholt.»

«O. K. Ist das alles von Ihrer Seite?»

«Nicht ganz.»

Zellwäger machte eine kurze Pause und sagte dann:

«Es gibt noch eine Nachricht, die hier herumschwirrt.»

Chipperfield war sich nicht sicher, aber er hatte den Eindruck, dass er eine Spur Bösartigkeit aus der Stimme herausgehört hatte. Den letzten Satz hatte er mit einem gewissen Behagen gesprochen, wie wenn er den feinsten Happen für den Schluss des Gesprächs aufgehoben hätte.

«Und was wäre das?», fragte Chipperfield scharf.

«Man redet von einer Untersuchungskommission.»

Chipperfields Herz schien stillzustehen.

«Und was soll untersucht werden?»

«Die Rettungsaktion.»

Für mehrere Sekunden blieb es still im Telefon. Chipperfield dachte fieberhaft nach. Mit einem Mann von Zellwägers Kaliber musste er aufpassen. Diese Sorte wechselt die Seite sehr schnell. Endlich sagte er:

«Was gibt es da zu untersuchen?»

«Offenbar einen Haufen Dinge. Die Leute kritisieren die Durchführung –»

«Was für Leute? Wer sind sie?»

«Die Deutschen zum Beispiel. Und viele Schweizer. Sie sagen, der erste Versuch, Albrecht zu retten, sei ein einziger Pfusch gewesen. Die Deutschen schlagen natürlich zurück, wegen der Kritik, die ihre arrogante Haltung ausgelöst hat –»

«Nicht ganz unverständlich, wenn man bedenkt, wie massiv Sie ihnen an den Karren gefahren sind», warf Chipperfield aalglatt ein. Es war höchste Zeit, dem kleinen Emporkömmling die Flügel zu stutzen. Er lächelte verschmitzt, als er sich vorstellte, wie Zellwäger am anderen Ende der Leitung leer schluckte.

«Aber Sie selber haben doch vorgeschlagen –», begann Zellwäger, die Stimme schrill vor Ärger.

«Fahren Sie fort. Sie sprachen von der Untersuchungskommission. Wer stimmt auch noch in den Tenor ein?»

«Die Schweizer», antwortete Zellwäger mürrisch. «Es scheint, dass es sie in ihrer Nationalehre getroffen hat, dass sie nach den Deutschen auf dem Gipfel waren. Und dann wurmt es sie, dass sie Albrecht nicht lebend gerettet haben.»

«Heldenhaftes Scheitern würde ich das nennen.»

«Ja, aber dennoch ein Scheitern. Die Kritiker der Schweizer Rettungskolonne sagen, er wäre vielleicht nicht gestorben, wenn sie früher bei ihm gewesen wären. Letztere wehren sich natürlich. Die Idee einer Untersuchungskommission könnte vielleicht die Luft klären. Ihr Name wurde auch genannt. Ich dachte, ich sollte Sie warnen.»

«Mein Name? Wo zum Teufel komme ich ins Spiel?»

Das hatte er natürlich erwartet, aber er musste Zellwäger gegenüber Überraschung und Wut vorspielen.

«Ich weiss nicht genau. Es sieht so aus, als ob der Obmann der ersten Rettungskolonne im Sinn hat, Sie vorzuladen, wenn es eine Untersuchungskommission gibt. Es hat etwas mit den seltsamen Worten zu tun, die Albrecht gesagt hat, bevor er starb. Und mit der Höhe, die Sie ihnen angegeben haben.»

Es gab eine weitere Pause, in der Chipperfield sich vorstellte, wie sich der andere Mann verstohlen die Lippen leckte.

Dann sagte Zellwäger leichthin:

«Ich wollte Sie bloss ins Bild setzen. Ich melde mich wieder, wenn sich etwas Neues ergibt.»

Mit einem fröhlichen Gruss beendete er das Gespräch.

Chipperfield ärgerte sich, dass seine Hand leicht zitterte, als er den Hörer auflegte.

* * *

Er hatte natürlich damit gerechnet, aber nicht ganz so früh. Er hatte sich auf Schwierigkeiten von der einen oder anderen Seite vorbereitet, aber dass sich die Sache so schnell entwickelte, das hatte er nicht erwartet. Bis jetzt war allerdings noch nichts entschieden, kein Termin oder Ort, keine Liste mit Namen, nichts, was darauf hinweisen würde, dass tatsächlich eine Untersuchungskommission gebildet wurde. Sie konnten unmöglich damit beginnen, bevor Mandoza gerettet war. Das gab ihm ein wenig Zeit – mindestens 24 Stunden –, um seine Verteidigung vorzubereiten. Und von einer Sache war er felsenfest überzeugt: Angriff ist die beste Verteidigung.

Es war nicht, wie er erwartet hatte, Bellman, den er am meisten fürchten musste, und auch keine Schar von eifersüchtigen Berufskollegen, die nach seinen Waden bissen, weil er ihnen die besten Geschichten vor der Nase wegschnappte, nein, es sollte ein schwerfälliger Berner Bauer sein, ein älterer, etwas begriffsstutziger Bergführer, der ihm gefährlich werden konnte.

Die Tatsache, dass er vorher den Ausdruck «heldenhaftes Scheitern» verwendet hatte, um die Arbeit des Obmanns und seiner Leute zu beschreiben, machte ihm keinerlei Probleme. Er zog die Schreibmaschine zu sich her und spannte ein Blatt Papier ein. Er würde den Führer und seine zwei Begleiter fertig machen, zerstören mit ihren eigenen Worten. Er suchte die stenografierten Notizen von der Begegnung hervor, als sie ihn um vier Uhr früh aus dem Bett geholt hatten. Genau wie er gedacht hatte: Er brauchte kaum ein Wort zu verändern. Sie waren Wachs in seinen Händen.

Nach einigen Momenten des Nachdenkens begann er wie ein Verrückter zu tippen.

* * *

Als er fertig war, bestellte er einen Anruf nach London und befahl dem verschüchterten jungen Angestellten, den Hügi mitgebracht hatte und der vor der Bürotür wachte, ihm aus der Bar einen Drink zu besorgen. Dann nippte er gedankenverloren an dem doppelten Whisky und rauchte eine Zigarette nach der anderen, bis das Telefon klingelte und er Bernheims Stimme in der Leitung hatte. Er sagte:

«Ich habe zwei grosse Geschichten für dich, Bernie: einen Bericht über die erfolglosen Rettungsaktionen von heute und einen Folgeartikel. Sie sind beide äusserst brisant, drum vertreib die Sekretärin von deinem Schoss und hör zu. Bist du bereit …?»

Er diktierte schnell. Als er den ersten Bericht beendet hatte, sagte er:

«Und jetzt der zweite Artikel: ‹Während sich der High-Society-Playboy bereit macht, eine weitere – die fünfte – grausame Nacht in der Mordwand zu verbringen, sind mir heute Abend Gerüchte zu Ohren gekommen, dass eine unabhängige Untersuchungskommission gebildet werden soll, welche die Organisation und die Durchführung der Rettungsaktionen in der Eigernordwand unter die Lupe nehmen soll.

Ehrlich gesagt, überrascht mich dieser Schritt nicht. Ich bin in der Lage, einige beunruhigende Fakten über die Männer zu enthüllen, welche die erste Rettungskolonne bildeten, Männer, die das Publikum noch so gerne, aber offensichtlich etwas voreilig, als Bilderbuchhelden und als die grössten Experten auf der ganzen Welt ansieht.

Die zentrale Kritik, welche diesen Männern entgegenschlägt, betrifft die Wahl der Route, die angeblich der Hauptgrund dafür war, dass Albrecht nicht lebend gerettet werden konnte. Es war auf jeden Fall eine rätselhafte Wahl. Mit ihrem Entscheid, per Bahn ins Jungfraujoch zu fahren und dann auf der anstrengenden Route via Mönchsjoch den Eigergipfel zu erreichen, statt in wenigen Stunden über die Eiger-Westflanke aufzusteigen (wie das die Deutschen einen halben Tag später machten), ging viel wertvolle Zeit und Energie verloren. Hinterher die Münchner Bergsteiger mit einer Reihe von höhnischen Bemerkungen und Sticheleien abzukanzeln, war der Sache auch nicht dienlich und als Erklärung für ihre seltsame Entscheidung untauglich. Es war für sie sicher ärgerlich, dass sie nicht als Erste den Gipfel erreicht hatten, aber es gibt doch ein altes Motto in Sportkreisen: ‚Möge der Beste gewinnen.'

Es ist allerdings müssig, sportliche Ethik und Moral zu erwähnen. Das Bergsteigen wurde uns immer stolz als eine der wenigen kommerzfreien Sportarten präsentiert. Es ist für mich (und ich bin sicher, auch für die Leser) sehr schmerzhaft, die Worte zu hören, die einer der Führer der ersten Rettungskolonne gesagt hat: ‚Wir werden nie Millionäre sein, die Bezahlung eines Bergführers ist schäbig.' Ich überlasse es meinen Lesern zu beurteilen, ob diese Bemerkung – eingedenk der heroischen Leben, die auf dem Spiel stehen – ohne kommerziellen Hintergedanken geäussert wurde oder nicht.

Die Frage, ob jemand eine Bezahlung erwarten soll, der das Leben eines Menschen rettet, ist vielleicht eine offene Frage.

Was aber meine Leser sicher schockieren wird (ich zitiere weiterhin wörtlich), ist die Bemerkung, die einer der Männer machte, in deren Händen die Rettung ihres Bergführerkameraden Hans Albrecht lag. Es sei daran erinnert, dass Albrecht vor Jahren aus dem lokalen Bergführerverband ausgeschlossen wurde. Die harten Worte, die meine Ohren erreichten, waren: ‚Er hat es verdient, dass man ihn hinauswarf und ihm verbot, als Bergführer zu arbeiten.' Kommt die erstaunliche Antwort auf meine Frage hinzu, ob sie eine Rettungskolonne auf die Beine stellen werden. ‚Wir sind dazu verpflichtet', was wenig später mit dem noch desillusionierteren Kommentar ergänzt wurde: ‚In Tat und Wahrheit kann uns niemand zwingen, an der Rettung teilzunehmen.' Wenn man all das zusammennimmt, bekommen Sie vielleicht wie ich das Gefühl, dass es tatsächlich Grund zur Besorgnis gibt.

Aber ich will nicht urteilen. Das ist nicht die Aufgabe eines Reporters. Ich überlasse es ganz einfach dem Leser zu entscheiden, welche Chance die bedauernswerten, dem Tod geweihten Bergsteiger in der Eigermordwand hatten, wenn diese in der Hand von Männern lag, die von derart niedrigen Motiven wie persönlicher Animosität, internationaler Rivalität und schäbigem Liebäugeln darüber, was dabei herausschaut, getrieben sind.›»

Nach langer Stille kam Bernheims Stimme.

«Mein lieber Paddy, das Zeug ist Dynamit. Bist du sicher, du weisst, was du tust?»

«Du kannst mir vertrauen, Bernie. Habe ich dich schon einmal im Stich gelassen?»

«Ja, mehrmals. Aber darum gehts gar nicht. Sag einmal, warum feuerst du auf einmal so auf das Schweizer Team? Hier hat man den Eindruck, die hätten sich ganz wacker geschlagen. War es nicht am Ende ein Schweizer, der den toten Bergführer herausholte?»

«Ich glaube, ja. Aber das muss nicht unbedingt erwähnt werden. Meine Gründe sind strategischer Art, Bernie. Ich erklär dirs, wenn die Story tot ist.»

«Ich muss deine Geschichte erst nach möglichen Gründen für eine Klage abchecken lassen, bevor ich sie den Zeitungen verkaufe.»

«Brauchst du nicht, die Geschichte ist wasserdicht. Praktisch jedes Wort ist in meinen Notizen, und meine Stenografieschrift ist sehr leserlich.»

«Trotzdem, es gibt schliesslich so etwas wie ‹Fehlinterpretation›, um es höflich auszudrücken.»

«Ja, und so etwas wie ‹fairen Kommentar› auch. Lass die Stories raus, und zwar sofort, um Himmels willen. Ich habe nie eine bessere geschrieben. Hier ist noch der nächste Leckerbissen. Dic Sache ist noch nicht bestätigt, aber es sieht so aus, als ob morgen nicht weniger als drei verschiedene Versuche unternommen werden, den Baron zu retten. Es werden etwa 60 Mann aus rund acht Nationen so ziemlich überall auf dem ganzen Berg herumkraxeln.»

«Tönt nach einer grossen Sache. 60 für einen, he?»

«Genau. Das Publikum wird sich darauf stürzen. Drei Teams voller furchtloser Tod-oder-Ruhm-Sucher. Und meine Wenigkeit hat eine prima Idee. Warum sagen wir nicht vier.»

«Was, willst du selber hochklettern, Paddy? Dann bestelle ich besser gleich einen Kranz», kam die sarkastische Antwort.

«Nicht ich, mein Lieber. Nichts derart Tollkühnes. Paddy Chipperfield hat einen Berg nie anders bestiegen als in einem gepolsterten Sitz in der Eisenbahn und wird sich in diesem späten Stadium seiner illustren Karriere nicht mit Seilen und Steigeisen herumärgern.»

«Gut, das zu hören.»

«Hier ist der Plan, Bernie, halt dich fest, denn das ist der Wahnsinn.»

Als er fertig geredet hatte, musste Bernheim zugeben, dass der Plan in der Tat wahnsinnig war.

12. Kapitel

Zellwägers Informationen stimmten. Drei Rettungskolonnen mit mehr als 50 Mann aus sieben Nationen brachen in den frühen Morgenstunden des Freitags auf, um in einem Totalangriff das Leben des Mannes zu retten, der am Ende des Seils in der Eigernordwand hing. Die Hoffnung von Millionen mitfühlender Menschen auf der ganzen Welt begleitete sie.

Bei Tagesanbruch am Freitagmorgen waren zwei Teams in Position. Kolonne Nummer 1 auf dem Gipfel war bereit und wartete nur darauf, dass sich der Morgennebel auflöste. Das Gleiche meldete die zweite Kolonne, die beim Stollenloch, den offenen Galerien im Berg, bereit stand. Die dritte Gruppe, die den weitesten Weg zurückzulegen hatte, meldete über Funk, dass sie hofften, gegen Mittag auf dem Mittellegigrat anzukommen. Es erwies sich als unmöglich, sie dort hinaufzufliegen. Alles war bereit. Einzig der dicke Nebel, der die Nordwand verhüllte, hielt sie auf. Sie konnten nicht anfangen, bevor er nicht verschwand.

Aber der Nebel machte keine Anstalten, sich aufzulösen.

Als die Sonne aufging, war vom grossen Berg nichts zu sehen ausser sein Fuss. Es war unmöglich, die Operation zu starten.

Der Morgen zog sich dahin, und aus dem Nebel wurden dicke Wolken. Kein einziger Gipfel in der ganzen mächtigen Bergkette der Berner Alpen ragte aus dem Gewölk. Und der Wind, der in der vergangenen Woche manchmal in heftigen Böen und dann wieder in beständiger Stärke geweht hatte, der Wind, der als Einziger die Wolken hätte vertreiben können, nahm stufenweise ab, bis er eine sanfte Brise war und schliesslich völlig erstarb. Man studierte Wetterberichte, Experten, die das Tal gut kannten, wurden befragt, aber keiner wagte eine klare Prognose darüber, wie lange die Zeit der trägen Ruhe noch andauern würde.

In der grossen Menschenmenge, die in dem grossen natürlichen Amphitheater wartete, wurde rundum darüber spekuliert, welche Rettungschancen der überlebende Mann noch hatte. Hatte er die fünfte Nacht unter freiem Himmel überlebt? Wie lange hielt er noch durch?

Die einen glaubten, ihn flüchtig gesehen zu haben, als sich kurz ein Loch in den Wolken auftat. Andere sagten, sie hätten den Punkt ausgemacht, wo er an den vergangenen Tagen zu sehen gewesen war, aber jetzt sei von einer menschlichen Gestalt nichts mehr zu sehen. Sie waren überzeugt, dass der Mann am Seil seinen wackeligen Halt verloren hatte und abgestürzt war. Die Gerüchte jagten sich, die Fantasie trieb wilde Blüten – und die Wahrheit versteckte sich hinter undurchdringlichen weissen Wolkenbänken.

Niemand konnte etwas tun. Nichts konnte man tun, ausser warten.

Für einige war dies der unerträglichste Teil der ganzen Tragödie, selbst für Männer wie John Bellman und Doug Wilson, McKechnie und Saltash – abgebrühte Zeitungsleute, durch langjährige Erfahrung angeblich immun geworden gegenüber jeder Form von menschlichem Leid und Drama.

Für andere, die ebenso bewegt waren durch Mitleid und grosse Sorge, gab es wenigstens ein Ventil: harte Arbeit. Claire gehörte zu ihnen, ebenso wie eine ganze Reihe von Leuten, die als Angestellte in den Hotels, Restaurants, Läden und bei der

Eisenbahn lange und ermüdende Arbeitstage hinter sich brachten.

Für andere wiederum bedeutete die Verzögerung nur eines: reinen Profit. Dies waren die Schüler Paddy Chipperfields, Männer wie Ferguson und Zellwäger, die jede Phase der Tragödie allein unter dem Aspekt betrachteten, ob sie Schlagzeilen machte und die Aufmerksamkeit der Massen weckte. Und Männer wie Hügi. Jeder zusätzliche Tag, den die Geschichte weiterlief, bedeutete einen erstaunlichen finanziellen Profit für ihn. Das Fernrohr war zwar praktisch nicht in Betrieb, aber das Geschäft am Kiosk auf der Terrasse, der Betrieb an der Bar und im Restaurant, die Gäste, die er in die Zimmer gestopft hatte – alles lief prächtig. So etwas hatte er in seinem ganzen Leben als Geschäftsmann noch nie erlebt.

Nervöse Anspannung, entdeckte Hügi, macht sich auf verschiedene Weise bemerkbar, zum Beispiel in schlechter Laune und Unvernunft, aber auch als Durst und Hunger. Die ständige Nachfrage nach Essen war unglaublich. Die Tatsache, dass niemand Zeit und Musse hatte, um eine liebevoll zubereitete Mahlzeit zu geniessen, war unübersehbar. Er erkannte sofort, dass jetzt vor allem Snacks gefragt waren. Er liess darum die vielen kleinen Tische, die normalerweise im grossen Esssaal verteilt standen, entfernen und der Wand entlang aneinander reihen. Tragbare Heizplatten und Rechauds wurden aufgestellt, und in Kürze entwickelte sich ein lebhaftes Geschäft mit Sandwiches, Kaffee, Hotdogs und jeder Form von schnell zubereiteten Speisen, völlig unabhängig von der Tageszeit. Der vormals elegante Saal verwandelte sich in eine gigantische, lärmige Snack-Bar, und von den alten, liebenswürdigen Gästen aus der Borgwand-Ära war niemand mehr übrig geblieben, der die Verwandlung wahrgenommen hätte. Sie waren alle verschwunden, als das Hotel begann in den Schlagzeilen der Welt zu erscheinen.

Die Preise, die Hügi verlangte, gaben zwar Anlass zu ein paar Reklamationen, aber alle mussten zugeben, dass das Essen gut war. Der richtige Mann war zur richtigen Zeit am richtigen Ort. Während der langen Warterei gab es nichts anderes zu tun als zu essen, zu trinken und zu reden.

Wie wenn sie sich abgesprochen hätten, versammelten sich die Journalisten jeweils am einen Ende des Saales und fläzten sich auf den Stühlen, die ihnen die Kellner hingestellt hatten. Als John Bellman von der Scheidegg herunterkam, sprach gerade ein trockener, normalerweise stiller Reporter aus Amsterdam hitzig auf seine Kollegen ein. Chipperfield, so stellte er fest, war nicht da.

«… Ihr könnt sagen, was ihr wollt», begann Schenk, so hiess der Holländer. «Ich finde, die ganze Geschichte ist ein Skandal. 50 Leute riskieren ihr Leben, um dasjenige eines tollkühnen Mannes zu retten. Das ergibt einfach keinen Sinn.»

«Nein, aber Schlagzeilen», warf Ferguson zynisch ein, während er ein grosses Stück Hotdog in einem Biss hinunterschlang.

Schenk ignorierte ihn und fuhr fort: «Mir ist egal, wer da oben hängt, ob ein charakterloser Promi-Playboy oder ein ruhmsüchtiger Bergsteiger aus München, es bleibt eine kriminelle Dummheit, dass ein Einziger so viele Leben aufs Spiel setzt. Das Publikum ärgert sich über die ganze Sache.»

«Dein Publikum vielleicht», warf wiederum Ferguson ein. «Meines nicht. Mein Publikum saugt das Zeug gierig auf.»

«Man sollte alle Begehungsversuche der Eigernordwand verbieten», sagte die Reporterin einer grossen französischen Illustrierten.

«Das hat man vor Jahren einmal versucht, Jacqueline», erklärte Doug Wilson. «Es hat einfach nicht funktioniert. Die Bergsteiger wollten nichts davon wissen und die Bergführer auch nicht.»

«Und überhaupt: Wie willst du das Verbot durchsetzen?», sagte Bellman. «Stacheldraht rund um den Berg, Wachen rund um die Uhr –»

«Nicht einmal das würde die Bergsteiger abhalten», warf McKechnie nachdenklich ein. «Der Bergfreak ist eine seltsame Spezies, wenn du mich fragst. In ihm scheint eine eigenartige Kraft zu stecken, die ihn dazu bringt, sein Leben für anscheinend keinen anderen Grund zu riskieren, als die schiere Freude am Risiko. Entweder verstehst du diesen Drang – dann verstehst du den Sport oder bewunderst ihn gar, denn immerhin tun sie es nicht für Geld –, oder dann verstehst du ihn nicht, und die ganze Angelegenheit bleibt für dich ein Buch mit sieben Siegeln.»

«Die Einzigen, die es uns erklären könnten, sind die Kletterer selber, aber soviel ich weiss, verfügen sie in der Regel nicht über die Gabe der flüssigen Rede», sagte Doug Wilson.

«Ich könnte dir natürlich ein Dutzend Namen nennen, die spannend über das Bergsteigen geschrieben haben –», setzte Bellman an.

«Das ist doch reine Pose. Der harte, stille Held mit den unvermeidlich stahlblauen Augen und einem forschen Kinn», spottete Ferguson. «Wenn du mich fragst, ist das eine Bande von Heuchlern, alle scharf auf Ruhm und Bilder in der Zeitung.»

«Keine Heuchler, Wahnsinnige, Irre, die man einsperren müsste», erwiderte Schenk.

«Bergsteiger sind in der Tat verrückt, wenn verrückt sein heisst, von einer Leidenschaft gepackt zu sein», warf McKechnie versöhnlich ein. «Wer von uns ist nicht auch verrückt nach einem Sport oder einem Hobby? Ich zum Beispiel stehe auf Schach, Tag und Nacht, wenns sein muss. Doug Wilson hier verbringt jede freie Minute auf dem Golfplatz, nicht wahr, Doug?»

«Aber sicher.»

«Bis jetzt wurde aber noch niemand beim Schach- oder Golfspielen getötet.»

«Vielleicht nicht, aber es gibt auch jede Menge Leute, die auf Berge steigen, ohne dass sie dabei getötet werden. Studenten, Ärzte, Professoren, junge Frauen und ältere Damen. Nur in den seltenen Fällen, wo sie in Schwierigkeiten geraten, riskieren sie irgendein Leben ausser das eigene. Wenn man beginnt, Sportarten zu verbieten, die das Leben anderer gefährden, dann muss man an einem anderen Ort anfangen, zum Beispiel beim Autorennen. Erinnert ihr euch an den grauenhaften Unfall 1955 in Le Mans? Über 80 Personen waren auf einen Schlag tot. Aber Autorennen sind weiterhin sehr beliebt, Millionen wären ausser sich, wenn du die verbieten würdest.»

«Das ist schon richtig, aber ich sage dir, in unserem Fall ist das Publikum wütend –»

«Das Publikum ist sehr wankelmütig», unterbrach ihn McKechnie. «Als Hillary und Tensing auf dem Everest standen, war da jemand wütend? Niemand schlug vor, die beiden einzusperren, weil sie irr seien.»

«Vielleicht weil sie erfolgreich waren», gab Bellman zu bedenken. «Keine Toten, keine Schwierigkeiten, keine Rettungskolonnen. Vielleicht ändert sich das Urteil des Publikums je nachdem, ob du scheiterst oder Erfolg hast.»

«Da könntest du Recht haben, John. Das wäre dann ein gnadenloses System: Wenn du oben ankommst und ganz wieder herunterkommst, dann fällt dir das Publikum um den Hals und nennt dich einen Nationalhelden. Wenn du Pech hast und dir den Hals brichst, fallen sie über dich her und nennen dich einen unverantwortlichen Idioten. Keine Grautöne, nur schwarz und weiss, entweder – oder.»

Bellman wollte gerade darauf antworten, als er Claire sah, die ihm vom Korridor her Zeichen machte. Er ging zu ihr hinüber.

«Hast du den grossen Zampano irgendwo gesehen?», fragte sie.

«Chipperfield? Nein, ich habe mich schon gewundert, warum er nicht da ist, um uns zu belehren, wie man schreibt. Warum?»

«Einer der Bergführer hat eine Nachricht für ihn gebracht, eine Nachricht vom Obmann.»

«Ist etwas passiert? Können sie loslegen?», fragte er schnell.

«Nein, ich glaube nicht. Der Führer sagt, es gebe kaum eine Chance, dass sich der Nebel hebt. Es scheint, dass er Chipperfield persönlich sprechen will. Ich gehe hinauf in sein Zimmer und sehe nach, ob er dort ist.»

«Soll ich mitkommen?»

«Ich bin immer froh um einen Leibwächter, wenn seine herumirrenden Hände in der Nähe sind», sagte sie lächelnd.

Sie nahmen den Lift in den zweiten Stock. Claire ging voraus zu seinem Zimmer. Sie klopfte, und da sie keine Antwort bekam, öffnete sie die Tür. Das Zimmer war leer.

«Vielleicht steckt er irgendwo mit seinem Mannequin», sagte Bellman.

Claire warf ihren professionell geschärften Blick durch das Zimmer und schüttelte den Kopf.

«Er hat nicht nur schnell das Zimmer verlassen, er ist weg.»

«Weg? Du meinst abgehauen?»

Dann sah er es selber. Im Zimmer lag kein einziges Gepäckstück, auf der Ablage über dem Lavabo standen keine Toilettensachen, nichts. Er öffnete den Schrank: leer.

«Ich glaubs ja nicht. Der Vogel ist ausgeflogen, bevor die Geschichte zu Ende ist. Das begreife ich nicht.»

«Vielleicht hilft uns *das* weiter», sagte Claire und hob einen Zettel auf, den sie auf dem Nachttisch entdeckt hatte. Er war für Hügi, den Direktor. Sie las den Text vor:

«Entschuldigen Sie die plötzliche Abreise. Schicken Sie die Rechnung an Global Features Agency, London, E. C. 4. Wegen der persönlichen Abmachungen melde ich mich bei Gelegenheit. P. C.»

«Was sagst du dazu?», fragte Claire.

«Nicht viel, tut mir Leid. Ich nehme an, du hast von der möglichen Untersuchung gehört?»

«Ja. Deswegen ist vielleicht die Nachricht vom Obmann gekommen.»

«Und Chipperfield wusste, dass sie kommen würde, deshalb hat er sich aus dem Staub gemacht, bevor sie ihm unangenehme Fragen stellen. Könnte durchaus sein. Was ich nicht verstehe, ist die Sache mit den ‹privaten Abmachungen›.»

«Da geht es ganz sicher um hartes Bargeld, wenn du mich fragst», antwortete Claire. «Er verstand sich sehr gut mit Hügi, sie steckten immer zusammen im Büro, hinter verschlossener

Tür. Jedes Mal, wenn sie wieder ein Gespräch beendet hatten, ging irgendwo im Hotel der Preis in die Höhe.»

«Vielleicht ist er an dem unsäglichen Kiosk beteiligt, oder an diesen abscheulichen farbigen Postkarten, die an die Touristen verkauft werden. Aber egal, das spielt jetzt keine Rolle. Ich frage mich, wo er hin ist. Es sieht ihm gar nicht ähnlich, einfach so davonzulaufen, bevor die Geschichte vorüber ist, unabhängig davon, wie heiss die Sache für ihn wurde.»

«Ich weine ihm keine Träne nach, da kannst du sicher sein», sagte Claire. «Jedes Mal, wenn er in der Nähe war, hatte ich Hühnerhaut, weiss der Kuckuck warum.»

Bellman antwortete trocken: «Er gehört auch nicht gerade zu meinen Lieblingsbekanntschaften, das gebe ich zu.»

Claire ergriff plötzlich seine Hand und schaute ihm direkt in die Augen.

«John, darf ich dich etwas fragen? Ich weiss, es geht mich nichts an, aber –»

«Schiess los.»

«Was ist damals in New York zwischen euch beiden vorgefallen?»

«Wer hat dir gesagt –»

«Mr. Wilson, vor ein paar Tagen an der Bar. Er ist dein Freund, deshalb dachte ich, es sei schon in Ordnung, wenn wir in deiner Abwesenheit über dich sprechen. Er sagte, dir sei übel mitgespielt worden.»

«Es ist eigentlich eine ganz einfache Geschichte. Chipperfield hat mich gefeuert.»

«Wie? Warum?»

«Weil ich eine Information nicht weitergeleitet habe.»

«In New York?»

«Ja. Ich war damals Korrespondent dort.»

«Was für eine Information?»

«Ein Freund von mir, ein bekannter englischer Schauspieler – ein anständiger, völlig unspektakulär lebender Mann mit einer herzigen Familie –, war in einen kleinen Skandal verwickelt. Ich versuchte, die Sache zu vertuschen. Er war schliesslich mein Freund, verstehst du?»

Claire nickte und wartete darauf, dass er weiterfuhr.

«Er hatte einen schweren Autounfall, und es gab Gerüchte, die wahrhaben wollten, dass Guy betrunken war. Das ist eine schwere Anschuldigung: betrunken am Steuer in einen Unfall verwickelt. Guy war nicht betrunken, nur übermüdet. Ich versuchte, die Story unter dem Deckel zu halten. Nicht dass ich jemanden bestach, das war gar nicht nötig. Es war einfach ein Verkehrsunfall, zwei Leute wurden verletzt, und für mich gab es überhaupt keine offenen Fragen. Der andere war schuld. Irgendwo in New York gibt es zu jeder Stunde einen Verkehrsunfall. Die ganze Sache wäre ohne jede Publizität vorbeigegangen, wenn nicht Chipperfield zufällig zu jener Zeit in New York gewesen wäre.»

«Kannte er deinen Freund Guy?»

«Ja, er kannte und hasste ihn. Guy nahm nie ein Blatt vor den Mund und hatte ihn einmal an einer Cocktailparty eine bezahlte Dreckschleuder genannt. Chipperfield vergab ihm nie, was ja nicht besonders verwunderlich ist. Leider bekam er Wind von dem Autounfall und sah die Chance zur Revanche. Das Publikum liebt es, Idole aufzubauen, und Guy war eines. Es liebt aber auch die Demontage von Idolen. Chipperfield schrieb eine Sensationsstory, Guy war ruiniert, und ich verlor den Job, weil ich den Unfall nicht gemeldet hatte.»

Claire schwieg einen Augenblick, dann sagte sie:

«Ich verstehe. Vielleicht hätte ich nicht fragen sollen, aber ich bin trotzdem froh, dass ichs getan habe. Es scheint mir eine sehr harte Massnahme zu sein, einen Mann zu entlassen, weil er versucht, einen Freund zu schützen.»

«Leider hat Freundschaft im Geschäftsleben nicht viel Platz. Es ist die Aufgabe eines Reporters, Neuigkeiten zu vermelden. Ich habs nicht getan und dafür den Schuh bekommen. So einfach ist das. Ich habs überlebt, wie du siehst.»

Er lächelte und wechselte das Thema.

«Komm, wir müssen hinunter zu Hügi und ihm diese Notiz überbringen. Ich freue mich auf das Gesicht, das er macht, wenn er erfährt, dass Chipperfield abgehauen ist, ohne die Rechnung zu bezahlen.»

«Vor allem, wenn er realisiert, dass das auch für die Telefonrechnung gilt», fügte Claire fröhlich hinzu, und beide lachten.

* * *

Die Stunden zogen sich langsam hin. Die Zeit hing so schwer in der Luft wie die Wolke, in die das Oberland eingehüllt war. Der Nachmittag brach an, und immer noch keine Nachricht vom Eiger, ausser derjenigen, dass in der Zwischenzeit auch die dritte Rettungskolonne, die unter beträchtlichen Gefahren über die Nordostwand aufgestiegen war, ihre Position auf dem Mittellegigrat erreicht hatte.

Chipperfields unerwartete Abreise wurde allgemein bekannt und sorgte für ein wenig Aufsehen, wurde aber bald vergessen. Weiterhin wurde dafür endlos diskutiert, wer der Mann am Ende des Seils war. Eine hitzige Diskussion entbrannte über einen doppelseitigen Artikel in einem bekannten amerikanischen Magazin, in dem die beiden Charaktere Stringberg und Mandoza von einem sehr erfahrenen Psychologen analysiert wurden. Stringbergs Bild nahm fast die ganze linke Seite ein, wobei Pfeile auf ein hartnäckiges Kinn, eine nachdenkliche Augenbraue, starke Augen und eine Reihe weiterer Details hinwiesen, die man angeblich aus seinen Gesichtszügen ablesen konnte. Daneben waren alle bekannten Fakten aus seinem Leben aufgelistet: unverheiratet, 36 Jahre alt, von Beruf Buchhalter, Bergsteiger aus Berufung, weitere Hobbies Segeln und Lesen von (eigenen) Gedichten. Die rechte Seite war dem Baron gewidmet, auch hier mit den bekannten Details aus seinem Privatleben. In mancherlei Hinsicht waren die Bilder ziemlich ähnlich. Beide Männer waren blond, beide etwa gleich gross und gleich kräftig. Aber Mandoza war einiges jünger, und sein Charakter, so wie ihn der Psychologe analysiert hatte, war deutlich anders. Die Pfeile wiesen auf ein schwaches Kinn, einen sinnlichen Mund, eine aristokratische Nase und ruhmsüchtige Augen. Der anschliessende Text führte die bekannten Tatsachen des Geheimnisses auf: die deutschen Filterzigaretten, der Mietwagen, die widersprüchlichen Augenzeugenberichte aus den Bergen bei Salzburg und aus Interlaken. Mit raffinierter Vorsicht liess der Psychologe die Frage offen, wer es wirklich war. Der Leser war eingeladen, sich selber als Psychologe zu betätigen und aus den angegebenen Informationen die wahre Identität des Mannes am Seil selber herauszufinden. Das Titelbild des Magazins war eine eingefärbte Vergrösserung von Chipperfields dramatischer Flugaufnahme, die den unbekannten Bergsteiger mit Helm und Schneebrille, den Rücken der Kamera zugekehrt und fröhlich winkend, zeigte. Die Bildlegende war mit roter Schrift auf weissen Grund gedruckt: «WER IST DIESER MANN?»

Sie kauten die Geschichte den ganzen Nachmittag lang durch, wie sie das schon taten, seit sie begonnen hatte.

«Was ich überhaupt nicht verstehe», sagte Doug Wilson, «ist die Tatsache, dass weder Angehörige noch gute Freunde von Stringberg oder Mandoza irgendeinen Hinweis geben konnten.»

«Stringberg scheint ein Einzelgänger zu sein», vermutete Saltash. «Trotz der Versuche, ihn als hochtrabenden und ruhmsüchtigen Kerl darzustellen, glaube ich nicht, dass dies sein wahrer Charakter ist. Gedichte, Segeln, Bergsteigen – dies sind Hobbies eines einsamen, nachdenklichen, ja man könnte fast sagen spirituellen Mannes. Ich würde sagen, er ist ein Typ, der seinen Freunden und Verwandten nichts von seinen privaten Plänen erzählt.»

«Das glaube ich auch. Der Baron dagegen hätte doch nicht mit einer Schönheit wie Jasmine liiert sein können, ohne dass die Familie davon wusste –»

«Wie willst du das wissen?», warf McKechnie ein. «Ich weiss von gut unterrichteter Quelle, dass sie versucht haben, etwas aus den Verwandten herauszukriegen. Es scheint, dass Mandoza zur traditionellen Fraktion mit der steifen Oberlippe gehört: ‹Wir ziehen es vor, über das schwarze Schaf der Familie zu schweigen.›»

«Trotzdem, es ist ziemlich unwahrscheinlich, dass ein Mann von Mandozas Charakter einen so gefährlichen Sport wie Bergsteigen betreiben würde», insistierte Saltash.

«Warum? Verrückt genug ist er auf jeden Fall. Und Mut oder Tollkühnheit ist nicht beschränkt auf diejenigen ohne blaues Blut in den Adern. Es gab zahlreiche Männer mit Rang und Namen in den Kommandounternehmen im Krieg.»

«Also gut, nehmen wir einmal an, es sei der Baron. Warum dann all die Heimlichtuerei? Warum nach Grindelwald hinaufschleichen wie eine königliche Hoheit, die inkognito reist?»

«Vielleicht weil er befürchtete, die Behörden würden ihn daran hindern, das Unternehmen durchzuführen.»

«Oder vielleicht weil er die Greta-Garbo-Technik gewählt hat.»

«Und die wäre?»

«Je geheimnisvoller du bist, desto mehr Leute interessieren sich für dich. Mit anderen Worten: die sanfte Art, im Rampenlicht zu stehen, indem man vorgibt, alles Erdenkliche zu unternehmen, um ihm auszuweichen.»

Und so ging sie weiter, die anscheinend endlose Diskussion über die Identität eines Mannes. Als sie des Themas überdrüssig wurden, schwenkten sie über zum harten Streit zwischen deutschen und schweizerischen Kletterkreisen, den Zellwägers Artikel ausgelöst hatte. Einige deutsche Zeitungen hatten ganz giftig reagiert, und eine Reihe von längst vergangenen Beleidigungen und beerdigten Vendettas wurden wieder ausgegraben. Es würde Monate dauern, ehe sich die wegen ein paar bösartigen Zeilen erregten Gemüter wieder beruhigten.

Am späten Nachmittag wanderten Bellman und Wilson hinüber zur Schweizer Kommandozentrale auf der Kleinen Scheidegg.

Die Atmosphäre der Hochspannung, die den Funkraum ein paar Tage zuvor geprägt hatte, war einer frustrierten und fast verzweifelten Stimmung gewichen. Den beiden Reportern wurde erklärt, dass drei Franzosen von der dritten Rettungskolonne in Richtung Rampe klettern und Rufkontakt mit dem Verletzten aufnehmen wollten. Sie mussten aber aufgeben, weil sie absolut nichts sahen. Weiterzugehen wäre selbstmörderisch gewesen. Die drei mussten umkehren. Die Wetterprognosen, die gegen Abend hereinkamen, versprachen ein wenig Hoffnung auf bessere Bedingungen für den nächsten Tag, aber niemand gab dem verletzten Mann noch grosse Chancen, eine sechste Nacht am Berg zu überleben. Es gab zwar tatsächlich Beispiele, dass Menschen Qualen dieser Art überstanden hatten, allerdings nur dank warmer Nahrung, guter Kleidung, ein wenig Schutz gegen das Wetter und ein bisschen Schlaf. Man erwähnte zum Beispiel die Tragödien von Sedlmayr und Mehringer, Toni Kurz, Corti und Stefano Longhi. Aber auch die grossen Triumphe wurden erzählt: Harrer, Heckmair, Buhl und Terray. Beim Zuhören realisierte Bellman, dass es nur wenige Berge in der Welt gibt, die eine derart beeindruckende Geschichte aufzuweisen haben.

Er war erleichtert, als Doug Wilson vorschlug, den Funkraum zu verlassen. Beide Männer gingen eine Zeit lang schweigend nebeneinander her, niedergeschlagen von der depressiven Atmosphäre, die alle in der Rettungszentrale unbewusst erfasst hatte.

Schliesslich sagte der Amerikaner:

«Sie gehen davon aus, dass sie ihn herausgeholt hätten, wenn nicht die Wolke alles verhindert hätte, nicht wahr?»

«Vielleicht. Aber ich glaube nicht, dass sie jetzt noch viel Hoffnung haben.»

«Fünf Tage und sechs Nächte – was glaubst du? Ist er morgen noch am Leben?»

«Wer weiss. Hängt davon ab, wie widerstandsfähig er ist und wie sehr er am Leben hängt, vielleicht. Wenn es Stringberg ist, der dort oben hängt, glaube ich, dass er nicht so schnell aufgibt. Man sagt, ein Bergsteiger habe auch dann noch Hoffnung, wenn ihm der Verstand schon lange sagt, die Lage sei aussichtslos.»

«Und wenn es der Baron ist?»

«Ich kann mir nicht vorstellen, dass er es ist, das weisst du. Aber wenn Chipperfield die Sache tatsächlich nicht erfunden haben sollte, man weiss ja nie … Ich weiss nicht. Auch hier hängt es davon ab, wie stark er ist und wie sehr er leben will.»

«Mandoza ist nicht stark. Keiner dieser degenerierten mitteleuropäischen Adeligen ist stark. Die sind alle kaputt durch Inzest.»

«Vielleicht. Aber der Baron ist ein sehr komplexer Typ. Hast du in dem doppelseitigen Artikel gelesen, dass neben Schnellfahren und Nachtklubkellnerinnen-Schlagen auch Judo zu seinen bevorzugten Freizeitbeschäftigungen gehört? Das hat mich überrascht. Er ist wahrscheinlich physisch und psychisch stärker, als wir meinen. Ich frage mich, ob auch sein Überlebenswille so stark ist.»

«Wir werden es wissen, sobald sich der Nebel lichtet. Ich sage, es ist Stringberg, mit guten Chancen, dass er noch lebt. Wenn es doch Mandoza sein sollte, so rechne ich nicht damit, dass er es schafft.»

* * *

Die Meinungen der Journalisten, die sich noch nicht für die eine oder die andere Partei festgelegt hatten, gingen etwa in die gleiche Richtung. Wenn der Mann am Ende des Seils eine sechste Nacht überlebt hatte, dann war es mit grösster Wahrscheinlichkeit Kurt Stringberg. Ferguson versuchte sogar, Wetten anzunehmen, aber die verärgerten Reaktionen von verschiedener Seite liessen die Idee bereits im Anfangsstadium sterben.

«Es hat schon genug Geschmacklosigkeiten rund um die ganze Geschichte gegeben, ohne dass du auch noch eine hinzufügen musst», sagte der grauhaarige Korrespondent Saltash eisig. «Ich spreche für viele von uns hier, wenn ich sage, dass anständige Leute angewidert waren von der Art und Weise, wie du und deinesgleichen, angeführt von dem ekelhaften Chipperfield, die Geschichte ausgewalzt haben. Ihr seid mit einem Verkaufstrick nach dem anderen über die Grenzen des Anstands hinausgegangen –»

«Ich wäre still, wenn ich dich wäre», gab Ferguson zurück, der sich durch die Vehemenz von Saltashs Ausbruch nicht beeindrucken liess. «Deine wertvolle Zeitung, die sich zusammen mit ein paar anderen so gern hoch oben auf einem Podest sieht, wird von genau drei Prozent der britischen Bevölkerung gelesen.»

«Gibt es in deinem Leben auch noch andere Werte als Prozentzahlen?», schnappte Saltash.

Ferguson lief rot an.

«Eine Zeitung kann sich nicht um Verkaufszahlen foutieren. Du hast eine Auflage, die nicht höher ist als eine Bezirkszeitung, und du verlierst jedes Jahr an Boden. Ich muss eine Million Leser glücklich machen, nicht nur ein paar hundert Snobs und Intellektuelle. Ich gebe meinen Lesern, was sie wollen, genau so wie die Illustrierten und die Jungs von Radio und Fernsehen. Du hängst einer vergangenen Zeit an, Saltash.

Noch ein Jahrzehnt oder zwei, und du bist so ausgestorben wie der Dodo.»

Der Streit hätte leicht noch heftiger werden können, wenn nicht jemand ein Transistorradio eingeschaltet und damit die Unterhaltung übertönt hätte.

Eine Kommentatorenstimme, die eine atemlose, sensationelle Zusammenfassung des Eigerdramas ablieferte, erregte ihre Aufmerksamkeit. Der Bericht endete mit den Worten:

«Und vergesst nicht, Leute, es gibt schöne Preise zu gewinnen: ein Fernsehgerät, einen Luxuskühlschrank und einen nach Mass gefertigten ‹Superjet›, das schönste Auto auf dem Markt. Es ist noch nicht zu spät: Machen Sie mit bei der Menschenjagd! Die Welt sucht immer noch nach diesen beiden Männern: Kurt Stringberg und Baron Wendelin Mandoza, der einmal um die Hand einer Prinzessin anhielt. Einer dieser beiden Männer hängt –»

«Um Gottes willen, mach aus!», schrie Saltash. Der Besitzer des Radios drehte am Knopf und fand Musik. Es war ein Stück von Brahms, und für eine Weile hielt die grossartige Stimme von Kathleen Ferrier, welche die Alt-Rhapsodie sang, den Raum in Bann. Aber eine ungeduldige Hand fingerte erneut am Knopf herum und stellte Tanzmusik ein. Ein bekanntes Stück ging zu Ende, und die einschmeichelnde Stimme eines Moderators lobte den verklungenen Titel über den Klee, bevor er den nächsten einleitete:

«Mein Name ist Jake, und ich spiele für Sie den neuesten Hit aus London. Die Sängerin kennen Sie von der Bühne, vom Kino und aus dem Fernsehen, Miss –»

Der Name der Sängerin mit der durchdringenden Stimme ging fröhlich unter in einem fetten Geigenakkord, mit dem der

Song begann. Die Streicher verklangen, und der harte Beat des Schlagzeugs leitete schicksalshaft in perfektem Studiosound zum Auftakt des Textes über:

«The Man on Murder Mountain
He makes me think of yew:
Why must you be so cold dear?
You know my love is trew.
Just think of –»

Fluchend langte Saltash nach dem Radio und stellte es ab. Er blickte zu Ferguson, der gerade dabei war, ein riesengrosses Schinkenbrot zu vertilgen, und sagte zu ihm:

«Hast du etwa dieses nette kleine Liedchen gedichtet?»

Ferguson schüttelte den Kopf, schluckte und antwortete:

«Nein, aber ich wäre froh, ich hätte. Spielt sicher jede Menge Kohle ein.»

Eine Reporterin eines einflussreichen Frauenmagazins warf ein:

«Die ganze Sache stinkt einfach zum Himmel. Gibt es heute eigentlich nichts mehr, wovor man Respekt hat?»

«Manchmal schäme ich mich, in diesem erbärmlichen Jahrhundert zu leben», sagte Saltash, den Kopf in seine Hände gestützt.

«Ich bin nicht einverstanden», sagte McKechnie.

Saltash hob den Kopf. Der Journalist aus Schottland war ein Mann, den er respektierte, obschon er für ein Konkurrenzblatt schrieb.

«Findest du den Song etwa gut?», fragte Saltash erstaunt.

«Nein, natürlich nicht. Ich finde ihn lächerlich. Aber es ist nichts Neues, dass nette kleine Liedchen über öffentliche Ereignisse geträllert werden, so schrecklich sie auch sein mögen. Vergesst nicht, dass unflätige Songs über die drohende Invasion Englands durch Napoleon gesungen wurden; tatsächlich gab es Lieder über so ziemlich alle denkbaren Ereignisse in der Geschichte, inklusive der Atombombe. Du kennst dich in der Geschichte so gut aus wie ich, Saltash. Geschmacklosigkeit ist weiss Gott nichts Neues. Es gibt sie seit Kain und Abel, und sie wird da sein bis ans Ende unserer Tage.»

«Das heisst noch lange nicht, dass man sie verteidigen muss.»

«Das tu ich auch nicht. Ich versuche nur, damit fertigzuwerden. Ich versuche so etwas wie eine Koexistenz-Politik, wenn du willst.»

«Aber du wirst doch kaum behaupten wollen, dass wir in einem Zeitalter der Eleganz oder des guten Geschmacks leben?», hakte Saltash nach.

«Das gab es ohnehin nie, wenn du die Zeiten unter das Mikroskop legst. Ich sage nur, Geschmacklosigkeit ist nicht neu. Neu ist nur die Dimension der Verbreitungsmittel. Die ist grösser geworden. Es gibt vermutlich heute denselben Respekt gegenüber der Moral wie früher. Das Schlechte scheint das Gute zu überlagern, weil es offensichtlicher ist. Das Problem heute ist, dass wir über das Böse und Schlechte schneller und gründlicher unterrichtet werden denn je. Ein Song wie der, dem wir soeben ausgesetzt waren, erreicht innerhalb von wenigen Minuten das Ohr einer Million Hörer. Früher wäre er monatelang nicht über das nächste Pub hinaus bekannt geworden. Ein billiger kleiner Artikel in einer Boulevardzeitung von heute wäre früher nicht mehr gewesen als ein lokales Pamphlet, aber heute wird er mit tollen Bildern aufgemotzt – ein weiteres Massenmedium – und Millionen von Lesern unter die Nase gehalten, deren Vorfahren nicht einmal lesen konnten. Es gibt vermutlich heute nicht mehr Geschmacklosigkeiten, aber mit Hilfe von Zeitungen, Kino, Radio, Fernsehen und Illustrierten wird sie so viel deutlicher sichtbar.»

«Und wer ist also schuld daran?», fragte Schenk.

«Schuld woran? Dass wir so sind, wie wir sind? Dass der Mensch nicht perfekt ist? Ich gehe mit Saltash vollkommen einig, wenn er einige der Tricks kritisiert, die angewendet wurden, um diese Geschichte hier in den Alpen in die Zeitung zu bringen. Aber nicht einmal Chipperfield und seine Spiessgesellen sind die Erfinder menschlicher Neugierde.»

«Warum nennst du es nicht beim richtigen Namen: purer Sadismus?», gab Schenk zurück.

«Es ist eben beides, oder etwa nicht?», meldete sich Bellman zu Wort. «Denkt an die Zuschauer im Zirkus, die gespannt dem Mann am Trapez oder auf dem Hochseil zuschauen. Die einen tun es staunend und mit Neugierde, die anderen mit dem sadistischen Wunsch, der Mann möge abstürzen und sterben. Beide Regungen sind menschlich, Neugier und Sadismus. Das hat die Leute in hellen Scharen hierhergebracht und lässt sie zu dem armen Teufel hinaufschauen, der da an einem dünnen Seil baumelt. Ein Teil Sadismus, ein Teil Staunen und Hoffen und Beten. Die einen hoffen, er möge lebend davonkommen, die anderen hoffen, er möge sterben. Was wir alle gemeinsam haben, ist unsere Neugier.»

* * *

Am nächsten Tag, dem siebten und letzten der merkwürdigen Geschichte, sollte diese Neugier voll befriedigt werden.

13. Kapitel

Diesen Samstag wird keiner je vergessen.

Denn der aufregende letzte Tag des Dramas stellte alles in den Schatten, was vorher geschehen war. Die Ereignisse waren so ineinander verwoben, überschnitten sich so häufig und folgten so rasch aufeinander, dass viele Reporter die grösste Mühe hatten, alles mitzubekommen und chronologisch zu erfassen.

Abseits aller Aufmerksamkeit spielte sich der erste Akt am frühen Morgen in Lauterbrunnen ab, dem Hintereingang zur Kleinen Scheidegg.

Kurz vor Tagesanbruch fuhr ein riesiger Lastwagen von Interlaken talaufwärts und hielt am Bahnhof Lauterbrunnen an. Steif von der stundenlangen Fahrt kletterten drei Männer aus dem Vehikel und begannen, eine eigenartige Fracht abzuladen. Mehrere Holzkisten wurden zu den bereitstehenden Güterwagen getragen, und dann machte man sich hinter die Hauptladung – grosse Fässer, die entweder Öl oder Benzin enthalten mussten. Auf einer Etikette stand nämlich in drei Sprachen: «Explosionsgefahr. Leicht brennbar.»

Die Bahnarbeiter betrachteten die ungewöhnliche Fracht mit herablassender Neugier, kratzten sich am Kopf und widmeten sich ihrer Aufgabe, die Fässer auf den im Voraus reservierten Zug zu laden. Die wenigen Bauern und anderen Frühaufsteher nahmen kaum Kenntnis von den Vorgängen, verstanden sie ohnehin nicht oder entschieden vielleicht nach kurzer Überlegung, dass es sie gar nicht zu interessieren hatte. Es hatte ja sowieso nichts mit den Ereignissen am Eiger zu tun, die jedermanns Gedanken beherrschten.

Nur Chipperfields Handlanger war gespannt wie ein Regenschirm. Die Szene wurde für ihn noch geheimnisvoller, als sich die ermüdeten, kurz angebundenen Männer, welche die Ladung umluden, weigerten, ihm auf seine Fragen zu antworten. Eilfertig machte er sich an die Schweizer Bahnarbeiter heran, aber die wussten nichts, ausser dass die Fracht für die Kleine Scheidegg bestimmt war. Der Mann machte sich Notizen und eilte ans nächste Telefon. Er war sehr enttäuscht, als er erfuhr, dass sein Auftraggeber nicht mehr im Hotel «Nordwand» wohnte. Er war sicher, dass das, was er sah, für Chipperfield von grösstem Interesse gewesen wäre, und er war sehr frustriert darüber, dass der berühmte Journalist abgereist war, ohne jemandem ein Wort zu sagen.

Für ihn gab es nichts mehr zu tun als zuzusehen, wie der Zug langsam nach Wengen hinauffuhr und aus seinem Blickfeld verschwand. Er nahm noch zur Kenntnis, dass die drei Männer, die mit dem grossen Laster gekommen waren, die Fracht begleiteten.

Während sich das seltsame Geschehen mehrere Kilometer vom Eiger entfernt abspielte, wurde es auf der Kleinen Scheidegg langsam Tag. Und mit dem Tageslicht kam die Erkenntnis, dass der Nebel verschwunden war. Die gigantische Pyramide war vom Fuss bis zum Gipfel in ihrer ganzen Grösse zu sehen. Der Himmel hatte die Farbe von Perlmutt, die sich unmerklich in Dunkelblau veränderte, je höher die Sonne stieg. Es würde ein prachtvoller Tag werden, ein Tag zum Picknicken, zum Wandern in den saftig-grünen Alpweiden, zum Schwimmen und Tennisspielen, ein Tag zum Nichtstun, Lachen und Lieben. Aber die im Schatten des Eigers zusammengeströmte Menschenmenge hatte weder Zeit noch Gedanken für eine dieser lockeren Freizeitbeschäftigungen. Aller Augen richteten sich wie hypnotisiert auf die einsame Gestalt, die sanft am Ende des Seils pendelte.

Ob er noch am Leben war? War es Stringberg oder der junge Baron?

Die Aufregung an Hügis Riesenfernrohr erreichte ihren Höhepunkt. Kein Quadratzentimeter der Terrasse blieb frei. Männer und Frauen, Knaben und Mädchen, die in unzähligen Sprachen durcheinander redeten, balgten sich um die besten Plätze. Die Hotelbalkone waren so voll, dass man um die Sicherheit der Zuschauer fürchten musste, und jedes Fenster war schwarz von Leuten.

Bellman nahm nach einer langen und intensiven Beobachtung das Fernglas von den Augen und sagte leise zu Claire:

«Ich glaube nicht, dass er noch am Leben ist.»

Mit einem von Angst geprägten Gesichtsausdruck nahm sie stumm das Fernglas und untersuchte den Berg.

«Man kann natürlich nicht hundertprozentig sicher sein», fügte er hinzu. «Das Licht ist schlecht. Wir werden mehr wissen, wenn die Sonne aufgeht. Aber er bewegt sich überhaupt nicht.»

Claire stellte das Fernglas scharf. Er hatte Recht, er machte keinerlei Bewegung. Sein Kopf war auf die Brust gesunken, seine Arme hingen schlaff am Körper.

«Der arme Mann … Was muss er durchgemacht haben», sagte sie endlich. «Wie lange hängt er jetzt schon …?»

Der Engländer neben ihr dachte einen Moment nach und antwortete dann: «Ungefähr 90 Stunden. Es wäre ein Wunder, wenn er noch lebte.»

«Ein Wunder. Das ist das Einzige, worauf man noch hoffen kann», sagte sie leise und gab ihm den Feldstecher zurück.

Kurz darauf bahnte sich Doug Wilson einen Weg durch die Menschenmenge und gesellte sich zu ihnen auf die Hoteltreppe. Er war erhitzt und aufgeregt.

«Sie haben angefangen!», verkündete er. «Ich habs gerade im Funk gehört.»

«Welches Team?»

«Dasjenige, das vom Stollenloch aus agiert.»

Schnell richteten sie ihre Gläser auf die im Schatten liegende Wandmitte. Man konnte nichts Genaues erkennen, nicht einmal die Galerien.

Dafür gab es Anzeichen von Aktivität vom ersten Team. Kleine schwarze Punkte konnten beobachtet werden, die von Zeit zu Zeit hinter der Wechte auftauchten. Plötzlich ertönte ein lauter Schrei von dem Touristen, der gerade durchs grosse Fernrohr guckte.

«Es geht los! Ich sehe einen Mann, der den Berg herunterkommt.»

Der Rettungsversuch vom Gipfel aus hatte begonnen. Ein weiteres Mal wurde ein Mann am Stahlseilgerät über das Gipfeleisfeld Richtung Spinne in die Tiefe gelassen. Mit angehaltenem Atem schaute die Menge zu, wie er fast unmerklich an Höhe verlor. Es war unübersehbar, dass die Männer an der Winde grösste Vorsicht walten liessen. Die Erfahrung, die sie an den Tagen zuvor gemacht hatten, verführte sie in keiner Weise dazu, achtlos vorzugehen. Das Leben eines Mannes hing davon ab, dass sie das Seil vorsichtig abrollen liessen, genauso wie bei den vorangegangenen Versuchen. Als der Mann mit unendlicher Vorsicht rund 30 Meter abgelassen worden war, kam die gleiche Pause wie zuvor, als eine neue Seillänge angefügt wurde. Mittlerweile hatten auch die Laien begriffen, was die Verzögerung bedeutete.

Schwere Schlagschatten von der steigenden Sonne vereitelten sämtliche Versuche, die Seilschaft zu erkennen, die von den Galerien heraufkletterte. Dafür entdeckten scharfe Augen, die den Nordostgrat beobachteten, Bewegung von der Gruppe, die sich vom Mittellegigrat her auf den Weg machte. Die zweite unabhängige Operation hatte ebenfalls begonnen.

Auf diesem Team ruhten die grössten Hoffnungen. Unbeeindruckt von der Tatsache, dass noch niemand einen Weg aus der Rampe hinauf zum Nordostgrat gefunden hatte, machte eine Gruppe von mutigen Bergsteigern unter der Führung von drei Franzosen den Versuch, über diese Route abzuklettern. Manche sagten, sie hätten sich auf etwas Unmögliches eingelassen. Aber zumindest ein Faktor war auf ihrer Seite: Es war die kürzeste Route. Wenn Tempo und Distanz allein entscheidend waren, hatten sie die beste Chance. Alles hing davon ab, ob es ihnen gelingen würde, die Hindernisse zu überwinden, die ihren gefährlichen Abstieg versperrten. Von Alpiglen aus war es unmöglich zu beurteilen, wie gut sie vorankamen. Während längerer Zeit sah es aus, als ob sie völlig stillstünden. Die Route war offensichtlich genau so schwierig, wie die Experten vorausgesagt hatten.

Die Sekunden verflossen, wurden zu Minuten, verwandelten sich in Viertelstunden, bis fast eine Stunde vergangen war, ohne dass man wahrgenommen hätte, wie die Zeit verging. Die Sonne stieg unaufhaltsam hinter dem Wetterhorn auf und tauchte die grünen Weiden in Wärme und Farbe. Nur der Eiger blieb im dunklen Schatten, die Nordwand erhielt wie üblich keinen einzigen direkten Sonnenstrahl.

Aber das Licht verbesserte sich ständig, und endlich wurde auch die dritte Rettungskolonne, die sich vom Stollenloch her hinaufarbeitete, undeutlich sichtbar. Sie hatte den Fuss der unpassierbaren Roten Fluh erreicht und machte sich bereit, im Hinterstoisser-Quergang nach Osten zu traversieren. Der Führer des dritten, sechs Mann umfassenden Teams ging voraus und begann, den ersten Haken in die schwarz glänzende Wand zu treiben.

Die Aufmerksamkeit wechselte einen Augenblick später zur Gruppe auf dem Gipfel. Sie hatte ihren Mann so weit den Berg hinuntergelassen, wie das Stahlseilgerät zuliess. Mit einem starken Feldstecher konnte man beobachten, wie auch er einen Haken einschlug und sich selbst sicherte. Seine Füsse mussten irgendwo auf einem schmalen Band Halt gefunden haben, aber aus der Distanz sah es aus, als ob er sich mit den blossen Händen an der senkrechten, nackten Wand festhielte. Schliesslich gab er ein Zeichen, und das Seil, an dem er hinuntergelassen worden war, wurde langsam eingezogen. Er blieb allein im Herzen der tückischen Spinne zurück, rund 3600 Meter über Meer.

Niemand hatte vergessen, was das bedeutete. Die tödliche Schneewolke, die zwei Tage zuvor über den Retter hinweggefegt war, hatten alle noch in lebhafter Erinnerung. Die Spinne war ein Trichter, durch den eisiges Wasser, lose Steine, Eisbrocken und Schneelawinen hindurchstömten wie Flüssigkeit durch einen engen Flaschenhals. Gegen Steine und Eis war der Retter bis zu einem gewissen Grad geschützt durch einen Stahlhelm. Aber seine Position, ohne Sicherung durch einen Kameraden, war höchst gefährlich, wenn es ihm nicht gelang, durch den Götterquergang einen Weg aus dem tödlichen Eisfeld zu finden, bevor die Sonneneinstrahlung den Schnee über ihm auftaute.

Die Spannung für die Zuschauer und die Millionen am Radio wurde unerträglich. Aus drei Richtungen war Hilfe unterwegs zur einsam am Fuss der Rampe baumelnden Gestalt. Innert Kürze konnten mindestens zwei Rettungskolonnen in Rufdistanz herankommen. Das Rätsel seiner Identität konnte bald gelöst und die viel wichtigere Frage, ob noch ein Funken Leben in dem schlaffen Körper glühte, beantwortet werden.

Mit vor Nervosität vibrierender Stimme sagte Doug Wilson leise zu Bellman:

«Ich versuche Mac im Hauptquartier anzurufen. Die Jungs müssten bald in Rufdistanz sein.»

Bellman nickte, und der Amerikaner verschwand. Zumindest eine positive Auswirkung hatte Chipperfields plötzliche Abreise, überlegte er: Das Telefon in Hügis Büro war wohl jetzt frei.

Mit besser werdendem Licht wurde deutlich, dass die Rettungskolonne vom Stollenloch her gut vorankam. Die sechs angeseilten Männer näherten sich dem Ersten Eisfeld, und einen Augenblick später begann der Führer die ersten Stufen zu schlagen. Von der französischen Partie im Abstieg über die Rampe war nichts zu sehen. Vorspringende Felsen versperrten nicht nur die Sicht, sondern vielleicht auch den Weg weiter hinab.

Bellman war dem Mannequin Jasmine nicht mehr begegnet. Er fragte sich, ob sie wohl zusammen mit Chipperfield abgehauen war. Er fragte Claire, ob sie die Frau angetroffen hatte.

«Nein, aber ich weiss, dass sie das Hotel nicht verlassen hat. Jemand sagte mir, sie halte sich in der Nähe der Kameras auf.

Mr. Wilson beschrieb sie als ‹die ausgekochteste Puppe, die mir seit langem über den Weg gelaufen ist›.»

«Ja, sie wurde gut instruiert von ihrem Impresario. Ich gäbe viel, wenn ich wüsste, wo er steckt. Es ist einfach nicht logisch, dass er abreist, bevor die Geschichte zu Ende ist.»

«Vielleicht hatten wir Recht, und er hat Angst gekriegt vor der Untersuchungskommission.»

Bellman schüttelte den Kopf. «Ich wage zu behaupten, dass er nicht weiss, was Angst bedeutet.»

Einen Augenblick später kehrte Doug Wilson zurück.

«Mac sagt, die Franzosen seien aufgehalten worden», sagte er. «Sie kommen über die Rampe nicht mehr weiter und sind umgekehrt. Sie versuchens noch an einer anderen Stelle.»

«Verdammte Sch…», fluchte Bellman.

Claire wurde bleich. «Das war die grösste Chance, nicht wahr?»

Beide Männer nickten.

«Was sagen sie zum Mann in der Spinne?»

«Die Chancen sind gering», antwortete der Amerikaner. «Selbst wenn er heil ankommt, kann man sich nicht recht vorstellen, wie einer allein etwas ausrichten soll.»

«Ist jemand bis in Rufnähe zu Stringberg gekommen?»

«Ich glaube nicht. Der Bursche in der Spinne hat keinen Funkkontakt mit den Männern auf dem Gipfel. Er musste offenbar zu viel Material mit sich schleppen, da war für das sperrige Funkgerät kein Platz mehr. Sie nehmen an, dass die Rettungskolonne, die die Wand hinaufklettert, die besten Chancen hat.»

Bellman richtete seinen Feldstecher auf die sechs Männer, die im Ersten Eisfeld steckten.

«Die haben noch einen unendlich weiten Weg vor sich. Ich kann mir nicht vorstellen, dass sie vor Mittag am Ziel sein können.»

«Damit rechnen sie auch in der Einsatzzentrale, wie mir Mac sagte. Es gibt allerdings Neuigkeiten. Gerüchte wollen wissen, dass ein Flugzeug eingesetzt werden soll. Ich nehme an, eines der Rettungsflugwacht.»

«Was können die denn mit einem Flugzeug ausrichten? Man wird ja kaum in einer Felswand landen können.»

«Frag mich nicht. Die Schweizer sind Weltmeister in solchen Dingen. Wie auch immer, irgendetwas ist im Busch. Eine ganze Ladung Benzinfässer und jede Menge Ersatzteile sind heute Morgen von Lauterbrunnen herauftransportiert worden. Niemand weiss, wofür, und die verantwortlichen Zombies sind stumm wie die Fische. Aus denen kriegst du kein –»

Er fing an zu stammeln, denn gleichzeitig ertönte das Geräusch eines Flugzeugs. Die Menschenmenge geriet in Bewegung, alle reckten den Hals, um den Himmel nach einem Flugobjekt abzusuchen.

Bellman schirmte mit der Hand die Augen gegen die Sonne ab und entdeckte als einer der Ersten den Flieger. Es dauerte mehrere Sekunden, bis ihm dämmerte, was für eine seltsame Maschine auf sie zugeflogen kam: Es war ein Helikopter.

Das Wort verbreitete sich in Windeseile unter den aufgeregten Leuten, während das kuriose Gerät in erstaunlichem Tempo näher kam.

«Ich werd verrückt … Haben die etwa im Sinn, es damit zu versuchen?»

Bellman schüttelte den Kopf und versuchte gar nicht, eine Antwort zu geben, ehe die Maschine über ihre Köpfe hinweggedonnert war. Sobald es wieder ruhiger war, sagte er:

«Ich glaube nicht. Helikopter können nicht hoch genug fliegen. Ich fragte den Piloten, als ich ihn im Wallis interviewte. Der beste Helikopter in der Schweiz kommt nicht viel höher als etwa 2500 Meter.»

Dann schrie Wilson aufgeregt: «Johnny, das ist gar keine Schweizer Maschine! Hast du die Kennzeichnung gesehen? Schau, er landet. Herrschaft noch mal, wir müssen hin, das ist vielleicht etwas ganz Grosses!»

Er drehte sich um und arbeitete sich durch die Leute. Nach einer Sekunde des Zögerns ging Bellman mit.

Während sie rannten, sahen sie, wie der Helikopter ein paar hundert Meter vor ihnen über einer kleinen, flachen Terrasse schwebte. Dann ging er geräuschvoll, aber kontrolliert nieder. Das Gelände war coupiert und stieg in mehreren Stufen bis zu dem Plateau an. Als sie die letzte Stufe erreicht hatten, stand der Helikopter am Boden, der Motor war abgestellt. Sofort war der seltsame Apparat umringt von einer Schar neugieriger Touristen. Mehrere Holzkisten mit Ersatzteilen und eine Reihe von Benzinfässern, die von drei Männern in blauen Overalls bewacht wurden, bildeten einen Kreis um die Maschine. Der dreiblättrige Rotor kam zum Stillstand, die Kabinentür öffnete sich, und heraus schälte sich der Pilot. Im Helikopter sass noch eine zweite Person. Als Wilson und Bellman die Szene erreichten, stieg auch er aus.

Es war Chipperfield.

Sein Gesicht drückte Erschöpfung aus, aber seine Augen leuchteten in unnatürlicher Helligkeit, und das gewohnte Lächeln steckte in seinen Mundwinkeln. In einem Versuch, lässig zu wirken, zog er eine Schachtel Zigaretten hervor und wollte gerade eine anzünden, als er realisierte, dass die Mechaniker dabei waren, den Helikopter aufzutanken. Er warf die unangezündete Zigarette weg und begann leise mit dem Piloten zu sprechen.

«Was soll das, Paddy?», rief ein atemloser Reporter, der von der Kleinen Scheidegg herübergerannt war. Jede Hoffnung auf Antwort versank in einem Bombardement von Fragen, das von allen Seiten auf Chipperfield niederging.

Chipperfield tat eine Weile so, als ob er nichts hörte. Dann wandte er sich den Blitzlichtern und den Fragestellern zu.

«Was zum Teufel hast du vor, Paddy?»

«Wo hast du diesen Drachen her?»

«Willst du ihn gleich selber holen, oder wie?»

Chipperfield lächelte überlegen und streckte die Hand in die Höhe, um dem Fragestrom Einhalt zu gebieten.

«Mein lieber Freund, was stellst du dir denn vor?», sagte er. «Glaubst du etwa, ich mache einen Alpenrundflug?»

«Das heisst, du willst den armen Teufel gleich selber retten?»

«So ungefähr», antwortete Chipperfield mit einem milden Lächeln. Trotz der tiefen Ringe rundum drückten seine glühenden Augen unverhohlenen Triumph aus.

«Wissen die Schweizer davon? Hast du eine Bewilligung eingeholt?»

«Mein lieber Kollege, seit wann braucht man eine Erlaubnis, wenn man das Leben eines Menschen retten will?»

«Wie willst du das denn überhaupt anstellen?», fragte ihn Wilson.

«Warts ab», kam die knappe Antwort.

Chipperfield hatte offensichtlich nicht im Sinn, mehr zu sagen, aber die Fragen prasselten weiter von allen Seiten auf ihn herab, unabhängig davon, ob sie beantwortet wurden oder nicht.

«Wo hast du diesen Helikopter her?»

«Wer steckt hinter dieser Show?»

«Wie um alles in der Welt willst du ihn herunterholen?»

«Es ist doch alles nur ein Trick, die Dinger fliegen gar nicht höher als –»

«Es ist ein neuer Sikorsky, der fliegt bis weit über 4000 Meter.»

«Wo zum Teufel hast du den gekriegt, Paddy?»

«Wer zahlt den ganzen Zirkus?»

Der Pilot hatte seine Inspektion der Maschine beendet, das Auftanken war auch fertig, und die wortkargen Mechaniker hatten die letzten Einstellungen vorgenommen. Etwas zu Chipperfield murmelnd, stieg der Pilot gewandt in die Kabine und setzte sich hinter den Steuerknüppel.

«Ich hoffe bloss, du weisst, was du tust, Chipperfield», sagte Saltash, der soeben den Landeplatz erreicht hatte. «Es geht um das Leben eines Menschen und nicht um die Höhe der Auflage.»

«Willst du uns nicht sagen, was du zu erreichen hoffst?», fragte Ferguson begierig.

Noch einmal erhob Chipperfield gebieterisch die Hand, worauf das Fragenbombardement aufhörte.

«Ihr könnt doch nicht erwarten, so leicht an Informationen heranzukommen, meine Herren. Wie ich schon öfter gesagt habe, lest meine Artikel, und ihr seid immer bestens informiert. Bitte entschuldigt mich jetzt, ich habe zu tun. Bitte alle zurücktreten ... Weg, bitte! ... So long, auf Wiedersehen.»

Er winkte trotzig, lachte breit in die Kameras, wartete einen Sekundenbruchteil, bis die Verschlüsse alle geklickt hatten, drehte sich dann um und kletterte in die Maschine.

Der Kreis um den Helikopter erweiterte sich sogleich, als der Motor ansprang. Die Luft erzitterte unter dem aus dieser Nähe ohrenbetäubenden Dröhnen des 450 PS starken Motors, und der riesige dreiblättrige Rotor machte Wind wie ein gigantischer Ventilator. Innert Sekunden war der Helikopter in der Luft und stieg mit zunehmendem Tempo senkrecht in die Höhe.

«Verdammt, was für eine Schmierenkomödie!», entfuhr es Doug Wilson.

«Lest halt meine Artikel, ihr Armleuchter», äffte ein anderer Chipperfield nach. «Ich frage mich wirklich, ob Paddy jetzt nicht endgültig den Verstand verloren hat.»

Einige Reporter wendeten sich mit sarkastischen Kommentaren ab, andere starrten ehrfurchtsvoll der plumpen silbrigen Maschine über ihren Köpfen nach, während sich noch einmal andere wie hungrige Wölfe auf die schweigsamen Mechaniker stürzten und diese erfolglos nach Details auspressten. Sie erfuhren nur wenig, ausser das Offensichtliche: dass die drei Männer zuständig waren für Service und Auftanken und dass Chipperfield sie angeheuert und ihnen verboten hatte, irgendetwas zu sagen.

«Noch eine Exklusivität für den Meister», sagte Bellman, als er sich mit Doug Wilson auf den Weg zurück ins Hotel «Nordwand» machte. «Was glaubst du, wo hat er den Helikopter ausgegraben?»

«Ich vermute, auf einer Nato-Basis. Ich glaube, es gibt ein paar Sikorskys in Europa. Er könnte aus Frankreich oder Deutschland stammen. Eine Zeitung wird wohl die Kohle aufbringen.»

«Bestimmt. Aber was soll all das Benzin hier?»

«Diese Kisten haben nur eine kleine Reichweite. Über lange Distanzen taugen sie nichts. Man muss sie in nächster Nähe des Operationsgebiets auftanken können. Das habe ich alles gelernt, als ich vom Koreakrieg berichtete.»

«Es ist eine fantastische Idee. Was hat er für eine Chance?»

«Wenn es irgendetwas gibt, was Stringberg noch rechtzeitig in Sicherheit bringt, dann ist es diese Maschine. Ich habe selber gesehen, was für Wunder sie vollbringen kann.»

* * *

Für Chipperfield war seine Auffahrt vor den Augen einer staunenden Zuschauerschar ein Moment intensivsten, ja ekstatischen Triumphs.

Er wusste, was sie alle gedacht hatten: dass er geflohen sei, weil er wegen des Geredes um eine Untersuchungskommission kalte Füsse bekommen hätte. Stattdessen hatte er sie alle genarrt und war zurückgekommen – und wie! Mit einem Auftritt, der ihnen den Atem verschlug. Während eines kurzen Augenblicks erlaubte er sich den Luxus, in ihrer nackten Verwunderung zu schwelgen, in der hektischen Fragerei, in dem Bild, das sie geboten hatten, als ihn die starken Rotoren vor ihren Füssen entschweben liessen. Es war ein überwältigender Triumph, das Resultat intensiver Denkarbeit, Planung, Reiserei und Überredungskunst in den letzten 36 Stunden. Es war ein

Coup, den nur ein Mann mit seiner Durchsetzungskraft und seinen Beziehungen hatte landen können.

Dann verdrängte er die Szene aus seinen Gedanken und konzentrierte sich ganz auf die bevorstehende Operation, auf die er sich unwiderruflich eingelassen hatte.

Die Sicht aus dem mit einer Plexiglaskuppel verkleideten Helikopter war exzellent, kein Vergleich mit dem Blick aus einem gewöhnlichen Flugzeug. Er sah oben und unten hinaus, er hatte fast eine 180-Grad-Sicht aus seiner durchsichtigen Halbkugel. Sie gewannen konstant an Höhe, und einer nach dem anderen kamen die Gipfel des Berner Oberlands in Sicht. Und vor ihnen türmte sich der Eiger auf. Der Helikopter konnte etwa 300 Meter in der Minute aufsteigen, aber der Pilot hatte ihn darauf aufmerksam gemacht, dass bei Hitze oder grosser Höhe die geringe Dichte der Atmosphäre die Leistungsfähigkeit der Maschine beschneiden würde. Der Zeiger des Höhenmeters zitterte bei 3200 Metern, als sie die Höhe des Zweiten Eisfeldes erreicht hatten. Er konnte sechs angeseilte Männer entdecken, die mühsam Stufe um Stufe schlugen und im Schneckentempo die Wand aus glitzerndem Eis emporkrabbelten. Einige von ihnen drehten sich um und starrten sie an, während der Helikopter höher stieg. Ihm erschien der Kontrast zwischen deren mühsamer Plackerei und seinem eigenen, vogelähnlichen Aufstieg in den hellblauen Himmel symbolisch.

Unter ihm hatte die Welt den Charakter einer Modelleisenbahn-Landschaft angenommen. Die wenigen Gebäude wie das Hotel «Nordwand» oder die Hotels auf der Kleinen Scheidegg sahen aus wie Holzbauklötze, und die Menschenmenge setzte sich aus winzigen schwarzen Punkten zusammen, die wirkten, als wären sie mit einem Bleistift auf ein riesiges grünes Papier gekritzelt worden.

Die Atmosphäre in der Kabine wurde stickig. Schweiss lief ihm in kleinen Rinnsalen aus den Achselhöhlen. Der Pilot war angespannt, sein Mund blieb absolut stumm. Die Sonne brannte auf die Plexiglashaube und blendete sie fast bis zur Blindheit, ehe der Pilot die Maschine in den Schatten der Nordwand lenkte. Die Nadel des Höhenmeters kletterte beständig, aber ruckartig und zitternd weiter.

Plötzlich rief der Pilot etwas und zeigte nach oben.

Mit der Hand seine Augen schützend und mit rasendem Herzschlag starrte Chipperfield hinaus und sah, wie der Mann am Ende des Seils langsam ins Blickfeld kam.

Lebte er noch? Er musste den Motorenlärm gehört haben, gab aber kein Lebenszeichen von sich. Sein Rücken war ihnen noch immer zugewandt, die Füsse baumelten haltlos über dem Fels, und seine Arme hingen schlaff. Sein Kopf war auf die Brust gesunken, sichtbar war nur der Helm.

Als Chipperfield die Struktur der Felsen studierte, an denen der Mann hing, stellte er mit Genugtuung fest, dass ein Faktor ihnen entgegenkam, ein Faktor, den wegen des verzerrten Blickwinkels von unten niemand hatte sehen können: der Fels, an dem der Mann festgebunden war, wölbte sich etwas vor; er hob sich gerade genug von der Senkrechten ab, dass sie nah genug heranfliegen konnten, ohne an der Felswand zu zerschellen. Was alle als unmögliche Idee verworfen hatten, wurde aus der Nähe betrachtet eine reelle Möglichkeit.

Wenn nur der verletzte Mann noch am Leben war …

Und dann schien er sich tatsächlich zu bewegen.

Während der Helikopter, langsam, aber sicher Höhe gewinnend, näher heran ging, sah Chipperfield, wie sich ein Arm ganz leicht bewegte, so wie ein Ast in einer leichten Brise. Chipperfields Herzschlag setzte aus. Er drückte sich an die brennend heisse Haube und fixierte den Mann am Seil mit seinen Augen. Wieder! Diesmal hatte er seinen Kopf ein wenig bewegt, wie wenn er sich gegen eine schreckliche Last sträuben würde. Das hatte er sich nicht eingebildet.

Der Mann lebte!

Er wollte einen Schrei der Freude ausstossen. Der Mann lebte – noch, obwohl er dem Tod wohl näher war als dem Leben. Aber noch schlug sein Herz.

Er musste sich beeilen. Es war offensichtlich, dass der Mann nicht mehr lange durchhielt. Aber er würde ihn herausholen, bevor der letzte Lebensfunken in dem gequälten Körper erloschen war. Er würde ihn den staunenden Rettungskolonnen vor der Nase wegschnappen, ihn retten vor den Augen einer mehrtausendköpfigen Zuschauermenge. Er würde es schaffen, nachdem alle anderen versagt hatten, und die fadenscheinigen Anschuldigungen, die sie gegen ihn vorbringen wollten, würden sich in der dünnen Luft einfach auflösen. Und, so dachte er zufrieden, er allein würde die letzten Worte des Sterbenden hören, und er allein hätte es in der Hand, sie der Nachwelt zu enthüllen oder aber vorzuenthalten.

Und er hatte noch eine weitere Überraschung auf Lager, einen brillanten Plan, der seine phlegmatischen Konkurrenten erst recht in Wut versetzen würde: Er würde nicht auf der Kleinen Scheidegg oder in Alpiglen landen, sondern mit seiner wertvollen Fracht in der Kabine vorüberfliegen und irgendwo an einem ruhigen Ort niedergehen, wo er schnellen Zugang zu einem Telefon hatte, damit er seinen sensationellen und absolut exklusiven Bericht von den Ereignissen durchgeben könnte, auf den die ganze Welt wartete. Es wäre der grösste Coup eines Journalisten in der Geschichte des Pressewesens.

Der Pilot steuerte die Maschine näher an den Berg heran. Sie bockte gefährlich, als sie in eine Turbulenz geriet. Langsam gewannen sie die wenigen Meter, die sie noch von dem Mann am Seil trennten. Chipperfields Mund war trocken und sein Gesicht schweissgebadet, als er sah, wie sich die schaukelnde Gestalt ihnen zuwandte und gleichzeitig mit den genagelten Schuhen am Fels Widerstand suchte. Als sie nur noch wenige Meter von ihr entfernt in der Luft schwebten, fand ein Fuss Halt, das zweite Bein folgte mit der bleiernen Trägheit, die typisch ist für einen Traum, der Mann streckte den unverletzten Arm aus, berührte den Fels und drehte sich langsam so, dass er direkt auf den wenige Meter entfernt dröhnend in der Luft schwebenden Helikopter blickte. Chipperfield schrie auf, als er in das Gesicht starrte.

Es war bis zur Unkenntlichkeit entstellt.

Grässliche offene Wunden und Bartstoppeln wie Stroh überzogen jene Gesichtsteile, die nicht vom Helm oder von der Schneebrille geschützt waren. Es war ein Gesicht, das von Wind und Regen, Hagel und Schnee misshandelt, von der Sonne verbrannt und von bitterer Kälte gemartert worden war, ein von schrecklichen Qualen gezeichnetes Gesicht, der Spiegel einer menschlichen Seele, die über die Grenzen des psychisch und physisch Erträglichen getrieben worden war. Der Mund stand weit offen, ein schwarzes Loch. Er öffnete sich, als ob er Worte formulierte, und schloss sich wieder zu einer gequälten Grimasse. Der Kopf sackte erneut ab, und der schlaffe Körper verlor den schwachen Halt am Fels, erschöpft von der Anstrengung.

Chipperfield war wie hypnotisiert von dem schrecklichen Anblick, der sich ihm bot. Horror durchfuhr in Krämpfen seinen Körper.

Schwach realisierte er, dass ihm der Pilot – aschfahl im Gesicht – etwas zurief. Plötzlich schreckte er auf und wurde aktiv.

«Um Himmels willen, leg endlich los!», schrie der Pilot. «Wir haben nur wenig Zeit.»

Er öffnete die Haube auf seiner Seite, und ein Schwall kalter Luft strömte ein, was den Helikopter heftig ins Bocken brachte. Der Pilot arbeitete schwer am Steuerknüppel, während er gegen das Brüllen des Motors Verwünschungen ausstiess. Irgendwie gelang es ihm, den Helikopter unter Kontrolle zu bringen und zu stabilisieren.

Chipperfield griff nach dem schwenkbaren Arm der Rettungswinde und drehte ihn nach aussen. Der Pilot setzte die Winde in Bewegung, und langsam senkte sich der schwere Haken am Ende des Drahtseils auf die schaukelnde Gestalt zu.

«Du musst näher ran!», schrie Chipperfield verzweifelt.

Der Pilot zeigte auf den vorgewölbten Felsen, der dem sich wild drehenden Rotor gefährlich nahe kam. Er war bereits so dicht dran, wie er nur konnte. Es sah so aus, als müsste der Rotor unweigerlich den Felsen berühren und damit Mensch und Maschine in den Abgrund befördern.

Der Haken pendelte oberhalb des Kopfs des Mannes und erreichte dann die gleiche Höhe – jedoch ausser Reichweite. Sie konnten unmöglich näher an den Berg ran. Eine Lücke von vielleicht drei Metern trennte den Haken vom Verletzten, und obwohl dieser einen Versuch unternahm, um ihn zu packen, sah man gleich, dass die Distanz zu gross war.

«Näher, Mann, du musst näher ran!»

«Ich kann nicht. Wir prallen sonst gegen die Wand.»

«So versuch wenigstens, die Maschine in Schwingung zu versetzen. Vielleicht pendelt dann der Haken so, dass er ihn ergreifen kann.»

Der Pilot schüttelte heftig den Kopf. Der Schweiss lief ihm in Strömen über das Gesicht, und die Hände, die den Steuerknüppel hielten, waren nass.

«Das hat keinen Sinn. Wir können ihn nicht retten», rief er. «Selbst wenn er den Haken zu fassen kriegt, er ist viel zu schwach, um sich daran festzuhalten.»

«Versuchs, Mann, versuchs!», brüllte Chipperfield. «Wir müssen ihn holen, es ist seine einzige Chance.»

«Wir können nichts tun, hörst du? Ich kann nicht näher an die Wand ran, und das Drahtseil ist nicht schwer genug, um es zum Pendeln zu bringen.»

Chipperfield hörte die letzten Worte durch den Höllenlärm des Motors, und wie ein Blitz durchfuhr es ihn, als er auf einmal wusste, was zu tun war.

«Aufwinden! Zieh das Drahtseil ein. Ich gehe hinunter.»

«Bist du verrückt?»

«Zieh es ein, verdammt noch mal!»

«Du spinnst», schrie der Pilot.

Trotzdem liess er die Winde das Drahtseil aufrollen, während Chipperfield hektisch den Rettungsgurt anschnallte. Als der schwere Haken heraufkam, packte er ihn und hängte ihn in den Ring des Gurtes.

«Siehst du? So kannst du mich ins Pendeln bringen. Ich bin schwer genug. So erreiche ich ihn.»

«Und was dann, du Riesenspinner? Wie willst du –»

Chipperfield hörte gar nicht mehr zu. Er war schon halb aus der Kabine ausgestiegen. Er meinte noch, er höre den Piloten irgendetwas von einem Sicherheitsbügel sagen, aber der Luftzug und der Motorenlärm übertönten alles. Als er langsam ausstieg, brachten ihn die Turbulenzen ins Trudeln, doch er fand das Gleichgewicht sofort wieder.

«O. K.», brüllte er. «Lass mich jetzt runter.»

Der Pilot rief irgendetwas, aber seine Worte wirbelten ungehört in den Abgrund. Langsam gab die Winde das Drahtseil aus.

Chipperfield schaute nach unten, und während einer Sekunde wurde ihm mit beängstigender Klarheit bewusst, welche Herkulesaufgabe er sich vorgenommen hatte. Eine Wildnis aus Fels und Eis öffnete sich zu seinen Füssen und erstreckte sich Hunderte von Metern tief ins Tal hinunter. Die Erde schien sich zu drehen, und er musste sich mit geschlossenen Augen gegen den Angstschwindel wehren. Der Rettungsgurt hatte sich von der Hüfte bis zur Brust hinauf geschoben und drohte ihm die Luft abzuschneiden. Der Gedanke schoss ihm durch den Kopf, dass er den Gurt vielleicht nicht richtig angeschnallt hatte. Er kämpfte gegen den Schwindel und die Panik. Es gab kein Zurück mehr. Als er die Augen wieder öffnete, starrte er auf den Helm auf dem Kopf des Mannes unter sich.

Zentimeter um Zentimeter kam er der erschöpften Gestalt am Ende des Seils näher, bis er die gleiche Höhe, etwa drei Meter von ihr entfernt, erreicht hatte. Der Griff am Drahtseil über seinem Kopf war glitschig vom Angstschweiss. Er liess nacheinander eine Hand los und versuchte, sie an der Kleidung abzuwischen. Sein Mund war trocken, und in seinen Lungen schmerzte der Atem wegen des würgenden Gurtes wie der Schnitt von Rasierklingen.

Mit frischem Griff begann er, seinen Körper in Schwingung zu versetzen. Er holte Anlauf wie ein Kind auf der Gartenschaukel. Anfänglich widersetzte sich sein Körper der Bewegung. Dann schwang er vorsichtig, konterte das Pendeln mit exaktem Timing und gab mit einem ausgestreckten Bein einen zusätzlichen Impuls. Er schaukelte zurück und kam immer mehr ins Schwingen. Dann wieder hin, und wieder zurück, mit immer mehr Schwung, bis die Distanz zum anderen Mann merklich kleiner wurde. Jetzt war alle Angst verflogen. Jeder Nerv in seinem Körper war zum Zerreissen gespannt. Er wusste, er konnte es schaffen. Er musste. Es war die letzte Chance.

Die bewegungslose Gestalt schaute ihm mit halb erhobenem Kopf zu. Gott allein weiss, was für Gedanken ihm durch den Kopf gingen. Die Szene musste ihm wie der Höhepunkt eines entsetzlichen, endlos in die Länge gezogenen Alptraums vorkommen. Er schien zu ahnen, dass das Ende, wie immer es aussehen mochte, nahe war. Langsam hob er die Hand zum Kopf und riss die Schneebrille weg. Seine Augen starrten verständnislos aus tiefen, von schierer Verzweiflung und Erschöpfung gezeichneten Augenhöhlen. Schwach nestelte er am Helmriemen herum. Er wusste, dass er den Helm nicht mehr brauchen würde. Der Stein- und Eishagel würde endlich aufhören, ebenso die entsetzliche Qual des Seils, das ihm in den Körper einschnitt, und der pochende Schmerz in seinem zerschmetterten und nutzlosen Arm. Der Helm fiel ihm auf die

Schulter und kullerte in die Tiefe. Lange blonde Haare wehten im Wind.

Chipperfield gab einen Schrei von sich, ein Gefühl absoluten Triumphs fuhr aus der Tiefe seiner Seele in einer Welle durch seinen Körper. Er hatte Recht gehabt, von allem Anfang an! Das verstümmelte Gesicht, das ihm ausdruckslos entgegenstarrte, war eine gespenstische Karikatur des Gesichts von Baron Wendelin Mandoza.

Das Gefühl des Sieges erfüllte ihn wie ein grossartiges Lied und vermischte sich mit dem Pochen des Blutes in seinen Adern. Er nahm noch einmal Anlauf, spannte jede Faser seines Körpers, schwang sich verzweifelt und mit letzter Anstrengung vorwärts und griff am Ende des Schwungs hektisch nach dem Seil des Barons.

Und verpasste es um wenige Zentimeter.

Verzweifelt langte er noch einmal stürmisch nach dem Seil, während er schon wieder auf dem Rückschwung war. Und mit dieser wilden Bewegung schlug er den Sicherheitsbügel auf, den er in seiner Aufregung nicht richtig geschlossen hatte, als er den Gurt in den Haken einhängte.

Blitzartig erkannte er, was er getan hatte. Der Pilot hatte noch versucht, ihn zu warnen, aber er hatte nicht zugehört. Das Drahtseil löste sich aus der Öse an seiner Brust, und er packte zu, als es nach oben schoss. Er schrie, schrie vor Wut, Schmerz und Verzweiflung. Es konnte doch nicht sein, dass er ausgerechnet jetzt scheiterte, im Moment des grössten Triumphs.

Während Sekunden lähmte ihn der brennende Schmerz, den das dünne Drahtseil verursachte, das seine Hände zerschnitt.

Dann wurde die Qual unerträglich, und es war wie eine Erlösung, als er endlich den blutigen Griff um das glitschige Seil öffnete.

Tonlos stürzte er mehr als tausend Meter in die Tiefe, hinunter auf die grünen Weiden, die sich von Alpiglen bis an den Fuss des Eigers erstrecken.

14. Kapitel

Die Leute im Tal schauten zu, wie Chipperfield fiel. Als sie einen Augenblick später sahen, dass die bemitleidenswerte Gestalt am Ende des Seils überkippte und in der Mitte zusammensackte, wussten sie, dass es ausgestanden war.

Das Sechs-Mann-Rettungsteam, das bis zu diesem Zeitpunkt das Dritte Eisfeld erreicht hatte, hielt inne, gebannt von dem ausserordentlichen Drama, das sich wenige Dutzend Meter über ihnen abspielte. Sie sahen zu, wie der Helikopter abdrehte, und warteten auf Anweisungen aus dem Hauptquartier.

Die Männer auf der Scheidegg wussten, dass es keinen Sinn hatte, mit der Operation fortzufahren. Es gab keine Rechtfertigung mehr, zusätzliche Leben aufs Spiel zu setzen, jetzt, da der Mann, den sie zu retten versucht hatten, zweifelsfrei tot war. Die Rettungskolonnen wurden zurückbeordert. Die Mannschaft im Dritten Eisfeld, die Franzosen auf dem Nordostgrat und der einsame Mann in der Spinne erhielten Signale, sich zurückzuziehen. Den 56 Männern aus sieben Nationen standen Stunden mühsamer Kletterei und ein gefährlicher Abstieg bevor, bis sie die Sicherheit der Alpweiden am Fuss des Eigers erreichten. Deren Tag war noch lange nicht vorüber, aber für die überwiegende Mehrheit der Zuschauer war die Geschichte vorbei.

Schweigend verliessen sie den Schauplatz in Richtung Grindelwald und Lauterbrunnen, einige zu Fuss, andere per Zug, und kehrten an ihren Ferienort oder nach Hause zurück. Für die einen war es bloss das Ende eines aufregenden Dramas, der Höhepunkt einer zweiwöchigen Ferienreise, ein Gesprächsthema für viele Monate. Mit einer Leichtigkeit, die an Gefühllosigkeit grenzte, gingen sie zurück in ihr Leben und waren in der Lage, innert Stunden nach Ende der Tragödie wieder zu lachen, zu spielen und zu lieben. Das Leben geht weiter, wie immer, egal wie gross die Katastrophe auch ist.

Für andere, die bis in die Zehenspitzen von dem erschüttert waren, was sie gesehen hatten, war es unmöglich, gleich wieder ins sorglose Ferienleben einzutauchen. Wortlos bezahlten sie ihre Hotelrechnung, und mit einem flüchtigen Blick auf den leblosen Körper, der zusammengesunken im Seil hing, eilten sie auf die Bahn und reisten in ergriffener Stille nach Hause.

Die Journalisten und Radioreporter blieben, um alle Details des Endes in Erfahrung zu bringen und einen letzten Artikel an ihr Büro zu übermitteln. Das war in keiner Weise Gefühllosigkeit, sondern ihr Job, mit dem sie ihr Leben verdienten und ihre Familien unterhielten. Nur Ferguson, der fettleibige Reporter einer berühmten englischen Sonntagszeitung, dachte nur an seine Probleme und tat einen Ausspruch, dessen Instinktlosigkeit ans Monströse grenzte:

«Oh Boy, was bin ich froh, dass heute erst Samstag ist. Ich habe mir schon Sorgen gemacht, wie ich den Redaktionsschluss heute Abend schaffen soll.»

Wer in der Nähe stand, wandte sich angewidert ab.

* * *

John Bellman telefonierte einen kurzen, sachlichen Bericht an sein Büro in Hamburg durch, packte langsam seine Tasche und bezahlte die Rechnung. Sein Freund, der schmierige Rezeptionist, äusserte gedankenlos die Standardfrage, ob er seine Ferien genossen habe. Als er realisierte, wie daneben diese Bemerkung war, lief er knallrot an. Bellman tat der Mann Leid, er hatte es ja nur gut gemeint.

Am späten Nachmittag ging er zum letzten Mal hinüber ins Hotel «Nordwand». Sein Schritt war schwer, und er vermied tunlichst den Blick auf die Eigernordwand.

Als er das Hotel betrat, stiess er auf Claire, die bleich aus dem Büro des Direktors kam. Ihrem Gesichtsausdruck nach zu schliessen, hatte sie sich mit Hügi gestritten oder soeben ihren Job verloren.

Leicht zitternd schüttelte sie den Kopf als Antwort auf seine entsprechende Frage.

«Nein», sagte sie. «Er will, dass ich bleibe, und ich denke, ich sollte es tun, Papa Borgwand zuliebe.»

«Aber etwas ist doch passiert, oder?»

«Nichts, was uns überraschen sollte, nach dem Zirkus, den sie in den letzten Tagen hier veranstaltet haben. Hügi war gerade in Verbindung mit einer Reiseagentur irgendwo im Ausland. Sie wollen Pilgerfahrten organisieren.»

«Was?»

«Ja, Busreisen an den Schauplatz der Tragödie. Sie sollen ‹Baron Mandoza Pilgerfahrten› heissen.»

Bellman verzog das Gesicht zu einer Grimasse, die Abscheu und Ungläubigkeit ausdrückte.

«Ich dachte, wir hätten die tiefsten Tiefen menschlicher Gier und Geschmacklosigkeit nun ausgelotet, aber es sieht nicht danach aus», sagte er. «Es gibt immer wieder einen wie Hügi, dem etwas Neues in den Sinn kommt.»

Sie gingen zur Hoteltreppe und blickten auf die Terrasse. Das grosse Fernrohr stand verwaist da, die alte Dame in

Schwarz, die Billette verkauft hatte, war nicht mehr auf ihrem Posten. Schokoladepapier, Kartonbecher, Zigarettenstummel, ein Handschuh, zerknüllte Zeitungen und Essensresten verdreckten die ganze Terrasse. Heinrich trottete mit einem Besen in der Hand aus dem Hotel und begann, den Dreck gemütlich zusammenzuwischen.

Motorenlärm wurde hörbar, und einen Augenblick später knatterte der silberfarbene Helikopter über sie hinweg. Hinter dem Piloten hockte eine zweite Person. Bellman meinte, eine Armbinde des Roten Kreuzes gesehen zu haben. Das Gerücht, dass der Helikopter eingesetzt werde, um Chipperfields Leiche abzutransportieren, schien sich zu bewahrheiten. Es verging bemerkenswert wenig Zeit, bis man die Stelle erreichte, wo er schliesslich zur Ruhe gekommen war.

Unbewusst laut denkend, sagte Bellman:

«Die Ironie ist ja – man könnte sogar sagen die *bittere* Ironie –, dass er die ganze Zeit Recht gehabt hat.»

«Wer? Chipperfield?»

«Ja. Es wäre der grösste Triumph seiner Karriere geworden.»

«Er bezahlte einen furchtbaren Preis dafür, dass er Recht hatte.»

«Die Ironie endet nicht einmal hier. Es steht in den Sternen, ob es allenfalls einer der Rettungskolonnen gelungen wäre, Mandoza zu retten, aber wenn Chipperfield auf dem Boden geblieben wäre, hätte er erfahren, dass seine Geschichte bestätigt wurde. Kurz vor Mittag kam nämlich die Nachricht aus einem kleinen Fischerdorf in Süditalien, dass Kurt Stringberg aufgetaucht ist.»

«Er wurde gefunden? Wo hat er denn die ganze Zeit gesteckt?»

«Er war am Segeln in der Adria. Die Gerüchte, man habe ihn in Venedig gesehen, stimmten. Es muss für ihn eine rechte Überraschung gewesen sein, als er erfuhr, was für ein Geschrei in halb Europa wegen ihm geherrscht hat.»

«Du meinst, er hat von allem nichts gewusst?», fragte Claire erstaunt.

«Nichts. Er war sechs Tage auf hoher See, in einem Schiff ohne Funk und Radio, ich nehme an, auf einer kleinen Jacht. Er konnte nicht stärker von der Welt abgeschnitten sein als auf seinem Boot, nicht einmal wenn er als Schiffbrüchiger auf einer einsamen Insel gestrandet wäre. Ich hatte also Unrecht, und Chipperfield hatte Recht.»

«Er hatte einfach Glück.»

«Nein, das würde ich nicht sagen. Er war ein verdammt guter Journalist mit einer guten Nase, trotz aller Häme, die von allen Seiten über ihn ausgegossen wurde. Ich halte absolut nichts von seinen Methoden oder seinem Charakter, aber als Reporter und Nachrichtenjäger war er einmalig. Im Vergleich zu ihm bin ich eine Niete.»

«Da bin ich nicht einverstanden», sagte Claire erregt. «Es gibt im Leben noch andere Dinge als beruflichen Erfolg und ein dickes Bankkonto.»

Bellman lächelte nachsichtig und nahm ihre Hand.

«Sag das sanfter, sonst meinen die Leute noch, du seist wütend. Danke vielmals für deine Unterstützung. Und vielen Dank für alles, was du getan hast, während –» – «Nein, ich möchte dir danken. Ich glaube nicht, dass ich alle die Gemeinheiten ertragen hätte, wenn ich nicht die ganze Zeit das Gefühl gehabt hätte, dass ich mich wenigstens auf eine Person verlassen konnte.»

Sie schauten sich einige Augenblicke schweigend an, dann drückte Bellman ihre Hand und sagte:

«Nun, es tut mir Leid, ich muss gehen. Mein Zug –»

«Jetzt schon? Heute Nachmittag?»

«Ja, leider.»

«Schreibst du mir einmal?», fragte sie, leicht errötend, ganz leise. «Oder sollte ich das gar nicht fragen?»

«Doch, doch. Warum auch nicht?»

«Ich dachte, vielleicht … vielleicht hat deine Frau etwas dagegen.»

«Ich denke, sie hätte tatsächlich etwas dagegen», antwortete er, zu ihrem Erstaunen dazu breit lachend. «Allerdings ist sie gegenwärtig viel zu beschäftigt damit, sich in einer obskuren Stadt namens Reno in Amerika von mir scheiden zu lassen. Ich bedaure, aber ich bin der Meinung, es geht sie nichts mehr an, wem ich einen Brief schreibe.»

«Warum lässt sie sich denn scheiden?», stammelte Claire.

«Weil sich herausstellte, dass ich nicht in der Lage bin, ihr den Lebensstil zu ermöglichen, der ihr nach Ansicht ihrer Freunde zusteht.»

Er nahm ihre andere Hand, zog sie sanft zu sich her und küsste sie auf den Mund.

«Ich werde schreiben, Claire. Und ich komme dich holen, möglichst bald – das heisst, wenn ich darf …»

In ihren Augen glitzerten Glückstränen, als sie flüsterte: «Bitte, komm. Ich werde auf dich warten.»

Sie sah zu, wie er wegging, die Treppe hinunter und auf den Pfad, der zur Station Alpiglen führte. Einmal drehte er sich um und winkte. Sie schaute ihm nach, bis er ausser Sichtweite war, dann ging sie hinauf in ihr Zimmer und weinte, ob vor lauter

Glück oder um die angestaute Spannung einer langen, nervenzehrenden Woche abzubauen, wusste sie nicht.

* * *

Die Geschichte ging nicht so glatt zu Ende. Das tun Geschichten in der Realität nie. Sie verschwand zwar aus den Schlagzeilen der Weltpresse, aber das Echo war noch Monate später zu hören.

Der Streit, den Zellwäger mit seinem giftigen Artikel vom Zaun gerissen hatte, ging in Schweizer und deutschen Bergsteigerkreisen noch eine Weile weiter. Bis zu einem gewissen Grad wurden die Wogen geglättet durch das Ergebnis der unabhängigen Untersuchungskommission, die eingesetzt wurde, um den Verlauf der Rettungsaktion zu untersuchen. Die Schweizer Bergführer wurden vollständig rehabilitiert und öffentlich gelobt für ihre Arbeit bei der ganzen Operation. Gleichzeitig sprach man den Freiwilligen aus München, Frankreich und allen anderen beteiligten Ländern, die bei dem gemeinsamen Unternehmen so selbstlos ihr Leben riskiert hatten, grossen Dank aus. Alles, was in ihrer Macht stand, wurde getan, ohne dass jemand an Ruhm oder Ehre gedacht hätte.

Die sensationsgeilen Pilger kamen per Bus, wurden befriedigt und gingen wieder. Hügi kehrte am Ende der Saison nach Zürich zurück – reicher, erfahrener und, wenn möglich, noch hartherziger als zuvor. Er hatte gelernt, dass es praktisch keine Grenzen für menschliche Gier und Einfalt gab, wenn einmal die grundlegenderen Gefühle angesprochen und voll ausgereizt waren. Das Mannequin Jasmine erhielt phänomenale Angebote für eine Rolle in der zu verfilmenden Geschichte des

Barons, aber da sie tief in ihrem Herzen eine berechnende junge Dame war, lehnte sie sie alle ab und akzeptierte stattdessen den soliden Heiratsantrag eines im besten Alter stehenden Diamantenhändlers aus Johannesburg, der ihr Bild auf der Titelseite einer Illustrierten gesehen hatte.

Zellwäger, sehr selbstbewusst geworden durch das Rampenlicht, in dem er für ganz kurze Zeit wegen seines äusserst wirkungsvollen Artikels gestanden hatte, offerierte seine Dienste bei Global Features Syndicate – und wurde abgewiesen. Man erklärte ihm, dass Talent und nicht eine spitze Feder die wichtigste Qualifikation für den Aufstieg in die höheren Sphären seines Berufes war.

Klaus Borgwand wurde langsam wieder gesund und stand mittel- und arbeitslos auf der Strasse. Während einer gewissen Zeit arbeitete er als Reisender für ein Unternehmen, das Kochfett herstellte, aber die ganze Zeit sehnte er sich nach seiner Arbeit zurück, jenem Job, den er am liebsten machte: ein Hotel führen. Das Schicksal war ihm gnädig und brachte ihn ironischerweise zurück zu dem Hotel, das ihm einmal gehört hatte. Die Zürich Finance Company, die neue Besitzerin, stellte fest, dass die Bekanntheit des Hotels zu einem grossen Teil erhalten bleiben würde. Als sie sich nach der richtigen Person für die Stelle des Direktors umsahen und merkten, dass Hügis Methoden für normale Zeiten eine Spur zu skrupellos waren, realisierten die gerissenen Geschäftsleute aus Zürich, dass der frühere Besitzer die absolut beste Wahl für den Posten darstellte. Anfänglich lehnte er ab, weil er Angst hatte, dass die Erinnerungen an die fatalen Tage eine zu schwere Belastung darstellen würden, doch dann fing er an, die Idee als sonderbaren Ausdruck von Gerechtigkeit zu betrachten. Er fand sich mit seinem eigenen, leicht kuriosen Los ab und nahm schliesslich das Angebot an.

Der launische Sommer ging zu Ende, es folgte ein grossartiger Herbst. Ahorn und Buchen leuchteten in den prächtigsten Farben über den windgepeitschten Hängen von Alpiglen, Fichten und Tannen klammerten sich tapfer an ihre Grüntöne, und schon bald fielen die ersten Schneeflocken über die Alpweiden und bedeckten sie mit einem weissen Hauch. Kalte Winde wehten aus den Tälern hinauf, mehr Schnee fiel, und bald trafen die ersten Skifahrer ein und bevölkerten die weissen Hänge.

Der Mann am Ende des Seils war vergessen. Wenige realisierten, dass er immer noch dort oben hing. Es war unmöglich gewesen, ihn herunterzuholen. Ein harter Winter kam, und heftige Stürme rüttelten an seinem einsamen Felsen, aber das Seil, an dem er hing, widerstand allen Angriffen.

Als der Frühling kam, gingen die lärmigen Skifahrer wieder, und eine neue Saison, ein neues Jahr wartete auf die Hoteliers des Berner Oberlands.

Systematisch, ruhig und mit einer gewissen Traurigkeit, weil Claire den lange ersehnten Brief erhalten hatte und nach Hamburg abgereist war, machte sich Klaus Borgwand daran, das Hotel für die neue Saison zu eröffnen.

Immer wieder hielt er inne und schaute zum Berg hinauf, der unmittelbar vor den grossen Fenstern des Esssaals aufragte. Andere mochten die Leiche vergessen haben, er aber nicht. Der Mann war immer noch dort, obschon man ihn von blossem Auge nicht erkennen konnte.

Für alle, deren Appetit noch nicht voll gestillt war, war er durch das Fernrohr sichtbar, sein Körper vom Winde zerzaust, von der Sonne verbrannt und gebleicht, zum Teil bis auf die Knochen von Vögeln angefressen, den Elementen ausgeliefert, und ihnen dennoch nicht erlegen: ein grauenvolles Mahnmal menschlicher Torheit, Kühnheit und Gier.

ENDE

Nachwort

Die Wand der Wände, eisklar gesehen von Paul Townend: «Die Wolken verzogen sich, zuerst noch zögernd, dann immer dünner werdend, und enthüllten Abschnitt für Abschnitt das schwarze, hässliche Antlitz der berühmten Nordwand. Atemberaubend, schön und dennoch irgendwie Furcht erregend, eine Schönheit, die nichts gemein hatte mit dem sanften Charme des grünen Tals mit seinen verstreut liegenden, blumengeschmückten Chalets und den weidenden, glockenbehängten Kühen.» Das ist die Eigernordwand ob Grindelwald im Berner Oberland. 1800 Meter hoch, berüchtigt für Steinschlag und Wetterumstürze, mit 58 Toten zwischen 1935 und 2000 (und zwei Kletterern, die immer noch vermisst werden). Mit Zuschauern vor Ort und zuhause. Live dabei sein, wenn die Durchsteigung der Wand der Wände zum Drama wird. Wie im Sommer 1957, als eine internationale und eine einheimische Rettungskolonne vier Alpinisten mit dem Stahlseil vom Gipfel aus retten wollten (was bis anhin noch nie gelungen war), schliesslich aber nur den Italiener Claudio Corti der Wand entrissen, während sein Seilgefährte Stefano Longhi am Ende des Seils hängen blieb, zwei Jahre lang, und zur Sensation für Touristen im Berner Oberland wurde. Die beiden andern Alpinisten allerdings, die Deutschen Franz Mayer und Günter Nothdurft, blieben verschollen, was Gerüchten Nahrung gab, Corti habe sie umgebracht, um sein eigenes Überleben zu sichern. Erst 1961 fand man sie: Sie hatten den Gipfel erreicht und waren beim Abstieg über die Westflanke an Erschöpfung gestorben – nur ein paar Stunden, bevor die Retter dort aufstiegen.

Damit war der arme Claudio Corti von jedem Verdacht befreit.

Vom Corti-Drama geht auch Paul Townend in «Eigerjagd» aus, vom Wettlauf um Leben und Tod der Kletterer und der Retter, der sich vor den Augen des sensationsgierigen Publikums auf der Kleinen Scheidegg und – verbreitet durch ein Heer von am Ort anwesenden Reportern – auf der ganzen Welt abspielt. Und genau diese Reporter sind die Hauptfiguren in Townends Berg-Krimi: der skrupellose Paddy Chipperfield, der im aufkeimenden Grössenwahn mit allen Mitteln versucht, die Regie des tragischen Geschehens in der Wand an sich zu reissen, und sein seriöser Gegenspieler John Bellman, der das Drama in jeder Hinsicht vom Boden der Realität aus beobachtet.

Aber wo sind die Alpinisten? Ganz einfach eingestiegen in die Wand. Das ist das Geniale am Eiger-Thriller von Paul Townend. In «The Man on the End of the Rope» – so der englische Originaltitel – steht der Mann am Ende des Bergseils nur insofern im Mittelpunkt, als sich die Aussenstehenden für ihn interessieren. Journalisten, Touristen – und die Hoteliers natürlich auch, die ein Interesse daran haben, dass sich die Gäste Türklinke und Fernrohre reichen. Nicht zufällig hat der Roman-Hotelier Klaus Borgwand sein Haus dort erbaut, wo die Gäste den besten Blick auf die Wand haben. Und er selbst natürlich auch. In der wirklichen Landschaft wäre das «Grand Hotel Nordwand» übrigens irgendwo zwischen dem «Hôtel des Alpes» auf Alpiglen und der Kleinen Scheidegg zu lokalisieren.

Klaus Borgwand selbst erinnert an Fritz von Almen vom Hotel «Bellevue» auf der Kleinen Scheidegg, jahrzehntelang eine der wichtigsten Figuren im realen Eiger-Theater. Von seiner Eiger-Leidenschaft zeugt unter anderem eine Nachricht im «Berner Tagblatt» vom 21. Juli 1970: «Der italienische Bergsteiger Sergio Insanti [richtig: De Infanti], der am Sonntag aus der Eigernordwand gerettet wurde, verdankt sein Leben einem Zufall: Der Besitzer des Hotels Kleine Scheidegg, Fritz von Allmen [Almen], suchte am Samstagnachmittag mit seinem Teleskop die Wand ab, wobei er versehentlich gegen das Instrument stiess. Als er erneut durch das Teleskop schaute, glaubte er seinen Augen nicht zu trauen. Auf einem Felsvorsprung knapp unterhalb der sogenannten Ausstiegsrisse winkte jemand verzweifelt mit dem Taschentuch, um die Aufmerksamkeit auf sich zu lenken. Es war, wie sich später herausstellte, der 26 Jahre alte Alpinist Sergio Insanti aus Udine (Italien), der acht Tage zuvor heimlich mit seinem Seilgefährten Angelo Urdella [Ursella] in die Wand eingestiegen war. Von Allmen verständigte sofort den Bergrettungsdienst, der Insanti mit Erfrierungen bergen konnte. Für seinen Seilgefährten Urcella kam jede Hilfe zu spät. Auch er wäre sicherlich noch am Leben, wenn die beiden Bergsteiger die zuständigen Stellen von ihrem geplanten Aufstieg unterrichtet hätten.» Da irrte der Journalist: Ursella brach sich laut Rettungsbericht beim Sturz das Genick. De Infanti harrte neben dem Toten aus, so wie 1936 Toni Kurz neben einem gestorbenen Kameraden eine Nacht lang gewartet hatte, bevor er dann selbst noch den weiteren Rückzug wagte und schliesslich nur ein paar Meter über den Rettern im Seil hängen blieb und mit einem «Ich kann nicht mehr» auf den Lippen den Kampf aufgab. Die Zeitungen meldeten dieses Ende auf den Frontseiten, die «Schweizer Illustrierte Zeitung» brachte gar ein Extrablatt heraus und zeigte die kopfüber baumelnde, eisverkrustete Leiche des tragischen Helden.

Heute wäre das anders, wenigstens was die Rettung betrifft. Der in Not geratene Alpinist könnte mit dem Handy den Rettungshelikopter ordern und hätte dann gute Chancen, an der Longline aus der Wand zu schweben – für heutige Bergretter eine Routineangelegenheit. Die Eigerwand ist also keine Einbahnstrasse mit zuweilen tödlichem Ausgang mehr. Doch als Paul Townend das Corti- und andere Eiger-Dramen verarbeitete, kämpften die Journalisten noch um Telefonleitungen und die Helikopterkonstrukteure um genügend Leistung, um ihre Maschinen in der dünnen Bergluft fliegen zu lassen. Erst 1971 gelang es einem Helikopterpiloten und seinen Helfern, zwei Alpinisten direkt aus der Nordwand zu retten. Townends Beschreibung der – allerdings missglückten – Helikopterrettung Wendelin Mandozas am pendelnden Seil kann also durchaus als visionär betrachtet werden.

* * *

Ganz zu Beginn des Buches sitzt der unsympathische Eiger-Held Chipperfield in einem Restaurant in Interlaken und überlegt sich: «Bergsteigen ist out, was den Newswert betrifft. Heute macht das Privatleben von Royals und gut gebauten Filmstars Schlagzeilen. Klar, wenn es einem besonders smarten Werber gelänge, Brigitte Bardot oder Marilyn Monroe zum Bergsteigen zu bewegen – das wären News.» Ersetzt man Marilyn oder Brigitte mit Lady Di oder Sylvester Stallone, erhält man die Aktualität von Townends Berg- und Medienroman. Und man stellt fest, dass die Realität nicht weit von der Fiktion des Schriftstellers entfernt liegt. «Vor Angst zitternde Schönheit beobachtet vom Tal aus heroischen Kampf des Rettungsteams, das versucht, ihren Liebhaber aus Bergnot zu retten», titelt Paddy Chipperfield im Roman. Schlagzeilen wie Steinschlag. Und nicht viel anders las sichs 1964, als die erste Frau durch die Eigernordwand kletterte, am Kiosk: «Blonde Münchner Sekretärin brach ein Tabu an der mörderischen Wand.»

Seit August 1935, seit die Münchner Max Sedlmayr und Karl Mehringer die erste ernsthafte Durchsteigung der Nordwand wagten, stehen Wand und Bergsteiger im Rampenlicht. Sedlmayr und Mehringer kamen als Erste – nein, nicht auf den Gipfel, sondern nicht mehr zurück. Vielleicht haben sie das schweizerische Militärflugzeug noch gehört, das (vergeblich) nach ihnen Ausschau hielt, doch bestimmt nichts mehr nahmen sie vom deutschen Kriegs- und Filmhelden Oberst Ernst Udet wahr, der mit seinem Eindecker und dem Grindelwalder Bergführer Fritz Steuri als Passagier einige Wochen später vorbeiflog. Doch diese hatten Glück: Sie entdeckten eine Leiche an einer Wandstelle, die seither Todesbiwak heisst. Und, so Steuri im Interview, das Reporter Hans Jegerlehner im «Oberländischen Volksblatt» von Interlaken vom 28. September unter dem Titel «Die Toten an der Eigerwand» veröffentlichte: «Udet liess sogar zu meinem großen Schrecken das Steuer fahren und machte Leica-Aufnahmen auf 20 Meter Distanz. Ob daraus etwas geworden ist, wird er mir heute abend telefonieren.» Das weiss man nicht. Schade. Die Fotos wären einmalige Dokumente gewesen. Der erste Tote in der Wand, vom Flugzeug aus fotografiert. Und im Tal die zögernde einheimische Rettungsmannschaft. Oben die Wetter-, unten die Gerüchteküche. Alles live – soweit es damals eben ging.

«Schon näherten wir uns dem oberen Rand des Eisfeldes, als plötzlich über uns ein fürchterliches Geknatter losging. An Steinschlag glaubend, duckten wir uns sofort zusammen.

Doch es war unnütz: Es war ein Flugzeug, das nahe an uns vorbeiflog.» So schildert Anderl Heckmair, Anführer der Viererseilschaft, die 1938 unter riesigem Presserummel erstmals die Eigernordwand durchstieg, die Begegnung von Alpinist und Journalist in der Wand. Sie hätte ja auch schief gehen können, wenn die Bergsteiger durch das plötzliche Geknatter so erschrocken wären, dass sie eine falsche Bewegung gemacht hätten. Und kaum sind die Helden unten, geht das Theater erst richtig los: «Wir werden an die Wand gedrängt, und das Trommelfeuer der Fragen ist fast schlimmer als dasjenige des Steinschlags auf dem Eiger», schrieb der tschechische Nordwandbegeher Radovan Kuchar 1961 über den Empfang durch die Reporter.

Am 13. März 1961, ein Jahr nach Erscheinen von «The Man on the End of the Rope», konnte man auf der Titelseite der Schweizer Boulevardzeitung lesen: «So fand Blick den Toten in der Eigernordwand». Der Reporter Siegbert Maurer war täglich sechs bis sieben Mal mit schussbereiter Kamera in die Nordwand geflogen, um die vier Wintererstbegeher zu fotografieren. Und da entdeckte er den so genannten «fünften Mann» – offenbar eine Leiche vom Corti-Drama. Originalton: «Nun hat das sensationelle BLICK-Bild bewiesen, dass einer der Deutschen immer noch stumme Wache hält in jener Wand, die Sieg und Niederlage so launisch verteilt.» Der Tote entpuppte sich als kleine Felspartie. Und nur fünf Monate nach dieser Aufregung stürzte ein Reporterflugzeug mit drei Insassen ab. Alles in allem genug Stoff für ein paar Titelseiten. Für ein paar Sachbücher. Und für einen Thriller. Ja, kann denn die Fiktion noch spannender sein als die Realität? Sie kann, wenigstens in «Eigerjagd» von Paul Townend.

Paul Townend wurde am 14. März 1925 in Kenilworth, England, geboren. Nach dem Krieg – er diente als Flugzeugnavigator in der Marine – bekam er einen Job in einem Verlagshaus, wo er das Schreibhandwerk lernte und gleich zwei Bücher verfasste: «The Modern World Book of Railways» (das sich 100 000 Mal verkaufte) und «The Modern World Book of Wonders». Dann trampte er monatelang durch Nordamerika und trat 1952 in die Dienste des Hotels Waldheim in Wilen am Sarnersee – als stationärer Reiseleiter für die englischen Gäste. Er machte nicht nur das, sondern verliebte sich auch in Xenia, die Tochter der Hoteliere Bertha Dansky. Zeit zum Schreiben hatte er in den Wintermonaten, denn damals war das Waldheim au Lac in der kalten Jahreszeit geschlossen. Er verfasste ein Buch über die Zentralschweiz und arbeitete fünf Mal als Ghostwriter für den bekannten Krimiautor Francis Durbrigde.

Ende der 1950er-Jahre erzählte ihm ein Sommergast von Longhis Leiche, die in der Wand baumelte, und von der Sensationsgier der Touristen. «Das fand ich degoutant», ereifert sich der Hotelier-Schriftsteller noch heute und schämt sich für die Leute, die sich an der Not anderer unterhalten. Also reiste er nach Grindelwald und auf die Kleine Scheidegg, um das Eiger-Theater anzuschauen. Frucht dieser Reise von Obwalden ins nahe Oberland: «The Man on the End of the Rope». 1960 als Hardcover erschienen, zwei Jahre später als Taschenbuch, Gesamtauflage 35 000, als Fortsetzungsroman in einer holländischen Zeitung publiziert, beinahe von Richard Attenborough verfilmt, 2001 endlich ins Deutsche übersetzt. Die perfekte Inszenierung der vertikalen Arena: Eigermordwand live.

Daniel Anker